로우보이

LOWBOY
by John Wray

Copyright ⓒ John Wray, 2009
Korean Translation Copyright ⓒ MUNHAKDONGNE Publishing Corp., 2010

This Korean edition is published by arrangement with
The Wylie Agency LTD. through Shinwon Agency.
All Rights Reserved.

이 책의 한국어판 저작권은 신원 에이전시를 통해
The Wylie Agency LTD.와 독점 계약한 (주)문학동네에 있습니다.
저작권법에 의해 한국 내에서 보호를 받는 저작물이므로
무단 전재 및 무단 복제를 금합니다.

이 도서의 국립중앙도서관 출판시도서목록(CIP)은
e-CIP 홈페이지(http://www.nl.go.kr/ecip)에서 이용하실 수 있습니다.
(CIP제어번호: CIP2010003497)

L O W B O Y

로우보이

존 레이 장편소설
이 은 선 옮김

문학동네

바이올렛에게

11월 11일, 로우보이는 열차를 향해 돌진했다. 사람들이 앞에서 거치적거렸지만 몸에 닿지 않도록 조심했다. 그는 노란색 요철이 있는 승강장 가장자리를 향해 달리면서도 열차의 기관실에서 눈을 떼지 않고 기다리라고 명령했다. 문은 이미 닫혔지만 그가 발로 걷어차자 다시 열렸다. 그로서는 이것을 일종의 신호로 받아들일 수밖에 없었다.

　열차에 올라탄 그는 웃음을 터트렸다. 신호와 조짐이 도처에 널려 있었다. 발밑에서 바닥이 흔들리며 철커덕거렸고, 승강장의 아치형 벽돌 천장이 승객들이 내는 소음을 열차의 구리와 알루미늄 박에 반사했다. 좌석마다 사람들이 앉아 있었다. 등 뒤에서 문이 닫히면서 안내음이 들렸다. 첫째 음은 반올림 도, 둘째 음은 라였다. 두 음이 연필심처럼 양쪽 귀를 날카롭게 찔렀다. 그는 몸을 돌리고 유리창에 얼굴을 댔다.

주 정부가 임명한 그의 숙적 스컬 & 본즈*가 승강장을 향해 허겁지겁 달려왔다. 스컬은 비쩍 마르고 얼굴이 허여멀게서 볼품없지만, 본즈는 덩치가 교통카드 판매점만 하다. 두 사람은 무성영화 속의 경찰처럼, 너무 큰 신발을 신고 있기라도 한 것처럼 움직였다. 어느 누구도 그들이 지나갈 수 있도록 비켜주지 않았다. 로우보이는 비틀거리며 달려오는 그들을 바라보며 미소를 지었다. 그들이 우스꽝스러운 모습으로 한 걸음씩 내딛을 때마다 두려움이 조금씩 사라졌다. 저 두 사람 별명을 다시 지어줘야겠어, 그는 생각했다. 땅딸이와 물렁이. 변신 전과 변신 후. 다리와 터널.

본즈가 먼저 그를 발견하고 문을 두드리기 시작했다. 그의 입에서 침이 튀어나와 긁히고 기름기로 얼룩진 유리창 위로 소리 없이 날아왔다. 열차가 덜커덩거리다 멈추는가 싶더니 다시 덜커덩거리며 나아갔다. 로우보이는 본즈를 향해 입술을 내밀고 눈을 깜빡이며 가운뎃손가락을 똑바로 든 채 바보 촌놈처럼 웃었다. 스컬은 팔을 천천히, 힘차게 휘두르며 열차의 속도에 맞춰 달렸다. 본즈는 기관실에 대고 소리를 질렀다. 로우보이는 문이 닫힐 때 들리는 안내음을 휘파람으로 불며 어깨를 으쓱했다. 반올림 도, 라. 반올림 도, 라. 세상에서 가장 단순하고 가장 달콤한 멜로디였다.

---

* '해골과 뼈다귀'라는 뜻. 예일대학교의 비밀 서클 이름이기도 함.

객차에 타고 있던 승객들이 훗날 인정했던 것처럼 소년은 기분이 아주 좋아 보였다. 분위기로 보면 어디 늦은 것 같은데, 당당하고 침착했다. 그는 실제보다 나이가 많은 것처럼 보이려고 애쓰고 있었다. 잘 맞지 않는 옷이 민망할 정도로 축 늘어져 있었지만, 침착한 파란 눈 덕분에 어느 누구도 그를 눈여겨보지 않았다. 지하철 안에서 사람들이 늘 그렇듯 그가 몸을 돌릴 때마다 잠깐 쳐다보고는 그만이었다. 그중 몇몇은 저런 남자아이가 왜 저렇게 흉한 옷을 입고 있을까 궁금해했다.

열차는 터널에 꼭 맞았다. 열차는 주머니 속으로 들어가는 손처럼 터널 안으로 미끄러져 들어가며 로우보이의 몸을 에워싸고 꼭 붙들었다. 그는 유리창에 오른뺨을 댄 채 지나가는 공기와 홈이 파인 바닥을 느꼈다. 나는 지금 지하철을 타고 있다, 그는 생각했다. 스컬 & 본즈는 타지 못했다. 나는 지금 시외로 향하고 있다.

객차 내 온도는 여느 때처럼 화씨* 62도에서 68도 사이를 오가며 적절한 수준을 유지했다. 가황 처리된 고무 문설주가 외풍을 철저하게 차단했다. 미주리 주 세인트루이스에서 생산된 나비 모양의 완충장치가 흔들림과 덜컹거림을 최소한으로 줄였다. 로우보이는 바퀴 소리, 레일 끝머리와 커브 구간에서 하우징이 끼익하는 소리, 열차의 매니폴드와 미세한 입자들이 조화롭게 제 역할을 하는 소리를 가만히 들었다. 따뜻하고 익숙하며 향수마저 불러일으

---

* 따로 언급이 없는 경우, 이후 모든 온도 표시는 화씨.

키는 소리였다. 그의 생각들이 꾸물꾸물 제자리를 찾아왔다. 갑갑해하며 폐소공포증을 느끼고 있는 그의 뇌조차 터널에 일말의 애정을 느꼈다. 결국 그를 가두고 있는 것은 터널이나 열차의 승객이 아니라 그의 두개골이었다. 나는 내 머리뼈에 갇힌 죄수야, 그는 생각했다. 나는 내 대뇌변연계*에 붙들린 포로야. 코로 빠져나오지 않는 한 달아날 방법이 없어.

내가 다시 농담을 하다니, 로우보이는 생각했다. 실없는 농담이지만 그래도 상관없어. 어제까지만 해도 나는 농담을 하지 못했으니까.

로우보이는 키가 5피트 10인치였고, 몸무게는 정확히 150파운드였다. 가르마는 왼쪽에 있었다. 주변에서 일어나는 일들이 대부분 그에게 아무 영향을 미치지 못했지만, 그중 일부가 그의 내부로 스며들어 떠날 줄 몰랐다. 그러면 나올 때까지 기침을 하는 수밖에 없었다. 그래도 잘 안 되면 팔찌에 달린 부적을 만지듯 좋아하는 것들을 하나씩 차례대로 음미했다. 그는 기억 속에 저장된 첫 여덟 가지를 읊조렸다.

오벨리스크
투명 잉크
바이올렛 헬러

---

* 식욕이나 성욕 등 개체 혹은 종족 유지와 관련된 뇌 영역.

스노보드
브루클린 식물원
자크 쿠스토*
빅스 바이더벡**
터널

그의 아버지는 그를 데리고 딱 한 번 포코노스로 스노보드를 타러 간 적이 있었다. 포코노스와 브리지 곶은 목록에서 아홉 번째와 열 번째였다. 그 여름에 그의 피부는 인디언이나 서핑 선수처럼 까무잡잡했는데, 그동안 다른 데서 지내다보니 지금은 시체처럼 새하얬다.

로우보이는 시체 같은 그의 두 팔을 내려다보았다. 그러다 오른손바닥을 유리창에 대고 꼭 눌렀다. 그는 대대로 군인을 배출한 집안 출신이었고 그 역시 아무도 모르는 군인이었지만, 두 번 다시 참전하지 않겠다고 아버지의 묘 앞에서 맹세했다. 그는 예전에 한 번, 맨손으로 사람을 죽일 뻔한 적이 있었다.

터널이 자연스럽게 일직선으로 변했고, 레일과 바퀴, 차량 연결기가 잠잠해졌다. 로우보이는 어머니에 대해 생각하기로 마음먹었다. 그의 어머니는 광고판에 등장하는 모델처럼 금발이지만, 벌

---

* 1910~1997. 프랑스 군인, 해저탐험가.
** 1903~1931. 미국의 재즈 코넷 연주자.

써 서른여덟 살이 넘었다. 삭스와 버그도프 굿맨*에 쓰이는 마네
킹의 눈과 입술을 칠하는 일을 했다. 사람들에게 보여주지 않는 부
분들도 색칠했다. 한번은 그가 젖꼭지도 칠하느냐고 물었더니 어
머니는 아하하 웃고 나서 화제를 바꿨다. 법이 바뀌었거나 그가 착
각하고 있거나 어머니가 돌아가시거나 하지 않은 한, 4월 15일이
되면 그녀는 서른아홉 살이 될 것이다. 지난 십팔 개월 동안 어머
니 곁으로 이만큼 다가간 적이 없었다. 그는 콜럼버스 광장에서 C
선으로 갈아타 여섯 정거장 더 가까이 다가갈 계획이었다. 하지만
그게 전부였다. 어머니가 사는 집으로 찾아가는 일은 앞으로 영영
없을 것이다.

* * *

그는 미리 연습한 대로 천천히, 조심스럽게 열차 쪽으로 관심을
돌렸다. 열차에 대해 생각하는 쪽이 훨씬 쉬웠다. 터널 안에는 수
천 개의 열차들이 있었고, 그들 위로는 유령 열차들이 압축공기를
뚫고 달렸다. 모든 열차에는 저마다 목적이 있었다. 그가 타고 있
는 열차는 베드퍼드 파크 대로가 종점이었다. 열차의 문장(紋章)
에 해당하는 'B'가 밝은 오렌지색 방패 위에 헬베티카 서체로 여
기저기 적혀 있었다. 그의 할아버지 집으로 가는 열차도 똑같은 색
이었다. 밀랍으로 만든 과일의 색, 벨벳 위에 그려진 노을의 색, 해
변에서 반쯤 감긴 눈까풀 사이로 스며드는 햇빛의 색이었다. 그는

---

*둘 다 미국의 백화점.

몽상 속으로 빠져들며 오렌지 공(公) 윌리엄*을 떠올렸다. 오렌지 공 윌리엄이 내 이름이야. 그는 눈을 감고 한 손으로 얼굴을 가린 채, 윈저 성을 거니는 자신의 모습을 상상했다. 네모나게 다듬은 나무 그늘이 서늘했다. 장식 판을 댄 어두컴컴한 복도, 먼지가 앉은 그림, 주름 장식이 달린 높은 옷깃, 휘장을 늘어뜨린 침대 들이 보였다. 밍크 털 필박스**를 쓰고 있는 그의 모습도 보였다. 부엌에서 버터를 넣고 양파와 마늘을 볶는 어머니도 보였다. 어머니의 얼굴은 비누색이었다. 그는 입술을 꽉 깨물고 억지로 눈을 떴다.

어색한 침묵이 객차 안을 가득 채웠다. 로우보이는 그런 분위기를 한눈에 알아차렸다. 승객들이 닳아빠진 그의 벨크로 운동화, 코듀로이 바지, 단추를 잘못 채운 셔츠, 가르마가 완벽한 노란 머리에 주목하며 그를 유심히 뜯어보고 있었다. 곤혹스러워하는 그들의 표정이 유리창에 비쳐 보였다. 저 사람들은 내가 데이트하러 가는 줄 알겠지, 그는 생각했다. 소풍 가는 줄 알겠지. 알지도 못하면서.

"나는 오렌지 공 윌리엄이에요." 로우보이가 말했다. 그는 몸을 돌리고 승객들을 좀더 자세히 바라보았다. "담배 있는 사람 없어요?"

침묵이 한층 깊어졌다. 로우보이는 자기 말을 아무도 못 들은 건지 의아해섰나. 한 단어, 한 단어에 신경 쓰기며 이주 **또박또바**

---

* 영국 왕 윌리엄 3세. 그의 부계가 네덜란드의 왕가였던 오라녜(Oranje) 가(家)였기 때문에 '오라녜 공'의 영어식 별칭 '오렌지 공'으로 불렸음.
** 납작하고 테가 없는 모자.

말을 했는데 어느 누구도 그에게 관심을 보이지 않을 때가 가끔 있었다. 사실은 가끔이 아니라 자주 그랬다. 하지만 그날, 바로 그 아침에 그는 더할나위없이 훌륭했다. 그 특별한 아침에 그는 최상이었다.

* * *

그의 왼쪽에 있던 남자가 허리를 펴고 바로 앉으면서 헛기침을 했다. "학교를 빠졌나보구나." 그것이 대답이라도 되는 듯한 투였다.

"뭐라고요?" 로우보이가 되물었다.

"너, 학교 빠진 게냐?" 남자가 물었다. 노래 한 소절을 부르는 듯한 말투였다.

로우보이는 남자를 곁눈질했다. 턱수염을 우아하게 V 모양으로 기르고 반짝이는 구두를 신은, 기품 있는 신사였다. 무릎을 모으고 두 손을 그 위에 얹은 채 아주 꼿꼿하게 앉아 있었다. 하얀 바지는 칼같이 주름이 잡혀 있었고, 초록색 가죽 재킷에는 단추 대신 조그만 축구공이 줄줄이 달려 있었다. 머리카락은 오렌지색 터번으로 덮여 있었다. 당당하고 차분하고 현명해 보였다.

"학교 빼먹지도 못해요. 진작에 퇴학당했거든요." 로우보이가 말했다.

"그래? 어쩌다?" 남자가 가차 없이 물었다.

로우보이는 대답을 하기 전에 잠깐 뜸을 들였다. 그러다 마침내 입을 열었다. "특이한 학교였어요. 진보적이었죠. 모범생이라 퇴학당했어요."

"안 들리는구나." 남자는 입을 벌린 채 생각에 잠긴 얼굴로 고개를 젓다 그의 옆자리를 툭툭 쳤다. "뭐라고 그랬니?"

로우보이는 빈자리를 가만히 내려다보았다. 또 그랬던 모양이다. 또 말은 하지 않고 입만 움직이고 있었던 것이다. 그는 앞으로 다가가 좀 전에 했던 말을 반복했다.

"그래?" 남자는 우아하게 한숨을 내쉬었다. "탈옥한 건 아니고?"

"시크교도죠?" 로우보이가 물었다.

남자는 시크교도가 잊힌 종족이라도 되는 것처럼 눈을 휘둥그레 떴다. "그런 것까지 가르치다니 아주 좋은 학교로구나!"

로우보이는 선반 가로대를 잡고 몸을 앞으로 기울였다. 이 시크교도한테는 멜로드라마 같은 구석이 있었다. 뭔가 어색했다. 터번과 맞닿은 부분은 피부색이 조금 밝았고, 귀 뒤로 보이는 머리카락은 은색에 가까운 금발이었다. "도서관에서 읽었어요." 로우보이가 말했다. "나는 당신 같은 시크교도에 대해서 모르는 게 없어요."

다음 역에 가까워지고 있었다. 먼저 터널이 살짝 뒤로 멀어지는가 싶더니 곧 빛이 보였고, 그다음엔 소음이 들렸고, 그리고 그의 몸에 변화가 생겼다. 왼쪽은 가벼워지고 오른쪽은 무거워져서 온 힘을 다해 선반 가로대를 붙잡고 있어야 했다. 터널 안에서 다른 누구보다 시크교도를 먼저 만난 것이 분명 중요한 의미를 가질 텐데, 아무리 생각해도 알 수 없었다. 열차가 멈추면 그 남자에 대해 생각해봐야겠어, 로우보이는 중얼거렸다. 조금 생각해보면 알 수 있겠지.

이번 승강장은 전 승강장보다 좁고 관리가 부실하고 사람이 적었다. 어머니, 코펙 박사, 프레코프 박사, 스컬 & 본즈 등 모두들 그를 기다리고 있을 줄 알았더니 아는 얼굴이 하나도 없었다. 문들이 스르륵 열렸다 아무 일 없이 닫혔다.

"시크교의 중심지는 암리차르라는 도시죠." 반올림 도와 라 음이 울리는 것과 동시에 로우보이가 말했다. 그는 머리가 다시 맑아졌지만 그래도 계속 담배를 피우고 싶었다. "암리차르는 펀자브주에 있고요. 시크교도는 힌두교도처럼 환생을 믿지만, 이슬람교도처럼 유일신을 섬기죠. 세례를 받은 시크교도는 머리나 수염을 깎으면 안 돼요."

"좋은 학교로구나." 시크교도는 웃으며 고개를 끄덕였다. "아주 놀라운 학교야."

"담배 피우고 싶어요. 제발 담배 한 대만 주세요."

시크교도는 갈색 얼굴을 명랑하게 가로저었다.

"빌어먹을." 로우보이가 말했다.

열차가 꾸물꾸물 움찔거리며 바퀴를 굴리기 시작했다. 시크교도의 오른쪽 두 자리가 모두 비었다. 로우보이는 시크교도의 앙상한 팔꿈치와 잘 다린 리넨 바지 속의 다리를 의식하며 먼 쪽 자리에 앉았다. 그는 깊이 숨을 들이마셨다. 모든 게 이렇게 새롭고 압도적일 때 다른 누군가의 신체와 가까워지는 것은 무모한 일이었지만, 둘 사이의 빈자리 때문에 그럴 수 있게 됐다. 앉아서 대화를 나누어도 괜찮게 됐다.

그는 다른 사람이 듣고 있는지 확인해보았다. 아무도 없었다.

* * *

"시크교는 역사가 칠십 년이 안 됐죠." 로우보이가 말했다. 그가 내뱉은 단어들이 눈앞의 허공에서 퍼덕거렸다.

시크교도는 입을 내밀고 오만상을 지었다. "그렇지는 않아." 그는 한 단어, 한 단어 또박또박 힘주어 말했다. "미안하지만 그렇지는 않단다."

로우보이는 두 사람 사이 빈자리에 손을 올려놓았다. 좀 전까지 시크교도의 손이 놓여 있던 곳이었다. 아직까지 온기가 조금 남아 있었다. "그보다 더 오래됐다고 장담할 수 있어요?" 그는 플라스틱 의자를 손가락으로 두드렸다. "당신은 아직 일흔 살이 안 됐잖아요."

"장담할 수 있지." 시크교도가 말했다. "분명히 장담할 수 있지."

이 사람은 왜 똑같은 말을 두 번씩 반복할까? 로우보이는 궁금해졌다. 덕분에 학교가 생각났다. 호기심을 애써 감추며 그를 바라보는 시크교도의 눈빛은 학교에서 의사들이 그를 대하던 눈빛과 똑같았다. 그가 실망스러운 마음을 달래며 애써 시선을 돌리자 시크교도의 발이 내려다보였다. 지금껏 성인 남자치고 그렇게 발이 작은 사람은 처음이었다. 신발이 인형이나 신음 직했다. 시크교도들은 아시아에서 가장 키가 큰 축에 속했다. 그는 신발을 쳐다보다 말고, 케이크처럼 납작하고 명랑하고 부자연스러운 시크교도의 얼굴 쪽으로 시선을 옮겼다. 그 순간 의심이 들기 시작했다.

또 시작이로구나. 로우보이는 억지로 눈을 감고 입을 다물며 생각했다. 의심이 생길 때 늘 그렇듯 목이 말랐다. 기관사가 브레이크를 세게 걸자 열차 연결부가 흔들렸다. 실내 온도가 정확히 6도 올라갔다.

"알겠어요." 그는 밝은 목소리로 대답했다. 하지만 사실은 괜찮지 않았다. 그의 목소리는 점잔 빼고 거들먹거리는 못된 영국 영주처럼 들렸다.

"알겠어요." 그가 말했다. 피부가 따끔거리기 시작하는 게 느껴졌다. "진짜로 알겠어요."

* * *

눈을 떠보니 다시 터널 안이었다. 이 도시에는 터널이 하나뿐인데, 전화선처럼 워낙 꼬불꼬불 얽히고 꼬여 있기 때문에 시작도 없고 끝도 없는 것 같았다. 뱀 중에 자기 꼬리를 물고 있는 우로보로스*라는 뱀이 있는데, 이 터널이 바로 우로보로스였다. 그는 이 터널을 우로보로스라고 불렀다. 이곳은 언뜻 보기에 독립적이고 폐쇄적인 구조 같지만 사실은 정반대였다. 사람이 한 명 드나들 만한 크기의 구멍이 일정한 간격을 두고 뱀장어의 몸에 달린 아가미처럼 나 있었다. 지금 열차는 53번가 밑을 지나고 있었다. 누군가 다

---

* 서양 고대 문화에서 널리 보이는 상징으로, 자신의 꼬리를 물고 폐쇄된 원형을 이룬 뱀이나 용.

음 역에서 내려 개찰구를 빠져나가도 터널은 계속 이어질 것이다. 승객이 한 명도 없어도 열차는 달릴 것이다.

다음 역에서 두 남자가 어깨 너머로 흘끗거리며 열차에서 내렸고, 또다른 남자 하나는 다음 칸으로 자리를 옮겼다. 로우보이가 앉은 자리에서 마맛자국처럼 구멍 뚫린 칸막이 문 너머로 문제의 남자가 보였다. 쭈글쭈글한 면 재킷을 입은 중년의 직장인으로 유대인 아니면 레바논 출신인데, 금테를 두른 가죽 수첩을 신경질적으로 넘기고 있었다. 시크교도도 조만간 다른 칸으로 자리를 옮길 테지만, 그러거나 말거나 아무 상관 없었다. 터널 안에서는 그런 식으로 대처해야 한다. 그런 식으로 버텨야 한다. 팔과 무릎과 신발을 맞댄 채 줄줄이 앉아서 짧으면 몇 분, 길면 삼십 분 넘게 숨을 참고 있다 서로 영영 헤어지는 거다. 그걸 기분 나쁘게 받아들이면 안 된다. 그도 지금까지 수없이 반복했던 일이다.

로우보이는 무릎을 톡톡 두드리며 이 할아버지 같은 사람과 종교 이야기나 하자고 열차를 탄 게 아니라고 속으로 되뇌었다. 그는 목적을 가지고 열차에 올랐고, 세상 그 어떤 목적도 그보다 더 훌륭할 수 없었다. 그는 소명을 받았다. 이런 때 그런 표현을 쓰는 것이다. 중요한 일, 긴급한 일, 어쩌면 생사가 달린 일이었다. 주사기처럼 날카롭고 가볍고 투명한 일이었다. 사릿 잘못하면 소명을 포기하든지 다른 것과 혼동하든지 까맣게 잊어버릴 수 있었다. 최악의 경우 다시 의심이 생길 수도 있었다.

그는 시크교도 쪽으로 고개를 돌리고 슬픈 표정으로 고개를 끄덕였다.

"나는 다음 역에서 내려요." 그는 소맷부리 안에 대고 기침을 한 다음, 그를 쳐다보던 사람들이 시선을 돌릴 때까지 주위를 둘러보았다. "다음 역이요!" 그는 모든 사람을 위해 다시 한번 똑같은 말을 반복했다.

"벌써 내리니?" 시크교도가 물었다. "아직 네……"

"윌리엄이에요." 로우보이는 은행원 같은 미소를 지어 보였다. "윌리엄 암리차르요."

"윌리엄?" 시크교도가 떨리는 목소리로 되물었다. 발음이 '웰윰'에 가까웠다.

"하지만 다들 로우보이라고 불러요. 그렇게 부르는 걸 좋아하죠." 긴 순간이 흘렀다. "만나서 반가웠다, 윌리엄. 내 이름은……"

"왜냐하면 내가 우울해할 때가 많거든요." 로우보이는 언성을 높였다. "그리고 열차를 좋아하기 때문이기도 하고요."

시크교도는 아무 말이 없었다. 로우보이를 빤히 쳐다보며 새처럼 생긴 두 손가락으로 턱수염을 훑었다. 그러자 절벽 꼭대기에 사는 은둔자 같은 분위기를 풍겼다.

"전철 말이에요." 그가 말했다. "지하철. 땅속을 납작하게 다닌다고 해서 로우보이예요." 그는 자신의 목소리가 가라앉는 걸 느꼈다. "무슨 뜻인지 아시겠어요?"

열차가 제동을 걸기 시작했고, 로우보이는 시크교도를 계속 쳐다보며 자리에서 일어섰다. 시크교도는 버스에 탄 눈이 침침한 늙은 여자처럼 등받이에 기대고 꼿꼿하게 앉아 있었다.

"의사예요? 그래요?" 로우보우가 그를 곁눈으로 내려다보며 말했다. "MD? PhD? DDS?"*

시크교도는 놀란 표정을 지었다. "의사라고, 윌리엄? 도대체 왜……"

"학교 관계자가 아니라는 증거를 댈 수 있어요?"

시크교도는 마른 웃음을 터트렸다. "난 여든이 넘었다, 윌리엄. 예전에는 전기 기사였고."

"거짓말." 로우보이는 고개를 저었다. "뻥치시네."

이제 객차 안의 모든 사람이 그를 쳐다보고 있었다. 가끔 그는 거의 눈에 보이지 않을 만큼 흑백의 밋밋한 존재가 되는가 하면, 엑스레이에 찍힌 치아처럼 희미하고 푸르스름한 빛을 발할 때도 있었다. 그럴 때면 목소리가 상당히 커지고 상당히 빨라져서, 할 수 있는 일이라고는 입을 다무는 게 전부였다. 유리창 밖이 컴컴해졌다. 그는 시크교도에게 설명하고 싶은 것, 알리고 싶은 것이 있었지만 숨을 참고 입을 꾹 다물었다. 그는 그래야 하는 때가 되면 말을 참을 수 있었다. 학교에서 맨 처음 배운 게 그거였다.

"네 뒤를 쫓는 사람들이 누구냐?" 시크교도가 예쁜 막대기처럼 생긴 다리로 팔꿈치를 받치고 물었다. "무단결석한 학생을 찾아다니는 교직원들이니?"

로우보이는 고개를 세게 저었다. "학교에서 보낸 사람들 아니에

---

* 모두 의과 박사 학위.

요. 어디냐면⋯⋯" 그는 마지막 순간에 말을 참았다. "연방 기관에서 보낸 사람들이에요. 날 위협하는 게 목적이죠. 자기네를 따르라고요." 그는 손목에서 시계가 있어야 할 자리를 쳐다보았다. 시계는커녕 아무것도 없었고, 그 부분만 하얗지도 않았다. 시계를 찼던 적이 있나 하는 생각이 들었다.

"이제 그만 가볼게요." 그는 문 쪽으로 조심스럽게 몸을 돌렸다. 확하니 움직이기에는 객차 내 온도가 너무 높았다.

빛 속으로 접어들자 열차는 망설이는 듯했다. 환기장치가 잠잠해졌고, 나란히 늘어선 수은등들이 깜빡였고, 열차는 느릿느릿 역 안으로 들어섰다. 그곳은 주요 환승역이었다. 여섯 개 노선이 만나는 곳이었다. 타일은 화장실 벽의 타일처럼 네모반듯하고 하얗게 래커 칠이 되어 있었다. 승강장에는 너무 따분해서 금방이라도 쓰러져 죽을 것 같은 교통경찰 한 사람밖에 없었다. 로우보이는 눈살을 찌푸리며 엄지손가락 마디를 깨물었다. 화요일 오전 여덟시 삼십분에 승강장이 비어 있을 이유가 없었다.

* * *

교통경찰은 무심한 척하며, 다가오는 열차를 왼쪽 눈으로 곁눈질했다. 학교에서 쓰는 낡은 수법이었다. 로우보이는 유리창을 두드리며 기관실에 고함을 지르던 본즈의 마지막 모습이 생각났다. 열차를 따라 달리며 양팔로 허둥지둥 원을 그리던 스컬도 생각났다. 그는 교통경찰을 다시 한번 쳐다보았다. 옷깃 안쪽에 뭔가 달려 있었고, 그는 그쪽으로 고개를 기울인 채 복잡한 책을 읽는 것처럼 무심히 입술을 달싹이고 있었다. 그를 보고 있으려니 로우보이는 바닥에 엎드리고 싶어졌다.

"내가 착각했어요." 로우보이가 다시 시크교도 쪽으로 고개를 돌리며 말했다. "이번 역이 아니었어요."

시크교도는 그 말을 듣고 좋아하는 것 같았다. "그럼 자리에 앉으려무나."

"내가 왜 학교에서 퇴학당했는지 가르쳐드릴게요." 로우보이가 다시 자리에 앉으며 말했다. "궁금하세요?"

"경찰관이 있구나." 시크교도가 말했다.

로우보이가 고개를 돌리자 승강장으로 바짝 다가와서 객차의 모든 칸을 좌우로 훑으며 옷깃에 대고 중얼거리는 교통경찰이 보였다. 문이 계속 열려 있었다. 안내 방송은 전혀 없었다. 경찰이 따분해 보였다면, 그건 모든 일을 사전에 알고 있기 때문이었다. 로우보이는 잠깐 창문에 머리를 대고 기운을 차린 다음 몸을 옆으로 기울여 시크교도의 어깨에 뺨을 댔다. 시크교도의 셔츠 깃에서 희미한 아니스 향이 났다. 로우보이의 눈에 눈물이 고였다.

"터번 좀 빌려주실래요?" 그가 조그맣게 속삭였다.

"다시 학교에 다녀야지." 시크교도가 목소리를 낮추고 말했다.

"나도 그럴 수 있으면 좋겠어요." 로우보이가 말했다. 그의 왼손이 움찔거렸다. 객차 안의 다른 승객들이 경찰과 로우보이와 시크교도를 차례로 쳐다보았다. 그중 몇몇은 엉덩이를 들썩이기 시작했다.

"가족이 있니?" 시크교도가 물으면서 자세를 바꿨다. "아무라도……"

"안아주세요." 로우보이가 말했다. 그는 시크교도의 팔을 들고 그 밑으로 고개를 숙였다. 영화에서 본 수법인데 효과가 있을지는 알 수 없었다. 아니스 향이 점점 강해졌다. 유리창과 문과 모든 승객의 눈동자에 비친 경찰의 모습이 보였다. 그는 시크교도의 가죽 재킷에 얼굴을 묻었다. 시크교도는 숨을 들이쉬고는 그만이었다.

"안녕하세요, 경관님." 시크교도가 말했다.

로우보이는 경찰이 사라지자마자 몸을 앞으로 숙이고 헛구역질을 했다. 시크교도는 간호사처럼 사무적으로 팔을 빼고 바지에 생긴 주름을 폈다. "파키스탄의 라호르에 우리 손자가 살고 있지." 그가 말했다. "너를 보니 그 녀석이 생각나는구나."

"손자도 학교를 자주 빼먹었어요?"

시크교도가 미소를 지으며 고개를 끄덕였다. "그 아이 이름은 사티시란다. 너 같은 말썽꾸러기지. 열여섯 살 때……"

"난 아직 준비가 안 됐어요." 로우보이가 리듬에 맞춰 가슴을 툭툭 치며 말했다. "애초부터 학교에서 날 퇴학시키면 안 되는 거였다고요."

열차가 움직이기 시작했고 숨소리, 기침 소리, 속삭이는 소리, 음정이 안 맞는 노랫소리 같은 세세한 일상들이 다시 이어졌다. 오랫동안 어색한 침묵이 흐른 뒤에 노랫소리가 들리다니 이상한 일이었지만 그는 몹시 반가웠다. 그는 덜커덩거리는 열차에 감사하며 잠깐 흥얼흥얼 노래를 따라 부르다 이내 한숨을 들이쉬고 얼굴에서 감정을 지웠다. 시크교도에게만 긴히 전할 중요한 이야기가 있었다. 그는 성의의 표시나 서약이나 선물로 줄 게 아무것도 없었다. 그가 알게 된 조그만 사실 말고는 아무것도 없었다. 하지만 그보다 못한 선물도 인류의 생명을 구하곤 했다.

"그쪽 종교는 희생을 최고로 치죠?" 로우보이가 물었다. 그는 숨을 들이쉰 다음 참았다. "희생은 중요한 거잖아요. 그렇죠?"

시크교도는 대답이 없었다. 소리를 지르든지 두 손을 들든지 웃음을 터트릴 줄 알았더니 누르스름한 얼굴로 계속 침착한 표정을 짓고 있었다. 그는 로우보이가 아니라 은색 헤드폰을 가지고 야단법석을 떠는 맞은편 여자아이를 보고 있었다. 이제는 그가 현명하거나 기품 있거나 똑똑해 보이지 않았다. 보면 볼수록 점점 더 생기를 잃어가는 것 같았다. 점점 먹을 수 없게 말라가는 빵 조각 같았다.

"당신, 점점 말라가고 있어요." 로우보이가 말했다. "내 말 듣고 있어요?"

더워서 그런 거야, 로우보이는 생각했다. 우리 모두 익어가고 있어. 시크교도는 초상화 모델처럼 똑바로 앞만 쳐다봤다. 준비를 하고 있는 거야, 로우보이는 생각했다. 모든 수단을 생각하고 있는 거지. 시크교도는 다음 역에서 내려 다른 칸으로 자리를 옮기든지, 다른 열차로 갈아타든지, 경찰을 부르든지, 아니면 학교에 알릴 것이다. 분명 그럴 것이다. 하지만 시크교도가 선물을 받을 때까지 기다리지 못하고 아무것도 모르는 채 마음먹은 대로 행동에 옮기면 얼마나 끔찍할까. 그보다 더 엄청난 좌절은 없을 것이다.

움직이거나 고개를 돌리거나 숨을 들이마시지도 않은 채로 시크교도가 느닷없이 나지막하고 또렷하게 물었다. "이유가 뭐냐, 윌리엄?"

"이유요?" 로우보이가 되물었다. 그가 이유를 묻다니 믿기지 않았다. "도망치는 이유 말인가요?"

시크교도는 한 줌의 햇살을 받으며 앉아 있는 새끼 고양이처럼 느릿느릿 눈을 깜빡였다.

"물어보셨으니까 알려드릴게요." 로우보이는 몸을 앞으로 숙였다. "오늘 오후가 지나면 세상이 멸망하거든요."

* * *

시크교도는 이제 고개를 돌리고 그를 뚫어져라 쳐다보았다. 그의 얼굴에서 생기가 남은 곳이라고는 미간이 좁고 물기 어린 두 눈밖에 없었다. 아무 말도 없으니 로우보이의 말을 들었는지 알 수 없었지만, 아무래도 들은 것 같았다. 계시의 순간은 객차 안을 유유히 한 바퀴 돌고 허공에서 희미하게 반짝이다 아무 소리도 없이 사라졌다. 로우보이는 전혀 신경 쓰지 않았다. 시크교도는 앞으로 몸을 뻣뻣하게 구부리고 앉아서 고개를 신경질적으로 까닥이고, 구두 뒤축으로 바닥을 비볐다. 맞은편의 여자아이처럼 가만히 앉아 있질 못했다. 모두들 왜 그렇게 안절부절못하는 걸까? 물론 시간이 없기는 하지만. 다음 역에서 다른 열차로 갈아탈 수 있었다. 주황 선과 파란 선. 결정을 내려야 할 것이다. 결정은 이미 내려지고 있었다.

 열차가 전철기*를 지나자 레일에서 쇳소리가 났고, 그 소리는 승객들에게 일종의 방공호라도 만들어주려는 듯 열차를 관통하며 통로 위로 장막처럼 길게 드리웠다. 로우보이는 눈을 깜빡이고 숨을 들이쉬며 말했다.

 "열 시간 뒤면 세상이 멸망할 거예요." 그는 말을 마칠 수 있게 주먹으로 이를 눌렀다. "정확히 열 시간 뒤에 말이에요, 할아버지. 불이 나서 그렇게 될 거예요."

 시크교도의 표정은 해석이 불가능했다. 그의 몸은 몽유병 환자나 시체와 비슷했다. 로우보이는 입을 다물고 팔짱을 끼고 고개를 끄덕였다. 거기 그렇게 앉아서 시크교도를 계속 쳐다보며 일말의 감정이라도 나타나기를 기다리는 것은, 웃고 계속 고개를 끄덕이며 진심이 담긴 반응을 기대하는 것은 어렵고 심지어 고통스러운 일이었다. 그는 대신 헤드폰을 낀 여자아이를 쳐다보기로 했다.

 초상화처럼 단정하고 기하학적인 모습으로 꼿꼿하게 자리에 앉아 있는 그녀는 시크교도의 복사판이었다. 로우보이는 그녀를 보면 볼수록 이해가 되지 않았다. 여자아이와 시크교도와 열차 내 모든 것에 대한 그의 해석이 이제는 한자리에 머물러 있기를 거부했

---

 * 차량을 다른 선로로 옮길 수 있도록 선로가 갈리는 곳에 설치한 장치.

다. 그의 생각들은 하나의 가능성에서 또다른 가능성으로 수은처럼 미끄러져갔다. 사건과 사건 사이의 간격이 전보다 더 넓어졌다. 그 공간은 텅 빈 백지였다. 그는 사물의 표면, 거기에만 집중하려고 노력했다. 그것만으로 충분하다고 속으로 중얼거렸다. 그는 여자아이에게 시선을 고정했다.

　여자아이의 머리는 칙칙한 빨간색으로 염색되어 있었다. 검은 머리를 염색하면 여름에 그런 빛깔로 변하곤 했다. 앞머리로 두 눈을 덮는 페더드 뱅 스타일을 그는 처음 보았다. 그녀가 몸을 앞으로 숙이면 얼굴이 그 밑으로 완전히 사라졌다. 로우보이는 얼굴이 가려서 보이지 않고 귀에 은색 헤드폰을 꽂고 있는, 똑같이 생긴 여자아이들의 도시를 머릿속으로 그려보았다. 그는 십팔 개월 동안 우주 비행사로, 조난자로, 기억상실증 환자로, 임의의 전쟁 참전 용사로 지냈다. 그가 떠나 있는 동안 세상은 나이를 먹었다. 그가 학교를 떠나 퇴행하는 동안. 그는 무언가를 보호하려는 듯 찻잔 모양으로 모아 무릎 위에 얹은 여자아이의 손을, 헤드폰에 연결된 뭔지 모를 물건을 감싸고 있는 그 손을 유심히 관찰했다. 그녀는 자기 손을, 자기 무릎을, 일부러 찢은 망사 스타킹을 부끄러워하는 것 같았다. 그럴 수만 있다면 자기 몸 전체를 숨겼겠군, 그는 생각했다. 동지 의식이 물밀 듯 밀려왔다. 나도 마찬가지인걸.

　그녀의 손은 거칠고 발그스름했고 손가락은 뭉툭하고 촌스럽게 생겼는데, 그는 왠지 모르게 그 손가락이 마음에 들었다. 그런데 그녀가 한 손으로 입을 가릴 때 보니 어린아이처럼 손톱을 물어뜯

28

어 살이 보일 정도였다. 그의 머릿속에서 어떤 기억이 풀려나왔다. 저런 손을 예전에도 본 적 있는데, 그는 생각했다. 곧이어 뒤에서 조명을 비춘 그림과 허공에서 뒤로 젖혀진 몸, 여자의 이름인지 뭔지 모를 소리가 떠올랐다. 잠시만 기다리면 그 이름을 기억해내고 큰 소리로 말할 수 있게 될 것이다. 하지만 그전에 무언가가 그의 눈에 띄었다. 이름과 뒤에서 조명을 비춘 그림이 사라졌다.

맞은편의 여자아이가 웃고 있었다. 분명 발그레한 얼굴로 앞머리를 양옆으로 젖히며 웃고 있었는데, 그 미소의 의미는 알 수 없었다. "음악 때문이에요." 로우보이는 시크교도를 향해 중얼거렸다. "헤드폰에서 좋아하는 음악이 나오는 거예요." 시크교도도 못마땅한 얼굴로 멍하니 고개를 끄덕였지만, 로우보이는 자기 생각이 틀렸다는 걸 알았다. 여자아이의 미소는 은밀하지 않았다. 태연하고 노골적이었다. 게다가 다른 누구도 아닌 그를 향해 웃고 있었다.

순간 로우보이는 학교를 떠난 목적을 기억해냈다.

그는 시험 삼아 조심스럽게 미소로 화답했다. 눈을 동그랗게 뜨고 이를 씩 드러냈다. 그렇게 희한한 짓을 시도했더니 윗입술의 감각이 사라졌다. 학교, 그중에서도 최소한 그가 살던 기숙사에는 여학생이 한 명도 없었고, 입학 전에 그는 여자아이에게 조금도 관심이 없었다. 그런데 지금은 관심이 생겼다. 여자아이들이 보이면 정신이 번쩍 들었다.

"그런 식으로 저 아이를 곁눈질하지 마라." 시크교도가 말했다.

"곁눈질하는 거 아니에요." 로우보이가 대답했다. "유혹하는 거예요."

"지금 저 아이가 너 때문에 겁을 먹고 있잖니, 윌리엄."

로우보이는 여자아이를 향해 손을 흔든 다음 눈을 더욱 크게 뜨고 손으로 입을 가리켰다. 그녀의 미소가 공허해지고 입가가 뻣뻣해지자 그도 거기에 맞춰 대응했다. 그녀가 홱하니 배낭을 열고 고개를 앞으로 숙이자 상점 셔터처럼 앞머리가 쏟아졌다. 그녀는 우물을 들여다보는 어린아이처럼 배낭 속을 멍하니 내려다보았다.

"쟤는 빌어먹을 헤드폰을 왜 계속 쓰고 있을까요? 할 말이 있는데. 듣고 싶다고 하면 노래도 불러줄 텐데. 그리고⋯⋯"

"세상이 멸망할 거라고?" 시크교도가 물었다. "어째서?"

로우보이의 얼굴에서 바로 미소가 사라졌다. 그의 내부에 있는 자석 같은 것이 깔끔하고 강력하게 빨아들여버렸다. 시크교도가 그런 질문을 한 것은 화제를 돌리기 위한 것일 뿐, 그 이상도 그 이하도 아니었다. 그가 누군가와 접촉하는 걸 막기 위해서였다. 그를 교란시키기 위해서였다. 배낭을 든 여자아이가 뒤로 물러났고, 시크교도가 조용히 앞으로 미끄러져 나와 그녀의 자리를 차지했다. 그는 전과 달랐다. 시크교도가 스포트라이트를 독차지한 듯 객차의 나머지 부분들이 어두컴컴해졌다. 그의 표정에는 호기심도, 인간미도, 애정도 없었다. 목소리도 전과 완전히 달랐다.

"목소리가 바뀌셨네요?" 로우보이가 말했다. "이제는 당신이 뭐라고 하는지 안 들려요."

"저 아이는 그만 괴롭혀라, 윌리엄." 시크교도는 듬성듬성하고 누런 턱수염 뒤에서 씩 웃고 있었다. 그가 고개를 들고 기침을 하더니 윙크를 했다. "그 대신 나를 괴롭히는 게 어떻겠니?"

바로 그 순간 로우보이는 위험을 간파했다. 그 실체가 가슴 정중앙을 강타하고 경련처럼 온 사방으로 퍼졌다. "안 괴롭힐게요." 그가 말했다. 한마디 내뱉을 때마다 숨을 참아가며 억지로 천천히 말했다. "절대 안 괴롭힐게요, 할아버지. 저리 가세요."

시크교도가 또다시 씩 웃었다.

"할아버지라고?" 그가 쩌렁쩌렁 울리는 목소리로 물었다. 로우보이가 아니라 다른 승객들한테 하는 말이었다. 일종의 공고(公告)였다. 그는 능수능란한 연예인처럼 객차를 위아래로 훑어보다 쭈글쭈글한 손을 로우보이의 어깨에 얹었다. "만약 내가 네 친할아버지였으면 말이다……"

그의 목소리가 행사 사회자의 목소리처럼 객차 안을 계속 쩌렁쩌렁 울리고 있을 때 로우보이는 양손을 슬그머니 시크교도의 수염 밑으로 가져가 잡아당겼다. 시크교도는 바람에 날리는 종이봉투처럼 자리에서 펄쩍 일어섰다. 몸이 저렇게 가벼울 줄 누가 짐작이나 했겠어, 로우보이는 생각했다. 시크교도는 등을 활처럼 구부리며 쓰러졌고, 놀라며 과장스럽게 입을 떡 벌렸다. 기둥이 그의 어깨 바로 밑을 붙잡고, 문 쪽을 향해 그를 시계 반대 방향으로 돌렸다. 이제 시크교도가 아니라 천장 한가운데 달린 스피커에서 쩌렁쩌렁 울리는 소리가 들렸다.

"콜럼버스 광장." 로우보이가 큰 소리로 외쳤다. "A, C, D, 1번

그리고 9번 선으로 갈아탈 수 있습니다."

이제 그만 까불어야겠다. 그는 웃음을 터트렸다. 이건 재미있는 일이 아니잖아. 객차 저쪽에서 한 여자가 입을 떡 벌린 채 통로 한 가운데에 서 있었다. 그가 그쪽으로 고개를 돌리자 그녀는 입을 다 물었다.

"얘야." 시크교도가 숨을 몰아쉬며 불렀다. 그는 스피커처럼 지 지직거리는 소리를 냈다. "얘야……"

로우보이는 시크교도 옆에 무릎을 꿇고 앉았다. "희생은 옳은 일이에요. 그렇죠?"

시크교도는 이를 드러내 가늘고 의미 없는 소리를 내면서 양손 을 자기 목으로 가져갔다.

"나 때문에 걱정되시는 모양이죠?" 로우보이는 고개를 저었다. "의사 선생님, 나는 걱정할 필요 없어요. 이 세상이나 걱정하세요."

시크교도는 천천히 뒤로 물러나 문 사이의 거무스름한 부분에 머리를 기댔다. 그의 눈이 느릿느릿 구슬픈 원을 그렸다. 터번은 깔끔하게 돌돌 말려서 단단히 포개진 채 장식용 바구니처럼 그의 팔꿈치 옆에 놓여 있었다. 저런 식이로구나, 로우보이는 중얼거렸 다. 저걸 모자처럼 썼다 벗었다 하는구나.

"얘야." 시크교도가 힘겹게 내뱉었다. 그게 그가 아는 유일한 말 인 것 같았다.

로우보이는 허리를 굽혀 시크교도의 재킷을 잡았다. 조그만 축 구공들이 손가락 밑에서 서로 부딪치는 게 느껴졌다. "괜찮아요, 할아버지. 나도 계획이 있어요."

알리 라티프 형사 —원래 이름은 루퍼스 라마크 화이트였다—
는 철자 바꾸기 놀이, 각 행의 첫 글자나 마지막 글자를 짜 맞추면
하나의 말이 되는 시, 앞뒤 어느 쪽에서 읽어도 똑같은 단어 찾기,
대수의 기본만 알면 풀 수 있는 암호를 좋아했다. 그는 사건 수사
에 진척이 없으면 심심풀이 삼아 글자의 음가를 이용한 단순한 문
자 체계를 만들고, 그것으로 직속상관인 뵈른스트란드 경위의 일
상에서 벌어진 볼썽사나운 일들을 적어 그의 책상 위, 실종자 상황
게시판에 붙였다.

KJJH54DSG QWEJDJ88 65XPTH. GHY69DD HN53T UGH8?
GH77!

이런 메모는 라티프의 유일한 일탈이었다. 그는 그 밖의 모든

면에서 정직하고 예의발랐고, 상대방을 괴롭히는 게 우정을 표현하는 유일한 방법인 서에서 그의 능력을 의심하는 사람은 아무도 없었다. 그의 복장, 인종, 심지어 미혼인 점까지 거의 날마다 화제에 올랐지만, 그의 사건 수사에 대해서는 어느 누구도 왈가왈부한 적이 없었다. 그의 사건 보고서는 교과서처럼 여럿이 돌려 보았다. 어느 누구에게도 말하지는 않았지만 라티프는 그 사실에서 오래도록 깊은 만족감을 느껴왔다.

자신의 이름에 느끼는 당황스러움도 라티프의 비밀이었다. 이 세상 어느 누구하고도 공유하지 않은 것이었다. 동료와도, 가끔 만나는 술친구와도, 두말하면 잔소리겠지만 가족 중 어느 누구와도. 뉴욕 시 대중교통국 소속 운전사로 거의 평생을 제비 화이트라는 이름으로 살았던 그의 아버지는 1969년 1월 1일, 킹스 카운티 담당 직원 앞에서 자기 이름을 무하마드 여로보암으로 개명한 뒤 아이들 이름까지 모두 바꿨다. 루퍼스는 자기 이름을 제대로 발음하기까지 거의 일 년이 걸렸는데, 발음이 낯설게 느껴지기는 지금도 마찬가지였다. 만약 그가 스스로 결정할 수 있는 나이였거나 어떤 식으로든 의논이 이루어졌다면 이름이 바뀐 데 흥분했을 테고 어쩌면 자부심까지 느꼈을 것이다. 하지만 실제로는 사십여 년 동안 변화에 적응하려고 애를 쓰며 살고 있을 뿐이었다.

그가 아는 사람 중에서 아버지만큼 정치색이 옅은 사람도 없었으니 의아한 일이었다. 1976년 운전사 노조가 파업을 했을 때 아버지는 고작 이틀 만에 변명을 늘어놓으며 허위허위 일터로 복귀했다. 파업이 정식으로 막을 내리기 일주일 전의 일이었다. 아버지에게는 최저임금을 요구하는 것보다 이름을 바꾸는 게 훨씬 쉬운 일이었다. 아버지는 그걸 당연하게 생각했지만, 라티프는 문고리, 서진, 에폭시수지로 만든 권총 손잡이 등 뭐라도 으스러지게 손에 쥐어야 옛 기억이 잦아들었다. 그는 교회에 다녔지만, 쉽게 용서가 되지는 않았다.

라티프는 마음속 분노와 과묵한 성격 때문에 고독을 즐기게 되었다. 그의 취미생활은 78rpm 음반, 정치인들의 자서전, 싱글 몰트위스키—그중에서도 특히 스코틀랜드 북부산—로 이루어져 있었다. 알고 지내는 여자들은 그를 때로는 무시하는 투로, 때로는 동경하는 투로 화이트 교수님이라고 불렀다. 그는 널찍하지만 멋이라곤 찾아볼 수 없는, 엘리베이터가 없는 아파트에 살았다. 브루클린 식물원의 스투코 성벽 건너편에 자리 잡은 프로스펙트 공원 인근에서도 저렴한 지역이었다. 아버지와 어머니는 그 블록 바로 맞은편에 살았다. 아직까지 같이 살다니 희한한 일이었다. 두 분이 창문을 열어놓고 있으면 케케묵은 말다툼이 고스란히 들렸다. 동료들이 그런 것처럼 부모님도 그의 일에 대해 단 한 번도 왈가왈부한 적이 없었다. 아들이 청부 살인자나 입에 담기도 끔찍한 지하드에 나선 전사라도 되는 것처럼 입단속을 했다. 사람을 찾는 게 아니라 없애는 게 그의 직업이라도 되는 것처럼 말이다.

라티프의 전담 영역은 '특수 실종계'였다. 너도나도 군침을 흘리는 분야는 아니었다. 특수 실종자들은 대개 시신으로 발견되기 마련인데 그러면 강력계에서 개입했고, 끝까지 오리무중이면 별 소용 없는 우울한 수색 작업을 마친 뒤 미결 전담반에서 인수인계를 했다. 특수 실종 사건의 70퍼센트가 사망 또는 미결로 처리되는데, 라티프는 70퍼센트라는 통계 수치에서 일종의 위안을 느꼈다. 그는 실종자 수색의 비가시성이 마음에 들었다. 특수 실종자도, 범죄 사건도, 심지어 어느 정도까지는 수사관조차 눈에 보이지 않았다. 한 사건이 미결로 처리되면, 그 비가시성이 영원히 변하지 않을 곳으로 조용히 후퇴하면 언제나 현기증이 느껴졌다. 주위가 어둑어둑한 가운데 에나멜가죽으로 된 안락의자에 앉아 스카치위스키를 홀짝이며, 자신이 그런 느낌을 좋아한다는 것에 대해 곰곰이 생각해볼 때도 있었다. 하지만 자주 그런 것은 아니었다.

라티프는 특수 실종 사건을 처음 맡았을 때부터 소질을 보였다. 뵈른스트란드는 그게 "실종에 대한 선망" 때문이라고 했다. 세월이 흐르면서 그 소질은 일종의 기교로 승화되었다. 끔찍한 호출도 그의 장점을 부각하는 쪽으로 작용했다. 끈기 있고 예의바르며, 아주 조금이지만 누가 봐도 알 수 있을 만큼 현재와 거리감을 유지하는 그의 면모를 말이다. 그럴 때면 그는 일말의 망설임도 없이 자기 자신을 신의 의지를 실현하는 완벽한 도구라고 생각할 수 있었다. 심지어 이름마저 그런 그를 상징하는 것처럼 느껴졌다.*

11일 아침도 그런 순간이 될 수 있었다. 라티프는 책상 앞에 똑바로 앉아서 음정도 안 맞는 콧노래를 부르며 수북이 쌓인 사진을 한 장씩 힘차게 넘기고 있었다. 그러다 가끔 눈을 감고 사진 한 장을 들어 상쾌한 토너 냄새 속으로 빠져들었다. 그 냄새가 싫어서 양손과 셔츠 소매를 깨끗하게 씻던 때도 있었는데, 그날 아침에는 그 냄새가 마약 같은 역할을 했다. 따분해지거나 우울해지거나 강

---

* '알리'와 '라티프'는 이슬람교에서 신을 지칭하는 99개의 이름 가운데 두 가지.

력계의 대리인이 된 것 같은 기분이 들지 않을 만한 특수 실종 사건이 접수됐다. 체계적이라는 점에서, 윤곽이 뚜렷하고 대칭적이라는 점에서 이례적인 사건이었다. 사건이 벌어진 뒤에 담당 수사관이 윤곽을 그린 게 아니라 사건이 벌어지기 전에 특수 실종자 스스로 윤곽을 만들었다는 점에서 이례적인 사건이었다. 그리고 암호가 등장한다는 점에서도 이례적이었다.

실종자의 어머니가 얌전하게 앉아 있어주기만 했다면 그의 수사관 인생사상 가장 완벽하고 훌륭한 아침이 될 수 있었을 것이다. 물론 어머니나 남자친구, 룸메이트, 부인은 항상 등장하기 마련이었다. 그들은 보통 부루퉁하게 있거나 겁에 질려 허둥댔다. 그런데 이 어머니는 지난 사십오 분 동안 그의 사무실 밖에 주둔하며 '금연' 표지판을 무시했고, 엘리베이터와 계단을 둘 다 막고 서서 조금의 동요도 느껴지지 않는 단조로운 톤으로 혼잣말을 계속했다. 라티프는 살금살금 문 쪽으로 다가가 콴자* 때 아버지에게서 받은 검은색과 빨간색, 초록색 줄무늬로 된 베니션 블라인드를 살짝 벌리고 그녀를 내다보았다.

외국 출신인 게 분명했다. 그녀는 어느 거장의 그림에 등장하는 농부처럼 발끝을 안으로 모으고 서서 아무렇지 않게 바닥에 재를 털었다. 다른 실종 신고인들처럼 방어적인 태도를 보이거나 굽실거리거나 믿을 수 없어하거나 부끄러워하지 않았다. 수사관들이 그 옆을 지나가면 기분 좋게 놀란 사람처럼 미소를 지으며 눈을 깜빡이다 정형외과 분위기가 나는 자기 신발을 내려다보았다. 간호

---

* 주로 미국에 거주하는 아프리카계 사람들이 지키는 명절.

사들이 신음 직한 신발이로군, 라티프는 중얼거렸다. 하지만 그의 사무실 밖에 있는 여자는 간호사일 리 없었다. 볼품없게 보이려고 그 신발을 골랐을 텐데, 분명 그랬을 텐데, 어떻게 된 일인지 정반대의 효과를 연출했다. 그녀의 태도는 무의식적이었고, 어떻게 보면 심지어 야성적이었다. 주변 모든 것에 무관심한 미인 같은 분위기를 풍겼다. 그녀는 자기가 얼마나 민폐를 끼치고 있는지 전혀 모르는 눈치였다. 머리에 들러붙은 나뭇가지를 떼어낸 것처럼 엄지와 약지로 담배를 들고 있는 모습이 조금 보기 흉했다.

라티프는 그녀를 곁눈질하며 눈꺼풀을 실룩거리는 뵈른스트란드를 무시한 채 문을 열고, 그녀가 알은체하기를 기다렸다. "대기실은 금연 구역입니다, 헬러 부인. 담배를 피우고 싶으시면 제 사무실 안에서 피우세요."

그녀가 어머니인 줄 사전에 몰랐더라도 그때 그녀의 표정을 보고 알 수 있었을 것이다. "대기실은 금연 구역." 그녀는 수업 내용을 암기하듯 그의 말을 따라 했다. 그런 다음 재떨이가 있는지 차분하게 주변을 둘러보다 불붙인 담배를 든 채 그를 지나쳐 사무실 안으로 들어왔다. 그가 책상 앞에 앉았을 즈음에 그녀는 그가 모르는 사이 어딘가에 담배를 비벼 끄고 일말의 관심도 없는 눈빛으로 그를 쳐다보고 있었다.

"앉으십시오, 헬러 부인."

그녀는 그 자리에 가만히 서 있었다. "걱정 마세요, 형사님." 그녀는 밝은 목소리로 말했다. "제 아들이 법에 어긋나는 일을 저지르거나 하지는 않을 거예요."

"이미 저질렀습니다." 라티프가 말했다. "약을 먹는 조건으로 석방되었는데 그걸 어겼죠. 그리고 외곽행 B선에서 한 승객을 폭행했고요."

그녀는 의자 쪽으로 손을 내밀었지만 닿지 않았다. 그녀의 얼굴은 여전히 생기 없고 공허했고, 이제는 라티프도 똑같은 얼굴을 하고 있었다. 짧게 친 그녀의 금발이 우울한 현재 상황과 어울리지 않고 꼴사납게 느껴졌다. 검은색으로 염색을 해야겠군, 라티프는 자기도 모르게 그런 생각을 하고 있었다. 아니면 단정하게 자르든지.

"제 말은 경계 태세를 갖출 필요는 없다는 뜻이었어요, 형사님. 박력을 동원할 필요 없다고요."

그는 그 말에 눈썹을 치켜세우면서 그녀가 미소를 짓지 않을까 생각했지만, 그녀의 표정은 변함이 없었다. "병력을 동원할 필요가 없다는 말씀이시죠?" 그는 결국 그렇게 물었다.

그녀가 살짝 얼굴을 붉혔고 라티프는 얼굴을 붉히는 그녀를 지켜보았다. 그녀가 평정을 되찾길 기다리던 바로 그 순간, 그날 들어 처음으로 사적인 상념이 떠올랐다. 그는 손가락 끝을 맞붙이고 상념을 눌렀다.

그녀가 말했다. "오늘 중으로 제 아들을 찾을 수 있을 거예요. 늦어도 오늘 밤까지는요. 아무 문제 없이 돌아올 거예요."

"내일까지 못 찾으면 어떻게 하죠?" 그는 사진 더미를 흘끗 내려다보았다. "목요일까지 못 찾으면 어떻게 합니까?"

이번에도 그녀는 그가 묻는 말에 대답하지 않았다. "그 아이를 찾는 데 시간이 얼마나 걸릴까요? 몇 시간이면 찾을 수 있을까요?"

"아드님이 계속 지하철을 타고 있으면 금세 찾을 수 있을 겁니다. 하지만 길거리로 나서기로 작정하면······"

"계속 지하철을 타고 있을 거예요. 붙잡힐 때까지 계속 그 안에 있을 거예요."

그녀의 목소리에서 자부심이라고 표현할 수 있을 만한 게 느껴졌다. 라티프는 실눈을 뜨고 그녀를 쳐다보았다.

"헬러 부인······"

"그냥 헬러라고 불러주세요." 그녀가 말했다. 시시덕거리자고 하는 말이 아니었다. 그녀는 여전히 라티프가 권한 의자 옆에 서 있었다. 앉을 생각이 없는 것 같았다.

"아드님의 상황이 상당히 심각합니다, 헬러 씨. 호송 직원을 따돌리고 달아나 벨라비스타 병원을 난처하게 했을 뿐 아니라 뉴욕 경찰과 뉴욕 시 대중교통국에서 까다롭고 위험하고 비용 부담이 많은 수색 작전을 벌이게 되었으니까요. 아드님은 여러 명의 승객을 위협했고, 록펠러 센터 승강장에서 무모한 행각을 벌였고, 이미 한 차례 이상 폭행을 저질렀습니다." 라티프는 특정 범주에 속하는 실종 사건 신고인을 대할 때 쓰는 한숨을 내쉬었다. 프로답게 유감의 뜻을 표현하고 무한한 인내심을 보여주는 한숨이었다. "이 모든 게 아드님이 석방 후 한 시간 동안에 저지른 일이죠." 그는 그 말이 두 사람 사이를 떠돌게 내버려두었다. "한 시간 동안에 말입니다, 헬러 씨."

그녀가 자리에 앉았다. "제 아들이 그런 짓을 저지르다니 죄송합니다."

"저희도 유감스럽게 생각합니다." 그는 입장을 정리하는 그녀를 바라보며 거의 일 분 동안 아무 말도 하지 않았다. 그 일 분 동안 그녀의 말투가 어느 나라 억양인지 고민했다. 유럽인 건 분명했다. 유럽에서도 북쪽인 것 같았다. 덴마크가 아닐까 싶었다.

"이야길 계속해도 되겠습니까, 헬러 씨?"

"물론이죠." 그녀의 억양이 좀더 심해져서 그 어느 때보다 이국적으로 들렸다. "계속하면 안 될 이유가 없죠."

"맞습니다. 아드님이 왜 그랬을지 함께 이유를 하나씩 생각……"

"형사님, 클로자핀* 먹어본 적 있으세요?"

그는 기침을 하며 손으로 얼굴을 가렸다. "아뇨. 그럴 필요를 못 느꼈습니다."

"제 아들이 유리에 눌리는 것 같은 기분이 든다고 하더군요."

"유리에 눌리는 것 같다고요. 그렇군요."

"그 소리를 듣고 그 약이 제 아들한테 어떤 영향을 미치는지 두 눈으로 확인했더니 이해가 되더라고요……" 그녀는 말을 멈추고 머뭇거렸다. "이해가 된다기보다 알게 되었다고 해야 할지……"

"뭘 알게 됐다는 말씀입니까, 헬러 씨?" 라티프는 눈썹을 치켜세우고 물었다. 그는 이제 모질고 어떻게 보면 잔인한 대사를 내뱉을 차례가 되었지만 돌려서 말할 생각이 없었다. "아드님한테 클로자핀보다 더 좋은 약이 있습니까? 그보다 효과는 좋고 부작용은 적은 약이 있나요? 아직 시험해보지 못한 약 중에서요?"

그녀는 팔짱을 꼈다 풀었다 하며 멍하니 그를 쳐다보았다. 그녀가 그의 말에 대답하기까지 한참의 시간이 흘렀다.

"저희가 시험해보지 않은 약은 없어요. 단 하나도요. 파일에도

---

*정신분열증 치료제로 쓰이는 약물.

그렇게 적혀 있을 거예요."

"지금 당장은 파일에 뭐라고 적혀 있는지 관심 없습니다, 헬러 씨. 한 가지 분명히 짚고 넘어가야 할 게 있으니까요." 그는 사진들을 한쪽으로 치우고 그녀의 멀건 눈을 똑바로 들여다보았다. "아드님이 오늘 아침에 저지른 짓이 과연 올바른 행동이었을까요?"

그녀는 입을 살짝 벌렸지만 아무 말도 하지 않았다. 복도에서 언쟁 비슷한 게 벌어졌다. 한 사람은 뵈른스트란드였고 나머지 한 사람은 목소리만 듣고는 누군지 알 수 없었다. 그는 아무 생각 없이 그 소리를 듣고 있었다. 드디어 그녀가 뭐라고 이야기를 시작했지만 모기만 한 목소리로 웅얼거리는 바람에 알아들을 수가 없었다. 하지만 그는 그녀가 무슨 말을 할지 처음부터 알고 있었다.

"아뇨. 제 아들이 잘했다고 생각하지는 않습니다."

그녀는 그 말을 끝으로 고개를 살짝 숙이고 두 손바닥을 무릎에 올려놓은 채 가만히 앉아 있었다. 그녀는 쫓기거나 적의를 품거나 불안해하는 기미가 전혀 없었다. 아들을 찾는 데 급할 게 없다는 식이었다. 그날 아침에 벌어진 일 때문에 당황스러워하거나 충격을 받지도 않았다. 충격처럼 즉각적이고 무분별한 반응을 보이지 않았다. 라티프는 심문할 때 종종 그러듯 그녀를 저울질하며 아무 일 없는 날 그녀가 어떤 모습일지 그려보는 동안, 기다란 호(弧)를 그리며 끊임없이 그를 괴롭히던 날들이 끝나는 순간을 목격하고 있다는 생각이 들었다. 시작이 아니라 끝이었다.

"헬러 씨." 그가 불렀다.

뜻밖에도 그녀는 흠칫하며 똑바로 앉았다. 이제는 얼굴에 혈색이 돌았고 살짝 신랄한 분위기마저 풍겼다. 그 표정을 보고 그는 이상하게 당황스러워졌다. 남의 말을 엿듣다 들킨 것 같잖아, 그는 생각했다.

"형사님, 어떻게 저희 아들을 찾을 생각이신가요?"

그의 눈길이 자연스럽게 파일로 향했다. "도망치는 아이들은 대부분 무언가로부터 벗어나려 합니다. 어느 쪽이 됐든 가장 용이한 방향을 택해 달아나고 십중팔구 멀리 가지 못하죠. 그런데 댁의 아드님은 분명한 목적이 있는 것 같습니다." 그는 그녀가 고개를 끄덕일 때까지 기다렸다 계속했다. "아드님이 달아난 이유에 대해서 최대한 많은 것을 알고 싶습니다. 그런 다음 그 정보를 바탕으로 아드님의 목적이 무엇인지, 어머님과 둘이서 추측해볼 수 있죠."

그녀는 등받이에 기대고 앉으면서 조심스럽게 미소를 지었다. "사람들은 보통 윌리엄과 관계된 일이라면 이유를 따지지 않아요."

"저는 제 나름의 수사 방식이 있습니다, 헬러 씨. 인과관계에 따라 생각하는 거죠."

그녀는 여전히 미소를 지으며 고개를 끄덕였다. "그건 감사해야 할 일이네요."

그는 서랍을 열고 은행이나 공공도서관에서 흔히 볼 수 있는 노란색 몽당연필을 꺼내 엄지손가락으로 심을 확인했다. "아드님이 오늘 아침에 그런 짓을 한 이유가 있습니까?"

"이유야 항상 있죠."

그는 색인 카드 포장지를 벗기고 서류철과 나란히 놓은 다음 정확히 일곱 묶음으로 나누었다. "어떤 이유인지 들을 수 있을까요?"

그녀는 자신의 믿음이 배신이라도 당했다는 듯 그를 쳐다보았다. 잠시 후 그녀는 사무원처럼 매끄럽고 형식적인 말투로 이야기를 시작했다. 이제 억양은 영국, 그중에서도 특히 스코틀랜드 출신처럼 바뀌었다. "저한테 전화하셨을 때 편지 이야기를 하셨죠, 형사님."

"편지라기보다 쪽지였죠." 그는 서랍을 닫았다. "병원에 비치된 편지지에 쓴 쪽지였습니다. 그걸 두 번 접어서 자기가 쓰던 감방의 상인방에 얹어놓았더군요." 그는 잠시 말을 멈추었다 다시 이었다. "감방이 아니라 병실이라고 해야겠네요. 병원이니까."

"상인방이라고요?" 그녀가 미간을 찌푸리며 물었다.

"문 위에 달린 조그만 나무 가로대 말입니다. 아드님이 퇴원한 게 오늘 아침이었으니 어느 누구도 그 방을 훑어볼 생각조차 하지 않았던 모양입니다. 쪽지의 수신인은 '바이올렛'이었습니다." 그는 연필 끝을 책상에 대고 소리가 안 나게 두드렸다. "그 쪽지 안에 가루로 빻은 칠 일치 자이프렉사*와 500밀리그램의 데파코트**가 들어 있었습니다. 아드님은 지난 육 개월 동안 충실하게 약을 복용했고 자신의…… 병에 대해 엄청난 통찰력을 보였죠." 그는 지금 파일에 적힌 내용을 그대로 읽고 있었다. "그래서 의료진은 전처럼 철저하게 감시하지 않았습니다." 그는 서류철을 옆으로 치웠다. "의료진 말로는 알약을 혀 밑에 숨겨놓았다 뱉은 게 아닐까 싶다는군요. 그런 식으로 하면 약물이 어느 정도 흡수되기는 하지만 그 양은 많지 않다고 합니다."

"그 아이는 조만간 퇴원하는 걸 알고 있었어요." 그녀가 차분하

---

* 정신분열증 치료제.
** 간질 치료제.

게 말했다. "그래서 더이상 약을 먹지 않은 거예요."

"그게 무슨 말씀입니까?"

"의사들 비위를 맞추려고 약을 먹었으니까요. 될 수 있는 한 빨리 약을 끊을 생각이었죠." 그녀는 다시 미소를 지었다. 이번에는 약간 삐딱한 미소였다. "제 아들한테 듣기로는 그랬어요."

라티프는 시선을 돌려 천장 저쪽 끝에 생긴 빗물 자국을 쳐다보다 최대한 뻔뻔스러운 태도로 사건 보고서를 뒤적이기 시작했다. 삼십 초, 그리고 일 분이 그렇게 흘러갔다. 그녀는 아무렇지도 않은 듯 벙어리처럼 그의 맞은편에 앉아 있었다. 그가 언제까지 자기를 무시해도 상관없다는 식이었다.

"그럼 전혀 놀랍지 않으시겠네요." 이윽고 그가 입을 열었다. "지금 여기 앉아 계신 게, 제가 이런 질문을 하는 게, 경찰에서 아드님을 놓고 추격전을 벌이는 게 말입니다."

"네."

그의 입에서 하마터면 욕이 나올 뻔했다. "한 가지만 여쭈어봐도 될까요? 뉴욕 주 정부에 아드님을 앞으로 십팔 개월 동안 더 붙잡고 있어달라고 요청하시지 그랬습니까?"

"했어요."

그는 그다음 말을 정해놓은 다음 그 말을 꺼내기 위해 이미 숨을 들이쉰 상태였기 때문에 의자에 기대며 다문 입술 사이로 숨을 내뱉었다. 잠깐 동안 완벽한 진공 위로 정직이 흘렀다. 곧 일상의 소음이 다시 이어졌다. 복사기가 철커덕거렸고, 뵈른스트란드의 당나귀 같은 웃음소리가 환기구를 타고 흘러들어왔으며, 어느 옆 사무실에서 한 남자가 이디시어로 차량관리국을 욕했다. 그녀는 처음 자세 그대로, 자세가 흐트러지는 걸 막으려는 사람처럼 손으로 무릎을 감싸 쥐고 앉아서 그의 등 뒤 검댕이 덮인 창문을 바라보았다. 라티프는 무언가의 끝을 목격하고 있다는 생각이 다시 한번 들었지만, 이번에는 그게 뭔지 감이 오지 않았다.

"쪽지 좀 볼 수 있을까요, 형사님?"

그는 그녀를 대하면서 몇 가지 실수를 저질렀다. 그녀를 보고 있으려니 그랬다는 걸 분명히 느낄 수 있었다. 그는 그녀의 피곤함을 너무 과대평가했고, 그녀가 예상했던 것보다 훨씬 그녀에게 호의적인 태도를 보였고, 그 결과 삼십 분을 낭비했다. 그녀는 일부러 그런 것도 아니고 자기가 그러는 줄 알지도 못했지만 사사건건 그를 좌절시켰다. 그녀가 분노하거나 좌절한 기미를 보이는 단 몇 초 동안은 그녀를 이해할 수도 있을 것 같은 기분이 들었다. 하지만 나머지 시간 동안에는 그녀를 통해 유용한 정보를 전혀 얻을 수 없었다. 그는 그녀가 외국인이기 때문이라고, 편의상 그렇게 결론을 내렸다. 덴마크의 방식은 다르겠거니 생각하기로 했다.

"바이올렛." 그는 쪽지를 펴서 책상 너머로 밀어주며 말했다. "혹시 아는 이름인가요?"

그녀는 멍하니 고개를 끄덕이며 쪽지를 반듯하게 폈다. "윌이 저한테 지어준 별명이에요. 제가 제일 좋아하는 색깔이거든요."

"하지만 본명은 이다죠? Y, D, A."

"맞아요."

"헬러는 결혼 전에 쓰던 성이고요?"

대부분의 여자들은 결혼 후에도 성을 바꾸지 않았다고 설명하든지 지나가는 말로라도 아버지를 운운하는 등 이 부분에 대해 분명히 짚고 넘어가려고 하는데 그녀는 그렇지 않았다. 쪽지를 눈앞에 바짝 대고 물끄러미 쳐다보다 담배를 집어 입으로 가져갔다. 그는 또다시 그녀를 염탐하는 듯한 기분이 들었다.

"아드님을 퇴원시키지 말고 계속 입원시켜달라고 벨라비스타에 요청하신 이유가 뭡니까?"

하지만 그녀의 관심사는 쪽지 하나였다. "뭐라고 썼는지 모르겠네요." 그녀가 중얼거렸다. "하도 휘갈겨 써서 말이에요." 그녀는 이제 쪽지를 멀찌감치 들고, 잘못 배달된 편지라도 되는 것처럼 고개를 저었다. 그는 그녀의 손가락 사이에서 살며시 흔들리는 쪽지를 보며 고마움 비슷한 감정을 느꼈다.

"기호로 바꾼 겁니다." 그는 손가락 끝으로 집어 쪽지를 다시 받았다. 이제 다시 그의 전문 분야로 돌아왔다. 그녀는 뭐가 뭔지 알 수 없겠지만 그는 손바닥 보듯 훤했다. "좀더 정확히 말하면 암호로 바꿨다고 해야겠죠."

그녀는 이제 몸을 앞으로 숙인 채 뚫어져라 쪽지를 쳐다보았다. 갑자기 그녀를 파악하기가 훨씬 쉬워졌다. "형사님은 이런 걸 보면 무슨 뜻인지 아세요?"

"키워드를 모르면 누구라도 무슨 뜻인지 알 수가 없죠." 그는 두 사람 다 읽을 수 있게 쪽지를 비스듬히 옆으로 놓았다.

LEVP UCKGER. YKS BVUE RBE JVHE KT V TGKWEP VJL C LKJR. C LKJR BVUE RBE JVHE KT V TGKWEP UCKGER WBY CQ RBVR?

C TEEG VGG PCABR KGL UCKGER ISR RBE WKPGL CQ AERRCJA BKRREP. EUEPY IKLY FJKWQ RBCQ. EUEPLY IKLY FJKWQ RBCQ VJL MPEREJLQ BE/QBE LKEQJR RBE WVY MEKMGE LCL WCRB HE WBEJ C WVQ QCOF. LK YKS PEHEHIEP UCKGER? APVJLVL OKSQCJQ REVOBEPQ? RBE WVY RBEY LCL WCRB HE VR RBE IEACJJCJA.

RBE WKPGL CQ AERRCJA BKRREP EUEPY LVY. WBEJ MEKMGE QRVPR RK RVGF VIKSR CR RBE PEVGCRY GEVUEQ RBECP HKSRBQ. KQDY C OVJ QEE RBCQ UCK- GER MKQQCIGY IEOVSQE CUE IEEJ QCOF. MKQQCIGY IEOVSQE CUE IEEJ VWVY QK GKJA JKW RBVR C OKHE IVOF C OVJ QEE CR.

RBE WKPGL CQ AERRCJA BKRREP JKR QGKW VJL QREVLY ISR GCFE V QJKWIVGG (JKR V DKFE) KP V IKS- GLEP AERRCJA TVQREP VGG RBE RCHE. RBCQ CQ JKR HY KWJ CJUEJRCKJ UCKGER IEOVSQE C PEVL CR VJL C QVW CR KJ RBE JEWQ.

C WVJR RK KMEJ GCFE V TGKWEP UCKGER. GCFE V TGKWEP LKEQ CJ MKERPY. C RBCJF RVBR HCABR BEGM VQ RBE WKPGL CQ CJQCLE KT HE VJL RBVR WCGG/HC-

ABR BEGM RK OKKG RBE WKPGL. MKQQCIGY. IKLCEQ
WCGG BVUE RK AER OKGL JKW UCKGER. HVJY IKLCEQ.
VJYRBCJA EGQE CJ RBE WKPGL YKS OKSGL BEGM HE
WCRB ISR JKR WCRB RBCQ. CH QSPE YKS FJKW RBVR
UCKGER.

VGQK YKS HCABR REGG.

"이건 치환 암호입니다." 라티프가 설명을 시작했다. "키워드에
따라 알파벳을 바꿔 쓴 거죠. 키워드는 아무 단어라도 될 수 있습
니다. 예를 들어 키워드가 'cat'이라고 하면 암호 알파벳, 그러니
까 이 쪽지 속 알파벳은 A, B, C가 아니라 C, A, T로 시작됩니다.
그 나머지 부분은 일반적인 알파벳과 체계가 같고요."

그녀는 머뭇거리다 이내 물었다. "그러니까 알파벳이 전체적으
로 세 칸씩 자리를 옮기는 건가요?"

"아드님이 동원한 암호 체계에서는 그렇습니다. C, A, T만 예외
죠. C, A, T는 제일 앞으로 나와야 하니까요."

그녀는 손가락으로 천천히 쪽지를 훑어 내려갔다. "그래도 제
아들이 어떤 키워드를 썼는지 알아야 하는 거겠죠?"

"맞습니다. 보내는 사람과 받는 사람, 양쪽 모두 키워드를 알고
있어야 암호가 제 역할을 할 수 있습니다." 그는 안락의자에 몸을
묻었다. 극적인 효과를 위해 말을 중간에 끊은 것이다. "그렇기 때
문에 키워드를 알아맞히는 게 가능한 거고요."

"형사님은 키워드가 뭔지 알아내셨군요, 그렇죠?"

그는 우쭐한 기분이 드는 것을 어쩔 수 없었다. "어쩌다보니 암호를 만드는 게 제 취미생활이 되어놔서요. 하지만 한 가지만 말씀드리자면 지금까지 실제로……"

"키워드가 뭐죠?"

그는 그녀 쪽으로 쪽지를 밀어주었다. "아드님이 어머니를 다정하게 부를 때 쓴 별명이었습니다. 바이올렛(Violet)."

바이올렛에게. 당신은 꽃 이름이지만 나는 그렇지가 않아요. 나는 꽃 이름이 아닌 이유가 뭘까요 바이올렛?

바이올렛 나는 괜찮은데 세상이 점점 뜨거워지고 있어요. 다들 그걸 알고 있죠. 다들 그걸 알면서 모르는 척해요, 내가 아팠을 때 그랬던 것처럼. 바이올렛 생각나요? 할아버지, 사촌들, 선생님들이 어땠는지? 그 사람들이 처음에 나를 어떻게 대했는지?

날이 갈수록 세상이 점점 뜨거워지고 있어요. 사람들이 그 이야기를 하기 시작하는 순간 진실은 저 너머로 사라져버리죠. 바이올렛, 나만 그걸 느낄 수 있는 이유는 그동안 아팠기 때문인가봐요. 그동안 멀리 있다 돌아왔기 때문에 내 눈에는 보이나봐요.

이 세상은 서서히 뜨거워지고 있는 게 아니라 점점 가속도가 붙는 눈덩이나 산사태처럼(말장난하는 게 아니에요) 뜨거워지고 있어요. 바이올렛 이건 내가 만들어낸 헛소리가 아니에요, 신문에서 읽고 뉴스에서 본 거예요.

바이올렛 나도 꽃처럼 활짝 피고 싶어요. 시에 나오는 꽃처럼. 세상이 내 안으로 들어와 있으니 그러면 도움이 될지 몰라요, 그러면 세상이 좀 시원해질지 몰라요. 어쩌면. 이제는 체온이 떨어져야 할 거예요 바이올렛. 많은 사람들의 체온이. 다른 일들은 당신 도움을 받을 수 있지만 이것만큼은 그럴 수가 없어요. 바이올렛 당신도 그건 알고 있겠죠.

어쩌면 당신도 느꼈겠죠.

암호 해독이 끝났을 때 그녀는 한동안 아무 말도 하지 않았다. 그러다 허리를 꼿꼿하게 펴고 어린아이처럼 웃음을 터트렸다. "우리 아이가 누굴 죽이거나 하지는 않을 거예요, 형사님."

라티프는 그녀를 유심히 뜯어보았다. "저는 아드님이 그럴 것 같다고 말씀드린 적이 없는데요."

그녀는 주저하며 쪽지를 내려다보았다. "그런데 암호로 쓴 이유가 뭘까요? 우리 아이는 저한테 암호를 쓴 적이 한 번도 없었어요." 그녀는 고개를 저었다. "어쨌거나 무슨 소리인지 알 수 없기는 마찬가지네요."

"아무도 모르게 하려고 무슨 소리인지 알 수 없게 썼을 겁니다."

"그러니까 이유가 뭐냔 말이죠." 그녀는 계속 고개를 저었다. "꽃처럼 활짝 피고 싶어서? 그래서일까요? 그렇다고 한들……"

"아드님은 망상형 정신분열증을 앓고 있습니다, 헬러 씨." 그는 최대한 조심스럽게 말했다. 그 단어가 수돗물에 녹인 아스피린처럼 묘한 뒷맛을 남겼다. 그는 쪽지를 다시 서류철 안에 넣었다.

"재미있네요." 그녀는 손으로 입을 가렸다. "아침 여덟시 삼십분에 경찰서로 불려왔는데, 우리 아이가 날씨 걱정을 하고 있다는 거잖아요!"

"그게 무슨 말씀이신가요, 헬러 씨? 저는 도무지……"

"윌이 누굴 죽이거나 하지는 않을 거예요, 형사님." 그녀는 다시 웃음을 터트렸다. 하지만 그는 그녀를 믿어야 할 이유를 이제 더이상 찾을 수 없었다.

로우보이는 열차 소음이 사라진 뒤에도 학교에서 배운 것처럼 두 손으로 눈을 가리고 한참 동안 앉아서 시크교도가 그의 머릿속에서 사라지길 기다렸다. 입은 다물고 무릎은 구부리고 머리는 뒤쪽 벽에 대고 꼼짝하지 않았다. 걸인과 취객 들이 오래 앉아 있지 못하도록 만들어진 벤치라 딱딱하고 불편했지만, 그런 것이나마 있는 게 고마웠다. 그는 출전을 앞둔 시크교 전사처럼 숫자를 세며 숨을 쉬었고, 숫자를 세는 것 하나만 생각했다. 1부터 7까지 세고 잠깐 숨을 참은 다음 7부터 1까지 거꾸로 셌다.

　쉽지 않은 일이라 진이 빠졌다. 시크교도가 한 말 중에 꺼림칙한 것들이 몇 개 있었다. "지금 저 아이가 너 때문에 겁을 먹고 있잖니, 윌리엄"이 그랬다. "만약 내가 네 친할아버지였으면 말이다"도 마찬가지였다. "그렇지는 않아"도. 이 말들은 날카롭고 다급하고 퉁명스럽게 사라졌지만, 그 아래 혹은 그 뒤에서 그보다 훨씬 더 시끄럽게 터빈이나 고압선처럼 윙윙거리는 소리는 아무리 열심히 숫자를 세도 쫓아낼 수 없었다. 로우보이는 그 소리를 너무나도 잘 알고 있었다. 터널이나 열차 소음만큼 귀에 익은 소리였다. 하지만 그 소음들 속에서 나온 소리는 아니었다. 그가 지하로 가지고 온 소리였다.

겁이 나면 늘 그렇듯 바이올렛의 모습이 떠올라 감은 두 눈 뒤에서 전기 촛불처럼 깜빡였다. 환영으로 나타날 때도 있고 그냥 모습만 생각날 때도 있었지만, 언제나 그녀는 밝고 사랑으로 충만하면서도 섬뜩했다. 이번에는 남자아이처럼 삐죽삐죽한 금발머리를 하고 의자에 꼿꼿하게 앉아서 걱정이 될 때 늘 그러듯 치마 구김살을 펴고 있었다. 지금쯤이면 그녀도 경찰이나 학교에서 연락을 받고 그가 달아난 걸 알게 되었을 테고, 어쩌면 그가 남긴 쪽지까지 보았을 것이다. 그 쪽지의 내용을 간파했을까. 쪽지의 내용을 간파하고 여느 집 어머니처럼 은밀하고 거만하게 그를 자랑스러워해주었으면 좋겠다 싶었지만 그녀의 환영은 자랑스러워하는 기미가 조금도 없었다. 슬프고 절망적이고 창백해 보였다.

오래전, 생각나지도 않을 만큼 오래전에 어마어마하게 큼지막한 침대가 있었다. 아버지와 어머니가 쓰던 것이었다. 그 침대는 네모반듯하고 높았고, 녹빛 꽃무늬가 있었다. 바이올렛은 그걸 히피식 시트라고 표현했다. 그는 부모가 아직 일어나지 않은 이른 아침에 침대 발치, 그러니까 두 사람의 네 발이 만나는 그 비좁고 답답한 구멍 속으로 기어 들어가는 걸 가장 좋아했다. 얼굴에 와닿는 무명 이불은 돛처럼 깔깔했고, 부모의 체취가 공기를 여러 빛깔로 물들였다. 아버지는 빨간색, 아들은 초록색. 바이올렛은 보라색. 바이올렛은 등에 "플랫부시*는 연인들의 보금자리"라고 적힌 남자용 잠옷 셔츠를 입었고, 아버지는 고운 무명 파자마를 입었다. 한번은 파자마가 내려가서 아버지가 뭐라고 중얼거리자 바이올렛이 웃음을 터트리며 그 안으로 손을 넣은 적도 있었다. 그때를 생각했더니 입안이 바짝 말랐고, 사랑이 너무 넘치도록 느껴져서 일부를 뱉어내야 했다. 그때는 모든 게 단순하고 평범하게 술술 풀렸다. 이 세상도 그때까진 종말에 대해서 꿈도 꾸지 않았다.

　하지만 그건 옛날 이야기고, 지금은 11월 11일이었다. 오늘 그는 지하철역 벤치에 앉아서 사막의 그 어떤 선지자보다 외롭게 1부터 7까지 세고 있었다.

* * *

　그곳은 '자연사박물관' 역이었다. 바이올렛과 함께 애완견용 놀이터, 야구장, 저수지 철조망을 지나 공원으로 갈 때 숱하게 지나다닌 역이었다. 처음에는 그가 바이올렛의 팔짱을 끼었지만 나중에는 그녀가 자신의 팔을 그에게 내맡겼다. 어깨를 구부정하게 움츠린 남자 하나가 바보처럼 구석 쪽으로 고개를 돌린 채 맞은편 승강장에 서 있었다. 그는 열차에 탄 것처럼 흔들거리며 옆으로 걸었다. 그 남자와 로우보이의 머리 사이에 있는 것이라고는 대기와 습기와 규칙적으로 깜빡이는 아르곤 전등뿐이었다.

　　─────────

　＊뉴욕 시의 한 지역 이름.

로우보이는 기억을 더듬으며 승강장을 쳐다보았다. 무광택 청동 해골 열여섯 개가 타일 벽에 왕릉 묘비처럼 일렬로 붙어 있었다. 그는 무심하게 등을 돌렸다. 오래전에 이 땅에서 사라진 동물들의 해골인데, 누가 봐도 실패작이었다. 그는 눈을 감고 해골들을 잊으려 애를 썼고, 어느 정도 시간이 지나자 잊을 수 있었다. 그는 손을 거두고 시크교도의 목소리가 잠잠해졌는지 확인했다. 그런 다음 다시 승강장을 바라보았다.

그는 눈을 뜨자마자 후회했다. 주변 사물들이 그에게 급습이라도 당한 것처럼 잠시 흔들렸고, 윤곽들이 실룩이며 한데 섞이기 시작했다. 으, 안 돼, 그는 생각했다. 아르곤 전등이 비둘기처럼 구구거렸다. 그 뒤에 지적인 존재가 숨어 있었다. 그는 자신이 무엇을 보았건 달라질 게 없고 자신이 상관할 바가 아니라고 마음을 다잡으려 했지만, 이미 엎질러진 물이었다. 그는 벤치를 움켜쥐고 짧게 숨을 들이쉬며 눈에 보이는 것만 보자고 다짐했다. 벤치는 반질반질했고, 벽은 환했고, 해골들은 여전히 광택 없이 우중충했다. 모든 게 본분을 지키며 죽은 듯 꼼짝하지 않았다. 심지어 열차를 기다리는 사람들마저 완벽하게 삼삼오오 모여 있는 것처럼 보였다. 하지만 이번에도 그건 착각이었다. 극장에서 커튼 뒤, 캔버스 천으로 만든 배경과 소품 뒤를 언뜻 엿본 것, 작품은 훌륭했지만 밧줄과 도르래를 잊을 수 없던 것과 비슷했다. 이렇게 될 줄 알았어야 하는 건데, 그는 중얼거렸다. 이렇게 될 줄 알고 있었잖아? 그런데 사실 이렇게 금세 닥칠 줄은 몰랐기 때문에 그는 기운이 빠졌고 무능력한 인간이 된 듯했고 구역질이 났다.

담배 포장지 하나가 요염하게 춤을 추며 벤치를 지나 승강장 쪽으로 날아갔다. 수줍어하는 토템. 무언가를 알리는 징조였다. 그는 다리 사이에 얼굴을 묻고 숨을 헐떡였다.

마음을 가라앉히기 위해 그는 머지않아 굴복해버리는 자신의 모습을 떠올려보았다. 소명에 부응할 수 있을까 의심스러워지는 순간이 있었고, 알몸을 상상만 해도 구역질이 나는 순간도 있었고, 그것 말고는 원하는 게 아무것도 없는 순간도 있었다. 누굴 찾아내게 될까? 그는 무릎에 닿은 머리를 만지며 생각했다. 여기에서 누굴 찾아낼까? 그는 시크교도와 같은 열차에 타고 있었던 그 음악광을 생각했고, 그녀가 그를 돌아보고 어떤 식으로 웃었는지 떠올렸다. 그녀의 긴 앞머리, 산만했던 태도, 손톱이 물어뜯긴 예쁜 손가락들을 떠올렸다. 그는 바보가 서 있는, 어두컴컴하게 방치된 승강장 끝을 다리 사이로 물끄러미 바라보며 과연 저기서 그런 일이 벌어질 수 있을까 의아해했다. 만약 정신병자와 마주친다면, 하는 생각이 들자 웃음이 터져나오려고 했다. 만약 그가 정신병자와 마주친다면 그런 일이 벌어질 수도 있었다.

이미 그는 의혹의 물결이 잦아드는 걸 느끼고 있었다. 의혹의 물결은 이따금 그가 얼마나 쓸모없는 인간인지 알려주려는 것처럼 거만하고 무심하게 황급히 그를 통과해 갔다. 그러지 않는 경우에는 그를 완전히 뒤집어놓았다. 하지만 오늘은 그러지 못했다. 그는 어둠 속으로 사라져가는 철로를 눈으로 좇았다. 열차들만 살고 있는, 물로 얼룩진 텅 빈 수로. 눈이 아리도록 노란 안전선. 제3레일* 뒤편에서 쥐 한 마리가 사지를 쫙 벌린 채 엎드려 만족스러운 듯 실룩거리며 너덜너덜한 종이컵에 담긴 커피를 마시고 있었다.

"함께 보내는 근사한 밤을 위해 건배." 로우보이는 가상의 유리잔을 들어 보였다.

고개를 숙이고 그를 쳐다보는 쥐를 쳐다보며 앉아 있는데, 승강장을 울리는 어떤 소리가 들렸다. 두 사람의 발소리 아니면 한 사람의 발소리가 벽에 부딪혀 울리는 소리였다. 사람들 목소리가 그 뒤에서 쏟아졌다. 은방울처럼 낭랑하지만 감정이라고는 전혀 실리지 않은 목소리였다. 오래된 TV처럼 지지직거리는 목소리였다.

"여기 들어오니까 시체 냄새가 난다."

"사람들 냄새겠지. 지금까지 사람 한 명도 안 만나봤냐?"

"부탁 하나만 들어줄래?" 긴 한숨 소리. "이다음에 택시 타고 가자는 너를 내가 말리거든 내 몸에 불을 지르고 가버려. 알았지?"

그 뒤로 자동 회전식 개찰구가 끽끽거리는 것 말고는 아무 소리도 들리지 않았다. 그의 벤치에서 몇 피트 떨어진 곳에서 발소리가 멈추었다. 그는 무슨 일이 있어도 고개를 들지 않을 생각이었다. 그 사람들 목소리가 스컬 & 본즈와 너무 비슷했다.

"그나저나 런던은 어땠어? 나는 한 번도 못 가봤는데."

"괜찮았어. 거기 갔었어. 너도 아는 거기." 잠깐 침묵. "런던 탑 말이야." 이번에는 좀더 나른한 침묵. "사람들 진짜 많더라."

---

* 지하철 등에서 전기 공급을 위해 주행 레일 옆에 설치하는 레일.

58

로우보이는 바닥에 대고 역겨워하는 표정을 지었다. 스컬 & 본즈는 런던에 가본 적이 없었다. 그건 분명했다. 털실 매듭이 목에 걸린 새끼 고양이처럼 누가 입을 가리고 캑캑거리는 듯한 소리가 들렸다. 흉금을 털어놓기라도 하는 건지 두 사람의 목소리가 낮고 조심스럽게 바뀌었다.

"런던에는 인도 사람들이 살지?"

"인도 사람들도 살고 파키스탄 사람들도 살고. 그런데 안 믿기겠지만 여기보다 깨끗해. 거지도 더 적고."

"거지라." 또다시 침묵. "거지들은 이 도시가 자기들 거라고 생각하지."

"사실이 그렇잖아."

"아니야. 이 도시는 내 거야."

선로로 뛰어내려야겠어, 로우보이는 엄지손가락 마디를 깨물며 생각했다. 저 인간들이 입을 다물지 않으면 본때 좀 보여줘야겠어. 지금 당장.

바로 그때 시 외곽으로 빠지는 B선이 도착해 그를 살렸다. 정확히 열차 길이만 한 유령이, 그 엄청난 압력과 속도 때문에 뜨끈뜨끈해진 터널 모양의 공기 덩어리가 먼저 들이닥쳐 쓰레기를 구름 속으로 날려보냈다. 그는 입을 벌리고 맛을 보았다. 담배 포장지는 빙글빙글 위로 올라가며 깜짝 놀란 새처럼 퍼덕였고, 그제야 그는 앉아 있던 벤치 위로 얼룩말 무늬 표지판이 서 있는 것을 알아차렸다. 그는 그 표지판의 정체를 알기 때문에 당당하게 그 이름을 불렀다. 전광판. 침착하고 당당한 그의 목소리가 선명하게 귓전에 울렸다. 그는 앞으로 어떤 일이 벌어질지 알고 있었다.

앞서 유령 열차가 그랬던 것처럼 바람을 가르고 그 위를 소리로 덮으며 거칠게 열차가 들이닥쳤다. 먼저 기류가 쉭쉭하는 소리가 들렸고, 그 뒤를 이어 바퀴 축이 끼이익하는 소리, 브레이크 패드가 소켓 안에서 씹히는 소리가 들렸다. 그 밖에는 아무 소리도 들리지 않았다. 승강장에서 누군가 떨고 있다면 이 세상의 거짓됨 때문이 아니라 열차가 속도를 줄이는 기세 때문이었다. 로우보이는 온 손가락으로 벤치를 움켜쥔 채 몸을 앞으로 숙여 기관실을 쳐다보았다. 땅딸막하고 참을성 많아 보이는 기관사가 저 멀리서 보안경을 카메라 플래시처럼 번뜩이며 다가오고 있었다. 기관실이 로우보이가 앉은 벤치 앞에 멈추어 섰다. 기관사가 보안경을 누르며 로우보이를 곁눈질한 다음 침침한 눈을 들어 전광판을 확인했다. 그가 모든 게 차질 없이 진행 중인 데 만족스러워하며 팔꿈치를 살짝 움직이자 문들이 열렸다. 문은 십 초 동안 열려 있었다. 십 초가 정해진 하한선이었다. 기관사가 축 늘어진 입술을 달싹이며 숫자를 셌다. 로우보이는 넋을 잃은 채 그의 일거수일투족을 관찰했다.

"안 타니?" 기관사가 물었다.

로우보이는 수줍게 고개를 끄덕였다. "저는 C선을 기다리고 있어요."

"저기 붙은 안내문 보이지?" 기관사가 턱으로 벽 쪽을 가리켰다. "C선은 오늘 운행이 제대로 안 되고 있어. 내 차에 타는 게 좋을 거다."

"괜찮아요." 로우보이는 기쁨에 겨워 전율했다. "상관없어요."

"내 말 안 들리니? C선은……"

"십 초 지났어요. 문 닫으세요."

기관사는 보안경을 들어올려 콧마루를 살짝 꼬집듯 훑은 다음 조심스레 다시 썼다. 그것 말고는 놀란 기색이 전혀 없었다. 그는 반올림 도와 라로 이루어진 안내음을 내보내고 고개를 오른쪽에서 왼쪽으로 까딱한 다음 바퀴벌레처럼 자기 자리로 쌩하니 돌아갔다. 로우보이는 눈을 감고 기관사에게 출발하라고 알리는 신호음이, 연속으로 울리는 두 번의 버저 소리가 들릴 때까지 기다렸다. 눈을 뜨자 열차는 사라진 지 오래였고, 승강장에는 아무도 없었고, 담배 포장지가 그의 무릎 위에 둥지를 틀고 있었다. 그제야 조금 전에 들었던 두 사람의 목소리가 생각났다. 그는 눈에 띄지 않도록 조심스럽게 사방을 둘러보았지만, 스컬 & 본즈는 흔적도 없이 사라지고 없었다. 쥐는 아직 그 자리에 있었지만 컵은 보이지 않았다. 양쪽 승강장에 아무도 없었다. 벤치에서 팔을 뻗으면 닿을 만한 거리, 가장 가까운 기둥과 그 사이에 반듯하게 접힌 20달러짜리 지폐가 놓여 있었다.

로우보이는 지폐를 물끄러미 바라보며 설명할 말을 열심히 찾았다. 우연의 일치겠지, 그가 결론을 내렸다. 누가 모르고 떨어뜨린 거겠지. 그럴듯하고 깔끔한 해석이었다. 학교에서 좋아할 만한, 근거 있는 추측이었다. 클로자핀 맛이 나는 해답이로군, 그는 중얼거렸다. 소라진*을 얹은 클로자핀 맛이 나는 해답이야.

---

* 정신분열증 환자에게 쓰이는 진정제.

그는 벽에 머리를 꼭 붙이고 앉아서 아무것도 하지 않았다. 벤치에서 일어나 20달러를 주머니에 챙기는 것은 상상하기조차 어려웠다. 그는 입원하고 일 년 반 동안 돈이라고는 만져본 적도 없었고, 터널은 우연한 일이 벌어질 만한 곳이 아니었다. 그런데 그는 배가 고파지기 시작했다. 그의 주머니에는 아무것도 없었다. 냅킨이나 성냥이나 연필조차 없었다. 알약 하나 없었다.

"그런데." 그는 큰 소리로 외치고 타일에 부딪쳐 되돌아오는 메아리를 들었다.

뜻밖의 일은 벌어지기 마련이지, 그는 생각했다. 뜻밖의 일은 항상 벌어지기 마련이지.

피스타치오색 머리에 비쩍 마른 학교 선생처럼 생긴 지폐 속의 인물을 보았더니 아는 사람 얼굴이 생각났다. 아마 그의 아버지일 것이다. 하지만 그는 그 선생 이름을 알고 있었다. "잭슨." 그는 지폐를 손가락으로 가리키며 말했다. "인디언 킬러, 앤드루 잭슨."

잭슨은 그를 올려다보며 귀하게 생긴 초록색 입으로 미소를 지었다. 내 기꺼이 당신을 스위스 치즈 오믈렛, 프렌치프라이와 바꿔주지, 로우보이는 생각했다.

"옳지, 꼬맹이 대장. 돈을 위협해야지. 바보처럼 주머니 속에 그냥 넣지 말고."

로우보이는 천천히 고개를 들었다. 등이 꼿꼿하고 몸집이 거대한 여자가 권투 선수나 서커스 곡예사처럼 두 다리를 벌리고 서서 말하고 있었다. 그녀는 시크교도에서 수단인, 체로키족에 이르기까지 어느 인종이라 해도 이상하지 않았다. 심지어 백인이라 해도 믿길 것 같았다. 그녀는 운동화 속에 비닐봉지를 신고 서서 잘 안 보이는 것처럼 미간을 찌푸리고 그를 쳐다보았다.

"위조지폐예요." 로우보이가 말했다. "옳은 게 아니죠."

"위조지폐?" 여자가 말했다. "그래?" 그녀는 누레진 손가락 마디로 뺨을 집었다. "그래도 내가 주워서 포트망토에 넣으면 안 될까?"

"어디 넣는다고요?"

"포트망토." 여자는 목소리를 낮추었다. "프랑스어에서 온 말이야. 지갑이라는 뜻이지."

"나도 알아요." 로우보이는 말하고 잠시 생각했다. "그러세요." 그는 결국 그렇게 말했다. "그래도 될 거예요."

"당장 그래도 되겠지."

여자가 말했다. 그녀는 발로 지폐를 시계 방향으로 돌리면서 꼼꼼하게 살피더니 한숨을 내쉬고 발을 질질 끌며 기둥 뒤로 걸어갔다. 시간이 흘렀다. 로우보이는 몸을 앞으로 숙이고 가운뎃손가락으로 지폐를 건드렸다. 손바닥에서 어깨로 전류가 흐르면서 턱이 맞물리고 이들이 서로 붙었다. 뒤로 몸을 빼자 그 느낌이 당장 사라졌다.

"좀 전에 그 돈, 위조지폐라고 하지 않았니, 꼬맹이 대장?" 여자가 가장 가까이 있는 기둥 뒤에서 걸어 나오며 날카롭게 물었다. 그녀는 어린아이가 이불을 움켜쥐듯 파란색 조그만 트렁크를 두 손으로 꼭 잡고 있었다. 다른 데에 비해 손이 정말 작았다. 그녀는 한 걸음 한 걸음 미리 생각해가며 수줍은 듯 조금씩 발을 떼고 조심스레 몸을 움직였다. 까만 두 눈은 지폐에서 떠날 줄 몰랐다.

"요즘은 20달러로 뭘 얼마큼 살 수 있어요?" 로우보이가 벤치 옆자리를 내주며 물었다.

"너는 돈에 대해서 잘 모르니?"

그가 고개를 끄덕였다. "먼 데 있었거든요."

그녀가 자리에 앉자 샴페인 잔이나 크리스마스용 전구, 그것도 아니면 빈 향수병으로 가득 차 있기라도 한 것처럼 트렁크가 쨍그랑거렸다. 그들은 트렁크를 사이에 두고 잠시 앉아, 선로 저편에서 왔다 갔다 하는 사람들을 구경했다. 급행열차가 한 대 들어왔다 떠났고, 로우보이는 잠깐 지폐가 걱정됐지만 그것은 정확히 같은 자리에 머물러 있었다. 심지어 펄럭이지도 않았다. 마침내 여자가 헛기침을 하고 고개를 끄덕이고 양쪽 엄지손가락으로 눈썹을 문질렀다.

"20달러로는 살 만한 게 별로 없어. 바닥에 떨어져 있는 한."

로우보이는 그녀를 향해 씩 웃으며 어깨를 으쓱했다. "이름이 뭐예요?"

"헤더." 여자는 말을 하다 말고 갑자기 멈추었다. "헤더 코빙턴."

"헤더 코빙턴."

그는 이름을 되뇌며 여자를 유심히 뜯어보았다. 그녀는 신발 안에 신은 비닐봉지를 손보고 있었다.

"아줌마는 헤더처럼 안 생겼는데요?" 그가 말했다.

그녀는 걸려들었다는 듯이 그를 향해 윙크하더니 트렁크를 열고 너덜너덜한 파란색 여권을 꺼냈다.

"그건 뭐에 쓰려고요?" 로우보이가 물었다.

"내 소개."

그는 여권을 받아서 넘겼다. 캐나다의 포트이리에서 희미한 노란색 도장을 받은 장 말고는 전체가 공란이었다. 발급일은 2007년 4월이었다. "헤더 다코타 코빙턴." 그가 큰 소리로 읽었다.

"머리 적갈색. 눈 초록색. 체중 87파운드." 그는 읽던 것을 잠시 멈추었다. "출생지 버지니아 주 비엔나, 출생일 1998년 11월 13일."

그 대목에 이르렀을 때 그녀는 여전히 시선을 피한 채 다정하게 웃어 보이고는 여권을 다시 받아서 외투 깊숙이 챙겼다. 그는 그녀를 유심히 뜯어보았다. 미소가 얼굴 위에 단단히 자리를 잡고 있는데, 그 자리를 지키는 게 힘든 것처럼 옆으로 살짝 미끄러지고 있었다. 그녀는 뭔가를 기대하는 듯한 표정으로 입을 가리키며 그를 향해 고개를 돌렸고, 그는 한순간 그녀가 누굴 흉내 내고 있는 건가 생각했다. 그러다 그 미소의 정체를 알아차렸다. 그것은 여권 주인의 미소였다.

시내로 가는 급행열차 한 대가 멍하니 허공을 응시하는 승객들을 가득 태우고 선로 건너편으로 들어섰다.

"11월 13일." 로우보이가 마침내 입을 열었다. 친한 척하기 위해서였다. "오늘이 며칠이죠?"

"11일."

"모레가 생일이네요."

"두말하면 우라질 잔소리지."

"그럼 돈 가져가세요. 오늘처럼 행복하세요."

그녀는 그를 보며 하품을 했다. "아직 생일도 아닌걸."

그는 똑바로 앉아서 농담처럼 운을 뗐다. "올해는 생일을 일찍 축하하세요. 그러는 게 좋아요."

"어째서?"

"내일이면 죽을지 모르잖아요, 코빙턴 씨."

"그냥 헤더라고 불러." 그녀는 좀 전보다 좀더 꼼꼼하게 눈썹을 다시 문질렀다. "돈은 이미 주웠어."

로우보이는 바닥을 내려다보며 필립 말로* 같은 표정을 지었다. 그녀는 여권을 다시 꺼내 열어 보였다. 마지막 두 장 사이에 지폐가 끼워져 있었다.

그는 입을 열었다 다물었다. 헤더 코빙턴은 미소만 지었다. 그녀의 널찍한 갈색 이목구비가 갑자기 그가 아는 어느 풍경과 닮아 보였다. 희미하게 떠오르는 또다른 이미지. 삼 년 전이었지, 그는 그때를 떠올리며 생각했다. 바이올렛이 빌린 차로 둘이서 펜실베이니아 구릉지에 갔을 때였다. 아무도 없는 데로 가자고 그녀가 말했다. 우리 둘만 있는 곳으로 가자고. 그 말을 듣고 그는 웃음이 나왔다. 그런 데 갈 사람이 또 있을까 싶었기 때문이었다. 구릉지대는 우울한 노인의 목처럼 갈색으로 쭈글쭈글했고, 차 안은 더웠다. 너는 내 영웅이야, 그녀가 말했다. 우리 꼬맹이 교수님. 네가 나중에 어떤 사람이 될지 궁금해 죽겠어.

그날부터 그의 귀에 터빈 소리가 들리기 시작했다.

"뭘 그렇게 키득거리니, 꼬맹이 대장?" 헤더 코빙턴이 물었다.

---

* 레이먼드 챈들러의 작품에 등장하는 탐정.

그녀의 목소리가 모기처럼 그의 귓가에서 윙윙거렸다.

그는 아쉬운 마음을 달래며 천천히 눈을 떴다. "왜 자꾸 그렇게 불러요?"

그녀는 다리를 앞으로 뻗어 신발 앞부리를 뜯어보았다. "평범한 대장처럼 보이지 않거든. 그러니까 그렇게 부르지."

"나는 아무 대장도 아니에요." 그가 말했다. "아직은요."

"내가 보기에도 그런 것 같다." 그녀가 말했다. "대장이라면 바닥에 떨어져 있는 돈을 그냥 놔둘 리 없지."

"난 돈에 관심 없어요, 코빙턴 씨."

"왜?" 그녀는 실눈을 하고 물었다. "꼬맹이 대장, 너 연예인이냐?"

"로우보이라고 불러주세요." 그가 말했다. "그쪽이 더 좋으니까."

"개뿔." 헤더 코빙턴이 말했다. 그는 그녀에게 무시당한 것이 얼굴을 얻어맞은 것처럼 느껴졌다. 집결 중인 대군(大軍)의 전위부대와 같은, 보잘것없지만 꿋꿋한 산들바람이 터널 안에서 만들어지고 있었다. 회전식 개찰구 옆에서는 뚱뚱한 여대생 두 명이 서로 손을 붙잡고 이마를 맞댄 채 소리 지르고 있었다. 그 너머에 주황색 조끼를 입은 보수 작업팀이 어수선하게 모여 있었다.

"연예인이 되어야 해." 헤더 코빙턴이 말했다. "그 바닥에 돈이 모이거든. 속옷만 입고 입을 내밀기만 하면 돼."

"그 20달러로 뭐 살 거예요?" 로우보이가 물었다. "스위스 치즈 오믈렛?"

그녀는 그 말을 듣고 웃음을 터트렸다. "내가 마지막으로 내 돈 주고 아침을 사먹었을 때 그때 나는……" 그녀는 말을 멈추고 미간을 찌푸렸다. "그때 나는……" 그녀는 트렁크 옆면을 톡톡 두드렸다. "내 걱정은 하지 마라."

"어디 가서 먹을 거예요?"

"예전에는 주로 간이식당을 애용했지." 그녀가 말했다. "거기선 유기농 야채를 먹을 수 있었거든. 스트리트 라이프 미니스트리스가 내 단골이었어." 그녀는 추억을 떠올리며 눈을 깜빡였다. "요즘은 그런 데서 차를 가지고 돌아다니면서 점심을 나눠주잖아. 칙칙한 크림색 트럭을 가지고 다니면서 말이다. 너도 어떤 색인지 알지? 햄 샌드위치, 칠면조 샌드위치, 콜슬로. 나는 콜슬로 때문에 하느님을 믿게 됐어." 그녀는 손가락 하나를 들어 보였다. "후추를 친 콜슬로 때문에."

"콜슬로에는 후추가 잘 어울리죠." 로우보이가 말했다. "어렸을 때 내가……"

"먹을 걸 입에 넣는 것쯤이야 식은 죽 먹기지. 그런 일이 아니라면 교회가 무슨 필요가 있겠니?" 그녀는 혀로 아랫니를 훑었다. "간이식당을 운영하는 곳이 교회야. 음식을 만들어서 공짜로 나누어주지. 그런 다음 부모한테 아이들 엿 먹이는 방법을 가르치지."

"그렇군요." 로우보이는 무너져가는 그녀의 이목구비를 쳐다보며 말했다. "그렇군요." 그는 그녀가 무슨 소리를 하는 건지 이해할 수 없었지만, 아무 상관 없었다. 그로 인해 생기가 돌고 흥분되고 정신이 말짱해졌다. 학교에서도 여러 생각들이 머릿속에서 폭죽처럼 터진 신입생들이 부들부들 떨고 비명을 지르는 걸 들으면서 똑같은 기분을 느낀 적이 있었다.

내 몸을 이 여자한테 줄 수도 있겠군, 그는 문득 생각했다. 이 여자라면 받을지 몰라.

"뭐 하나 알려드리고 싶은 게 있어요." 로우보이는 흥분을 달래며 이야기를 꺼냈다. "이 세상에 대해서 알려드리고 싶은 게 있어요."

"관심 없다." 헤더 코빙턴이 말했다.

"대기가 어떻게 되고 있는지, 그러니까 우리가 대기에 무슨 짓을 하고 있는지 모르는 사람은 없을 거예요. 대기는 매 순간 달라지고 있어요. 점점 탁해지고, 오염되는 속도가 빨라지고 있죠. 날마다 기온도 올라가고 있고요." 그는 고개를 수그리고 그녀의 얼굴을 똑바로 쳐다보았다. "그렇죠?"

"음……" 헤더 코빙턴이 말했다.

"그런데 그런 현상이 직선으로 벌어지는 게 아니라는 건 사람들이 잘 몰라요. 기온 그래프가 곡선을 그리면서 점점 올라가고 있다는 거 말이에요."

그는 감정을 억누르고 말을 더듬지 않기 위해 손목을 깨물며 그녀를 쳐다보았다. 그가 한 말을 이해했는지 알 도리가 없었다. 그녀는 눈을 꼭 감은 채 입술을 부들부들 떨고 있었다.

"곡선이라고요, 코빙턴 씨." 그는 무방비 상태인 그녀의 한쪽 손을 잡으며 말했다. "일 초가 지날 때마다 변화하는 속도가 빨라지고 있어요. 수를 제곱하는 것처럼 말이에요." 그는 웃음을 터트렸다. "사실 제곱으로 빨라지고 있죠." 그는 정신 차리라는 의미에서 주먹으로 그녀의 손을 눌렀다. "그게 일단 발동이 걸리면 멈출 방법이 거의 없어요."

"신용카드 비슷하네." 헤더 코빙턴이 말했다. 천장에 있는 누군가에게 이야기하는 듯한 투였다.

"하지만 내가 발견한 방법이 있어요. 내가 직접 개발한 방법이요." 그는 이제 속삭이고 있었다. "내 몸속에 있는 어떤 걸 동원하는 방법이에요."

"그만." 헤더 코빙턴이 머리 위를 똑바로 올려다보며 중얼거렸다.

"세상이 내 안에 있어요." 로우보이가 말했다. "내가 세상 안에 있는 것처럼. 여러 종교에서 그렇게 말하잖아요. 불교도 그렇고." 그는 나머지 한 손을 그녀의 뺨에 댔다. "내 말 듣고 있어요, 코빙턴 씨? 〈내셔널 지오그래픽〉에서 읽은 거란 말이에요."

헤더 코빙턴은 대답이 없었다.

"기온을 낮추려면 먼저 내 체온부터 낮춰야 해요." 그는 할리우드 영화에 나오는 연인처럼 두 손으로 그녀의 얼굴을 감쌌다. "나는 꽃처럼 활짝 필 거예요, 코빙턴 씨."

"그만하라니까!" 그녀가 타일 쪽으로 머리를 빼며 소리를 질렀다. "그만하라고 했잖아!" 그녀는 보수 작업팀과 승차권 자동판매기와 두 여학생을 향해 사방으로 팔을 휘둘렀다. 두 여학생은 고개를 돌리고 입을 딱 벌린 채 그녀를 쳐다보았지만 다른 사람들은 아무 관심도 없었다. "그만해!" 그녀는 판결을 내리듯 말을 내뱉었다. 그러고는 짧고 허탈한 웃음을 터트렸다.

"열차가 오고 있네요." 로우보이가 그녀의 어깨를 두드리며 말했다. 하지만 아무 도움이 안 되는 것 같았다.

"아드님이 앓고 있는 병에 대해 듣고 싶습니다." 라티프 형사가 말했다.

바이올렛은 의자에 뻣뻣하게 앉아 있었다. 윌의 편지를 보았을 때의 충격은 가라앉았고, 그녀는 기억 속 그 어느 때보다 훨씬 피곤했다. 그녀는 형사의 질문이 고마웠다. 대답할 수 있는 걸 물어봐준 게 고마웠다. 그가 한 여러 가지 질문 가운데 처음으로 고마운 질문이었다.

"좀더 구체적으로 물어봐주시겠어요, 형사님? 그건 저더러 지난 사 년 동안 어떻게 살았느냐고 물으시는 거나 마찬가지거든요."

그는 진작부터 그녀에게 짜증이 나 있었다. 그는 졸지 않으려니 힘이 든다는 듯이 한 손으로 얼굴을 북북 문질렀다. 그럼에도 그녀가 보기에 인정머리 없는 사람은 아니었다. 미혼이잖아, 그녀는 서류를 뒤섞는 그를 보며 생각했다. 죽자고 매달리는 여자들 때문에 본모습을 잃은 거지.

그는 사진 중 하나에 무언가를 표시했다. "아드님이 몇 살 때 처음으로 발병했나요?"

"열두 살이요." 그녀는 그가 또다른 표시를 남기는 동안 기다렸다. "브루클린에 있는 할아버지네 텃밭에서였어요. 저희 시아버지 리처드가 살아 있을 때였죠. 윌이 김나지움에 입학하기 전해였고요."

"김나지움?" 라티프가 살짝 미간을 찌푸리며 물었다.

그녀는 당장 얼굴이 달아오르는 걸 느꼈다. "죄송해요, 형사님. 고등학교예요. 오스트리아에서는 고등학교를 '김나지움'이라고 하거든요."

"오스트리아라고요……" 그가 천천히 중얼거렸다. "그렇습니까?" 그는 잠깐 그녀를 외면했다. 그러다 미소를 짓고 고개를 저으며 수첩에 가로로 획하니 선을 그었다. 뭘 지우는 모양이네, 그녀는 짐작했다. 내가 도대체 어느 나라 출신이라고 생각했을까?

"왜 그 말이 튀어나왔는지 모르겠네요." 더듬거리는 자신의 목소리가 그녀의 귀에 들렸다. "이 나라에서 십육 년을 살았고 12월이면 십칠 년째가 되지만, 그래도 어떤 것들은……"

"괜찮습니다, 헬러 씨. 말씀 계속하세요."

그의 표정이 갈수록 굳어졌고, 그녀도 이제 답변을 주어야 할 시간임을 알고 있었다. 그녀는 모조리 털어놓기에 앞서, 꼼꼼하게 불빛에 비추어가며 잠깐 기억을 점검했다. 하지만 사실은 점검할 필요가 없었다. 그전과 그후로 극명하게 나뉘던 모든 순간들이 필름의 릴이 풀리듯 선명하게 그녀의 눈앞에 펼쳐졌다. 그녀는 그날의 일들을 몇 번이고 자세하게 무한 반복할 수 있었다.

"텃밭 주변에는 낮은 돌담이 있었는데, 윌이 똑바로 서면 키가 비슷했어요." 그녀는 목을 가다듬었다. "아버님은 잡초를 샅샅이 뽑아내느라 거의 온종일 텃밭에서 살았죠. 아버님은 말 붙이기가 어렵고 아주 엄한 분이었는데, 윌한테만큼은 놀라울 정도로 너그러웠어요. 텃밭에 두엄이 어찌나 많은지 아버님이 만들어놓은 징검다리를 건너야 채소들이 자라는 곳으로 접근이 가능할 정도였죠. 아버님이 키운 토마토가 동네에서 무슨 상을 받았는데, 그 메달을 부엌에 걸어놓았답니다." 그녀는 옛 기억을 떠올리며 천천히 고개를 저었다. "아버님이 네 줄로 기르던 토마토가 텃밭의 절반을 차지했어요. 파크 슬로프에 있는 집들 뒷마당이 얼마나 작은지 형사님도 아시죠? 그 토마토 밭을 지나면 손바닥만 한 잔디밭이 나왔고, 거기에는 철제 테이블과 윌만 앉을 수 있는 의자가 있었죠. 토마토가 일종의 방벽 내지는 병풍 역할을 해서 집 안에 있으면 테이블이 안 보였어요. 윌이 제일 좋아했던 곳이 그곳이었어요." 그녀는 잠시 머뭇거렸다. "제 이야기를 전부 받아 적으실 필요는 없을 것 같은데요, 형사님. 아버님이 돌아가신 지도 이제 거의 삼 년이 됐거든요."

"이게 정신을 집중하는 데 도움이 됩니다." 그는 고개를 들고 그녀를 쳐다보았다. "신경 쓰이십니까?"

그녀는 어깨를 으쓱했고, 그는 다시 끄적거리기 시작했다. 사무적인 분위기가 묻어나는 말투로 보아, 그녀의 답변이 그가 원하는 방향과 맞아떨어진 모양이었다. 필름 릴이 풀리는 속도가 전보다 더 빨라졌고, 그 속도에 맞추려면 그녀는 서둘러야 했다.

"그날은 일요일이었어요. 저는 아버님 부엌에서 빵가루 푸딩을 만들면서 구닥다리 오스트리아 음식이라 일흔다섯 살 난 노인이 된 것 같다는 생각을 하고 있었죠." 그녀는 헛웃음을 터트렸다. "윌은 할아버지와 함께 지하실에서 격자 시렁을 고치고 있었고요. 제가 만들고 있던 소스 맛을 봐달라고 하려고 윌을 불렀어요. 그런데 아버님이 말하길 윌이 텃밭에 있다는 거예요."

"그 당시 아드님은 친한 친구가 있었습니까?"

"아뇨." 그녀는 얼른 대답했다. 너무 변명하는 투로 들리네, 그녀는 생각했다. 하지만 다시 입을 열었을 때 그녀의 목소리는 전보다 더 날카로웠다.

"혼자 있거나 할아버지와 함께 텃밭 여기저기를 어슬렁거리며 보내는 시간이 거의 대부분이었어요."

그는 마치 예상했던 대답이라는 듯 무뚝뚝하게 고개를 끄덕였다. 지금까지 내가 쓸데없는 소리를 늘어놓은 걸까? 그녀는 생각했다. 만약 그런 거라면 이 사람이 이제 그만하라고 할까?

"계속하십시오, 헬러 씨."

그녀는 숨을 들이마셨다. "그 말을 듣고 텃밭으로 난 현관으로 가서 밖을 내다보았어요. 윌이 안 보였지만 놀라지는 않았어요. 집 안에서 안 보이는 테이블에 앉아 있을 거라고 생각했으니까요. 그 아이는 그 작은 의자에 오후 내내 들러붙어서 만화책을 보고 낙서를 하곤 했어요. 엄청 황당한 이야기를 만들었는데, 대부분 무슨 만화 주인공이 등장하는 이야기였죠. 그리고 거기 어울리는 재미있는 그림을 그리기도 했어요. 어떤 작품에는 저도 악당으로 등장하고 그랬어요. 이름은 파이널 솔루션이었고 까만색 고무 망토를 입고 다녔죠." 그녀는 삐딱한 미소를 지었다. "형사님이 정신과 의사였다면 지금부터 열심히 듣기 시작하셨을 텐데."

"계속 열심히 듣고 있습니다, 헬러 씨."

"알아요." 그녀는 오디션을 망친, 어색하고 분위기 못 맞추는 배우가 된 듯한 기분이 들었다. "저는 스토브에 냄비를 올려놓은 채 숟가락에 소스를 떠서 들고 나갔어요. 월을 불렀으면 됐을 텐데 그럴 생각을 못 했죠. 소리 안 나게 조심하면서 뒷문을 열었던 기억이 나요." 그녀는 조심스럽게 몸을 앞으로 내밀고 눈을 반쯤 감은 채 의자가 그녀의 무게를 못 이기고 삐걱거리는 소리를 들었다. "아들이 무슨 짓을 벌이는 현장을 덮치려는 사람처럼 말이에요. 하지만 저는 그 애가 만화를 그리고 있을 거라고 생각했어요. 거기 가서 하루 종일 하는 일이 그것뿐이었으니까요."

"그런데 이번에는 어땠던가요?"

"이번에는요?" 그녀가 물었다. 잠시 아무것도 생각이 나지 않았다. "이번에는 텃밭 뒤쪽으로 들어가보니, 징검다리 열 몇 개만 건너면 되거든요, 그 애가 풀밭에 엎드려 있었어요."

라티프는 천장의 타일을 유심히 관찰하며 연필의 뭉툭한 끝을 씹고 있었다. 그녀로서는 듣고 있겠거니 생각하는 수밖에 없었다.

"월 옆에 쭈그리고 앉아서 아이를 뒤집었어요. 그 모든 게 아주 조용하게 이루어졌던 기억이 나요. 아이는 눈을 뜨고 있었는데 그게……" 그녀는 적당한 단어가 떠오르길 기다리며 머뭇거렸다. "이상했어요. 값비싼 인형 눈 같았어요. 몽유병에 대해서 들은 것이 생각나더군요. 몽유병 환자를 깨우면 위험하다는 말이요. 하지만 월은 제가 건드리자마자 일어나 앉았어요. 눈의 초점도 되찾았고, 일어나서 제 손을 잡고 순순히 집 안으로 들어갔어요. 아버님과 제가 아이를 침대에 눕혔고요."

그녀는 라티프가 연필을 옆으로 치운 것을 보고 왜 그러느냐는 표정으로 그를 쳐다보았지만, 그는 계속하라고 손짓했다.

"윌은 전부터 한쪽 구석에 혼자 있는 특이한 아이였지만 이번에는 전과 달랐어요. 그 집이 어디인지 거의 알아보지도 못하는 것 같았어요. 저는 아이가 아프다는 걸 단박에 알아차렸죠." 그녀는 웃음을 터트렸다. "저는 참 몹쓸 인간이에요, 형사님. 자랑삼아 말하는 건 아니지만 제가 끔찍한 상상을 하면 항상 현실이 되거든요. 도대체 어떤 인간이기에 그런 걸까요?"

한참의 시간이 흐른 뒤, 느리고 지루한 침묵으로 시간을 허비한 뒤 그는 한 차례 고개를 끄덕인 다음 소매 안쪽에 대고 헛기침을 했다. "그러한 변화를 대했을 때 시아버님은 어떤 반응을 보이셨습니까?"

"너무 예민하게 군다고 하셨어요. 저더러 아이를 과보호하는 생각 없는 엄마라고 하셨죠." 그녀는 잠깐 숨을 참았다. "실제로는 그보다 더 심한 말을 하셨어요. 결국에는 제가 아버님 입을 막으려고 성급하게 결론을 내린 것 같다고 인정했죠. 윌이 우리 이야기를 들었으면 어떡하나 걱정이 되었는데, 들여다보니 금세 잠이 들었더군요." 그녀는 주머니를 하나씩 뒤지더니 결국 부러진 담배 한 대를 꺼냈다. "지금도 그 아이는 눈을 감고 있으면 아주 평범해 보이죠."

라티프가 책상 속 은밀한 곳에서 라이터를 꺼내 친절하게 그녀 쪽으로 밀어주었다. 이 사람도 라이터를 쓸 일이 있구나, 그녀는 생각했다. 분명 담배가 아니라 다른 것 때문이겠지. 그녀는 에나멜을 입힌 해포석 파이프를 머릿속으로 그려보았다.

"아드님이 그러고 나서 얼마 후에 두 번째 발작을 일으켰습니까?"

그녀는 아무 말 없이 담배에 불을 붙인 뒤 담배 한가운데를 꼭 잡고 길고 뻔뻔스럽게 한 모금 빨아들였다. 그런 다음 연기를 내뿜고 뒤로 기대어 앉아, 은행에서 쓸 직한 노란색 연필이 말벌처럼 책상 위를 방황하는 가운데 그녀가 이야기를 계속해주길 기다리며 애써 조바심을 누르고 있는 그를 바라보았다. 그가 〈포스트〉의 비밀 기자라도 되는 것처럼, 사건에 대해 보이는 그의 관심이 이제는 의심스러웠고 악의가 담긴 듯이 느껴졌다. 그녀는 그럴듯한 제목을 달고 신문 일 면을 장식한 윌의 사진을 상상했다.

터널에서 도주한 십대 정신병자

아니면 생각이나 감정이 교묘하게 배제된, 이보다 더 자극적인 제목이 달릴 수도 있었다. 그녀는 재판을 받는 동안 등장했던 헤드라인들이 떠오르는 것을 꾹꾹 눌렀다. 윌 이야기를 하는 것이 갑자기 생각 없는 짓을 넘어 돈을 밝히는 짓처럼 느껴졌다. 하지만 윌 이야기를 하지 않으면 그 아이가 죽어버린 것처럼 느껴졌다.

"형사님, 이 층에 화장실이 있나요?"

그가 놀란 표정을 지었다. "물론이죠, 헬러 씨. 복도 왼쪽으로 끝까지 가면 나옵니다."

그녀는 사과하는 뜻으로 웃어 보이고, 외투와 핸드백을 의자 위에 내버려둔 채 당장 일어섰다. 문을 닫으며 흘끗 돌아보았지만, 그는 카드와 복사한 사진들을 보느라 여념이 없었다. 얼굴이 참 착해 보이네, 그녀는 생각했다. 아무도 안 보고 있을 때면 저렇게 이해심 많은 얼굴을 하고 있구나. 저 사람한테 모두 털어놓는 게 좋을지도 모르겠다.

그녀는 아이들 방을 나서는 보모처럼 손끝으로 최대한 조심스럽게 문을 닫았다. 복도는 그녀가 처음 도착했을 때 마주쳤던 우울한 사람들로 우글거렸다. 공허한 표정의 노인들, 어쩔 줄 몰라하는 여자들, 그녀가 지나가면 몸을 피하는 청소년들. 그녀는 최대한 조용히 그들 옆을 지나가는데 설명할 수도 없고 떨쳐버릴 수도 없는 혐오감이 목젖까지 차올랐다. 그녀와 눈을 맞추는 얼마 안 되는 사람들도 기대하는 것 없고 받아들이는 것 없는, 체념한 얼굴이었다. 그녀가 그들을 도울 수 있는 방법은 이 지구상에 아무것도 없었다.

회색이 섞인 초록색 리놀륨으로 도배된 복도는 길고 천장이 낮고 잔인하리만치 밝았다. 그녀가 지금까지 본 것 중에서 가장 관료주의적인 복도였다. 걸작이로군, 그녀는 중얼거렸다. 입장료를 받는 사람이 있어야겠어. 복도의 처음 삼분의 일에는 북슬북슬한 커피색 카펫이 깔려 있었고, 그 나머지 부분에는 빛바래고 보풀이 인 카펫이 깔려 있었다. 무관심 속에 방치된 복도 끝에는 오래된 옅은 색 유리가 끼워진 창이 있었고, 담뱃재를 떨기에 충분할 만큼 창문이 열려 있었다. 다른 때 같았으면 그녀는 도대체 유리창에 색은 왜 넣었을까 궁금해했을 테고, 그곳의 황량함에 웃음을 터트렸을 것이다. 하지만 지금은 유리창에 이마를 댔다. 잠깐의 침묵 후 혼자인 게 분명하다 싶었을 때 그녀는 윌이라는 이름을 꺼내 머리 위에 내걸었다.

"죽지 마라." 그녀는 목구멍으로 간신히 느낄 수 있을 만큼의 목소리로 담담하게 말했다. "죽지 마라. 죽지 마라. 죽지 마라." 말하는 동안 윗입술이 유리창을 스쳤다. 창 너머에서 부는 바람의 기세와 허벅지를 가로지르며 파르르 떠는 한기를 느낄 수 있었다. 그녀는 예전에도 숱하게 그랬던 것처럼 단어들을 한줄기로 흐르게 만들고, 애원의 대상과 그 음절들이 본연의 의미를 잃어 그녀의 목소리 말고는 아무것도 남지 않을 때까지 영어와 독일어를 섞어가며 중얼거렸다. 얼마 뒤에 그것마저 사라지자 목이 쉰 게 느껴졌고 그녀는 만족했다. 그 건물에 들어선 이래 처음으로 그녀는 차분하게 숨을 들이쉬면서 한 손으로 머리카락을 훑었고, 푸딩색 카펫을 내려다보며 어떻게 다시 돌아가면 좋을까 고민했다. 돌아간다는 것은 이야기를 계속하고, 형사가 묻는 말에 대답하고, 그동안의 일들을 처음부터 끝까지 들려주어야 한다는 뜻이었다. 아무리 애를 써도 상상이 되지 않았다.

일 분도 안 돼서 그녀는 애초에 밖으로 나간 적 없었던 사람처럼 유리섬유로 만든 의자에 앉아, 사진을 뒤적이는 그를 쳐다보며 가만히 기다렸다. 문득 영문 모를 애정이 그를 향해 솟구쳤다. 내가 변태라는 증거지, 라고 생각하며 그녀는 폭소가 터지지 않도록 입을 가렸다.

"라티프 형사님." 마침내 그녀가 입을 열었다. "말씀드리고 싶은 게 있는데요."

그는 공손하게 고개를 들었다. "뭡니까, 헬러 씨?"

"형사님은 좋은 분이에요. 제 눈에도 보여요. 수고스럽게 시간을 내주신 것에 대해 얼마나 고마워하는지 알아주셨으면 좋겠어요." 그가 말허리를 자르려고 했지만 그녀가 두 손을 들어 막았다. "이왕 시작한 말, 끝까지 할게요." 그녀는 한숨을 내쉬었다. "제가 원래는 상대하기 까다로운 사람이 아니에요. 그것만큼은 믿어주세요."

그는 아무 말 없이 상냥하게 고개만 끄덕였다. 뭘 기다리는 걸까? 그녀는 최선을 다해 웃어 보이며 생각했다. 내가 미처 생각 못한 다른 칭찬을 기다리는 걸까?

"형사님, 죄송하지만 방법을 알려주시면 제가 좀더……"

"아드님이 처음으로 발작을 일으킨 뒤에 어떻게 됐습니까?"

그녀는 그의 형식적인 태도에 충격을 받은 나머지 잠시 할 말을 잃었다. 그러다 중단했던 바로 그 시점에서 다시 이야기를 계속했다. "그날 밤은 아버님 집에서 보냈어요. 저는 겁이 나서 윌을 깨우지 못했고, 아버님은 자고 일어나면 괜찮아질 거라고 하셨죠." 그녀는 고개를 저었다. "물론 그건 착각이었어요. 그날 새벽 세시에 저는 누가 침대를 뒤집기라도 한 것처럼 밑으로 굴러떨어졌죠. 집 안이 전철역처럼 덜커덩거리고 있었어요. 어느 정도 시간이 지난 다음에야 무슨 일인지 파악할 수 있었어요. 아래층에 있는 스테레오가 최대 음량으로 끔찍하게 일그러진 소리를 내고 있더군요. 아버님이 즐겨 듣던 곡이었어요. 빅스 바이더벡이 어느 오케스트라하고 녹음한, 현악기와 트럼펫이 수도 없이 등장하는 빅밴드 음반이었죠. 그때까지만 해도 윌 생각은 나지 않았고, 그 일이 아이하고 관계가 있을 줄은 몰랐어요. 그런데 뭔가 차갑고 축축한 게 발에 밟히는 거예요. 아버님의 텃밭에서 난 토마토가, 아마 한 줌쯤 됐을 텐데, 뭉개진 채 쌓여 있더군요."

"토마토?" 라티프가 미간을 찌푸리며 물었다. "상을 받았다는 그 토마토 말입니까?"

그녀는 바보 같은 웃음을 터트렸다. "무슨 개그의 하이라이트 같지 않아요?"

"그런데 뭉개졌다니 정확히 어떤 의미입니까? 손으로 으깬 건가요?"

"발로 한 게 아니었을까 싶어요." 그녀는 잠시 머뭇거리다 고개를 끄덕였다. "바닥에 놓고 밟은 거죠."

라티프는 연필 끝을 이에 대고 톡톡 쳤다. "그래서 어떻게 하셨습니까?"

"방 밖으로 나갔어요. 아버님이 벌써 거실에 나와 계시더군요. 목청껏 소리를 지르면서 윌과 싸우고 계셨는데, 무슨 소리를 하시는지 하나도 알아들을 수가 없었어요. 저는 어찌할 바를 모르고 음악이 끝나면 내려가자고 혼자 다짐하며 층계참에서 서성였죠." 그녀는 두 손을 꼭 맞잡았다. "내려가고 싶지 않았어요. 여긴 아버님 집이잖아. 계속 그런 생각이 들었어요. 아버님 스테레오고 아버님 음악이고. 다시 방으로 돌아가자. 그런데 정신을 차리고 보니 어느새 제가 거실에 가 있고, 아버님은 고래고래 소리를 지르고 있고, 윌은 우리 둘 사이 바닥에서 뒹굴고 있더군요."

"음악은 계속 틀어놓은 상태였고요?"

그녀는 고개를 끄덕였다.

"시아버지께서 왜 끄지 않았을까요?"

"저도 모르겠어요."

"남들 같으면 음악을 껐을 텐데 말이죠. 안 그렇습니까?"

그녀는 그 단순한 질문에 당황스러워하며 책상에서 멀찌감치 몸을 뗐다. 표정을 봐서는 여느 때처럼 그가 무슨 생각을 하는지 알 수 없었다. 그의 얼굴은 무표정하고 멍하고 심지어 언짢아 보이기까지 했다. 그녀는 중간에 끊기는 법 없이 윌의 이야기를 줄줄 이어나가는 데 익숙해져 있었는데, 그는 불쑥불쑥 질문을 던지려고 작정한 사람 같았다. 이 바닥의 수법이겠지. 그녀는 그렇게 결론을 내렸다. 그는 그녀를 흔들어놓으려고 애를 쓰고 있는 것이었다.

"아버님은 음악에 대해서 잊어버리셨던 것 같아요." 그녀는 결국 그렇게 대답했다. "아버님은 온갖 협박을 동원해가며 윌에게 고함을 질렀지만 끝내 손을 대지는 못하시더군요. 오븐에서 아몬드를 굽는 것처럼 어디에선가 달짝지근한 금속성 냄새가 났어요. 스테레오의 일부분이 과열된 게 아닌가 싶더군요. 아버님은 제가 내려온 것도 알아차리지 못했어요."

릴이 점점 더 빠르게 풀렸고 그녀는 그 속도를 늦추는 데 혼신의 힘을 다했다. "음악 소리가 워낙 커서 이가 울릴 정도였죠. 윌은 키득키득 노래를 따라 부르면서 두 팔을 옆구리에 대고 바닥에 누워 있었어요. 황홀경에 빠진 사람 같았죠. 아버님이 욕하는 목소리가 커질수록 윌은 점점 더 행복해했어요. 그 모습을 보고 있으려니 다리에 힘이 풀렸어요. 윌은 두 손과 입술을 토마토 즙으로 범벅을 해놓고, 두 단어를 계속해서 흥얼거리고 있었어요." 그녀는 말을 멈추고 숨을 골랐다. "저는 무슨 말인지 알아내려고 무릎을 꿇고 앉았어요. 무슨 이유에서인지는 모르겠지만, 아이 아빠가 좋아했던 희곡의 한 구절이 퍼뜩 떠오르더군요. '앞으로 닥칠지 모

82

르는 최악의 상황을 잘 판단하도록 하세.'* 이 구절이 남편 목소리로 또렷하게 들리는데, 그 때문에 절망감만 더 깊어졌죠." 그녀는 다시 허리를 꼿꼿하게 펴고 앉았다. "어떻게 생각하세요, 형사님? 그게 쇼크 증상이었을까요?"

라티프는 그녀를 보며 눈만 깜빡일 뿐 아무 말도 하지 않았다. 이야기를 계속하라는 뜻인 게 분명했다.

"저는 윌의 어깨를 잡고 끌어안았어요. 진정시키기 위해서이기도 했지만, 그렇게 해서라도 얼굴을 안 보고 싶었거든요. 맞지 않으려고 서로 끌어안는 권투 선수들처럼 했던 게 지금 생각해도 우스워요. 권투 선수들이 그러는 걸 보면 항상 거북하게 느껴졌는데 말이에요." 그녀는 눈을 감았다. "아버님은 계속 서 있었지만, 이제는 귀를 기울이고 계셨죠. 윌의 머리가 제 머리 바로 옆에 있었으니 뭐라고 흥얼거리는지 알아들을 수 있었어요. '나를 죽여줘'였어요."

"'나를 죽여줘'라고요?" 라티프가 물었다. 아주 부드럽고 예의 바른 목소리였다.

그녀는 고개를 끄덕였다. "교회에서 찬송가를 부를 때 그러는 것처럼 높낮이 없이 단조롭게 흥얼거렸어요."

라티프는 어느 색인 카드 하단에 조그맣게 표시를 하고 옆으로 치웠다. X표인 것 같았다. 그녀로서는 그게 무슨 뜻인지 궁금해하시 않을 수 없었다.

"아드님이 나중에도 그 말을 반복하던가요?"

---

* 셰익스피어의 「줄리어스 시저」의 한 구절.

그녀는 고개를 저었다. "일어나서 음악을 꺼야 하는데 자꾸 쓰러질 것 같더군요. 눈을 뜨고 있을 수가 없었어요. 저는 눈을 감았다가 앞이 보일 만큼만 떠서 한 발 걸은 다음 다시 감았어요. 음악이 멈추면 어떤 일이 벌어질지 상상이 안 됐어요. 월보다 아버님 때문에 더 무서웠던 기억이 나요. 거의 제정신이 아니셨거든요. 아버님 연세가 여든넷이라는 걸 계속 생각해야 했죠."

그녀는 다시 입을 다물었을 때 참을성 있게 기다리는 그를 보고 깜짝 놀랐다. 다그치지 않으려고 사력을 다하는 게 분명했다. 그러다 마침내 그는 주먹에 대고 헛기침을 했다. "계속하십시오, 헬러 씨."

"그럴게요, 형사님. 그런데 잠깐만 기다려주실 수……"

"물론입니다. 물 한잔 드릴까요? 담배 한 대 피우시겠습니까?"

그녀는 그의 말에 열심히 고개를 끄덕이며 자리에서 일어났지만 이내 다시 앉았다. "이걸 얼른 끝내고 싶은 생각뿐이네요."

자신의 얼굴 위로 가장 어린아이 같은 미소가 내려앉는 것을 느끼며, 좋은 인상을 남기고 싶어서 얼마나 안달하고 있는지 모르겠다고 그녀는 생각했다. 저 사람은 내가 도대체 뭣 때문에 웃는지 의아하겠지. 그녀는 외투에서 손수건을 꺼내 입으로 가져갔다. 단순히 얼굴을 가리기 위해서였다.

"필요하시면 다시 한번 잠깐 쉬어도 됩니다, 헬러 씨. 잠깐 쉬었다 할까요?"

이 사람은 앵커맨처럼 말을 하네, 그녀는 문득 생각했다. 사투리가 전혀 없었다. 고등교육을 받은 부모 밑에서 자란 게 분명했다.

"더 드릴 말씀이 많지 않아요, 형사님. 괜찮습니다."

"알겠습니다. 그럼 마무리를 지을까요?"

그녀는 손수건을 치우고 고개를 끄덕였다.

"음악을 껐을 때 어떤 상황이 벌어졌습니까?"

"부엌에서 전화벨이 울리기 시작했어요. 누군가 시끄럽다고 항의하러 전화한 거였죠." 그녀가 앞으로 몸을 움직이자 의자가 신음 소리를 냈다. "아버님이 진작부터 거실에 있었던 저를 그제야 처음으로 쳐다보시고는 무슨 말씀을 하실 것처럼 입을 열었다 아무 말 없이 전화를 받으러 나가셨어요. 윌은 몸을 웅크린 채 계속 바닥에 누워 있었고요. 저는 아이 귀에 대고 어떤 심정인지 안다고 얼마나 괴로운지 안다고 속삭였지만, 솔직히 그런 걸 알 리 없었죠. 그 아이가 어떤 심정인지 무슨 수로 알 수 있겠어요? 저는 말했어요. '윌, 우리가 너를 도울 수 있는 방법을 찾을게. 병원에 데려갈게.' 윌이 저를 쳐다보더군요. 잠시 후에 윌이 말했어요. '바이올렛, 그런다고 뭐가 달라질까요?'"

"그래서 뭐라고 하셨습니까?"

"윌한테 솔직히 말했어요. 네가 아픈 것 같다고. '그럴지 모르죠, 바이올렛.' 윌이 대답했어요. '어쩌면 정말 그럴지 몰라요.' 윌은 계속 바닥에 누워서 몸을 앞뒤로 뒤집고 있었어요. 그래도 알아들을 수 있는 소리를 해주니 얼마나 기뻤는지 몰라요. 저는 행운의 여신, 운명의 여신, 신의 섭리 등등 생각나는 대로 고마워했죠. 어쩌면 아비님한테도 고마워했을지 몰라요. 그런데 윌이 일어나 앉더니 이렇게 말하는 거예요. '바이올렛, 당신은 케케묵은 빵 조각이에요. 죽은 음악이에요.'"

그녀는 수첩에 열심히 끼적이는 그를 지켜보았다. 그가 눈을 들기 전까지 그녀는 자신이 말을 멈추었다는 사실조차 모르고 있었다.

"그래서요?"

"그 갑작스러운 실망감을 견딜 수가 없었죠. 저는 윌의 셔츠를 붙잡고 어떻게 된 일인지 말해보라고 애원했어요. 윌은 잠깐 입술을 깨물고 있더니, 지금도 그 모습이 눈에 선해요, 거치적거리는 사람 대하듯 저를 쳐다보더군요. '아무 일도 없어요, 바이올렛.' 윌은 그렇게 말했어요. '내 손에 죽기 전에 당장 꺼져요.' 그러더니 옆으로 굴러서 자러 들어갔죠."

그녀는 머리를 한쪽으로 기울인 채 멍한 눈으로 얼마 동안 앉아 있었다. 복도에서 소음이 나타났다 사라졌다. "그게 다예요." 그녀가 마침내 입을 열었다. "그게 전부예요."

"좋습니다." 그는 의자 등받이에 몸을 묻었다. "감사합니다, 헬러 씨."

그녀는 그를 향해 뻣뻣하게 몸을 기울인 채 아무 이유 없이 웃음을 터트리고, 그녀의 이야기를 곰곰이 생각하는 그를 지켜보았다. 그를 지켜보는 게 위안이 되었다. 그는 그녀의 이야기를 듣고도 당황스러워하거나 윌을 담당한 의사들처럼 은밀하게 회심의 미소를 짓지 않았고, 그녀가 아는 다른 모든 사람들처럼 혐오감을 드러내지도 않았다. 윌이 한 말이나 행동, 시아버지의 노망기 어린 보복, 심지어 그녀의 어리석은 판단이나 한심한 짓에도 동요하지 않았다. 그렇듯 사무적으로 차분한 사람 앞에서 이야기하는 것은, 간단하게 할 말만 하고 끝내는 것은 기분 좋은 경험이었다. 이런 기분이 들게 만드는 것이 이 사람의 임무겠지. 그녀는 문득 깨달았지만, 그녀가 느낀 위안에 비하면 그런 깨달음은 아무것도 아니었다. 이 사람은 일을 참 잘하는구나, 그녀는 생각했다. 잘해도 너무 잘했다.

"알리 라티프." 그녀는 자기도 모르게 중얼거렸다.

그가 번쩍 고개를 들었다. "뭐라고 하셨습니까?"

"알리 라티프라고요." 그녀는 당황스러운 마음을 감추려고 얼른 대답했다. "이름 참 예쁘네요. 모로코 이름인가요?"

그의 얼굴에서 관념적인 표정이 단박에 사라졌고, 그는 무언가에 대비하는 사람처럼 두 손을 책상 위에 반듯이 올려놓았다. "감사합니다, 헬러 씨." 잠깐 침묵이 흐른 뒤 그가 말했다. "원래는 이름이 루퍼스 화이트였습니다."

나 때문에 기분이 상했구나, 그녀는 생각했다. 어쩌다 내가 저 사람을 건드렸을까.

"바꾸길 잘하셨네요." 그녀는 조심스럽게 말했다. "루퍼스보다 알리가 훨씬 고상하잖아요."

그는 청중들로 가득 찬 극장에서 조용히 해달라고 신호를 보내는 지휘자처럼 한 손을 들고 앞에 놓인 파일을 물끄러미 내려다보았다. 이제는 그의 손놀림에서 뭐라 설명할 수 없는 조급함이 느껴졌다. 그녀는 숨을 참고 그의 다음 질문을 기다렸다. 아무래도 불쾌한 질문이지 않을까 싶었는데, 과연 그랬다.

"저한테 말씀 안 하신 게 있네요, 헬러 씨. 숨기고 계신 게 있어요. 이세 들을 수 있을까요?"

그녀는 억지로 그의 눈을 똑바로 쳐다보았다. "무슨 말씀이신지 잘 모르겠는데요."

"아드님이 벌이는 사건들은 항상 폭력적인 양상을 보입니까?"

그녀가 내뱉은 한숨은 거의 아무 소리도 내지 않았다. 조만간 솔직히 이야기할 거야, 그녀는 생각했다. 조만간. 하지만 아직은 아니야. 그녀는 분명하고 침착한 목소리로 대답했다.

"형사님의 표현을 그대로 빌리자면 윌이 벌이는 '사건'들은 전혀 폭력적이지 않습니다. 형사님이 말씀하시는 그런 분위기는 전혀 아니에요."

"글쎄요? 조금 전에도 아드님이 당신을 해칠지 모른다는 협박을 했다고 말씀하지 않으셨던가요?" 그는 유감스럽다는 듯 그녀를 향해 미소를 지었다. "저는 아드님을 찾아드리는 일을 맡고 있습니다, 헬러 씨. 그 정도면 저를 믿을 만한 이유로 충분하지 않습니까?"

그녀는 지금 조종당하고 어린아이처럼 빙글빙글 끌려다니고 있었지만, 겉으로는 어떻게든 예의바른 태도를 유지했다. "형사님, 이건 신뢰가 아니라 정확성의 문제예요. 윌은 별의별 소리를 했어요. 솔직히 끔찍한 소리도 했죠. 하지만 실제로 저를 해친 적은 한 번도 없었어요." 그녀는 말을 끊고 머뭇거렸다. "그리고 다른 사람한테도 심각한 피해를 입힌 적도 없고……"

"심각한 피해를 입힌 적이 없다고요?" 라티프가 그녀의 말허리를 잘랐다. 그 순간 그녀는 윌을 담당했던 의사들이 떠올랐다. "헬러 씨께선 그 단어에 대한 정의가 저와 다른 모양이로군요."

그녀는 자신이 부루퉁한 얼굴로 바닥을 물끄러미 내려다보고 있음을 알아차렸다. 윌이 궁지에 몰렸다고 느낄 때마다 하던 행동이었다. "윌이 가끔 칼로 자기 몸을 살짝 그은 적도 있고, 2층에서 뛰어내린…… 아마 떨어진 걸 거예요…… 여하튼 그런 적도 있지만……"

"제가 무슨 말을 하는 건지 정확히 알고 계실 텐데요, 헬러 씨." 그의 말투는 그녀가 예상했던 것보다 험악했다. "자기 몸에 상처를 입힌 사건을 말하는 게 아니지 않습니까." 그는 색인 카드를 옆으로 치웠다. 애당초 손톱만큼의 의미도 없었던 물건이라는, 그녀에게서 진술을 유도하기 위해 동원된 계략에 불과했던 것이라는 투였다. 그리고 책상 서랍에서 어마어마하게 큼지막한 노란색 서류철을 꺼냈다. 그걸 보는 순간 그녀는 기운을 잃었다. 저걸 아껴두고 있었구나, 그녀는 생각했다. 만일의 경우를 대비해서 가지고 있었구나. 그녀는 그 서류철 안에 뭐가 들어 있는지 정확히 알고 있었다. 그녀는 느닷없이 퇴물로 전락해버린 사람이 반쯤 열린 문틈이나 바깥쪽 복도에서 들여다보는 것처럼 그를 보았다. 서류철에 비하면 그녀가 한 이야기는 부록에 불과하거나 그보다 더 무의미했다. 그에게 필요한 것이 있다면 그 서류철 하나였다.

라티프는 관자놀이에 한 손가락을 대고 심상하게 서류를 훑는 척했다. 그의 동작 하나하나가 그녀를 위해 준비한 연기라는 것을 그녀는 이제 분명히 알 수 있었다. 서류철은 우스꽝스러울 만큼 두껍고 도가 지나치며 아마추어 냄새가 나고 급조된 소품이었다. 이 사람들한테 윌이 이렇게 중요한 인물일 줄 어느 누가 상상이나 했을까, 그녀는 생각했다. 그러다 퍼뜩 다른 생각이 떠올랐다. 하마터면 입 바으로 불쑥 내뱉을 만큼 기세게 뇌리를 긋다했다. 이 사람들한테 윌은 중요한 인물이 아니었다. 그들은 윌을 걱정하는 게 아니었다. 윌을 제외한 나머지 모두를 걱정하는 것이었다.

라티프는 서류철을 내려놓고 헛기침을 했다. "시간 낭비할 필요 없다고 당신을 설득할 방법이 없는 것 같군요. 그러니 이렇게 하겠습니다. 아드님이 애초에 어떤 범죄를 저질렀는지 자세히 읽어드리겠습니다."

"그러지 마세요." 그녀는 굳은 얼굴로 말했다. "그러지 않으셔도 정확히 알고……"

"2008년 3월 5일 월요일 오후 한시 사십오분. 열네 살의 윌리엄 헬러와 열다섯 살의 에밀리 월리스가 유니언 광장 남서쪽 모퉁이에 있는 14번가 전철역에 들어섰습니다. 역무원 로런스 그레이슨이 두 아이를 보고 무단결석생 지도 담당자인 로버트 T. 설리번에게 알렸죠. 설리번은 도심행 6번 승강장에서 두 아이를 발견했습니다. 조심스럽게 다가갔을 때 에밀리 월리스는 설리번이 보기에 '선로와 위험할 정도로 가까이' 있었죠. 윌리엄 헬러는 흥분한 것 같았고요. 설리번의 표현에 따르면 그는 '소용돌이 모양'으로 움직이면서, 꼼짝 않고 서 있는 에밀리 월리스에게 쾌활하게 말을 하고 있었다고 합니다. 약 일 분쯤 뒤에 에밀리 월리스가 윌리엄 헬러의 어깨를 잡더니 껴안았습니다. 설리번이 보기에 성적인 의도가 담긴 행동은 아니었죠."

그는 하고많은 곳 중에서 하필이면 그 부분에서 말을 멈춘 다음 주먹에 대고 헛기침을 했다. 극적인 효과를 위해서 그런 거겠지, 바이올렛은 생각했다. 그렇다는 걸 알고 났더니 혐오감으로 입안이 바짝 말랐다. 그가 다시 입을 열었을 때 그녀는 눈을 감고 몸서리를 쳤다.

"윌리엄 헬러는 에밀리 월리스를 떼어내고 선로 위로 그녀를 떠밀었습니다."

어둠 속으로 끌려가는 동안 로우보이의 머리에는 보일러의 수 증기처럼 피가 몰렸다. 헤더 코빙턴은 몇 발자국 앞에서 다정하게 혼잣말을 중얼거리며 터널의 콘크리트 이음새를 따라 조심스럽게 움직이고 있었다. 마지막 희미한 불빛이 그녀를 비췄다. 그의 눈에 는 셀로판으로 만든 각반을 차고 있어서 걸을 때마다 낙엽을 헤치 는 것처럼 서걱서걱 소리를 내는 그녀의 발만 보였다.

터널은 넓고 곧았고, A선의 불빛이 사라지기까지 오랜 시간이 걸렸다. 점점 따뜻하고 축축해지더니 이내 너무 따뜻해서 숨을 쉴 수 없을 지경에 이르렀다. 로우보이는, 세상이 내 안에 있다, 고 중 얼거렸다. 그리고 나는 세상 안에 있다, 고. 그는 입을 벌렸지만 들 어오는 공기가 한 줌도 없었다. 헤더 코빙턴이 이따금 뒤로 손을 뻗어 그의 셔츠를 잡아당기며 빨리 움직이라고 씩씩거렸지만, 그 는 서두를 생각이 없었다. 그가 계획한 일은 하찮거나 사소한 것이 아니었다. 그는 남자처럼 머리를 짧게 친 그녀의 우람한 뒤통수에 시선을 고정한 채 활 모양으로 굽은 콘크리트를 어깨로 쓸며 갔다. 그렇게 그녀를 쳐다보고 있는데 노래가 한 곡 생각났다. 빅스 바이 더벡의 〈Toddlin' Blues〉였다. 할아버지가 틀어놓으면 그가 거기 맞춰서 춤을 추곤 했던 곡이었다. 그리고 〈Fidgety Feet〉도 생각났다. 헤더 코빙턴의 발이 그랬다.* 그는 다음번 A선 전철이 또 언제 등장할지 궁금해졌다.

여섯 걸음마다 벽에 사람 크기만 한 구멍이 나타났다. 로우보이는 열차를 타고 지나가면서 그 구멍을 숱하게 보았고, 심지어 한번은 그 안에 사람이 들어가 있는 걸 본 적도 있었다. 겁에 질린 표정을 하고 쭈글쭈글한 주황색 점프수트를 입은 여자가 훈련 중인 군인처럼 자신의 몸 앞에 스패너를 가로지르게 들고 서 있었다. 할아버지는 터널에서 사는 여자라 햇빛을 한 번도 본 적이 없다고, 그는 어려서 아직 잘 모를 거라고 했다. 그는 그날 밤 질투심에 몸을 떨며 지하 감옥과, 석화한 숲과 인광을 내는 호숫가에 지어진 집들을 상상하느라 뜬눈으로 밤을 지새웠다. 그리고 할아버지는 낮보다 훨씬 느긋하게 그의 침대 가에 앉아 머리를 쓰다듬으며 그의 마음을 가라앉혀주었다.

예전에는 맨해튼 한가운데로 강이 지나갔지, 할아버지가 말했다. 지금 브로드웨이가 있는 부근에서 이 도시를 반으로 갈랐단다. 윌, 아직 안 자고 있니?

---

* 'toddling'은 '아장아장 걷는'이라는 뜻이고, 'fidgety feet'는 '안절부절못하는 발들'이라는 뜻.

네, 할아버지, 그가 대답했다. 아직 안 자고 있어요.

인디언들은 그 강을 '침묵의 강'이라고 불렀단다. 무사퀸타스. 강은 없앨 수가 없는 법이지. 그 밑을 파는 거라면 모를까. 그러느라 온 역을 폐쇄해야 했지. 사실은 그래서 2번가를 지나가는 노선이 없는 거야. 무사퀸타스가 아직도 떡하니 길을 막고 있거든.

그날 밤부터 그는 서글픈 개울이 되어 지하철 선로 사이를 천천히 흐르는 무사퀸타스의 여러 지류들을 생각했다. 침묵의 강의 원류. 그는 그곳을 따라 바다로 나가는 자신의 모습을 상상했다.

"거의 다 왔다." 헤더 코빙턴이 말했다. 그녀는 창백한 그의 손을 움켜쥐고 있었다. 작고 하얀 그의 손은 그녀의 손에 비하면 모형 같았고, 나무 숟가락에 담긴 달걀 같았다. 그녀의 손바닥은 그녀의 뒤에 있는 벽보다 더 거칠었다. 그녀는 발밑을 살피지도 않고 조급하게 성큼성큼 걸으며 빠르게 움직이고 있었다. 이제는 겁을 먹거나 화난 기색을 보이지 않았다. 아파 보이지도 않았다. 행동거지로 보건대 행복해하고 있다는 걸 알 수 있었다. 내가 저렇게 만들었잖아, 그는 문득 생각했다. 내가 뭘 원하는지 듣고 자기가 뭘 좋아하는지 기억해낸 거야.

이윽고 두 사람은 불빛이 한 줄기도 남지 않은 곳에 도착했다. 그녀는 말을 하면 정적과 불협화음을 빚기라도 하는 것처럼 한마디 말도 없이 그를 그곳에 세워둔 채 혼자 계속 걸어갔다. 어딘가에 있는 관 또는 배수구에서 물방울이 똑똑 떨어지고 있었다. 로우보이는 몽유병 환자처럼 두 팔을 벌린 채 꼼짝 않고 서서 점점 희미해져가는 낙엽 소리에 귀를 기울였다. 얼마나 깊숙이 지하로 내

려온 건지 궁금했다. 그가 느끼는 열기는 지구의 용융된 핵이 뿜어
내는 것이었다. 그게 아닌 다른 것일 수가 없었다. 그는 두 눈을 크
게 뜨고 어둠이 무너지길 기다렸지만, 그것은 그의 귀와 코와 입
속으로 점점 더 깊숙이 파고들었다. 가까운 곳에서 물이 흐르고 있
었고, 도시가 그의 발밑에 놓인 것처럼 덜커덩거리는 차 소리가 그
의 발을 타고 올라왔다. 맨해튼은 아니야, 그는 생각했다. 뉴델리
아니면 퍼스 아니면 베이징일 거야. 그는 바람이나 열차, 쥐 소리
가 들릴까 싶어 귀를 기울였지만 아무 소리도 나지 않는 것 같았
다. 물 외에는 움직이는 게 아무것도 없었다.

　이 밑은 너무 캄캄해서 쥐들도 살지 않아, 로우보이는 중얼거렸
다. 무언가 살기에는 너무 캄캄해. 아니면 공기가 부족한 것일지도
모르겠고.

　그때 헤더 헤빙턴이 그의 옆으로 다가와 묵직하고 넓적한 손으
로 그의 입을 가렸다. 그녀는 그의 등 쪽으로 손을 내리고 그를 앞
으로 떠밀었다. 그녀가 오는 소리를 왜 못 들은 걸까? 그는 의아해
했다. 내가 잠이 들었나?

　일 분도 안 돼서 그녀가 왼쪽으로 그를 홱 끌었고 그러자 도시
가 웅성거리는 소리가 더 커졌다. 그가 있는 곳은 천장이 낮고 벽
과 벽 사이가 가까우며 길이가 10~15피트쯤 되고 저 멀리 꺾이는
곳에서 희미한 불빛이 깜빡이는 통로였다. 그녀에게 떠밀려 앞으
로 다가갈수록 불빛이 점점 더 강렬해졌고, 결국 그는 눈을 가려야
걸을 수 있었다. 그녀는 이제 그의 뒤에서 짧고 가쁘게 숨을 몰아
쉬고 있었다. 그는 동굴에 사는 원시인들이 외로워지면 뭘 하는지
아느냐던 우스갯소리가 생각났다. 그녀는 원시인이 아니긴 하지,

그는 생각했다. 내가 녹아웃된 원숭이지. 그는 씩 웃고, 열 손가락을 모두 동원해 눈을 가린 채 그녀가 이끄는 대로 밝고 바람이 불고 선뜩한 곳으로 나아갔다.

　손을 내리자 네모나고 높다란 천창 네 개에서 햇빛이 쏟아져 녹물이 흘러내린 벽을 비추는 L자 모양의 방이 보였다. 헤더 코빙턴은 이제 그를 놓고 난잡한 바닥을 발로 치우며 길을 만들었다. 방의 맞은편 구석에 그녀의 신발이 나란히 놓여 있었고, 바로 뒤에 여러 개의 가방이 땀으로 얼룩진 체크무늬 누비이불 위에 놓여 있었다. 왼쪽 벽에는 여행용 트렁크가 입을 벌린 채 서 있었다. 그는 눈물이 맺힌 눈을 토닥토닥 두드리고 길에서 벗어나지 않도록 주의하면서 멍하니 앞으로 걸어갔다. 누비이불 앞에 다다랐을 때 걸음을 멈추고 뒤로 돌아 위를 올려다보았다. 천장에는 검은색 쇠창살로 이루어진 완벽한 정사각형의 배수구 네 개가 붙어 있었고, 창살 너머가 도시였다. 사람들이 볼썽사납게 아라베스크* 자세를 취하거나 날지 못하는 새처럼 뒤뚱거리며 쇠창살 위를 지나갔고, 비둘기와 구름과 헬리콥터 들이 사람들 머리 위를 지나갔다. 그는 누비이불 위에 인도인처럼 앉아서 계속 올려다보았다. 밑에서 사람들을 보니까 정말 우습네, 그는 생각했다. 특히 여자들이 더 우습다. 이 모든 광경이 워낙 낯설어 숨도 꿀꺽 삼켜버렸다.
　"여기가 어디예요?"
　"84번가와 콜럼버스 가가 만나는 곳." 헤더 코빙턴이 말했다.

_____

* 발레에서 한쪽 다리로 서고 다른 쪽 다리는 뒤로 곧게 뻗은 자세.

그녀는 그의 옆에 바짝 붙어서 앉았다.

"저 사람들에게도 우리가 보일까요?"

"내려다보면 보이겠지." 그녀는 웃음 비슷한 소리를 냈다. "그런데 그러는 사람이 거의 없어."

로우보이는 눈을 훔쳤다. "왜요?"

"쉿." 헤더 코빙턴이 말했다. 그녀는 그가 자기 쪽으로 고개를 돌릴 때까지 손마디 두 개로 그의 뒷머리를 쓰다듬었다. 다른 손으로는 그의 셔츠 앞섶을 천천히 비틀어가며 풀어헤쳤다. 그의 두 손은 꿈쩍 않는데 그녀는 개의치 않는 눈치였다. 그녀의 눈빛은 다급하기는커녕 침착하고 흔들림 없었다. 그녀의 입에서 버터와, 정향을 넣은 담배와 맥주 냄새가 났다. 그녀가 몸을 앞으로 기울여 그의 귀에 여태껏 그가 한 번도 들은 적 없는 말들을 속삭였다. 그녀의 튼 입술이 나뭇가지처럼 그의 살갗을 쓸고 지나갔다. 빛이 그녀의 얼굴 위에서 춤을 추기 시작하는 바람에 그녀가 원하는 것이 무엇인지 알아차릴 수 없었다. 그녀의 양손이 그의 허리띠 버클을 잡고 있었다. 햇빛 때문에 두 손이 흑백 만화에 등장하는 장갑 낀 손처럼 두툼하게 보였다. 미니 마우스한테 강간을 당하게 생겼구나, 그는 생각했다.

"간지럽니?" 그녀가 물었다. 그녀의 두 손은 결코 쉬는 법이 없었다.

"아뇨." 로우보이가 말했다. "괜찮아요." 그는 쇠창살을 올려다보았다. "아까 했던 말을 또 해봐요."

"그래." 그녀가 말했다. "여기 날 봐봐." 하지만 그녀는 아무 말 없이 그의 손목을 잡더니 자기 셔츠 속으로 집어넣었다. 그 밑으로 옷이 두 겹인가 세 겹 더 있었지만 그녀는 한데 뭉뚱그려 걷어 올리고 그의 손을 자기 몸에 댔다. 그의 손마디가 갈비뼈에 닿자 그녀가 내뱉은 한숨이 그의 머리 위에서 굽이치는 게 보였다. 여기는 춥구나, 그는 생각했다. 영하에 가깝겠어. 하지만 그건 그의 생각일 뿐 신빙성이 전혀 없었다.

"자, 그럼 이제 우리 도련님은 기분이 어떤지 볼까?" 헤더 코빙턴이 말했다.

로우보이는 그녀의 주의를 다른 데로 돌리려고 셔츠를 위로 더 올리고 손가락으로 그녀의 한쪽 젖꼭지를 집었다. "아야!" 그녀가 조그맣게 속삭였다. 하지만 하던 짓을 멈추지는 않았다.

"기분이 괜찮은 모양이네." 잠시 후 그녀가 그를 내려다보며 말했다. 좀 전보다 키가 더 커 보였다. 덩굴식물처럼 햇빛을 향해 자라고 있었다. "우리 도련님, 잘하고 있어." 그녀가 말했다. "하지만 더 잘할 수 있게 도와주자." 그녀는 혀끝을 살짝 내밀었다. "세상을 사는 데 필요한 지식을 좀 알려주자."

"아니에요." 로우보이는 탁한 목소리로 말했다. "똑바로 누워봐요." 방 안은 점점 차가워지고 있었고 이때가 아니면 기회가 없었다. 그는 그녀 쪽으로 얼굴을 가져갔다. 그녀가 손을 거둬야 할 정도로 바짝 갖다댔다. "이불 위에 누워요." 그는 군인처럼 침착하고 굵은 목소리를 내고 싶었는데 망가진 경첩처럼 끽끽거렸다. 그는 그녀의 어깨에 손을 올려놓고 밀었다. 날다신 그의 모습에 그녀가 놀라워하거나 의심스러워하지 않을까 싶었는데 놀란 기색이 전혀 없었다.

그녀의 얼굴이 햇빛 밖으로 나른하게 사라졌다. 반질반질하고 까만 그녀의 눈이 이리저리 움직였다. 아무리 살펴봐도 전혀 눈치 채지 못한 것 같았다. 그녀의 두 손은 그의 허리춤을 떠날 줄 몰랐지만 이제는 그의 바지가 아니라 자기 바지를 벗고 있었다. 거리의 소음이 그의 등 뒤에서 계속 쿵쾅거렸지만 그의 몸속에서 쿵쾅거리는 소리에 비하면 아무것도 아니었다. 그녀는 바지 앞섶이 열리자 허둥지둥 세 번 잡아당겼다. "이것 좀 도와줄래?" 그녀가 그의 허리춤을 손톱으로 파고들며 어린아이처럼 물었다.

그는 축축하고 기름기에 전 그녀의 바짓단을 잡고 자기 쪽으로 당겼다. 할아버지가 텃밭에서 일을 하고 녹초가 돼서 돌아왔을 때 그런 식으로 바지 벗는 걸 도와드렸던 생각이 났다. 헤더 코빙턴에 비해 새하얗고 마른 그 다리가 떠오르자 웃음이 터져나오려고 했다. 그녀는 팔꿈치를 괴고 셔츠를 돌돌 말아서 배 위로 올리고 통나무 같은 다리를 그의 양옆으로 놓은 채 누워 있었다. 좀 전보다 몸집이 더 커 보였다. 그녀는 한숨을 쉬거나 눈을 깜빡이지 않았고 아무 소리도 내지 않았다. 어린아이가 바지를 갈아입을 때처럼 그의 코르덴 바지도 발목까지 내려져 있었고 그는 이도저도 아닌 자기 몸을 물끄러미 내려다보았다. 그녀에 비하면 그는 보잘것없었다.

"지금요?" 그가 주춤주춤 다가가며 물었다. "지금 해요?"

그녀는 눈을 감고 다리를 좀더 벌렸다. 그는 숨 한 번 쉴 만한 사이에 고개를 돌렸다가 그녀의 맨살에서 나온 온기가 그의 피부에 느껴질 때까지 몸을 앞으로 기울였다. 냄새 때문에 입이 닫히고 눈이 감겼다. 그는 그의 몸속을 생각했다. 빈집에 남겨진 인형처럼 얼마나 차갑고 외로이 떨어져 있을까. 그는 세상의 끝과 쇠창살 위

사람들, 터널, '자연사박물관'도 생각했다. 반짝이던 타일과 가차 없던 벤치. 유골함처럼 벽에 박혀 있던 공룡들. 그는 그 벽에 박힌 자신의 유골과 헤더 코빙턴의 유골과 바이올렛의 유골을 차례대로 그려보았다. 그가 해야 하는 일은 전선으로 그의 몸이 지져진 것처럼 분명했다. 그는 평생 그를 붙잡고 있던 막을 찢고 부패한 세상 속으로 나서야 했다. 다른 사람의 몸속으로 들어가야 했다. 혀를 깨물고 밀고 나가야 했다.

쇠창살 위에서 누가 나지막이 웃는 소리가 들렸다.

"못 하겠어요." 그는 숨이 막혀 헐떡였다. "녀석이 잠이 들어버렸어요, 코빙턴 씨. 보세요."

그녀가 몸을 일으켰다. 놀라거나 화가 난 얼굴은 아니었다. "너무 어리구나." 그녀는 그의 얼굴 위로 흘러내린 머리카락을 쓸어올려주며 말했다. "너무 애야."

"약 때문에 그래요." 그가 말했다. "약을 먹으면 기운이 빠지거든요."

"나는 안 그래." 그녀가 말했다. "오히려 정반대지." 그녀는 그를 내려다보았다. "거의 다 됐는데, 꼬맹이 대장. 혹시 내가……"

"싫어요." 그는 그녀의 손을 치웠다. "건드리지 말아요."

"알았다." 그녀는 중얼거리며 다리를 모았다. "알았다고." 그녀는 잠깐 자기 몸을 물끄러미 내려다보았다. "내 소지품 좀 줄래?"

"뭘 달라고요?"

"소지품. 옷 말이야." 그녀는 손을 뻗어 바지를 집고 다리를 넣기 시작했다. 그는 그녀가 어떤 표정을 짓고 있을지 궁금했지만 쳐다볼 엄두가 나지 않았다. 그녀와 눈이 마주치면 노란 연기로 사라져버릴 수도 있었다. 노란색은 겁쟁이의 상징이지, 로우보이는 자기 무릎을 내려다보며 생각했다. 병의 상징이기도 하고.

"무슨 약을 먹었니?" 잠시 후 헤더 코빙턴이 물었다.

그는 어깨를 들었다 떨어뜨렸다. 두 팔이 밀가루 반죽처럼 느껴졌다. "자이프렉사, 데파코트……"

그녀가 입술을 오므렸다. "자이프렉사!" 그녀가 말했다. "그건 나도 아는 거다. 먹으면 몸이 움찔거리지."

"자이프렉사는 그렇지 않아요." 그의 목소리는 들릴락 말락 했다. "자이프렉사는 2세대 정신병 치료제예요. 그걸 먹었다고 몸이 떨리지는 않아요."

그녀는 그를 흘겨보았다. "우리 꼬맹이 대장님 말씀을 떠받들어야겠지. 우라질 렉스 모건* 선생이실 테니."

로우보이는 아무 말도 하지 않았다.

"나는 프롤릭신을 먹었어." 잠시 후 그녀가 말했다. "아마 그 약이 그랬나보다."

"프롤릭신이면 그럴 수 있어요."

그녀는 가까이 다가와 앉았다. "자이프렉사는 어떤데? 자이프렉사를 먹으면 기운이 빠진다고?"

"데파코트를 먹으면 그래요." 그는 누비이불을 쓰다듬으며 말했다. "그걸 먹으면 하고 싶은 마음이 사라져요. 그래서 내가 중간에 멈춘 거예요." 그는 자신의 목소리가 끔찍이 싫었다. 약에 대한 설

---

* 미국의 유명한 만화에 의사로 등장하는 주인공.

명을 늘어놓는 중년의 간호사 같았다. 그는 헛기침을 했다. "데파코트는 지방계예요. 약들이 다 그래요. 뇌혈관장벽을 뚫어야 하니까." 그는 그녀를 쳐다보았다. "뇌혈관장벽이 사실 지방으로 이루어져 있거든요."

"뇌혈관장벽이라……" 그녀는 공손하게 읊조렸다. "멋지다."

"뇌는 젤리 위에 둥둥 떠 있어요, 코빙턴 씨. 지방으로 된 젤리 위에요." 그는 그녀를 향해 미소를 지었다. "프랑스 요리 파테*와 비슷해요."

"그래서 그렇군." 그녀가 셔츠 단추를 채우며 말했다.

"하지만 인체의 다른 부분은 지방을 잘 받아들이지 못해요. 그래서 피 속에 머물러 있다가……"

"우리 꼬맹이 대장님은 어디서 이런 잡소리들을 긁어모으셨을까?" 그녀는 몸을 앞으로 숙여 그의 갈비뼈를 찔렀다. "꼴통 의사한테 들었겠지?"

"아무도 안 가르쳐줬어요." 그는 한 손을 들어 얼굴을 가렸다. "도서관에서 그에 관한 책을 봤죠."

그녀는 이를 다문 채 휘파람 소리를 냈다. "내가 끌려간 곳에는 도서관이 없었는데."

그는 누비이불 위에 누웠다. 이제는 햇빛이 희미해져서 전처럼 눈을 찌르지 않았기 때문에 눈을 깜빡이지 않고 햇빛을 한참 동안 물끄러미 쳐다볼 수 있었다.

"우리 집에서 두 블록 가면 7번가와 그리니치 가가 만나는 모퉁

---

* 고기나 간, 생선을 갈아서 파이처럼 만들거나 버터처럼 빵에 발라 먹는 요리.

이에 도서관이 있었어요. 병원에서 나더러 병에 걸렸다고 했을 때 그 도서관에 갔죠."

그녀는 기침을 하고 바닥에 침을 뱉었다. "그런데 그 사람들 말을 믿는다는 거냐? 꼴통 의사들 말을?"

그는 쇠창살 위로 보이는 구름에 정신을 집중했다. 그는 구름이 움직이길 기다렸지만 계속 꼼짝하지 않았다. "난 병에 걸렸어요, 코빙턴 씨. 당신도 알잖아요."

"내가 알고 있는 게 뭔지 알려줄까?" 그녀가 고개를 저었다. "나는 이 아래에 있고 그들은 그렇지 않다는 것. 내 몸속은 약물 없이 깨끗하다는 것. 그리고……" 그녀는 잠시 머뭇거렸다. "나도 내 생각이 있다는 것."

"나한테도 있어요." 그가 말했다. "그런데 없었으면 좋겠어요."

"뻥치고 있네. 내 생각이 어떻게 너한테 있냐? 내 생각은 나만 할 수 있는 거야." 그녀는 이를 가는 것처럼 턱을 천천히 돌리면서 그를 무섭게 노려보았다.

"나도 당신 생각은 필요 없어요."

그는 한 대 얻어맞지 않을까 싶었는데 그렇지 않았다. 그녀는 똑바로 앉아서 재미없다는 듯 한숨을 내쉬더니 그의 바지를 올리고 지퍼를 채워주었다. 바이올렛처럼 대충, 사무적이었다. 그는 궁금해질 수밖에 없었다.

"코빙턴 씨, 아이 있어요?"

그녀는 한순간 양 볼을 쏙 집어넣고 눈을 휘둥그레 뜬 채 그를 쳐다보았다. 그러다 잠시 후 표정을 풀었다. "렉스 모건, 그 정도로 아픈 사람이 뭐하러 나하고 시시덕거리시나? 집에 가서 기저귀나 찰 일이지."

"이유를 얘기했잖아요." 그는 숨을 들이쉬었다. "대기가……"

"점점 뜨거워지고 있다고 했지." 그녀가 심드렁하게 말했다. "기억하고 있다." 그녀는 손목을 코에 대더니 향수 가게를 찾은 손님처럼 생각에 잠긴 표정으로 킁킁거렸다. "있잖니, 내가 만약 꼴통 의사면 대기가 어쩌고 하는 헛소리는……"

"고마웠어요, 코빙턴 씨." 로우보이는 자리에서 일어서며 말했다. "정말 고마웠어요. 지금 당장은 드릴 말씀이 그것밖에 없네요."

그녀는 웃음을 터트리고 그의 허리띠에 손가락을 하나 걸었다. "꼬맹이 대장, 어디로 달아나려는 거야? 좀더 있어. 얌전히 있을게."

그는 이제 햇빛을 온몸으로 받으며 실눈으로 한쪽 구석을 내려다보았고 그를 붙잡고 있는 그녀의 손이 마치 몸에서 떨어져나온 것처럼 보였다. 어린아이처럼 순진하고 자신감 넘치는 사람들이 삼삼오오 쇠창살을 지나갔다. 그들을 지켜보자 한기가 느껴지기 시작했다.

"입 다물고 있을 거예요?" 그가 발을 번갈아 체중을 옮겨 실으며 물었다. "내 일에서 신경 끌 거예요? 조용히 할 거예요? 꽃으로 마음을 전할 거예요?"

그녀는 아무 대꾸 없이 그를 아래로 잡아당겼고, 그는 고개를 저었지만 그녀가 하는 대로 내버려두었다. 그녀의 곁에 있어야 더 따뜻했다. 두 사람의 발은 햇빛을 받고 있었지만 몸은 뒤로 안전하게 물러나 있었다. 그는 신고 있던 지저분한 벨크로 운동화를 내려다보았다. 밝은 데서 보니 너무 크고 유치한 것이, 달 착륙에 실패했을 때 신고 남은 신발처럼 우스꽝스럽게 느껴졌다. 그는 기지개를 켜고 다시 누비이불에 누웠다.

"영원히 여기 있었으면 좋겠다." 그가 말했다. "다시 위로 올라가기 싫어요."

"너뿐 아니라 다들 그렇게 생각해." 헤더 코빙턴이 말했다. "다들 더치맨*이 되고 싶어하지."

"뭐가 되고 싶어한다고요?"

"더치맨." 그녀가 한숨을 쉬었다. "오페라도 있고 연극도 있잖아. 더치맨은 지금 십칠 년째 6호선을 타고 있어. 2002년부터 개찰구 밖으로 나간 적이 없지."

"무슨 수로 죽지 않고 살아 있어요?" 로우보이가 물었다. 그는 팔꿈치로 몸을 받쳤다. "어디서 먹을 걸 구해요?"

"나도 모르겠다. 뭐든지 먹거든." 그녀는 관심 없는 투로 말했다. 그녀는 트렁크를 잡아당기더니 안을 뒤지기 시작했다. 뭔가가 고등학교 때 과학 실험도구로 쓰던 비커처럼 딱딱하고 날카로운 소리를 냈다. "매점에서 파는 초콜릿바를 먹을지 모르지. 선로에서 닭튀김을 먹을 수도 있고." 그녀는 그를 향해 찡긋 윙크를 했다. "아니면 색을 밝히는 남자아이를 잡아먹을 수도 있겠다."

햇빛이 갑자기 본연의 색을 잃었다. 로우보이는 혼자 콧노래를 흥얼거리며 다시 누워서 그녀가 이야기를 계속하길 기다렸다. 그는 그녀를 상당히 믿고 싶었다. 더치맨 이야기에 핵심이 있다면 그런 더치맨이 불가능하다는 사실이었다. 만약 그런 더치맨이 실제

---

* 유럽의 전설 속 유령선 '플라잉 더치맨'을 말한다. 이 배는 영원히 항해해야 하는 운명의 저주를 받았다고 하는데, 바그너의 오페라를 비롯해 여러 영화와 소설의 주제로 쓰였다.

로 존재한다면 네스 호의 괴물이나 우로보로스나 사탄 등 다른 불가능한 것들도 존재할 수 있었다. 그런 생각을 하자 로우보이의 이가 서로 부딪치기 시작했고 목덜미 털이 곤두섰다. 만약 더치맨이 존재한다면 그 어떤 것에 대해서도 장담할 수 없었다. 도서관에 있는 책들의 절반을 다시 써야 했다. 사람들은 길에서 거꾸로 걸어야 했다. 거기에 생각이 미치자 웃음이 터지려고 했다. 만약 더치맨이 존재한다면 세상은 끝나지 않을지 모른다.

그는 몸을 살짝 앞뒤로 흔들며 헤더 코빙턴이 부산하게 움직이는 것을 지켜보았다. 그녀는 이제 혼잣말을 중얼거리면서 보석 세공인처럼 트렁크 위로 고개를 숙이고 조그만 뭔가를 천천히 모으고 있었다. 그가 기다리고 있다는 걸 잊어버린 것 같았다. 그는 콧노래를 부르며 홈이 파인 콘크리트 바닥을 발로 툭툭 때렸다. 기다리는 동안 더치맨이 점점 더 커지더니 하얀색, 초록색, 적갈색 불꽃을 내뿜기 시작했다. 무슨 일인가 벌어지려는 조짐이 보였다. 불가능의 왕국이 그의 오른쪽 어깨 위에 반짝이며 서서 그가 들어가기를 조용히 기다리고 있었다. 그는 고개를 돌리기만 하면 되었다.

"더치맨은 몇 살이에요?" 그가 물었다. 목소리가 영 어색했다. "어떻게 생겼어요?"

"하얘." 헤더 코빙턴이 말했다. "그리고 냄새가 이상하지. 지하철 한 칸을 독차지하는 경우가 대부분이야."

그녀는 캐묻는 게 달갑지 않다는 투였다. 그는 몸을 둥그렇게 만 채 누비이불에 얼굴을 묻고 시큼한 냄새를 들이키며 흥분한 마음을 애써 달랬다. 더치맨이 실존 인물이구나, 그는 생각했다. 실제 살아 있고 그녀도 아는 인물이구나. 어쩌면 이 방에 데리고 온

적도 있을지 모르겠다.

"왜 6호선만 타요?" 그가 물었다. "왜 그 노선만 탄대요?"

"흡." 헤더 코빙턴이 말했다. 입에 뭘 물고 있었다. 뭔지 모르지만 깨지기 쉬운 물건이었다. 그녀의 왼팔이 위로 휙 움직였고 무언가를 빠는 소리가 들렸다. 잠깐 부탄가스 냄새가 나는가 싶더니 그다음에는 볶은 아몬드 냄새, 그다음에는 땀 냄새가 났다.

"코빙턴 씨?" 그가 불렀다.

"아무 말 하지 마." 그녀는 속삭이며 고개를 숙여 완전히 감추었다. 머리가 사라지자 고대의 세계지도 위에 그려진 괴물처럼 보였다. 그녀는 이 사이로 계속 무언가를 빠는 소리를 내며 몸을 꼼짝하지 않았다. "보물." 그녀가 왼손으로 바닥을 짚으며 말했다. 그녀는 손으로 입을 가리지 않은 채 기침을 했다. "내 보물." 그녀가 말했다. "내 돈다발."

이제 사방이 연기로 가득했고 냄새가 뱀장어처럼 그의 숨통으로 미끄러져 내려왔다. 그는 한 손으로 처음에는 입을 가리고, 그다음에는 눈을 가리고, 그다음에는 얼굴 전체를 가렸다. 손을 내렸을 때 헤더 코빙턴은 팔을 뒤로 구부린 채 다리를 쩍 벌리고 누워서 만족스러운 듯 나지막이 숨을 쉬고 있었다. 오른쪽 눈은 뜨고 있었지만 왼쪽 눈은 감고 있었다. 골무 크기의 유리그릇이 가슴골에 비스듬히 놓여서 그녀가 숨을 쉴 때마다 부표처럼 일렁였다. 연기는 사다리처럼 도시를 향해 올라갔다.

"내가 뭐 하나 이야기해줄까?" 그녀가 말했다. "네가 날 따라올 줄은 꿈에도 몰랐어."

그는 입술을 깨물고 그녀를 쳐다보았다. "왜요?"

"내가 개떡같이 못생겼으니까."

그는 그릇에 시선을 고정한 채 뭐라고 대답하면 좋을지 고민했다. 마침내 그는 몸을 일으켜 세우고 그녀를 유심히 뜯어보다 그녀의 말이 맞다는 걸 알았다. 그녀의 얼굴은 프라이팬처럼 납작하고 칙칙했다.

그녀가 헛기침을 했다. "하지만 예전부터 못생겼던 건 아니야. 어렸을 땐 파란 눈의 꼬마 아가씨였다고."

"나도 알아요." 로우보이가 말했다. "여권 봤잖아요."

"Z 박사라고 들어봤니?" 그녀는 한숨을 내쉬더니 소매를 걷기 시작했다. "**지즈모르** 말이야. 조너선 지즈모르 박사. 유대인이고, 3번가에 있는 피부과 원장."

"광고는 본 적 있어요." 로우보이는 그녀를 보며 씩 웃었다. "보라색으로 '기미? 여드름? 뾰루지?' 라고 쓴 광고는 마음에 들던데."

"그 사람이야." 그녀가 말했다. "바로 그 사람." 그녀는 거무죽죽한 팔뚝을 그를 향해 내밀고 두 손가락으로 팔뚝의 피부를 더듬다 양손을 엄숙하게 자기 얼굴로 가져갔다. 그녀의 검은 두 눈은 이제 빛을 잃었다. 종이에 구멍 두 개가 뚫린 것에 불과했다.

"조너선 지즈모르가 나한테 이런 짓을 했지." 그녀가 말했다.

바로 그때 망치로 못을 때리는 것 같은 소음이 두 사람을 덮쳤고 어둠이 접혀 무(無)가 되었다. 제복 차림의 남자가 두 사람 위에 쭈그리고 앉아서 허리띠에 찬 묵직한 뭐가를 풀고 있었다. "라파, 라파 맞지?" 남자가 연기 속으로 빛을 비추며 말했다. 듣기 좋고 부드러운 목소리였다.

"헤더 코빙턴입니다, 마르티네스 경관님." 그녀가 다시 바짝 정신을 차렸고 몸은 아치처럼 단단해졌다. 그녀는 오른손으로 로우보이의 목덜미를 누르고 보이지 않도록 앞으로 밀었다. 그는 경찰관의 모습을 볼 수 없었지만 그가 쇠창살 위로 무릎을 꿇는 소리가 들렸다. 헤더 코빙턴은 늙은 여자나 알코올중독자처럼 머리를 살짝 떨었지만 눈빛만큼은 날카롭고 또렷하고 증오심으로 이글거렸다. 로우보이는 벽에 등을 바짝 기댔다.

"밑에서 좋은 냄새가 나는데, 라파?" 경관이 말했다. "뭐 만들어 먹은 모양이지?"

"약을 좀 하고 있었어요, 마르티네스 경관님." 헤더 코빙턴이 밝은 목소리로 말했다. "시간을 때우려고요."

경관은 한숨을 쉬었다. "고마워, 라파. 날 네 인생에 끼워줘서 고마워." 그가 숨을 쉬는 동안 완벽한 침묵이 흘렀다. "그 구석에서 뭐해? 이쪽으로 와서 나하고 말 좀 하지?"

헤더 코빙턴은 눈을 감고 혀끝을 깨물었다. "안 돼요." 잠시 후 그녀가 말했다. "안 돼요, 경관님. 몰골이 흉해서요."

경관은 잠시 아무 말도 하지 않았다. 그러다 입을 열었을 때 그의 목소리는 멸균한 천을 달라고 말하는 외과 의사처럼 단조롭고 침착하고 감정이 전혀 없었다. "같이 있는 사람은 누구지, 라파?"

그녀가 대답을 하느라 고개를 돌렸을 때 로우보이는 벽을 박차고, 아이처럼 그녀의 다리 사이로 미끄러지듯 빠져나왔다. 거리의 굉음이 방을 성냥갑처럼 뒤흔들었고 경관이 손전등으로 쇠창살을 때렸지만, 그 무렵 그는 이미 터널 안으로 돌아간 뒤였다. 그는 선로 위로 곧장 뛰어들 뻔했지만 물소리에 정신을 차리고 쭈글쭈글한 이음새 끝에서 발을 멈추었다. 그는 술 취한 사람처럼 넘어질

듯 건들거리며 기둥 끝까지 갔다. 그리고 그곳에서 견딜 수 있는 만큼 기다렸다. 그의 뒤를 쫓는 사람은 아무도 없었다.

경관이 그녀를 체포했을지 몰라, 로우보이는 생각했다. 총으로 쏘았을지 모르겠다. 아니면 둘이서 같이 약을 하고 있을지도 모르지. 그는 눈을 크게 떴다 감았다 다시 뜨고 어둠 속을 열심히 살폈다. 낙엽이 바스락거리는 소리가 두 번 들렸다. 그는 1부터 100까지 세고, 심호흡을 몇 번 한 다음 100부터 1까지 세었다. 그 일이 다 끝나자 그는 다음 정거장으로 갔다.

그가 걷기 시작하자 터널 안에서 산들바람이 불어왔다. 외곽행 열차가 오고 있구나, 라고 혼잣말을 중얼거리자 조금 전에 있었던 일을 잊는 데 도움이 되었다. 그는 쫙 벌린 손가락에 와 닿는 바람을 느끼며 급행이라고 결론을 내렸다. 브롱크스행 직행열차. D선. 그는 열차가 들이닥치는 소리를 들으며 걸음을 재촉했다. 머리가 맑았고 혼자인 게 다행스러웠다. 그는 빛도 공기도 없는 세상의 뱃속에 그 어느 때보다 안전하게 숨어 있었다. 바람이 점점 거세어지면서 덩달아 커지는 사방의 웅성거림이 감미로웠고, 그에게 뭔가 할 말이 있는 것처럼 느껴졌다. 그는 터널 벽에 머리를 기대고 귀를 기울였다.

몇 년 뒤, 그가 거의 한평생을 바쳐 예행연습한 고도의 은둔생활로 접어들었을 때 라티프는 바이올렛 헬러의 중요성을 한눈에 알아차렸다고 주장할 것이다. 그렇지 않았다면 당장 집으로 돌려보냈을 거라고 그녀에게 빠져들 만큼 그녀가 충분히 이야기를 하지 않았다고 말이다. "바이올렛을 처음 본 순간부터 느낌이 왔죠." 그는 조용히 그렇게 말하고 그 유명한 공허한 미소 뒤로 숨을 것이다.

　사실 그가 그녀를 붙잡아둔 이유는 그녀가 브뤼헐*의 초상화처럼 엉성하면서 동시에 흠잡을 데 없었기 때문이고, 당분간은 기다리는 것 외에는 할 일이 없었기 때문이다. 물론 그녀는 엉뚱하고, 히스테리를 부리는 모습은 상상조차 할 수 없을 만큼 완고하기도

---

*　피터르 브뤼헐. 1525(?)~1569. 16세기 플랑드르의 대표적인 화가.

했다. 하지만 그의 월급에 재를 뿌리는 대부분의 어머니들처럼 평정심을 잃지는 않았다. 나한테 그런 만족감을 허락하지 않는단 말이지. 라티프는 그런 생각이 들자 계속 그녀에게 관심이 갔다. 하지만 그는 그녀가 '특수 실종계' 내에서든 밖에서든 실질적으로 어떤 역할을 할 거라고 생각해본 적이 단 한순간도 없었다. 그런데 그때 전화가 왔다.

그녀는 아들의 사건에 대한 보고를 듣고 예측 가능한 반응을 보였다. 그가 음탕한 수작을 걸기라도 한 것처럼 꼼짝 않고 앉아서 그가 그 직업에 종사한 첫날부터 접해온 눈빛으로 그를 물끄러미 쳐다보았다. 그녀가 계속 아무 말도 하지 않는다면 그건 입안이 분노로 바짝 말랐기 때문이었다. 그는 침착하게, 심지어는 용기를 북돋워주는 듯한 눈빛으로 그녀의 시선을 맞받았다. 그렇게 쳐다보는 동안 의혹이 사라졌다. 결국에는 그녀의 태도가 그의 입을 열게 했다.

"아주 자연스럽게 사법 방해를 하는 재주가 있으시네요, 헬러 씨." 그는 과장스럽게 서류철을 덮으며 말했다. "당신도 전적이 있는 게 아닐까 의심할 뻔했습니다."

"형사님은 이 직업이 천직이시네요." 그녀는 그를 지나 창문을 바라보며 말했다. "나이 든 여자들은 죄다 마피아 조직원이죠."

"제발 제 말 좀 들으세요. 아드님의 상황을 종합해보건대 지금 시간이 없습니다. 약물의 효과는 기대할 수 없는 수준이고, 아드님은 현재 위험한 상황에 처해 있고, 정신이상으로 폭력적인 성향을 보이고 있으니까요." 그는 잠깐 뒤에 기대고 앉아 자신의 발언이 흡수되길 기다렸다. "저는 범죄가 일어날 가능성이 높다고 봅니다.

그것도 심각한 범죄, 중죄가 말입니다, 헬러 씨. 저희가 이야기하고 있는 지금 이 순간에 일이 터질 수도 있죠."

"그런데 왜 찾아 나서지 않으시는 건가요, 형사님?" 그녀가 기계적으로 자리에서 일어나며 물었다. "왜 아무 짓도 안 하고 여기 앉아서 네월아 세월아 카드만 섞고 계신가요?"

그녀는 이제 두 다리를 책상에 바짝 대고, 그가 팔을 내밀면 닿을 거리에 서서 발작을 일으키기 직전의 사람처럼 주먹을 쥐었다 폈다 했다. 내가 지금 웃어버리면 그녀를 놓치게 되겠지, 그는 생각했다. 여차하면 주먹을 휘두를 것처럼 보이는군.

"세월아 네월아 하고 있다는 말씀이겠죠?"

그녀가 손바닥으로 어찌나 세게 책상을 내리쳤는지 덜커덕 소리와 함께 서랍이 열렸다. "대답해보세요, 형사님! 여기서 도대체 뭐 하는 짓거리냐고요?"

억양이 좀더 강해졌군, 라티프는 대답을 하기에 앞서 머릿속을 정리하며 생각했다. 할리우드 영화에 나오는 나치 비슷한데? "지금 전화를 기다리고 있는 겁니다, 헬러 씨. 죄송한 말씀이지만 기다리는 것 말고는 달리 방법이 없습니다. 혹시 아드님의 행방에 대해서 저희한테 알려주실 만한 정보가 있으면 모를까……"

"안 그래도 몇 가지 아는 게 있어요." 그녀는 흑하고 숨을 들이켰다. "진작 물어보지 그러셨어요."

그는 슬그머니 미소를 지었다. "하고 싶은 말이 있으면 하실 성격으로 보이는데요."

"지금 저를 아주 제대로 주무르고 계시네요, 형사님." 그녀는 피곤한 얼굴로 그에게서 고개를 돌렸다. "제가 만약 형사님의 행동이 진심에서 나온 거라고 생각했다면……"

그의 내선이 울리는 소리가 말허리를 잘랐다. 그녀는 자고 있던 사람처럼 입을 벌린 채 당장 말을 멈추고, 겁에 질린 표정으로 수화기를 뚫어져라 쳐다보았다. 그는 수화기를 들기 전에 잠깐 숨을 돌리면서 전화가 왔다는 사실이 그녀의 안으로 스며드는 모습을 예의 주시했다. 그녀의 표정에서 안심하는 기미는 보이지 않았다.

"잠시 실례하겠습니다, 헬러 씨."

그녀는 그의 말뜻을 전혀 이해하지 못하는 듯했다.

통화는 기껏해야 일 분 정도로 간단했고, 라티프 쪽에서는 거의 아무 말도 하지 않았다. 그가 수화기를 내려놓았을 때 바이올렛은 앞으로 살짝 몸을 숙이고, 가장 두려워하던 일이 이미 벌어졌다고 확인이라도 한 것처럼 조그만 탄식을 내뱉었다. 그녀가 아들의 폭력성을 믿지 않는 건 아닌지, 그가 의심한 적이 있었을지 몰라도 그 순간 모두 사라졌다. 이제부터 나한테 협조하겠군, 그는 생각했다. 더는 잘난 척하지 못하겠지. 시간 낭비할 필요 없다는 걸 알았을 테니.

"84번가와 콜럼버스 가가 만나는 네거리에서 근무하는 교통경찰이 배수구 쇠창살 너머로 아드님을 봤다는군요. 약 이십 분 전, 그러니까 역시 사십오분에 말입니다. 경찰이 말하길 아드님은 무사해 보이디립니다."

"배수구 쇠창살 너머로요?" 그녀가 중얼거렸다. "보도 밑에 있더라는 건가요?"

그는 고개를 끄덕였다. "아드님은 아직 지하철을 벗어나지 않은 겁니다."

그녀는 이미 자리에서 일어나 있었다. "계속 지하에 있을 거라고 말씀드렸잖아요. 그 아이가 보낸 마지막 쪽지에……"

"그렇게 서두르지 마세요, 헬러 씨. 저는 당신과 동행해도 상관이 없습니다만."

✳ ✳ ✳

이유는 모르겠지만 그녀를 경찰서에 남겨둘 생각은 하지 않았노라고 라티프는 훗날 말할 것이다. 그녀는 당연히 그와 함께 가는 것으로 생각했다. 전례가 아예 없는 일은 아니지. 그렇게 생각하며 그는 수줍은 듯 그녀를 따라 복도로 나섰다. 신원이 불분명해서 그렇지 알고 보면 그녀도 쓸모 있는 인물일지 몰라. 하지만 그 당시에도 훗날에도, 그에게 가장 뜻밖이었던 건 그것이 전적으로 암묵리에 결정되었다는 점이었다. 불을 끄는 것처럼 자연스러웠다. 그는 지갑이나 38구경 권총을 놔두고 갈 생각을 하지 않았던 것처럼 그녀를 말릴 생각도 하지 않았다.

그녀는 앞장서서 아래층으로 향하고 건물을 나서는 동안, 그가 따라오는지 확인하려 한 번도 고개를 돌리지 않았고, 주차장 입구에서 걸음을 멈추었을 뿐 한 치의 망설임도 없이 센터 가를 가로질렀다. 그는 그의 차가 어디 있는지 무슨 수로 알았느냐고 묻지 않았다. 이제 그녀는 사건 신고인 행세를 하지 않을 게 분명했다. 하지만 그녀가 자신만만하게 그의 차를 지나쳐 갔을 때 그는 기뻤고 조금은 마음이 놓였다.

"조금 전에 지나쳤습니다, 헬러 씨. 왼쪽 뒤편에 있어요."

그녀는 순찰차 한 대를 무작위로 선택하고 수갑이 채워지길 기다리는 사람처럼 허리춤에서 두 팔을 엇갈리게 둔 채 조수석 문 쪽에 서 있었다. "저 차라고요?" 그녀는 실망한 기색이 역력했다. "저 초록색 소형 해치백이요?"

"초록색 소형 스포츠 유틸리티 세단이라고 불러주세요."

"사이렌도 달려 있나요?"

"연비가 훌륭하죠." 그는 그녀를 위해 조수석 문을 열어주었다. "주차도 쉽고요."

그녀는 웨스트사이드 고속도로로 나설 때까지 아무 말도 하지 않았다. "형사님은 분명 가정적인 분이 아니네요."

"왜 그렇게 생각하십니까, 헬러 씨?"

"이 차를 보니까 알겠어요. 먼지 한 점 없잖아요."

그는 아무 대답도 하지 않은 채 미소를 지으며 어깨만 으쓱했고, 그녀는 침묵에 감사하는 눈치였다. 그녀는 의자를 뒤로 젖히고 눈을 감았다. 그는 그녀를 유심히 관찰하고 싶은 마음이 굴뚝같았지만 참았다. 34번가의 신호등에 이르렀을 때 그녀가 이름이 불린 사람처럼 움찔하며 똑바로 앉았더니 잿빛 눈으로 놀랍다는 듯 그를 물끄러미 응시했다.

"이 차 범퍼에 붙어 있는 그 스티커 말이에요. 진짜인가요?"

그는 신호등을 흘끗 보았다. "무슨 스티커 말씀입니까, 헬리 씨?"

"이 차, 정말 콩기름으로 움직여요?"

그는 애정 어린 손길로 계기반을 어루만졌다.

"월이 보았다면 형사님을 존경했을 거예요."

"그럴까요? 왜요?"

"지구온난화가 그 아이의 모든 관심사니까요. 세상이 그런 식으로 끝날 거라고 하잖아요."

"어련하겠습니까." 라티프가 차선을 바꾸며 말했다.

그녀는 글러브박스를 열었다가 권총이 있는 것을 보고 다시 닫았다. "생각해보니 형사님이 그걸 모르셨다는 게 뜻밖이네요. 윌의 사건 파일을 꼼꼼하게 안 읽어보신 모양이죠?"

그녀는 그렇게 말하면서 시선을 돌리고, 스쳐 지나가는 숫자판이 달린 교차로들을 바라보았다. 그녀는 이제 전보다 얌전하고 조용하고 침착했다. 거만한 말투도 사라지고 없었다. 그는 자다 일어나서 그런 모양이라고 결론을 내렸다. 조금 있으면 다시 거만해지겠지. 그럼에도 그는 어느새 그녀에게 실토하고 있었다.

"저는 아드님의 기록을 열람할 수 없습니다, 헬러 씨. 미성년자의 파일은 판결이 내려지는 순간 봉인되거든요. 파일을 보려면 온갖 연줄을 동원해야 합니다." 그는 한숨을 내쉬었다. "그런데 솔직히 저한테 그만한 능력이 있는지 모르겠습니다."

일 분 가까이 그녀는 아무 말이 없었다. 라티프는 무심한 척 도로만 쳐다보았지만, 그의 대답을 듣고 그녀가 놀랐다는 것을 알 수 있었다. 잠시 후 그녀가 백미러를 잡고 기울이자 두 사람의 시선이 만났다. "그럼 그 빌어먹을 서류철에는 도대체 뭐가 들어 있었던 건가요?"

"〈뉴욕 데일리 뉴스〉에서 오려낸 기사들이었죠."

"그런데 무슨 수로?" 그녀는 믿을 수 없다는 듯 고개를 저었다. "파일을 못 보게 되어 있었다면서……"

"제가 우연히 아드님의 사건을 기억하고 있었습니다. 황당하게 들리겠지만 신문을 보는 것도 제 업무의 일환입니다."

십오 분 전만 같았으면 이 기회를 놓치지 않고, 신문 보는 것 말고 다른 일 하는 걸 보지 못했다며 농담을 했을 텐데, 지금 그녀는 아무 말도 하지 않았다. 두 사람은 암스테르담 가와 72번가가 만나는 교차로로 향하는 길이었다. 그녀는 그가 암스테르담 가로 방향을 꺾을 때까지 기다렸다 차갑게 말했다. "형사님은 증인을 정치범 다루듯 하지 않으면 더 많은 성과를 얻을 수 있을 거예요."

그는 앞을 가로막고 있는 시내버스만 바라보았다. "헬러 씨, 당신은 증인이 아닙니다. 신고인이죠. 그리고 저는 거짓말하는 사람들은 모두 똑같이 대합니다."

그녀는 그를 보며 눈을 깜빡였다. "그게 무슨 말씀이세요?"

"아드님이 할아버지 말고는 친구가 없었다고, 만화책 말고는 그 어떤 것에도 관심이 없었다고 하지 않으셨던가요? 그 여학생과 어울린 게 분명한데 말입니다."

그녀는 반대편으로 고개를 기울였다.

"그 여학생 이야기는 왜 하지 않은 겁니까, 헬러 씨?"

"중요하지 않다고 생각했으니까요."

"제 생각은 다르다고 말씀드릴 수밖에 없겠네요. 제가 보기에 그 여학생은 중요합니다."

그녀는 반박하려다 입을 닫았다. 다시 입을 열었을 때 그녀의 목소리는 이상하게 나지막했다. "윌은 살인범이 아니에요, 형사님. 병을 앓고 있는 아이예요."

그는 그녀를 보며 눈살을 찌푸렸다. "그 여학생이 죽은 줄은 몰랐네요."

"안 죽었어요." 그녀가 얼른 말했다. "에밀리는 괜찮아요." 그녀는 두 팔로 글러브박스를 밀었다. "형사님, 좀 천천히 가면 안 될까요? 저 버스 머플러하고 닿을 지경이잖아요."

"네월아 세월아 할 수 있는 상황이 아니지 않습니까." 라티프가 진지하게 말했지만 그녀는 안 듣는 눈치였다.

"에밀리가 죽지 않은 게 기적이었죠." 잠시 후 그녀가 말했다. "머리가 제3레일에 거의 닿을락 말락 하게 떨어졌거든요. 시 외곽행 6호선이 전 역을 출발해서 몇백 야드 안 남은 상황이었는데, 바뀐 신호가 용케 전달됐어요." 택시 한 대가 옆을 지나갔고 그녀는 그 모습을 지켜보았다. "월이 붙잡혀 갔을 때 에밀리는 이미 시립병원 침대에 누워 있었죠."

"아드님의 재판 때 그 여학생이 증언을 했습니까?"

"증언을 거부했어요. 모든 사람들한테 자진해서 뛰어내린 거라고 말했죠." 바이올렛은 고개를 저었다. "물론 그 말을 믿은 사람은 아무도 없었고요."

그녀는 앞으로 몸을 숙여 글러브박스에 머리를 댔다. 라티프는 그녀를 닦달하지 않기로 결심하고 네 블록을 지나는 동안 침묵을 지켰다. 그는 나머지 이야기도 조만간 들을 수 있다는 걸 알고 있었고 그의 짐작은 적중했다.

"한번 상상해보세요, 형사님. 아이를 낳아서……" 그녀는 말을 하다 멈추고 똑바로 앉았다. "아이를 딱 하나 낳아서 내가 예전에 꾸었던 꿈들을 그 아이한테 모두 불어넣으면 어떤 기분일지. 물론 다른 부모 같으면 잘못하는 일이지만, 내 아이는 거의 완벽에 가깝기 때문에 나는 남들과 다른 것 같고, 마음껏 하고 싶은 대로 해도 될 것 같다면 말이죠." 그녀는 무릎에 올려놓은 두 손을 더욱 가지런하게 모았다. "단지 내 아이를 사랑하기 때문에 거의 완벽에 가깝다고 생각하는 건 아니에요. 다른 아이들보다 순하고 자제심이 강하고 독립적이기 때문에 그렇게 생각하는 거죠. 선생님, 이웃 사람들, 심지어 친구들까지 누가 봐도 다른 아이들보다 훨씬 똑똑하고요. 아이가 내 인생을 독차지해버리는 거예요."

사건 현장에서 세 블록 떨어진 82번가가 눈앞에 있었지만 라티프는 천천히 우회전을 하고 액셀러레이터에서 발을 떼었다. 그녀는 알아차리지 못했거나 상관하지 않았다.

"그런 다음 이후에 벌어졌던 일을 생각해보세요." 그녀가 말했다. "저한테 들은 그 모든 사건들을 생각해보세요."

그녀는 말을 멈추고 손바닥의 두툼한 부분으로 눈을 눌렀다. 그는 그 블록을 어슬렁어슬렁 돌다 아무 말 없이 암스테르담 가로 복귀했다. 그는 그녀의 눈물을 보고 놀라지 않았다. 오히려 정반대였다. 그것은 두 사람 사이에서 뭔가가 사라졌다는 증거였다. 그가 무슨 말이나 행동을 해서가 아니라 그녀의 아들이 살아 있는 걸 보았다는 목격자가 등장하면서 벽이 무너졌다. 그녀는 지금 힘을 비축하고 있는 거야, 라티프는 생각했다. 앞으로 닥칠 일에 대비해서 힘을 비축하고 있는 거야. 나한테 기운을 다 써버릴 만큼 멍청하지 않은 거지.

"에밀리는 남다른 아이였어요." 눈물이 그쳤을 때 그녀가 말했다. "그 나이쯤 되는 여자아이들이 종종 그런 것처럼 윌보다 키가 컸고 예쁜 까만색 머리로 항상 눈을 덮고 다녔죠. 말괄량이였어요.

두 아이가 뭣 때문에 가깝게 지냈는지는 전혀 모르겠어요. 열네 살 짜리 여자애가 자기보다 어린 남자애한테 관심을 보이다니 너무 이상하잖아요." 그녀는 혼자 빙그레 웃었다. "윌의 인물이 훤해지기 시작하긴 했지만 그 때문이 아니었어요. 둘 사이에 뭔가가 있었어요."

라티프는 84번가와 콜럼버스 가가 만나는 곳에 차를 세우고 공회전을 했다. "아드님은 그 여학생을 여자친구로 생각했습니까?"

"저도 똑같은 질문을 했어요. 그 때문에 저는 일주일 동안 외출 금지를 당했고요."

"에밀리는 아드님의 병에 대해 들은 적이 있었습니까?"

"알고 있었어요." 그녀는 손톱으로 글러브박스를 톡톡 쳤다. "그 무렵에는 모르는 사람이 없었죠."

그는 잠깐 곰곰이 생각해보았다. "그런데 상관하지 않았다?"

"전혀 개의치 않았어요. 잊을 만하면 저한테 이야기를 하더라고요." 그녀는 깊게 숨을 들이쉬고 인상을 썼다. "낭만적이라고 생각했던 게 분명해요."

"그 아이가 별로 마음에 안 드셨던 모양입니다."

그녀는 그를 보며 웃었다. "그 점에 대해서라면 윌의 담당 의사한테 물어보세요. 율리시스 S. 코펙 박사랍니다. 그 사람한테 물으면 아들에 대한 저의 안타까운 집착에 대해 이야기해줄 거예요."

"저는 그쪽 분야의 의사들하고 사이가 안 좋습니다." 라티프가 시동을 끄며 말했다. "다들 저를 편집증 환자로 간주하는 것 같더군요."

"정말요?"

그는 묵묵히 고개를 끄덕였다. "저는 모든 사람을 용의자로 간주하니까요."

그녀는 웃음을 터트리다 문득 뭔가 생각난 듯 멈추었다. "하지만 다른 건 다 차치하고 그 점에 관한 한 코펙 박사의 생각이 맞았어요. 저는 윌한테 바라는 게 너무 많았죠."

"어머니라면 누구나 아들한테 이것저것 바라기 마련이죠."

"저는 너무 많은 걸 바랐어요."

그는 그 대답이 왠지 모르게 꺼림칙했다. "어떤 걸 바라셨는데요, 헬러 씨?"

"먼저 한 가지 짚고 넘어가야 할 게, 제가 어느 날 갑자기 우연히 이 나라로 오게 되었다는 거예요. 윌의 아버지 말고는 친구가 단 한 명도 없었죠. 거기다 빈털터리였고요." 그녀는 자리에서 살짝 몸을 움직였다. "그게 윌과 무슨 상관인지 궁금하시죠?"

라티프는 아무 대답도 하지 않았다.

"저는 아이를 가질 생각이 없었어요. 앨릭스한테는 이미 전 부인과의 사이에 아이가 셋이나 있었으니까요. 그런데 윌이 태어나니까 제가 달라지더군요." 그녀는 말을 멈추고 머뭇거렸다. "이해가 되세요?"

"어떻게 달라지신 겁니까?"

그녀는 무릎을 모았다. "아이가 태어나면 앨릭스를 더 많이 찾을 줄 알았더니 오히려 안 찾게 되더라고요. 저는 죽었다 새 생명을 얻은 기분이었고, 그런 기분을 선물한 사람은 앨릭스가 아니라 윌이었어요. 아무것도 없던 제가 갑자기 모든 걸 가지게 되었죠." 그녀는 천천히 고개를 저었다. "저는 아이가 태어난 그날부터 머릿속을 스치고 지나가는 생각들을 하나도 남김없이 들려주었어요. 몇 시간이고 끊임없이 이야기를 했죠. 그 아이한테 뭘 숨기고 싶은 적이 한 번도 없었어요. 저는 동등한 입장의 나이 든 친구가 필요하던 참이었고 윌한테 그 역할을 맡긴 거예요." 그녀는 라티프를 물끄러미 바라보았다. "물론 윌에게는 선택권이 없었죠. 반항할 생각조차 하지 못했고요. 제가 아들한테 너무 많은 걸 바랐다는 건 이런 뜻이에요, 형사님."

라티프는 잠깐 아무 말도 하지 않았다. "에밀리가 등장했을 때 힘드셨겠습니다."

"많이 힘들었죠."

"보시기에 에밀리는 어떻던가요?"

그녀는 연석을 물끄러미 내다보았다. "에밀리를 어떻게 대해야 할지 모르겠더군요. 당황스러웠어요. 제가 그 아이를 대한 방식은 형사님이 신고인을 대하는 태도와 별 차이 없었죠."

"에밀리가 가엾어지는군요."

"윌이 처음 그 아이를 데리고 왔을 때 저는 윌이 제대로 귀가하는지 확인하려고 학교에서 보낸 학생인 줄 알았어요. 그 아이는 뭔가 중대한 일에 가담했다는 데 흥분해서 어쩔 줄 모르고 있었어요." 그녀는 한참 입술을 깨물고 있었다. "그 당시만 해도 윌은 정상적인 생활을 하고 있었어요. 학교도 거의 매일 갔고요. 그런데 윌이 우리 둘을 부엌에 둔 채 자기 방으로 들어가더니 문을 닫는 거예요. 저는 머릿속이 캄캄했죠. 아들을 집까지 데려다줘서 고맙다고 말을 하려는데, 에밀리가 저를 보고 누군가한테 반한 여자아이 특유의 미소를 지으면서 전철에서 윌을 만났다고 하는 거예요.

에밀리는 겉보기에 정말 평범한 아이였고 예의바르고 말도 잘했지만 저를 보는 눈빛이 왠지 모르게 절박했어요. 이 아이가 나한테 바라는 게 뭘까, 하는 생각이 들었죠. 무슨 일이 있었던 게 틀림없다는 생각을 하면서 월이 무슨 짓을 했느냐고 물었더니 에밀리가 바닥을 내려다보면서 이렇게 대답하는 거예요. '사실 아무 짓도 안 했어요.' 그 순간 우리 둘 중에 어느 쪽이 더 당황스러웠을까요?" 그녀는 또다시 깊은 한숨을 내쉬었다. "그 아이는 결국 그날 밤 우리 집에서 자고 갔어요."

라티프는 눈썹을 치켜세웠다. "아드님 방에서요?"

그녀는 빙긋 웃었다. "저의 소유욕이 얼마나 대단한지 잊어버리셨군요, 형사님. 소파에 자리를 마련해주었죠."

"그 여학생 쪽 부모님은 어쩌고요?"

"당연히 전화를 드렸죠. 에밀리는 그러지 말라고 했지만 제가 고집을 부렸어요. 뭐라고 하지 않을까, 하다못해 어색한 질문이라도 오가지 않을까 싶었는데, 에밀리의 아버지는 전혀 상관하지 않더군요. 늘 있는 일이라면서요."

"자식한테 집착하지 않는 성격이로군요."

"그런 것 같았어요." 바이올렛이 말했다. "우리, 내려야 하지 않나요?"

"그렇죠." 그는 안전벨트를 더듬었다. "먼저 내리시죠, 헬러 씨."

그녀는 모범 시민처럼 자전거 한 대가 지나가긴 기다린 다음 문을 열고 우아하게 밖으로 나섰다. 라티프는 잠깐 차에 남아서 운전석 쪽 거울에 비친 자기 모습을 보며 인상을 찌푸렸다. 너 지금 저 여자랑 시시덕거리고 있잖아, 그는 생각했다. 그 생각이 그를 우울하게 했다. 그는 신고인들, 그중에서도 특히 까다로운 상대를 만나면 종종 농을 걸곤 했지만, 이번에는 그 결과 아무 소득도 얻지 못했다. 조심해, 화이트 교수, 그는 생각했다. 너는 지금 선을 한 발이상 넘었어.

곧 그는 걱정할 필요가 없다는 걸 알게 되었다. 그녀는 추위를 견디느라 팔짱을 끼고 연석 위에 서서 행인들의 표정은 아랑곳하지 않은 채 그가 얼른 차에서 내리기만을 초조하게 기다리고 있었다. 여자들은 지나가면서 그녀의 헐렁하고 볼품없는 옷을 물끄러미 쳐다보았다. 남자들은 그녀의 얼굴을 그저 빤히 바라보았다. 잠시 후 차에서 내렸을 때 그는 그녀가 자신에게 하고 싶은 말이 있음을 간파했다.

"왜 그러십니까, 헬러 씨?"

"좀 전에 제가 한 말에 대해 오해가 없으셨으면 해서요." 그녀는 고개를 돌리며 말하고, 발 옆에 있는 쇠창살을 내려다보았다. "저 때문에 아들의 병이 악화됐을 수도 있어요. 그걸 아니라고 할 생각은 없어요. 하지만 저 때문에 병이 생긴 건 아니에요."

"정신분열증은 유전된다고 알고 있습니다만." 라티프는 조심스럽게 말을 건넸다.

"병원에서는 원인이 뭔지 전혀 몰라요." 그녀는 쇠창살 위로 허리를 굽히며 말했다. "빌어먹을 아는 게 아무것도 없어요."

"그렇지는 않죠, 헬러 씨." 그는 주먹에 대고 헛기침을 했다. "여러 검사 결과 뇌에서 보이는 전기적인 반응이 다르다는 걸 밝히지 않았습니까. 그리고 육체적인 질병에 걸렸을 때 그런 것처럼 치료하기 위해 약을 처방했고요. 예를 들어 아드님이 복용했던 소라진의 경우……"

"소라진 말인가요?" 그녀가 격하게 외쳤다. 그를 등지고 있었지만 그녀의 입가를 장식하고 있을 비웃음이 그려졌다. "형사님, 소라진이 어떻게 발견된 약인지 아세요? 우연히 발견된 거예요. 수술할 때 진정제로 쓰다가 말이죠." 그녀는 혼자 고개를 끄덕였다. "소라진이나 클로자핀이나 소위 특효약들이 어째서 잘 듣는지 그 사람들은 전혀 몰라요. 차라리 가루 설탕을 먹으면 정신분열증에 걸린다고 하는 게 낫겠어요."

"하지만 절박한 어머니 때문에 정신분열증에 걸리지는 않죠. 그렇게 주장하는 사람은 없었던 걸로 알고 있습니다."

그 말에 그녀가 그를 쳐다보았다. "제가 아들의 상태를 악화시켰다니까요, 라티프 형사님."

그는 뭐라고 대답하면 좋을지 알 수 없었다. 모퉁이를 지키고 있어야 하는 23번 관할서 소속의 레오 마르티네스 경관을 두리번거리며 찾았지만 허사였다. 바이올렛은 이미 쇠창살 쪽으로 다시 고개를 돌렸다. 그는 그 뒤에 어색하게 서 있었는데 뻣뻣하고 쓸모없는 사람이 된 듯했다. 보통 비번일 때만 느끼는 기분이었다. 그의 직업에 한 가지 장점이 있다면 어색함을 느낄 여지가 없는 것이었다. 어색함은 어퍼 이스트 사이드*에나 어울리는 호사였다. 예전에 아버지한테 듣고 웃어넘겼던 그 말이 문득 떠올랐다. 그런데 관찰자의 입장으로 전락한 지금, 그보다 더 심각하게는 목격자의 입장으로 전락한 지금, 그의 직업은 방패막이가 되어주지 못했다.

---

* 뉴욕의 대표적인 부촌.

시간이 째깍째깍 흘렀지만 그는 여전히 곤혹스러웠다. 마르티네스에게 짜증이 치밀었다. 나타나기만 해봐라, 혼쭐을 낼 테니, 그는 생각했다. 그러자 안도감 비슷한 게 느껴졌다.

"이 쇠창살인가요?" 바이올렛이 갑자기 물었다. "여기 이건가요?"

"솔직히 잘 모르겠습니다. 담당 경관이……"

"밑에 방이 있어요." 그녀가 말했다.

"무슨 말씀이신가요?"

그녀는 허리를 숙이고 쇠창살에 얼굴을 바짝 갖다댔다. "침대가 있고 그 위에 옷이 몇 벌 있네요. 파란색 조그만 트렁크도 있고."

라티프도 그 옆에 쭈그리고 앉아서 말했다. "저걸 침대라고 하긴 좀 그렇네요." 그는 그토록 무능력한 인간이 된 듯한 기분은 처음이었다. "간이침대 아니면 일종의……"

"여기예요." 그녀가 손가락으로 쇠창살을 건드리며 말했다. "경찰이 뭘 보았다는 곳이 여기예요."

바로 그때 제복을 입은 젊은 남자 하나가 더치 마스터스 담뱃갑을 입으로 뜯으며 모퉁이를 돌아 나오는 게 보였다. 좀더 덩치가 좋은 사람에게 맞춰 만들었는지 제복이 너무 큼지막했고, 공들여 다듬은 콧수염에도 불구하고 담배를 피워도 되는 나이로 보일까 말까 했다. 그는 두 사람을 보며 씩 웃더니 라티프에게 손을 내밀었다. "형사님!" 그는 이제 라티프를 지나 바이올렛을 쳐다보았다. "만나서 정말 반갑습니다. 와주셔서 감사합니다."

"마르티네스 경관인가?" 라티프가 주머니에 손을 꽂은 채 물었다.

"맞습니다." 마르티네스는 바이올렛을 향해 모자를 살짝 들어 보이며 말했다. "이 숙녀분은……?"

"이다 헬러예요." 바이올렛이 말했다.

"만나서 반갑습니다, 헬러 씨. 괜찮으시면……"

"무슨 일인가, 경관?" 라티프가 말허리를 잘랐다.

마르티네스는 헛기침을 했다. "그게…… 별일은 아닙니다. 그 아이를 봐서요."

"그 아이라니?"

"죄송합니다, 형사님." 마르티네스는 순순히 물러섰다. "어떤 아이를 봤습니다. 형사님이 보낸 인상착의에 부합하는 아이를요."

"어디에서?"

마르티네스는 비밀이라도 털어놓는 것처럼 어깨 너머를 흘끗거린 다음 발밑에 있는 쇠창살을 가리켰다.

라티프는 바이올렛을 쳐다보았지만 그녀는 이미 무릎을 꿇고 고개를 길게 빼서 배수구를 들여다보고 있었다. 그는 마르티네스를 손짓으로 불렀다.

"마르티네스 경관, 자네 입장에서는 신호등인 척 던킨도너츠 앞에 서 있는 것보다 이게 더 재미있는 일이겠지만 헬러 씨와 나는 시간에 좀 쫓기고 있거든. 어디서, 정확히 어디서 그 아이를 보았다는 건가?"

"바로 저기서 보았습니다." 마르티네스가 아랫입술을 내밀며 밀했다. "저 여자분이 들여다보고 계신 거기서요."

"분명히 그 아이였어요?" 바이올렛이 고개를 돌리지 않은 채 물었다. "그 아이가 자기 이름을 밝히던가요?"

마르티네스가 다시 빙긋 웃었다. "그 밑에서 얼쩡거리는 금발 아이는 많지 않거든요, 헬러 씨."

"다른 사람과 함께 있었나?" 라티프가 물었다. "어떤 여자하고?"

마르티네스는 고개를 끄덕였다. "하지만 그 여자는 도망쳤어요. 둘 다 터널 속으로 달아나버렸습니다."

바이올렛이 어깨 너머로 그를 쳐다보았다. "그게 언제 일이죠?"

"열한시 십오 분 전이요."

"삼십 분 전 일이네요." 그녀는 쪼그려 앉았다.

"삼십칠 분 전이죠." 마르티네스가 시계를 보고 바로잡았다. "정확하게는 삼십팔 분 전이고요."

라티프는 고개를 저었다. "이 쇠창살은 열지 못하는 건가?"

"저희 쪽에서는 열 수가 없습니다." 마르티네스가 밝은 목소리로 대답했다. "대중교통국 본부에 연락해서 열쇠를 달라고 해야 합니다. 역에도 열쇠가 없거든요."

"그리고 자네는 조치를 취했겠지?" 라티프가 기도하듯 두 손을 모으며 물었다.

"조치를 취하다니요?"

"대중교통국에 연락하는 거. 열쇠를 달라고 해놓았느냔 말이지."

마르티네스는 기침을 하면서 허리띠를 내려다보았다.

"알았네." 그는 천천히, 너그럽게 숨을 쉬었다. "알았다고, 마르티네스. 이제 가서 연락을 하도록."

"그 아이는 이미 오래전에 사라졌는걸요." 바이올렛이 중얼거렸다.

"마르티네스." 라티프는 언성을 높이지 않았다. "역으로 내려가서, 지금 당장, 알겠나? 열쇠를 달라고 하라니까."

마르티네스는 바이올렛을 보며 씩 웃었다. "그런데 형사님……"

라티프는 휙 돌아서 마르티네스를 보며 눈썹을 치켜세웠다. 마르티네스는 혼잣말을 중얼거리고 제자리에 있는지 확인하려는 것처럼 엄지손가락으로 콧수염을 문지르며 옆으로 물러섰다.

한참 아무 일도 벌어지지 않았다. 바이올렛은 그곳에 온 이유를 잊은 것 같았다.

"삼십팔 분이라……" 그녀는 차량 행렬을 물끄러미 바라보며 말했다. "지금쯤 십스헤드 베이에 있을 수도 있겠네요."

"그럴 수도 있죠." 어디에선가 작은 목소리가 들렸다. "하지만 그렇지 않아요."

바이올렛은 놀란 기색 하나 없이 천천히, 조심스럽게 쇠창살에 얼굴을 댔다. "제 아들 보셨어요?"

웃음소리. "보다뿐이겠어요?"

라티프도 이제는 길거리에서 반사되어 오는 햇빛을 손으로 가리며 바이올렛 옆에 쭈그리고 앉았다. 쇠창살 아래 어슴푸레한 곳에서 판지 상자처럼 납작하고 텅 빈 얼굴이 그들을 올려다보고 있었다. 그 얼굴은 웃고 있는 것 같았다.

문들이 서로 만났고 C선이 달리기 시작했고 로우보이는 투명인 간이 되었다. 그는 열차보다 먼저 승강장으로 나섰고 운전사는 그를 보지 못한 것 같았다. 하지만 장담할 수는 없는 일이었다. 지하철 불빛 때문에 눈이 부셨고 달리느라 다리가 후들거렸고 벽이 들려준 이야기로 머릿속이 들끓었다. 다음 정거장에서 내려야지, 하고 생각하며 그는 바짓부리에 검댕이 묻었는지 살폈다. 시내로 가는 완행으로 갈아타야지. 그는 호흡을 계속 조절했고 너무 흥분한 것처럼 보이지 않으려고 애를 썼다.

　이번에는 그를 쳐다보는 사람이 아무도 없었다. 라이더 재킷을 입은 중년 여자 두 명이 통로 맞은편에서 싸우고 있었고 그가 자리에 앉는 걸 눈여겨본 사람은 아무도 없는 것 같았다. 그는 두 여자가 빈정거리며 짧고 못생긴 손가락으로 서로 찔러대는 광경을 잠깐 더 쳐다보다 이제 눈을 감아도 안전하겠다는 결론을 내렸다. 그

즉시 주위가 잠잠해졌다. 그는 헤더 코빙턴과의 사이에서 있었던 일과 머리가 하는 말을 그의 몸이 더는 듣지 않았던 것에 대해 생각하고, 그래도 괜찮다고 결론을 내렸다. 여러 가지 이유가 있어서 몸이 말을 듣지 않았던 거잖아, 그는 생각했다. 먼저, 추웠지. 그리고 다른 사람한테 들킬 수도 있었고. 그리고 그 여자 몸에서 십억 살 먹은 할머니 같은 냄새가 났고.

심지어 이름이 헤더 코빙턴도 아니었어, 그는 중얼거렸다. 내가 그 여자 이름을 헤더 코빙턴으로 착각했다니 믿어지지가 않아.

몸이 등받이 쪽으로 쏠리는 것으로 보건대 열차가 역에 진입하고 있음을 알 수 있었다. 에어브레이크가 가동되었고 사람들이 주춤주춤 자리에서 일어났지만 그는 생각이 너무 많아서 열차를 갈아탈 수 없었다. 근거를 알 수 없는 계시들이 눈꺼풀 뒤에서 불꽃을 튀기며 빙빙 돌았고, 그 사이에서 추억들이 신호등처럼 깜빡였다. 그는 자세를 바로하고 셜록 홈스 같은 표정을 짓고 한 번에 한 가지만 생각하려고 노력했다. 라파, 그는 생각했다. 경찰이 그 여자를 라파라고 불렀지. 밑에서 좋은 냄새가 나는데, 라파? 그는 신발 사이로 보이는 마맛자국처럼 얽은 갈색 바닥을 뚫어져라 내려다보았다. "라파." 그는 소리가 목을 타고 올라오는 것을 느끼며 나지막이 중얼거렸다. 멕시코 욕처럼 들렸다.

브레이크가 좀더 세게 가동되었고 열차가 급정거했다. 반올림 도와 라 음이 들렸을 때 그는 앞으로 몸을 움직였고 열차 안에 승객이 거의 없음을 알아차렸다. 남자처럼 머리를 자른 여자들이 이제는 밖에서 웃고 고개를 끄덕이고 서로를 향해 눈을 부라리고 있었다. 남은 몇 사람은 다른 이들과 떨어져 앉아서 아무것도 하지 않았다. 그는 다시 눈을 감았다.

문제는 이거였어, 그는 생각했다. 그 여자가 모르는 사람이었다는 거. 그걸 그런 식으로 하는 사람은 없잖아. 다들 아는 사람이랑 하지. 그래서 은밀한 행위, 비밀스러운 문제가 되는 거야. 그래서 안전해지는 것이기도 하고. 그리고 다들 편안한 집에서 하잖아.

아니면 돈을 내고 하든지, 그는 생각했다.

"돈이 얼마나 들까?" 로우보이는 큰 소리로 중얼거렸다. 그는 자신이 발견했던 돈과 헤더 코빙턴이 어떤 식으로 그 돈을 주워서 가졌는지 떠올렸다. 20달러는 넘겠지? 그는 생각했다. 그보다는 더 들겠지. 여자친구가 있으면 모를까. 그는 구부린 팔 안쪽에 대고 바보처럼 웃었다. 여자친구가 있으면 20달러로 충분할지 몰라.

그때 문득 어떤 생각이 떠올랐다. 좋은 생각들이 모두 그렇듯 너무 뻔하고 노골적이라 처음에는 우습게 느껴졌다. 하지만 생각하면 할수록 얼룩처럼 사방으로 번지며 점점 더 커지고 근사해져서 나중에는 그것 말고는 아무 생각도 나지 않는 지경에 이르렀다. 그는 열차가 다시 출발하기도 전에 다음 행선지와 그곳으로 가야 하는 이유를 파악했다.

그녀한테 가야겠어, 그는 생각했다. 하고 싶다고, 나한테 직접 말했잖아. 유니언 광장 계단에서 그랬잖아. 언젠가는 겪을 일이야, 윌. 그렇게 말했잖아. 이 세상 모든 사람들이 겪는 일이라고.

하고 싶으면 내가 당장 해줄게. 그는 눈을 떴다. 그녀는 나한테 그렇게 말했잖아.

내가 해줄게, 윌. 그런 다음 네가 해주면 돼. 이렇게 두 팔로 나를 안기만 하면 돼.

그는 두 주먹을 쥐고 숨을 들이킨 다음 참았다. 그녀를 생각하면 심지어 바이올렛을 생각할 때보다 힘들었지만 이름 모를 사람으로 여기면 떠올릴 수 있었다. 그녀의 이름은 엄격하게 출입이 금지된 구역이었다. 누가 뭐래도 나는 그녀의 이름을 알고 있어, 그는 중얼거렸다. 사람들도 그녀를 알고 있지. 하지만 그 이름을 부르려고 하면 아무 소리도 나지 않았다.

그녀의 얼굴을 생각하는 게 더 쉽고 위험부담이 적었지만, 아무리 애써도 뚜렷하게 그려지지가 않았다. 그는 양쪽 엄지손가락으로 머리를 누르며 다시 한번 떠올려보았다. 항상 다정한 표정을 짓고 있던 그녀의 창백하고 매끄러운 얼굴. 학교에서 책을 갖고 있어도 좋다고 허락했을 때 그는 책에 그녀의 얼굴을 그려보았지만, 그리면 그릴수록 실제에서 점점 더 멀어졌다. 첫 페이지에서는 그녀라고 말할 수 있을 만큼 살짝 닮았는데 중간쯤 이르렀을 때는 누구인지 알 수 없게 되었다. 몇 주가 지나자 기억 속에 있는 그녀의 닮은꼴을 찾기보다 이 그림에서 저 그림으로 베끼는 지경에 이르렀다. 마지막 날, 그는 위에 사선을 두 개 얹은 동그라미를 그렸다. 입구가 없는 작고 동그란 집이었다. 그런 다음 책을 치워버렸다.

그 무렵에는 어린이용 팝업북 속의 그림처럼 모든 게 납작했고 그는 침대에서 일어나지 않기로 마음먹었다. 학교 자체가 그림으로 변해서 엽서처럼 날카롭고 민들빈들했고 그는 거기에 구멍을 내지 않게 납작 엎드렸다. 하지만 아무리 애를 써도 구멍이 뚫렸다. 그러자 그는 그녀를 잊었고 바이올렛을 제외한 모든 이를 잊었고 학교에서 먹이는 걸 모조리 삼켰다. 주차요금 계산기에 넣는 동전처럼 약물이 그의 이 사이로 들어왔다. 시간이 흘렀다.

그녀는 지금 어디 살고 있을까, 그는 생각했다. 계속 크롤리에 다니고 있을까? 그는 그럴 가능성과 아닐 가능성을 저울질하며 곰 곰이 생각하다 결국 그럴 거라고 결론을 내렸다. 당연히 계속 크롤리에 다니고 있겠지, 그는 중얼거렸다. 그녀의 부모가 서로 만나기 전부터 크롤리의 입학 대기자 명단에 그녀의 이름이 있었는걸. 그는 테리*로 만든 옷을 입고 부엌 싱크대에서 〈이코노미스트〉를 큰 소리로 읽는 우람하고 청렴한 그녀의 아버지를 떠올렸다. 이 세상에서 가장 아버지다운 아버지. 그런 사람이 딸을 크롤리에서 전학 시켰을 리 없었다.

열차가 다음 정거장에 들어섰고 반쯤 죽은 사람들로 객차가 채워지기 시작했다. 저런 게 피곤한 거지, 로우보이는 생각했다. 저 사람들, 바닥에 웅크리고 누워서 잠을 자고 싶을 거야. 그가 들어서는 승객들을 향해 이를 보이며 하품을 하자 그중 몇 명이 덩달아 하품을 했다. 그의 옆에 앉은 흰머리의 아담한 여자는 밍크 털 필박스를 쓰고 있었다. 여호와의 증인이로군, 그는 단정 지었다. 그녀는 냅킨에 싼 견과류를 먹으며 혼잣말을 중얼거렸고 그는 그녀를 쳐다보다 문득 배가 고파 쓰러지겠다는 생각이 들었다. 돈을 쓸 데가 또 하나 있구나. 감자튀김과 베이컨. 꿀을 바른 견과류. 그는 손가락으로 자기 입을 가리켰지만 그녀는 못 본 척했다.

정확히 십 초 뒤에 문이 닫혔고 정거장은 묵묵히 뒤로 멀어졌

---

* 수건 등에 많이 쓰이는 직물.

다. 그는 그 신기한 조화를 예전에도 천 번쯤 경험했다. 한 장소에서 닫혔던 문들이 어둠 속에서 몇 분이 지나면 다른 장소에서 열리는 것 말이다. 하지만 오늘은 다른 눈으로 세상을 보고 있었다. 아주 단단해 보이는 객차의 벽만 해도 사실은 달걀처럼 속이 비어 있다. 그의 좌석 밑에 구멍이 뚫려 있었고, 그 뒤쪽은 어둑어둑한 섬유질의 진공이었다. 쑤셔 넣은 볼펜 뚜껑과 사탕 껍질이 구멍을 더욱 비어 보이게 했다. 또하나의 무대장치인 거지. 로우보이는 그렇게 생각하며 웃음을 참기 위해 소매를 입에 물었다. 비현실성이 전보다 더욱 강하고 단호하게 그를 덮쳤지만 이번에는 견딜 수 있었다. 파도일 뿐이야, 그는 중얼거렸다. 여느 것과 다를 바 없는 파도. 마음만 먹으면 서핑하듯 그걸 탈 수도 있어.

비가 오면 공기가 깨끗해지는 것처럼 그는 물마루 사이의 골에서 주변을 매우 또렷하게 볼 수 있었다. 객차 내부가 적나라하게 보였다. 통제된 환경, 그가 죽을 때까지 알지도 못하고 보지도 못할 사람들이 마지막 한 부분까지 꼼꼼히 설계한 집결지. 여기서 깜짝 놀랄 일은 없어, 그는 중얼거렸다. 뜻밖의 사건도 없어. 그는 새로운 눈으로 객차의 구석구석을 뜯어보며 설계도를 그렸다.

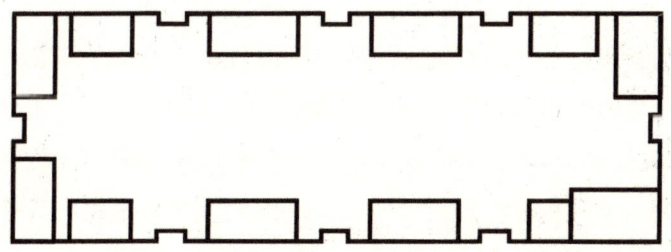

그는 앞으로 설계도를 그린 사람들을 만날 일도 없고 그들에게 질문할 기회도 없겠지만 객차를 보기만 해도 여러 가지 것들을 터득할 수 있었다. 예를 들면 그들이 얼마나 무시무시한 사람들이었나 하는 것이었다. 예전에는 아무 의미 없는 줄 알았던 벽의 무늬도 사실은 수천 개의 조그만 문장(紋章)으로 이루어진, 주 정부의 상징이었다. 객차 내부는 유혈 참사가 벌어지면 물로 씻어내기 쉽게 방수 처리가 되어 있었다. 그리고 좌석은 최대 승객을 편안하고 안전하게 수용하는 효율의 극대화를 겨냥한 것이 아니라 설계자들의 공포를 극명하게 드러내며 배치되어 있었다. 어느 누구도 다른 사람을 등지고 앉을 수가 없었다.

그는 콜럼버스 광장에서 내리기로 결정했다. 놀랍게도 복잡할 게 하나도 없었다. 그는 사방의 공간이 제트엔진 속으로 빨려 들어간 공기처럼 압축되는 걸 느끼며 일어섰고, 깔때기 모양으로 퇴장하는 행렬에 합류하여 승강장에 내뱉어지도록 몸을 맡겼다. 주변의 사람들은 넘어지거나 비틀거리는 법이 없었다. 어려운 일을 생각하고 있을 때나 그러는 거지, 그는 생각했다. 브롱크스로 향하는 D선이 맞은편 승강장으로 들어왔고 몸들의 부대낌이 점점 더 복잡하게 뒤얽혔다. 정말 쉽잖아, 로우보이는 그를 시계 방향으로 빙빙 돌리는 사람들에게 몸을 맡기며 중얼거렸다. 가만히 서 있는 것보다 훨씬 더 쉽잖아. 그가 잘못 놓인 개찰구라도 되는 듯 어느 가족이 그를 스쳐 지나갔다. 십오 분이 지나자 그는 조수에 농락당하며 떠내려온 담배 필터처럼 흐름에 떠밀려 완벽하게 한 바퀴 원을 그렸다. 하지만 자신이 본래 무얼 하려 했는지 떠올리자마자 그는 사슴처럼 그 자리에서 얼어붙었다.

터널이 허락했다면 그는 그 자리에서 영원히 꼼짝 않을 수도 있었다. 심지어 그에게 주어진 소명조차 잊을 수 있었다. 하지만 어느 순간 인파가 연기처럼 사라졌고 그는 다시 홀로 남았다. 그는 기둥에 기대어 서서 다들 어디로 갔을까 궁금해하며 사방을 둘러보았다. 각양각색의 걸인과 관광객 들이 남아 있었지만 갑작스러운 정적이 찾아오자 고아처럼 딱해 보였다. 그들을 싣고 갈 열차는 나타나지 않을 것만 같았다.

기둥 저편에서 한 남자가 로우보이를 등지고 서서 객차 안에서는 금지된 광경을 연출하고 있었다. 허세를 부리는군, 로우보이는 중얼거렸다. 영역 표시인 거지. 남자의 오른손에는 영화 속의 사람들이 꼭 들고 다니는 그런 종류의 검은색 가죽 서류 가방이, 왼손에는 평범한 갈색 종이봉투가 들려 있었다. 봉투 입구가 돌돌 말려 있었지만 로우보이는 그 안에 뭐가 들었는지 알 수 있었다. 달짝지근하고 눅눅하고 누가 맡아도 알 수 있는 냄새가 났다. 봉투 안에는 자메이카 쇠고기 파이가 들어 있었다.

또 시작이로군, 로우보이는 생각했다. 그의 몸이 앞으로 조금씩 움직이는 게 느껴졌다. 그는 배에서 소리가 안 나게 하려고 애를 썼지만 막을 방법이 없었다. 두 팔이 축 늘어졌고 뼈가 불쏘시개처럼 탁탁 갈라졌다. 휴식 시간을 맞은 극장 로비처럼 승강장이 다시 북적거리기 시작했지만 그의 시선은 봉투에서 떠날 줄 몰랐다. 저걸 다 먹을까, 그는 생각했다. 남으면 버릴까? 남자는 대머리에 두상이 뭉툭했고, 쭈글쭈글하고 기름때가 묻은 트렌치코트는 신발 바로 위까지 내려와 있었다. 트렌치코트와 서류 가방이 완벽하게 어울렸다. 선글라스를 껴어야지, 로우보이는 중얼거렸다. 해고된 첩보원처럼 보이는걸.

서류 가방은 묵직해 보였다. 안에 뭐가 들었을까? 남자는 좀더 시야를 확보하려는 건지 기둥에서 1피트 못 미친 승강장 바닥에 서류 가방을 내려놓았다. 남자는 뒤를 돌아볼 생각을 전혀 하지 않았다. 공상에 잠긴 거야, 로우보이는 중얼거렸다. 시를 짓고 있는 거야. 그러니 영국 첩보부에서 잘릴 수밖에.

남자가 종이봉투를 열고 먹기 시작했다. 이제 냄새가 사방으로 퍼졌다. 파이가 삼분의 이쯤 사라졌을 때 로우보이는 제대로 서 있기조차 어려운 상태였다. 언뜻 남자가 그를 의식한 게 아닐까 싶은 순간이 있었다. 먹다 말고 고개를 왼쪽으로 아주 살짝 기울였던 것이다. 하지만 그는 잠시 후 다시 파이를 한입 베어 물었고, 다른 사람의 주먹이라도 되는 것처럼 자기 주먹을 물끄러미 내려다보며 쩝쩝거리는 소리와 함께 씹었다. 그의 턱이 버터를 바른 고무처럼 번들거렸다. 로우보이는 기둥 쪽으로 뒷걸음질하고 맥없이 바닥을 내려다보았다. 그의 위장이 수레바퀴처럼 경련을 일으키고 뒤집혔지만 트렌치코트의 남자는 전혀 개의치 않았다. 팔을 내밀면 닿을 거리에 있는 서류 가방이 전보다 더 까맣고 근사해 보였다. 가방이 콘크리트 위에서 냉랭하게 부르르 떨었다. 안에 무슨 기계장치가 들어 있는 모양이었다.

로우보이는 숨을 참고 서류 가방 쪽으로 손을 뻗었다. 파이를 손에 든 남자는 콜록콜록하며 유별나게 헛기침을 하더니 다시 한 번 콜록거렸다. 사레가 들린 거야, 로우보이는 결론을 내렸다. 그

뿐이야. 그는 얼룩덜룩한 뱀가죽 손잡이로 손을 가져갔다. 그의 손
길이 닿자 녀석은 활기를 띠었다.

"그나저나 샤킬라하고 주말 잘 보냈어?"

두 번째 남자가 첫 번째 남자 옆으로 등장했다. 그는 호리호리
하고 누르스름했고 졸린 눈으로 선로를 물끄러미 바라보았다. 첫
번째 남자는 입안 가득 파이를 물고 있었다. 그는 손가락을 하나
들고 고개를 끄덕였다.

"요란했지." 잠시 후 그가 말했다.

두 번째 남자는 웃음을 터트렸다. "이봐 동생, 시간을 좀더 건설
적인 데 써야지. 체스를 두든지 모형 비행기를 만들든지. 아니면
TV로 유료 영화를 보든지."

"정말 괜찮았어. 아주 좋았다고."

"샤킬라." 두 번째 남자가 읊조렸다. "샤킬라. 샤킬라. 샤킬라."

첫 번째 남자는 생각에 잠긴 듯 천천히 파이를 베어 물었다. 이
제 파이는 서너 입밖에 남지 않았다. 로우보이는 입술을 깨물고 서
류 가방을 가까이 끌어당겼다. 승강장에는 그를 눈여겨보는 사람
이 아무도 없는 것 같았다.

"내가 그 여자애에 대해서 뭐 하나 알려줄까?" 두 번째 남자가
말했다. "샤킬라가 본명이 아니야."

로우보이는 좀더 자세히 쳐다볼 수 있도록 목을 길게 뺐다. 두
사람의 대화에는 또다른 메시지, 그만을 겨냥한 비밀 메시지가 들
어 있는 것 같았다. 그들은 기둥 뒤에 쭈그리고 앉아서 오른손으로
서류 가방을 잡고 있는 그를 보지 못한 척하려고 엄청나게 애를 쓰
고 있었다. 첫 번째 남자는 드디어 파이를 다 해치우고 지저분한

손수건에 손가락 끝을 하나씩 닦고 있었다. 로우보이는 마음만 먹으면 그의 장딴지를 물 수도 있었다. 안에 든 기계장치 때문에 서류 가방을 들고 달아날 수가 없었다. 자이로스코프 아니면 전자석 같았다. 자석일 거야, 그는 결론을 내렸다. '자연사박물관' 역에서 앤드루 잭슨 위에 손가락을 얹었을 때처럼 전류가 그를 타고 흘렀다. 파워라는 게 이런 느낌이겠지. 그는 이 부딪치는 소리가 나지 않게 턱을 악물며 생각했다. 돈 많은 사람들은 날마다 이런 기분을 느끼겠지. 토스터처럼 여기에 플러그를 꽂겠지.

"그 여자애 본명을 가르쳐줄까?" 두 번째 남자가 로우보이가 있는 아래쪽만 제외하고 사방을 둘러보며 물었다.

"내가 뭐라고 대답하든 가르쳐줄 거 아냐." 첫 번째 남자가 대답하며 코를 닦으려 손수건을 들어올렸다.

두 번째 남자가 입맛을 다셨다. "에밀리야."

그 이름을 듣는 순간 로우보이는 엉덩방아를 찧었고 비틀비틀 일어나 달리기 시작했다. 서류 가방이 계속 덜거덕거리며 불꽃을 뿜었지만 전류가 이번에는 그의 다리와 배 속을 채우고 리모컨으로 그의 몸을 조정하며 그를 앞으로 떠밀었다. 에밀리. 남자는 그렇게 말했다. 그에게는 그 단어가 일상적인 소음의 조합처럼 무의미하게 느껴졌지만, 서류 가방과 연결되어 있고, 그로 하여금 에스컬레이터를 올라가서 개찰기를 통과하고 늦은 아침의 햇살 속으로 나서게 하는 파워의 느낌과 연결되어 있는 단어임을 알 수 있었다. 에밀리. 그는 승강장에서 인도로 나설 때까지 다른 생각을 할 수 없었다. 연석에 다다랐을 때 그 단어는 바이러스처럼 그의 기억에 뿌리를 내리고 자기 복제로 그의 의식을 채우며 잠잠해졌다.

"에밀리." 그는 차량 행렬을 물끄러미 바라보며 말했다. 자신의 목소리가 꽤 마음에 들었다. 이미 그것은 그가 아는 유일한 이름이 되었다.

미드타운 위로 낮게 드리운 구름이 지붕과 급수탑과 LED 전광판 들을 짓누르고 있었지만 머리 위 하늘은 높고 파랬다. 그는 하늘을 올려다보며 추위가 계속 기승을 부리지 못하겠다고 생각했다. 올 여름은 지난 백 년 동안 가장 더운 여름이었고, 작년 여름은 두 번째로 더운 여름이었다. 그것만큼은 아무도 부인할 수 없었다. 아무도. 그는 브로드웨이와 센트럴 파크 웨스트를 가르는 스테인리스스틸 지구본을 어깨 너머로 쳐다보았다. 햇빛을 받고 어찌나 반짝거리는지 눈을 감아도 보일 정도였다. 지구본은 만들어진 지 삼십 년이 안 돼서 심지어 바이올렛보다 나이가 적었지만 이미 퇴물이 되어가고 있었다. 그리고 북극은 저렇게 안 생겼단 말이지, 그는 생각했다. 옛날이라면 모를까. 그린란드도 마찬가지야. 그는 그런 사실을 알고 있다는 데 우울해지는 한편으로 우쭐했다. 영광스러운 앞날이 예정된, 과소평가된 고귀한 선지자가 된 것 같았다. 이러니저러니 해도 그는 시계를 거꾸로 돌릴 수 있었다. 딱 한 사람만 도와주면 세상의 종말을 막을 수 있었다. 사소하고 평범한 일이었다. 그런데 그럴 사람을 어디에서도 찾을 수 없었다.

머리가 다시 맑아지면서 고분고분하고 차분해졌고 기계장치는 가르랑거리는 수준으로 잠잠해졌다. 그는 자신이 있는 곳이 어디인지 기억해내고 방향을 바꿔 공원으로 걸어갔다. 서류 가방은 이제 무게가 거의 느껴지지 않았다. 협조하려는 거지, 그는 결론을 내렸다. 내가 열어주길 바라는 거야. 하지만 생각은 그렇게 해도 그의 얼굴은 당황스러움에 화끈거리고 있었다. 단순한 서류 가방이 잖아, 그는 생각했다. 그냥 가방일 뿐이라고. 이 녀석은 누구 손에 들려 있든 전혀 상관하지 않을걸.

공원 계단을 십여 개 올라가자 한적하고 조그만 잔디밭이 나왔다. 그는 고개를 돌린 채 개와 함께 산책 나온 사람이 지나가길 기다렸다 바닥에 서류 가방을 눕혀서 내려놓았다. 녀석은 보일락 말락 하게 부르르 떨었다. 그는 잠깐 망설이며 귀를 기울였지만 들리는 것이라고는 끊임없이 허둥대는 도시의 소음과 그의 가쁜 숨소리뿐이었다. 서류 가방은 이제 잠잠했다. 드라이버가 있어야겠는데, 그는 자물쇠 고리를 손가락으로 더듬으며 생각했다. 하지만 드라이버는 필요 없었다. 그가 서류 가방을 끌어당기자 자물쇠가 툭하고 순순히 열렸다.

"이게 뭐야?" 그는 필립 말로 같은 특유의 표정을 지었다. "이게 뭐야?"

서류 가방은 빈 거나 다름없었다. 접착테이프 한 개, 조그만 마닐라봉투 한 개, 복사물 한 묶음, 피트니스 잡지 한 권이 들어 있었다. 기계장치나 배관은 없었다. 웅웅거리던 게 내 몸 어디에선가 나던 소리였던 모양이네, 그는 생각했다. 아마 오른팔이겠지. 오른손을 쥐었다 폈다 하며 그런 생각을 하고 있는데, 잡지가 그의 눈길을 끌었다. 표지에는 토크쇼 사회자가 바지를 벗고 있었고 그의 오른쪽 콧구멍 옆에 제목이 달려 있었다.

ABS 트레이닝 전격전... 누가 도화선에 불을 붙였나???

잡지 모양이 어딘가 모르게 이상했다. 로우보이는 두 손가락으로 잡지를 집은 다음 귀를 가까이 댔다 조심스럽게 들어서 햇빛에 비추었다. 첫 번째 잡지에서 두 번째 잡지가 빠져나와 잔디 위로 떨어졌다. 표지에 종이 작업복을 입은 중년의 여자가 수술대 위에 누워 있는 사진이 실려 있었다.

학교를 떠난 이래 모든 것이 그에게는 이상했지만 그중에서도 가장 최고가 그 잡지였다. 각 페이지마다 여자가 한 명씩 진찰을 받고 있었다. 하나같이 이륙하는 우주선 속 비행사처럼 얼굴이 뒤로 팽팽하게 당겨져 있었고 신체의 나머지 부분은 햇볕에 심하게 그을려 있었다. 그들은 비닐을 씌운 테이블에 앉아 있거나 발목에 등자*를 차고 비스듬히 누워 있었다. 다들 심란해하는 얼굴이었다. 의사의 손은 비싸 보이는 각종 기구를 들고 있었는데 너무 가까워서 초점이 맞지 않고 흐릿했다. 여자들의 시선은 의사의 손에 들린 기구나 등자나 방 안의 기타 다른 물건에 가 있었다. 사진 밑에 실린 기사는 의학 용어와 상스러운 말 들이 뒤섞여 있어 무슨 뜻인지 알 수 없었다. 속지가 있어야 할 잡지 중간에는 꿀색 액체가 담긴 병들이 졸업 앨범 사진처럼 까만색의 빽빽한 바둑판 속에 정리되어 있었다. 그 페이지 왼쪽 하단을 따라서 "실제 크기"라는 단어가 형광 주황색으로 찍혀 있었다. 각 병마다 우글쭈글한 사람의 형상이 들어 있었다.

---

* 말을 탈 때 발로 딛게 되어 있는 물건.

로우보이는 잡지를 천천히 훑어 자세한 내용을 파악하며 이 세상이 정말 끝나 마땅한 곳인지에 대해 생각했다. 마지막 페이지에 이르렀을 때 그는 심호흡을 하고 다시 처음부터 시작했다. 설마 섹스를 이야기하는 건 아니겠지, 그는 생각했다. 하지만 사진 밑에 달린 설명을 보면 그런 것 같았다. 마침내 그는 잡지를 바닥에 엎어놓고 잔디밭에 손을 닦았다. 내가 세상의 절반을 구해야겠어, 그는 결심했다. 나머지 절반은 잿더미가 되겠지.

복사물은 이보다 더 혼란스러웠다. 소수들이 한 페이지당 세로로 열둘에서 열세 줄로 깨알같이 적혀 있었고, 그 사이에 빼기나 더하기 부호가 들어가 있었다. 마지막 페이지의 마지막 숫자가 "640.-"이었다. 처음 보았을 때는 이게 뭔가 싶었지만 마닐라봉투를 열어보니 20달러짜리 지폐로 640달러가 들어 있었다. 그로써 모든 게 달라졌다. 그는 깡충깡충 뛰거나 체로키족의 함성을 지르거나 처음 마주치는 사람에게 입을 맞추고 싶어졌다. 하지만 은행 강도 같은 표정을 짓는 것으로 만족했다.

"잡았다, 인디언 킬러." 그는 앤드루 잭슨을 보며 씩 웃었다. 돈다발이 그의 손보다 두툼했다. 잭슨은 아무 말도 없었지만 그야 당연지사였다.

돈이 있어야 하고 싶은 일을 할 수 있지, 로우보이는 중얼거렸다. 생각하면 끔찍한 일이긴 하지만. 사람도 돈이 있어야 부릴 수 있지.

* * *

십 분 뒤에 그는 다시 A선으로 돌아갔다. 크롤리 고등학교는 1

호선이나 9호선의 크리스토퍼 가 역과 A, C, E선의 웨스트 4번가 역 중간에 있었지만 그는 웨스트 4번가 역을 가장 좋아했다. 웨스트 4번가는 대학생들의 유흥가였다. 너무나 어른스럽고 자신만만해 보이는 값비싸고 지저분한 옷차림의 그들은 구경하고 또 구경해도 질리는 법이 없었다. 새로운 헤어스타일을 한 여학생들이 더 많겠지, 그는 생각했다. 앞머리를 자르는 그거 말이야. 에밀리도 그런 헤어스타일을 하고 있을지 몰라. 하지만 그녀는 키가 좀더 자라고 진지해졌을 뿐 예전과 똑같을 테고, 여느 때처럼 그를 잘 견뎌줄 게 분명했다. 그 생각은 640달러를 발견했을 때만큼이나 도움이 되었다.

"에밀리." 그는 숨죽여 불러보았다. 바로 그 순간까지만 해도 그녀가 어떤 반응을 보일까 싶어 두려웠는데 이제는 정반대였다. 나를 보고 반가워할 거야, 그는 생각했다. 깜짝 놀라면서 반가워할 거야. 그는 불안해지는 걸 막으려고 속이 빈 좌석 등받이를 손가락으로 두드리며 콧노래를 불렀다. 냇 킹 콜의 〈You Don't Learn That in School〉이었다. 웨스트 4번가에서 내렸을 때 그는 대학생들을 지나치면서 한 번도 쳐다보지 않았다. 광고 전단과 네모반듯한 하얀색 타일과 시멘트 바닥에 반들반들하게 들러붙은 껌 자국만 보았다. 윌리엄, 구경하고 있을 시간이 없어, 그는 중얼거렸다. 벌써 열한시 사십오분이야.

크롤리에 도착했을 때 한 편의 근사한 발레 같은 일이 벌어졌다. 열한시 오십오분에 그는 교문 맞은편의 어느 집 현관 앞에 앉아 교실들을 바라보며 기다리고 있었다. 교실은 교문 왼쪽으로 하나, 오른쪽으로 둘, 총 세 개였고 똑같이 고개를 숙인 학생들로 가득했다. 필기를 하는 거겠지. 그렇게 생각하자 로우보이는 마음이 편안해졌다. 크롤리는 만사가 순조로워 보였다. 그는 앉아서 에밀리를 떠올리며 필기하는 여학생들을 쳐다보았다. 정확히 삼 분 뒤에 전자 종이 울렸고 그들이 발레리나처럼 일어나 일제히 문 쪽으로 몸을 돌렸고, 금세 자발적으로 우아한 2열 종대를 만들었다.

열한시 오십팔분에 건물 출입구가 열리면서 상급반 여학생들이 밖으로 쏟아져 나왔다. 점심시간의 자유에 환호하는 2학년생들이 먼저였고, 세상만사 시들한 3학년생들이 잠시 후 그 뒤를 따랐다. 그는 잠자코 기다렸다. 열두시 삼분에 왼쪽으로 열리는 문을 어깨로 밀며 나선 그녀는 검은색 책가방을 다리 옆으로 흔들며 한낮의 태양에 눈을 깜빡였다. 함께 등장한 발그레한 얼굴의 금발 친구 두 명은 나지막하고 고상한 목소리로 소곤소곤 이야기를 나누며, 동경의 대상인 그녀의 어정쩡한 몸짓을 따라 했다. 만약 그녀가 드레스를 입고 있었다면 둘이서 끝자락을 들었을 것이다.

계단을 절반쯤 내려왔을 때 그녀는 걸음을 멈추더니 뒤를 돌아보지도 않은 채 살렘 라이트 100을 꺼냈다. 친구들이 인간 장막을 만들어 크롤리의 시선을 막아주었다. 예전에는 쿨을 피웠는데, 로우보이는 문득 옛 기억을 떠올렸다. 나도 그랬고. 그녀는 다시 발을 내딛다 누가 그녀를 부르거나 건드리기라도 한 것처럼 걸음을 멈추더니 오른손을 들어 햇빛을 가렸다. 그는 꼼짝하지 않았다. 친구들은 장막을 해체해야 하는지 어쩐지 몰라서 당황스러워하다 그녀가 뭐라고 속삭이자 웃으며 먼저 계단을 내려갔다. 두 사람 모두 맞은편을 쳐다보지 않았다. 로우보이는 그녀가 뭐라고 했을지 궁금해졌다.

그녀는 이제 태양이 내리쬐는 계곡이 두 사람 사이에 놓인 것처럼 살짝 실눈을 뜨고 그를 유심히 살폈다. 그는 아무 말도 하지 않고 아무것도 하지 않은 채 그녀가 길을 건너오기만을 기다렸다. 아무리 애를 써도 자리에서 일어설 수가 없었다. 도망칠 수 있었다면 도망쳤을 텐데 그럴 수가 없었다. 소명 의식과 소명에 대한 믿음이 눈 깜짝할 사이에 완벽하게 사라졌다.

　할 수만 있다면 도망치고 싶었던 건 에밀리를 보고 있을 수 없었기 때문이었다. 바이올렛은 에밀리를 만나면 혼란스러울 거라고, 병이 낫지 않을 거라고 했는데, 그는 그때껏 살면서 그렇게 혼란스러웠던 적이 없었다. 함께했던 마지막 날, 사고가 있었던 날, 9번가와 브로드웨이 가의 모퉁이에서 만난 그녀가 학교에 가지 않겠다고 했던 그날의 기억이 떠올랐다. 헬러, 우리 도망치자, 그녀가 말했다. 나하고 도망쳐줄 사람이 너 말고는 아무도 없어. 어디로 갈 건데? 그가 묻자 그녀는 그를 보며 말했다. 네가 정해. 그녀는 앞머리로 눈을 가렸고 울고 있었다. 헬러, 넌 내가 제일 좋아하는 친구야, 그녀가 속삭였다. 그는 웃으며 말했다, 넌 하나밖에 없는 내 친구야. 그래서 좋아, 그녀가 말했다, 너를 독차지할 수 있다는 뜻이잖아. 그녀는 그의 손을 잡아 자기 뒷주머니에 넣었다. 그는 그때도 혼란스럽지 않았다. 에밀리, 걱정 마, 그가 말했다. 내가 어딘가로 데려다줄게. 나랑 같이 땅속으로 가자.

　그는 천천히, 조심스럽게 한 손을 들었다. 그녀는 고개를 저으며 계단 손잡이에 담배를 비벼 껐고 손바닥에 대고 기침을 했다. 그녀의 표정은 전혀 진지하지 않았다. 대형 빌딩 유리창처럼 깨끗했고 불투명한 동시에 투명했다. 그녀의 뒤에서 문이 열리는가 싶더니 선생 둘이 나왔다. 두 사람은 웃고 잡담하고 머리를 만지며 크롤리 계단을 어린아이처럼 깡충깡충 뛰어 내려왔고 그녀의 옆을 지나면서 눈길 한 번 주지 않았다. 그들이 그녀보다 백 살은 어려 보였다.

갑자기 그녀가 다시 움직이기 시작했고 완벽한 여유를 보이며 넓고 티끌 하나 없는 학교 앞 인도를 건넜다. 그에게 다다르기까지 한참이 걸렸다. 그녀는 현관 아래쪽에서 걸음을 멈추고 혼잣말을 중얼거리더니 한걸음에 달려 올라와 그의 옆에 앉았다. 그는 길바닥에 쓸려 까맣게 된 그녀의 청바지 밑단을 곁눈질했고 그녀가 맨발로 운동화를 신고 있다는 걸 알아챘다. 원래 양말을 좋아하지 않았지, 그는 옛 기억을 떠올렸다. 심지어 겨울에도. 그는 눈을 맞추려고 했지만, 그녀는 맞은편의 크롤리만 물끄러미 바라보고 있었다. 나는 투명인간이다, 그는 마술사 같은 표정을 지으며 중얼거렸다. 그녀가 나를 봐주기 전에는 투명인간인 상태를 벗어날 수 없어. 그는 한 손을 천천히 들어 그녀의 발목을 꼭 잡았다.

"담배 피는 거 다 봤어, 에밀리." 그가 말했다.

그제야 그녀가 그를 내려다보았다. "아무 말 하지 마." 그녀가 말했다. "잠깐만 아무 말 하지 마." 그녀는 어깨에 멨던 가방을 내려놓고 손마디 두 개로 입술을 눌렀다. 목소리가 오르락내리락했다. 저 혀 짧은 소리, 그는 생각했다. 저것도 잊어버리고 있었네. 그는 발목을 잡았던 손을 놓고 그녀가 다시 입을 열 때까지 기다렸다.

"헬러, 이런 제기랄." 마침내 그녀가 입을 열었다. "이런 망할."

"네가 한 말을 생각해봤어." 그는 웃는 얼굴로 그녀를 올려다보며 말했다. "마지막 날, 유니언 광장에서 네가 한 이야기 말이야.

생각나? 전철역으로 들어가기 직전에 했던 말."

그녀는 대답이 없었다.

"기억하고 있는 거 알아, 에밀리." 그는 헛기침을 했다. "지금 했으면 좋겠어."

그녀는 그를 보며 눈을 깜빡였다. "그 말을 하러 점심시간에 우리 학교로 나를 찾아온 거니?"

"응." 그는 잠깐 침묵을 지키다 다시 입을 열었다. "그리고 미안하다는 말도 하고 싶었어."

"뭐가 미안한데?"

그는 너무 뻔한 대답이라 쉽게 꺼낼 수가 없었다. 그녀는 뭔가 할 말이 있는 듯한 눈빛으로 그를 보았지만 아무 말도 하지 않았다. 그녀는 다시 손마디로 입을 누른 채 그네에 탄 사람처럼 몸을 앞뒤로 움직였다. 그녀가 고개를 돌리자 그는 다시 투명인간이 되었다.

"너를 선로로 민 거." 그가 말했다.

그녀는 그 말을 듣고 웃음을 터트리더니 똑바로 앉았다. 내가 웃긴 말을 했나? 그는 의아해졌다. 그는 열심히 기억을 더듬었다. 그러면서 눈을 맞추려고 했지만 그녀는 시선을 피했다. 그녀는 다시 고개를 들고 그녀의 책상이 있음 직한 곳을 향해 앞만 보았다. 거기에서 무엇을 보았는지 몰라도 신경이 쓰이는 눈치였다.

"넌 죽었어야 해." 그녀가 말했다.

그는 그 말의 의미를 알 수 없었기 때문에 잠자코 있었다. 그녀는 같은 말을 다시 한번 반복했다.

"나는 죽지 않았어, 에밀리." 그는 고개를 저었다. "멀쩡히 살아 있다고. 내가 여길 찾아온 이유는……"

"입 닥쳐, 헬러. 입 닥치라고. 내가 하는 말을 한마디라도 들어주면 안 되니?"

그는 입을 다물고 고개를 숙였다.

"우리 아빠가 골백번도 더 말하길 이런 상황이 분명 닥칠 거라고 했어. 그러면 잽싸게 이 번호로 전화를 걸라고 했어." 그녀는 그의 옆에 휴대전화를 내려놓았다. "경찰서 번호야, 헬러. 그래도 상관없어? 또다시 감금당하고 싶어서 이러는 거야?"

그는 이마를 무릎에 대고 그녀의 질문에 대해 생각하면서 평정을 유지할 수 있도록 최선을 다했다. "또다시 감금당하고 싶어서 이러는 건 아니야." 그가 말했다.

"나를 건드리면 안 되는 거잖아. 나를 만나면 안 되는 거잖아."

"알아."

"법원에서 내린 명령도 있잖아. 항상 15피트 거리를 유지하라는 거. 네가 그걸 잊어버렸을 리는 없을 텐데?" 그녀는 휴대전화를 집어들었다. "잊어버렸니?"

"길을 건너온 사람은 너야, 에밀리."

"엿이나 드셔."

그는 그녀를 보며 고개를 끄덕이고 어깨를 으쓱하고 울음을 터트렸다. 눈을 크게 뜨고 있는데도 보이는 게 거의 없었다. 길 건너편에 검은색 세단 두 대가 서로 꽁무니를 맞대고 주차되어 있었다. 연석 가장자리에서는 나이 든 남자가 불안하게 서서 무슨 일이 벌어지기를 기다리고 있었다. 크롤리가 남자 뒤편에서 핏빛으로 밝게 빛났다.

"그 사람들이 너한테 무슨 짓을 한 거야?" 에밀리가 물었다.

"어디 사람들?"

"어디를 말하는 건지 너도 알잖아. 네가 잡혀간 곳 말이야."

스쿨버스가 한 대 지나갔다.

"입원시켰어."

"그런 다음?"

두 번째 스쿨버스가 지나갔다. "아무 짓도 안 했어. 난 그냥 거기 있었어."

"일 년 반 동안?"

그는 아무 대답도 하지 않았다.

"거기서 무슨 조치를 취한 줄 알았는데." 그녀는 매정한 눈빛으로 그를 내려다보았다. "하지만 아무것도 안 한 게 더 끔찍한 것 같다."

"조치를 취했지." 그의 입에서 그 말이 튀어나왔다. "조치를 취했지." 그는 그녀에게 그만하라는 소리를 들을 때까지 같은 말을 세 번 더 반복했다.

"뭣 때문에 돌아온 거니, 헬러? 이게 얼마나 멍청한 짓인지 몰라? 내가 이 번호로 전화 못 할 것 같아?"

그녀는 이제 아픈 아기를 쳐다보는 간호사처럼 그를 빤히 쳐다보고 있었고 그는 아무 일도 없을 것임을 알았다. 그녀가 그를 발로 차거나 비웃거나 계단 밑으로 떠밀지는 몰라도 휴대전화는 쓰지 않을 것이다. 그녀의 흥분에 비하면 분노는 대수롭지 않은 수준이었다. 그는 사암 계단에 등을 꼭 붙이고 20부터 거꾸로 숫자를 셌다. 그녀는 그를 학교로 돌려보내지 않을 것이다.

그녀는 그에게 원하는 게 뭐냐고 다시 물었고 그는 대답했다.

"달라진 게 아무것도 없는 것처럼 굴지 마, 헬러. 모든 게 달라졌으니까. 네가 떠나 있는 동안 온 세상이 개떡처럼 변했다고."

"나도 알아." 로우보이는 그녀를 보며 웃었다. "그래서 내가 여길 찾아온 거야."

그러자 그녀는 등을 돌렸고 한참 입을 꾹 다물고 있었다. 그 시간이 일주일은 되는 듯 길게 느껴졌다. 상대가 다른 사람 같았으면 그도 불안해지기 시작했을 것이다. 여학생 몇 명이 크롤리 담벼락에 기댄 채 그녀를 향해 손을 흔들며 키득거렸고, 그중 한 명은 손키스를 날렸다. 어츠 감자칩 트럭 한 대가 이 세상에서 가장 느린 속도로 그들을 향해 천천히 기어왔다. 그는 좀더 자세하게 이야기를 하려다 그만두기로 했다. 그녀 스스로 고민하도록 내버려두는 수밖에 없었다. 크롤리 여학생들이 다시 손을 흔들었지만 그녀는 못 본 척했다. 마침내 그녀는 소매에 대고 흡연자 특유의 가식적인 헛기침을 세 번 했고 그가 자기를 쳐다볼 때까지 기다렸다. 그녀의 얼굴은 지금까지 본 것 중에서 가장 진지했다.

"사과 접수할게." 그녀가 입술을 삐죽 내밀며 말했다. "이제 뭘 하고 싶은데?"

율리시스 S. 코펙의 병원은 페이튼의 안마당에 조심스럽게 숨어 있었다. 페이튼은 이탈리아 항공모함처럼 블록 하나를 가로지르는 웨스트 72번가의 거대한 건물이었다. "사실 맨해튼 섬에서 가장 큰 주거용 건물이죠." 월의 첫 진료를 마치고 코펙이 말했다. 그의 트레이드마크라 할 수 있는 겸손하고 미안해하는 말투였고 바이올렛은 고개를 끄덕이고 미소를 지으며 "재미있네요"라고 말했다. 지푸라기라도 잡고 싶어하는 모든 엄마들이 그렇듯 전문가라면 누구의 말이라도 듣고 싶은 게 그 무렵 그녀의 가장 큰 욕심이었다. 그가 별의별 허튼소리를 늘어놓아도 그녀의 귀에는 복음으로 들렸을 것이다. 그리고 실제로 그가 한 밀들은 디 허튼소리였다.

이제 와서 페이튼을 다시 찾으려니 방치된 극장에서 쇼가 시작하길 기다리는 것과 기분이 비슷했다. 이상하고 심지어 불쾌했지만 또 한편으로는 가슴이 두근거렸다. 이 년 동안 그 건물은 그녀에게 가장 큰 좌절을 안겨준 무대장치 겸 배경에 지나지 않았다. 그 건물이 가끔 꿈에 나타나 그녀를 괴롭힌 적도 있었다. 하지만 지금 그녀는 전혀 모르는 사람이라고 할 수 있는 남자를 따라 반들 반들 윤이 나는 로마 풍의 출입문을 얌전하게 지나고 있었다. 그녀는 초대된 손님인 것처럼, 페이튼이 그녀를 맞이하기 위해 지어진 건물인 것처럼 로비로 들어섰다.

구식 로비 거울에 비친 자신의 모습을 보니 송아지 같은 눈을 하고 고분고분한 것이, 장차 그곳을 찾을 여느 환자와 다를 게 없었다. 걸을 때도 소리가 전혀 나지 않는 듯했다. 라티프는 비밀스러운 사건을 맡고 입을 굳게 다문 경찰관 같은 인상을 풍기며 항상 반걸음 앞장서 걸었고, 미심쩍어하는 수위의 심드렁한 인사도 무시했다. 그는 사무실에 있을 때보다 어딘지 모르게 확신 없고 심란해 보였지만 그래도 전문가다운 분위기가 자연스럽게 드러났다. 이번에는 그가 보호자이고 그녀가 아이였다. 그녀는 처음 그곳에서 진찰을 받는 동안 괴로워했던 월의 표정과 수위 앞에 다다랐을 때 점점 당황스러워하고 불안해했던 월의 모습이 생각났다. 월은 그녀가 손으로 눈을 가리고 엉덩이로 살짝 떠밀어야 그 앞을 지나갈 수 있었다.

똑같이 생긴 페이튼의 로비 네 개에는 메트로폴리탄미술관의 영구 전시 작품을 담은 추상표현주의 양식의 포스터가 우아하게 걸려 있었다. 코펙의 로비에 걸린 로스코*는 그와 딱 어울렸다. 그

---

*1903~1970. 미국 추상표현주의의 색면파 화가.

는 색면파 작품처럼 따뜻하고 흐릿했다. 성격이 온화하고 고집이 세지 않았다. 삼 년 전에 고장 난 초인종이 여전히 그대로였다. 라티프는 초인종을 누르고, 몸을 좌우로 움직이며 잠깐 기다리다 다시 눌렀다. 일 분이 지났다. 저 사람한테 내가 그걸 말하지 않는 이유를 어느 누가 알 수 있을까, 그녀는 생각했다. 그녀는 일을 얼른 해치우고 싶어서, 코펙과의 면담을 빨리 끝내고 싶어서 안달이 나 있었다. 그런데도 기다리는 것 외에는 모든 게 능력 밖의 일이었다.

라티프는 입을 오므린 채 그녀를 한 번 더 쳐다본 다음 군인처럼 정확하게 문을 두드렸다. 병원 문이 열리자 그녀는 무의식적으로 차렷 자세를 취했다.

"코펙 박사님?" 라티프가 불렀다.

"접니다, 형사님." 목소리가 예전과 똑같았다. 학자인 양 어색해하는 것도, 억지로 침착한 척하는 것도 똑같았다. "라티프 형사님이라고 하셨죠?" 그는 어린아이처럼 벗어진 대머리를 갸우뚱 숙이고 그녀를 저울질했다. "안녕하세요, 이다."

"안녕하세요, 박사님." 그녀는 자기도 모르게 복도를 훑어보며 로비 출입구까지 거리를 가늠하고, 삼 년 전 월이 그랬던 것처럼 달아나는 자신의 모습을 머릿속에 그려보았다. 코펙은 두 사람만 아는 재미있는 이야기라도 있는 것처럼 그녀를 보며 미소 지었다.

"초인종 문제는 죄송합니다. 여섯 번에 한 번꼴로 작동이 되네요. 두 분 다 들어오세요."

라티프는 고개를 끄덕이고 바이올렛을 위해 옆으로 비켜섰다. 저 사람도 들어가기 싫은 거야, 그녀는 생각했다. 벌써 등을 돌린 코펙은 발을 질질 끌며 실밥이 나달나달한 소파와 쌓아놓은 〈인스타일〉 잡지를 지나 학생 진로 상담실 같은 케케묵은 진찰실로 향했다. 그녀의 경험으로 미루어보건대 나사가 살짝 풀린 이 나이 많은 미혼남은 혼잣말을 하고 있을 게 분명했다. 그는 변한 게 아무것도 없었다. 불안해할 이유가 눈곱만큼도 없었다.

라티프가 뒤에서 헛기침을 했다. "급히 연락을 드렸는데도 시간을 내주셔서 감사합니다. 코펙 박사님. 간단하게 끝내겠습니다."

"괜찮습니다, 형사님. 하지만 이렇게 직접 찾아오셔서 놀란 건 사실입니다."

"저희는 지금 전화를 기다리고 있습니다, 박사님. 그동안 시간을 활용하려고요. 달리 할 것도 없으니 말입니다."

"그러셔야죠. 앉으시지요." 코펙은 책상 앞에 자리를 잡았다. "이름을 여쭈어봐도 될까요?"

라티프는 불편해하는 기색이 역력했다. "알리입니다." 그는 조용히 대답했다.

"만나서 반갑습니다, 알리. 저도 그냥 율리시스라고 불러주십시오."

라티프는 권하는 자리에 앉았다. 오래된 공항 라운지에서 빌려온 것처럼 생긴 딱딱한 비닐 안락의자였다. 그는 조심스럽게 주위를 둘러본 뒤, 누가 대화를 주도해야 하는지 모르겠다는 듯이 바이올렛을 쳐다보았다. 다른 사람의 사무실에 있으니 수세에 놓인 거지, 그녀는 단정 지었다. 어깨를 토닥여주고 싶은 걸 참았다.

"박사님, 전화로 말씀드렸다시피 헬러 씨의 아드님이 현재 뉴욕시 대중교통망 어딘가에 있는데……"

"저한테 말씀해주신 내용들을 기억하고 있습니다, 알리. 저도 그냥 율리시스라고 불러주십시오."

"알겠습니다." 라티프는 그렇게 중얼거렸지만 그 어느 때보다 안절부절못했다. "율리시스, 이미 말씀드린 것처럼 마지막으로 목격되었을 당시 그 아이는 마흔 살의 여성 노숙자인 라파 라미레스와 함께 있었습니다. 이후 라미레스 부인을 심문했지만 얻은 정보가 별로 없습니다. 한 가지 가까스로 결론을 내린 게 있다면 아이의 심리 상태가 현재로서는 폭력적이지 않다는 겁니다." 그는 손바닥에 대고 헛기침을 했다. "오히려 정반대죠."

"그렇게 결론을 내리셨단 말이지요?" 코펙이 물었다. 그는 더 이상 미소를 짓지 않았다. "그 아이가 앞으로도 폭력적인 행동을 보이지 않을 거라고 장담하십니까?"

"그런 이야기가 아닙니다." 라티프가 얼른 대답했다. "저 개인적으로는……"

"제가 뭘 어떻게 도와드리면 되겠습니까, 알리?"

"뭐든 좋습니다." 라티프는 어깨를 으쓱했다. "뭐든 알려주시면 도움이 될 겁니다."

"쪽지를 해석해주실 수 있을까요?" 바이올렛은 말을 내뱉자마자 후회했다. "복사한 걸 가지고 왔거든요. 앞부분은 아무 문제 없이 술술 읽히는데 뒤로 가면……"

코펙은 고개를 지었다. "저는 거의 이 년 동안 원을 보지도 못했고 치료하지도 않았습니다, 이다." 그는 자신의 뜻대로 그녀가 고개를 끄덕일 때까지 불그스름한 두 눈으로 구슬프게 그녀를 바라보았다. "내가 예전에 알고 있던 사실들, 그러니까 내가 알고 있다고 믿었던 사실들 가운데에는 이제 해당 사항이 없을지 모릅니다."
그는 다시 말을 멈추었다. "그리고 라티프 형사님을 위해 한 가지
짚고 넘어가자면 이다 당신은 나와 윌의 관계를 못 미더워하지 않
았던가요? 사실상 나의 치료를 차단했죠." 그는 라티프 쪽으로 고
개를 돌렸다. "그리고 얼마 안 있어 그 아이가 체포되었습니다."

　그녀는 여전히 손만 내밀면 문을 열 수 있는 자리에 서서 숨을
죽인 채 그를 쳐다보며 그다음 말이 이어지기를 기다렸다. 그는 겉
으로는 상냥했지만 할 말이 남아 있는 게 분명했다. 그는 그녀와
눈을 맞추지 않았고 율리시스라고 불러달라고 하지도 않았다. 다
른 건 몰라도 그것만큼은 고마웠다. 하지만 그럼에도 그의 해답이
절실했다.

　"좋습니다, 알리." 한숨 소리. "그 아이가 공격적인 행동을 보일
지 어떨지, 그게 궁금하신 거죠. 맞습니까?"

　바이올렛은 바닥이 무너지는 듯한 심정이었다. "아니에요! 그러
지 않을 거라는 건 저희 둘 다 이미 알고 있어요. 저희는 그저 박사
님께서……"

　코펙의 시선은 라티프를 떠날 줄 몰랐다. "알리의 대답을 듣도
록 하지요, 이다."

　"부탁드릴게요, 코펙 박사님, 아니 율리시스." 그녀는 잠시 말을
멈추고 숨을 돌렸다. "이 쪽지를 보고……"

　"헬러 씨." 라티프가 조용히 불렀다. 그는 그녀가 자리에 앉을
때까지 기다렸다 이야기를 계속했다. "율리시스, 제가 가장 먼저
알고 싶은 것은 라미레스 부인의 증언의 신빙성입니다. 부인이 사
실대로 말한 걸까요?"

"저로서는 판단을 내리기가 불가능합니다, 형사님. 라미레스 부인은 제 환자가 아니니까요."

"진술서에 서명을 부탁드리진 않을 겁니다, 박사님. 단순히 박사님의 의견을 듣고 싶을 뿐입니다."

코펙은 바이올렛을 흘끗 쳐다보고 어깨를 으쓱했다. "정신분열증 환자들은 거짓말을 하는 일이 거의 없습니다. 정신이상을 일으킨 상황에선 특히 그렇죠. 물론 그들의 증언을 액면 그대로 받아들여야 된다는 건 아닙니다. 하지만 이 경우엔, 라미레스 부인에 대한 진단이 정확하다면 그녀의 증언을 믿지 못할 이유가 없다고 봅니다." 그는 다시 라티프 쪽으로 고개를 돌렸다. "비공식적으로 드리는 말씀입니다. 형사님한테 들은 몇 안 되는 사실을 토대로요."

"그럼 윌이 정말 그 여자와 섹스를 시도했다는 말씀인가요?"

"알리, 좋든 싫든, 정신분열증에 걸렸다 해도 윌은 열여섯 살짜리 남자아이입니다."

"하지만 이유가……"

"물론 동정을 버리기 위해서죠. 모든 청소년들의 소원이 그거 아닙니까?"

라티프는 코펙을 뚫어져라 쳐다봤다. "이렇게 말하면 너무 노골적인 비난이 될까요? 라미레스 부인이……" 그는 말을 멈췄다. "부인이 그걸 성적인 쪽으로 잘못 해석했을 수도 있을까요?"

"알리, 아무리 정신 질환자라 해도 이 세상에는 잘못 해석하기 어려운 일도 있는 법입니다." 그의 표정이 진지하게 바뀌었다. "애초에 제가 한 짐작이 맞았군요."

"어떤 짐작 말씀입니까?"

"윌이 폭력적인 성향을 보일지 알아내기 위해 저를 찾아오셨을 거라는 짐작 말입니다."

잠깐 아무도 말을 하지 않았다. 라티프는 바이올렛 쪽으로 머리를 기울였지만 그녀를 쳐다보지는 않았다. 대답을 하기 위해 입을 열었을 때 그의 말투는 아주 조심스러웠다. "박사님, 저는 윌이 그럴 거라는 가정하에 움직여야 할 의무가 있습니다."

"적절한 판단입니다." 코펙은 손바닥을 서로 맞대며 말했다.

심지어 라티프도 깜짝 놀란 표정이 되었다. "박사님, 그게 도대체 무슨 말씀입니까? 그럼 윌이……"

"윌은 스트레스에 잘 대처하지 못하는데 현재 엄청난 스트레스를 받고 있다는 점을 말씀드리는 겁니다. 뿐만 아니라 현재 처한 상황이 과거에는 방어쇠 역할을 했어요. 형사님이 말씀하신 것처럼 그 아이가 약을 완전히 끊은 게 사실이라면 당장 대중교통국, 그러니까 각 노선의 모든 환승역에 경보를 발송하고 정신을 바짝 차리라고 전하는 게 좋을 겁니다. 지나가는 모든 열차가 윌에게는 유혹이니까요."

바이올렛은 더 듣고 있을 수가 없었다. "이게 도대체 무슨 소리인가요?" 그녀는 비틀비틀 일어서며 중얼거렸다. "유혹이라니 무슨 유혹이요? 잊어버리신 모양인데, 여기 이분은……"

"여기 이분은 경찰이지요, 이다. 공공의 안전을 도모하는 게 이분의 의무입니다. 당신의 아들뿐 아니라 모든 이의 안전을 말입니다. 부디 앉아주세요."

"앉으세요, 헬러 씨." 라티프도 멍하니 중얼거렸다.

그녀는 아무 말 없이 두 사람을 노려보았다. 가장 두려워했던 일이 현실이 되고 보니 예지자라도 된 듯한 기분이 들었다. 윌은 이제 공공의 적으로 규정되었고 그녀가 예견했던 것처럼 그에 준하는 대접을 받게 될 것이다. 담당 의사의 가호 아래 사냥당할 것이다. 그녀는 부들부들 떨며 라티프 옆에 앉았다.

"물론 정신분열증 환자가 폭력적이라는 인식은 잘못된 겁니다." 코펙이 이야기를 계속했다. "전반적으로 보았을 때 일반인들보다 더 폭력적이지는 않죠." 그는 라티프를 보며 미소를 지었다. "형사님도 이미 알고 계시는 사실이겠습니다만."

"사실 몰랐습니다." 라티프가 말했다. "이 일을 하다보면 정신 나간 사람들을……"

"하지만 윌은 예전부터 이례적인 아이였지요." 코펙은 바이올렛을 보며 고개를 끄덕였다. "최악의 경우를 생각하는 게 좋겠습니다."

"윌은 당신을 믿었어." 바이올렛은 이를 악물고 말했다. "당신을 친구처럼 생각했다고." 그 말을 하려니 속이 뒤틀렸다.

코펙은 상황에 맞게 유감스러워하며 팔꿈치에 몸을 싣고 앞으로 숙였다. "윌이 나를 친구처럼 생각했다는 데에는 이견이 없어요, 이다. 이러니저러니 해도 내가 도우려고 했으니까요. 하지만 당신은 나를 그렇게 생각한 적이 없지요."

라티프가 주먹에 대고 헛기침을 했다. "하지만 박사님, 지금 이 시섬에서……"

"하던 말 마저 하겠습니다. 이다, 당신은 나를 윌의 친구로 생각한 적이 단 한 번도 없었고 그건 아주 적절한 판단이었습니다. 나는 윌의 친구가 아니었고 그렇기 때문에 그 아이를 도울 수 있었지요. 덕분에 그 아이의 인생을 놓고 솔직하게 이성적으로 이야기를 할 수 있었으니까요. 그리고 역으로 윌도 나한테 솔직하게 대답할 수 있었죠. 그렇기 때문에 당신이 나를 찾아온 게 아닌가 싶습니다만." 코펙은 자기 손을 물끄러미 내려다보며, 미끈거리는 뭔가를 집은 것처럼 손끝을 마주대고 비볐다. "당신이 나를 찾아온 이유는 윌이 친구한테는 하지 않았을 말, 당신한테는 하지 않았을 게 거의 분명한 말을 나한테는 했기 때문이지요. 윌이 나한테 비밀리에 한 이야기가 무언지 알아내려고 온 거지요."

라티프는 무슨 말을 하려는 듯 나섰다 다시 한번 헛기침을 하고 의자에 몸을 묻었다. 바이올렛은 그가 화가 났는지 흐뭇해하는지 알 수 없었다. 어느 쪽이 됐든 그녀는 감조차 잡을 수 없었다.

잠시 후 라티프가 한숨을 쉬었다. "그 아이가 상담 시간에 박사님께 무슨 말을 했는지에 대해서는 조금도 관심이 없습니다. 박사님께 의료윤리를 저버리라고 하는 사람은 없을 겁니다." 그는 한 손으로 얼굴을 눌렀다. "하지만 그 아이를 빨리 찾아야 합니다. 박사님도 그렇게 말씀하셨잖습니까. 박사님 입장에서는 헬러 씨 문제에 관심 없으시겠지만, 저의 문제 그리고 그 아이의 문제는 인식해주셨으면 좋겠습니다. 그 아이가 어디 갔을지, 박사님의 의견을 듣고 싶습니다."

"형사님, 정신과 상담을 받아본 적 있으신가요?" 코펙이 상냥하게 물었다. "왠지 받아본 적 있었을 것 같은 느낌이 드는데요."

"그 아이가 어디 갔을까요, 박사님?" 라티프는 똑같은 말을 반복했다. 하지만 코펙은 듣지 않는 것 같았다.

바이올렛은 손가락 하나를 입으로 가져가 물어뜯었다. 그녀는 두려움과 예감 때문에 온몸이 바들바들 떨렸지만 애써 목소리를 가다듬었다. "얼른 대답하시지, 이 위선자 같으니라고." 그녀는 말을 더듬었다. 분노가 폭발하거나 겁에 질리면 늘 그렇듯 지금도 생각을 모국어에서 영어로 바꾸고 외국 억양이 너무 심해지지 않게 눌러야 하는데 오늘은 그런 것들이 능력 밖의 일이었다. 코펙의 맥없고 시들한 얼굴을 보는 순간 마지막 평정심마저 사라져버렸다. 그녀는 그가 사기꾼이라는 걸 처음 깨달았을 때보다, 그가 윌과 그녀 사이를 이간질하고 있었다는 걸 처음 알아차렸을 때보다 지금의 그가 더 가증스러웠다. 뻔뻔스러울 만큼 열렬하게 그를 증오했다. "얼른 대답하시지." 그녀는 날카롭게 으르렁거렸다. "얼른 대답해, 이 개자식아."

코펙이 뭐라고 말하기 전에 라티프가 자리에서 일어났다. "밖에서 기다려달라고 부탁을 드려야겠습니다, 헬러 씨." 그가 쉰 목소리로 말했다. 그녀가 나중에 궁금해하기는 했지만 그의 목소리가 쉰 이유가 화가 났기 때문이든 흥미를 느꼈기 때문이든 그녀에겐 마찬가지였다. 그녀는 나중에 어느 쪽이었을까 자문해보기도 했지만 그때는 아니었다. 그녀는 순순히 자리에서 일어나 항의 한마디 없이 그를 따라 나갔다. 코펙은 혀를 차기만 할 뿐 아무 말도 하지 않았다. 그녀가 보기에는 소기의 목적을 달성한 게 분명했다.

문간에서 뒤를 바라보는 순간, 삼 년 전에 느꼈던 희망이 아주 잠깐 그녀를 다시 찾아왔다. 무지한 안락의자와 커튼 들이 긴 하루의 끝에 마주한 이부자리처럼 콧노래를 흥얼거렸고, 벽에 걸린 졸업장과 액자에 든 증명서 들이 높이 들린 희망의 증거인 양 반짝였다. 이 방에서 기대한 게 정말 많았는데, 그녀는 생각했다.

"갑시다." 라티프가 말했다. 그녀의 팔뚝을 잡은 그의 손은 전적으로 권위의 소산이었다. 많이 잡아본 솜씨네, 그녀는 인질처럼 비틀비틀 앞장서서 걸으며 생각했다. 그는 비축해놓은 힘이 어느 정도인지 인식할 수 있을 정도로 세게 그녀를 잡았다. 그녀는 페이튼에 들어섰을 때 그저 어린아이였다. 그런데 지금은 다루기 까다로운 아이였다. 그녀는 등 뒤에서 문이 닫히기 전에 몸부림치고 발로 차고 건물이 떠나가라 욕을 했는데, 그런데도 그는 효율적으로 절도 있게 행동했다. 수위가 적갈색 아지트에서 몸을 앞으로 내밀었다 잠깐 사라지는가 싶더니 자리에서 벌떡 일어섰다. 놀랍게도 그는 그녀의 성을 알고 있었다.

"괜찮으십니까, 헬러 부인?"

그녀는 여러모로 그의 점잖은 태도에 움찔 놀랐다. 그제야 그가 생각났다. 윌에게 사탕을 준 사람이었다. 윌은 그걸 바닥에 뱉어버렸다.

"예, 스태브로스 씨." 그녀가 말했다. "고맙습니다. 괜찮아요."

"이분은 누구신가요?"

"경찰입니다." 라티프가 대답했다. 그녀는 반짝이는 배지가 등장하길 기다렸지만 그는 가만히 있었다. 손을 놓으면 내가 어떻게 할지 아는 거지, 그녀는 생각했다.

"아무 일 없어요, 스태브로스 씨." 잠시 후 그녀가 말했다. "정말이에요."

하지만 수위는 이미 사라진 뒤였다.

"경찰을 대접하는 사람이 아직 있네요." 라티프가 말했다. 그는 그녀를 보며 씩 웃더니 잡았던 팔을 놓았다.

어째서인지 그녀는 얌전하게 굴어야겠다는 생각이 들었다. "코펙이 어떤 사람인지 보셨죠?" 그녀는 나지막이 속삭였다. "두 눈으로 똑똑히 보셨죠? 어떤 개자식인지……"

"저는 모르겠습니다, 헬러 씨. 제가 보기에는 아드님을 일 년여 동안 치료해 어느 정도 성과를 거두었고 바쁜데 시간을 내서 우리를 도와주려는 의사 같던데요." 그는 피곤한 얼굴로 고개를 저었다. "두 분 사이에 무슨 일이 있었는지 모르겠지만……"

"아무 일 없었어요." 그녀가 말했다. "제가 하고 싶은 말이 그거예요. 제 아들을 치료해주겠다고 해놓고 아무 변화가 없었던 거예요."

"저분이 그런 말을 했을까 싶은데요." 라티프는 그녀의 돌격을 저지하려는 사람처럼 손을 살짝 든 채 그녀와 병원 문 사이에 서 있었다. "정신과 의사들은 그런 장담을 하지 않습니다."

"정신과 의사들이 하는 게 장담뿐이에요." 그녀는 벽에 기대 몸을 추슬렀다. 분노로 머리가 어찔했다. "장담하는 것뿐이라고요. 그런데 아무 변화가 없죠."

"제가 이해가 안 되는 점은 저분이 당신에게 왜 이렇게 화가 났느냐 하는 겁니다." 라티프가 생각에 잠긴 투로 말했다. "도대체 무슨 짓을 한 겁니까, 헬러 씨?"

"그 작자는 윌을 사랑했어요." 그녀의 입에서 대답이 흘러나왔나. 머리가 계속 빙빙 돌았다. "윌을 만나면 다들 그래요. 그런데 내가 두 사람의 사랑 놀음을 박살 낸 거죠."

"질투가 난 남편의 말처럼 들리는군요."

"엿이나 드시죠, 형사님."

그는 노골적으로 못 믿겠다는 표정을 짓고 그녀를 보며 고개를 저었다.

"헬러 씨, 제가 제 차에 태운 신고인 중에 가장 입이 험한 분으로 꼽아도 손색이 없겠습니다. 덴마크에서는 다 그런 식으로 이야기합니까?"

그녀가 눈을 깜빡였다. "오스트리아에선 그러냐고요?"

"사실대로 말씀해주시죠, 헬러 씨."

그녀가 적절한 대답을 생각해냈을 때 그는 거미처럼 병원 안으로 돌진하며 그녀에게 윙크를 보내고 문을 닫았다. 이다, 기억해둬, 그녀는 중얼거렸다. 저 사람이 잘 쓰는 수법이야. 그녀는 한 걸음 살짝 앞으로 나가 코펙의 병원 문에 머리를 기댔다. 자신이 한 행동이 조금도 부끄럽지 않았다. 지금 당장은 그저 마음이 놓일 뿐이었다. 그녀는 왼손으로 문손잡이를 잡고 잠겨 있는지 돌려보았지만 문을 열려고 하지는 않았다. "밖에 있어도 괜찮아." 그녀는 중얼거리며 외톨이나 노인, 정신병자 같은 사람들이 공공장소에서 그러듯 혼자 고개를 끄덕였다. 수위는 지정된 자리로 돌아가 흠잡을 데 없는 머리를 조심스럽게 빗으며 그녀가 있는 곳을 제외한 다른 모든 곳을 지켜보았다. 로스코가 뒤틀린 플렉시글래스 액자 안에서 서글프게 반짝이고 있었다. 코펙이 이야기하겠지, 그녀는 고개를 까딱이며 생각했다. 그럴 수밖에 없을 거야. 내 말이 틀렸다는 걸 보여주기 위해서라도 이야기할 거야.

로비의 침묵이 윌을 생각나게 했다. 그곳은 변한 게 하나도 없었다. 모든 게 환희와 기대감에 젖어 암갈색 공기 속에서 둥둥 떠다녔다. 윌이 없으니, 단 하나뿐이던 배경이 제거된 뒤에도 카메라

들이 돌아가는 텅 빈 영화 세트처럼 얼토당토않게 느껴졌다. 조금 전에 느꼈던 안도감이 벌써 잦아들고 있었다. 그녀는 머릿속에서 월을 지우려고 애썼지만 그것은 사라지길 거부했다. 잠깐 자기 자신과 거리를 두자 단 하나의 목적을 위해 사는 인생의 황량함, 그런 인생의 괴로움과 헛됨이 느껴졌다. 하지만 그 느낌은 금세 사라졌다. 너는 그 아이만을 위해서 살지도 않잖아, 그녀는 생각했다. 지금은 그렇잖아. 그리고 그 아이는 결코 너를 위해 살지 않고.

월이 쪽지에 썼던 문장 하나가 월의 단조롭고 생각에 잠긴 듯한 목소리에 실려 불쑥 떠올랐다. "다른 일들은 당신 도움을 받을 수 있지만 이것만큼은 그럴 수가 없어요."

그러자 문득 그 아이가 어디로 향하고 있는지 알 수 있었다.

그녀가 느닷없는 깨달음에 취해 있던 바로 그 순간, 그녀에게 떠오른 생각의 힘이 열어젖히기라도 한 것처럼 코펙의 병원 문이 열렸다. 라티프가 걸어 나와 문을 닫았다. 협의가 끝난 게 분명했다.

"월은 그 아이한테 갈 거예요." 그녀가 말했다. "에밀리한테 갈 거예요."

라티프는 그녀를 그대로 지나갔다. "헬러 씨, 솔직히 말해서 저는 그 여학생이 얽히지 않길 바랐습니다."

"도대체 왜요? 만약 월이……"

"방침 때문입니다." 심드렁한 그의 말투가 그녀에게 찬물을 끼얹었다. "불필요한 경우에는 경보를 울리지 않는 게 저희 방침이죠."

그녀는 손을 내밀어 그의 소맷부리를 잡았다. "형사님, 제 말 좀 들어보세요. 정말 분명하게 말씀드릴 수 있는데……"

"저희 쪽에서 그 여학생의 소재를 파악할 겁니다, 헬러 씨." 그가 가라앉은 목소리로 말했다. 얼마나 인내심을 발휘하고 있는지 있는 대로 생색을 내고 있었다. "우리의 친구 율리시스와 당신이 웬일로 의견의 일치를 보았네요."

로비 입구에 다다랐을 때 그가 문을 잡아주었다. "코펙이 또 무슨 말을 하던가요?" 그녀는 최대한 관심 없는 척 물었다. "저에 대해서 말이 많았겠죠?"

"당신에 대해서는 묻지 않았는데요, 헬러 씨. 물어봤어야 하는 겁니까?"

"그 사람은 나를 나쁜 엄마라고 생각해요. 아들과 멀리 떨어져 지내야 한다고 생각하죠."

라티프는 그것이 주지의 사실이라도 되는 듯 어깨를 으쓱했다. 그리고는 그 이상 아무 말이 없었다. 그녀는 계속 캐물을 용기도 없었고 그만큼 무모하지도 않았다. "이제 어떻게 하죠?" 그녀가 물었다. 무슨 말이든 하기 위해서였다.

"에밀리가 어느 학교에 다닙니까?"

"크롤리 고등학교요." 그녀는 잠시 생각에 잠겼다. "그런데 이제 3학년이에요."

"2학년이든 3학년이든 무슨 상관입니까? 만약 윌이 거기 찾아가면……"

"상관있죠, 형사님. 3학년들은 밖에서 점심을 먹으니까요."

두 사람은 이제 페이튼을 나와 다시 상쾌한 공기를 마시며 연석 쪽으로 자못 유쾌하게 걸어가고 있었다. 라티프는 계속 반걸음 앞장서서 걸었다.

"형사님도 저하고 같은 생각이시죠?" 그녀가 그를 따라잡으며 물었다. "월이 크롤리를 찾아가려는 이유를 아시겠죠?"

"저는 전혀 모르겠습니다, 헬러 씨." 그는 주머니를 툭툭 치며 열쇠를 찾았다. "다만 코펙이 그렇게 생각하기 때문에……"

"코펙도 양심은 있는 사람이네요." 그녀는 다시 아량을 베풀 수 있을 만큼 여유를 찾았다. 새롭게 알게 된 사실 때문이었다. "형사님 앞에서 다 불었을 줄 알았더니."

라티프가 그녀를 보며 눈썹을 치켜세웠다. "불다니요?" 그가 애매모호하게 물었다.

"형사님, 저희 집에도 유선방송 나와요. 경찰관들이 어떤 식으로 말하는지 저도 다 안다고요."

"타십시오, 헬러 씨."

14번가를 지나 크롤리에 가까워질 때까지 두 사람 다 아무 말도 하지 않았다. 상황이 너무 빠르게 진행되고 있었다. 그녀는 좌석에 구부정하게 앉아서 가는눈을 하고 지나는 길거리 숫자를 세며 월을 만날 때를 대비해 마음을 다잡으려고 애를 썼다. 어느 길모퉁이에 서 있는 월의 모습은 상상이 되지 않았다. 그가 무얼 하고 있을지 전혀 감이 잡히지 않았다. 에밀리와 같이 있겠지. 거기에 생각이 미치자 그림을 그리기가 좀더 수월해졌다. 놀랍게도 심지어는 마음이 놓이기까지 했다. 에밀리는 똑똑하고 처신을 잘하는 아이였고 언제나 월을 꽉 잡고 있었다. 물론 월의 병을 과소평가한 건 문제였지만, 사고와 재판으로 이야기가 달라졌다. 이제 더는 낭만적으로 생각하지 않을 것이다. 월이 찾아가면 그녀가 경찰을 부르든지 적어도 학교에 신고할 가능성이 컸다. 겁에 질려 당황하지 않는 한 잘 처리할 것이다. 에밀리가 알 만한 건 다 알고 있으니 월이 약을 끊은 것도 그녀에게 유리할 수밖에 없었다. 둘이서 진작 에밀리를 찾아갔어야 했다.

에밀리가 보살펴주겠지, 바이올렛은 중얼거렸다. 윌의 손을 잡고 말을 걸면서 진정시켜주겠지.

라티프가 특유의 묘한 눈빛으로 그녀를 이따금 흘끗 쳐다보고 무슨 이론을 입증하려는 사람처럼 자세히 살폈지만, 그녀는 생각할 게 너무 많아서 거기까지 신경 쓸 수가 없었다. 그녀의 일부분은 기대에 부푼 페이튼의 어두컴컴한 로비에 여전히 머물러 있었고 나머지는 윌과 함께 길거리에 있었다. 앞으로 어떤 일이 기다리고 있을지 아는 건 좋은 일이었다. 그러면 세상이 임의의 법칙에 따라 움직이지 않는 것처럼 느껴졌다. 무의미하다고 배워왔던 것에 느닷없이 의미가 부여되는 듯했다. 그렇게 생각하면 마음이 편했다. 이유 있는 의구심만 기꺼이 떨쳐버릴 수 있으면 되었다. 그녀는 윌도 마음 편하게 그런 식으로 생각하며 지낼지 궁금해졌다.

"코펙이 당신 이야기를 하긴 하더군요." 어느 정도 시간이 지났을 때 라티프가 말했다.

하필이면 그때 코펙 이야기라니 짜증이 났지만 그래도 그녀는 성의껏 미소를 지었다. "그 훌륭하신 의사 선생께서 뭐라고 하시던가요? 자식한테 집착하면서도 냉담하다고 그러던가요? 정서가 불안정하다고 그러던가요? 저 때문에 제 아들이 마음껏 자위행위를 못 한다고 하던가요?"

"그런 말은 없었습니다."

그가 계속 앞만 쳐다보고 있으니 그녀는 그 길로 당장 최악의 시나리오를 상상할 수밖에 없었다. "사실이에요, 형사님." 그녀는 표정의 변화 없이 밝은 목소리로 말했다. "가끔 마리화나를 하거든요. 하지만 그 아이를 임신했을 때는 절대 입에 댄 적 없어요. 맹세할 수 있어요."

그의 어색한 웃음이 그녀의 경계심을 한층 자극했다. 다시 입을 열었을 때 그의 목소리가 이상하게 나긋나긋했다. "아드님의 치료를 중단한 이유가 뭡니까?"

"말씀드렸잖아요. 그 사람이 뚱뚱하고 독선적이고 생색내기 대장이라서……"

"바이올렛."

그의 입에서 그 이름이 튀어나오자 그녀는 바짝 얼었다. 그런데 정작 그녀를 당황스럽게 한 것은 그의 표정이었다. 아버지처럼 걱정하는 얼굴이었던 것이다. 그가 그런 표정을 지을 수 있다니 생각하지도 못했던 일이었다.

"제가 윌과 코펙을 떼어놓은 것은 차도가 없었기 때문이에요. 그건 코펙도 인정한 부분이었고요." 그녀는 헐렁하고 남자 같은 청바지를 물끄러미 내려다보며 주름 잡힌 부분과 솔기를 눈으로 훑었다. "물론 더 악화될 수 있다는 건 생각 못했죠."

"어떤 식으로 악화됐단 말씀인가요?"

"폭력적으로요." 그녀가 그렇게 대답했을 때 오토바이 한 대가 굉음을 내며 지나갔다.

"뭐라고 하셨습니까?"

"폭력적으로 변했다고요."

"그렇군요."

"에밀리 전에는 어느 누구도 공격한 적이 없었어요. 단 한 번도

요. 아이가 무서워하는 게 많아지고 날이 갈수록 점점 겁에 질린
건 사실이에요. 정신과 의사가 아니라도 앞으로 어떻게 될지 뻔히
알 수 있었죠. 하지만 윌은 십사 년 동안 싸움 한 번 한 적 없었어
요. 폭발한 적도 언성을 높인 적도 누굴 걷어차거나 욕을 하거나
주먹을 날린 적도 없었어요. 심지어……" 또 오토바이 한 대가 좀
전 오토바이보다 더 가까이서 더 시끄럽게 지나갔고 그녀는 일말
의 유예가 반가웠다.

"죄송합니다, 헬러 씨. 다시 한번 말씀해주시겠습니까?"

"심지어 그럴 만한 이유가 있을 때에도 그런 적이 없다고요."

두 대의 오토바이가 차 앞에서 한데 만났고 두 운전자는 스스럼
없이 서로를 향해 몸을 기울였다. 둘 다 여자였지만 그녀는 어느
정도 시간이 지난 뒤에야 그 사실을 알아차릴 수 있었다. 오토바이
애호가들의 체형이 대개 그렇듯 둘 다 중년 남자처럼 어깨가 구부
정하고 허리 살이 축 늘어져 있었다. 늙은 아보카도 같네, 그녀는
생각했다. 라티프가 다음 질문을 했을 때 그녀는 기분이 한결 좋아
져 있었다.

"아드님이 무엇 때문에 그렇게 됐을까요?"

나하고 똑같은 이유에서 그랬겠지, 그녀는 생각했다.

"헬러 씨?"

그녀는 어깨를 으쓱했다.

"저를 잠깐 보세요, 헬러 씨."

그녀는 고개를 돌려 그의 눈을 바라보았다. 어려울 것 없는 일
이었다.

"아드님이 무엇 때문에 그렇게 됐을지 물었는데요……"

"월이 코펙한테 진료를 받아도 아무 차도가 없기에 더는 데리고 가지 않았죠. 거기에 또다른 이유는 없어요. 하지만 코펙의 잘못은 아니었어요. 사실은요."

"어째서 그렇습니까?"

"코펙이 월과 보낸 시간은 하루에 한 시간이었으니까요."

라티프는 머뭇거렸다. "그리고 그 나머지 시간은……"

"대부분 저와 함께 있었죠. 가끔은 에밀리와 함께 있었고요." 그녀는 두 손을 무릎 위에 가지런히 모았다. "가끔은 아버님네 지하실에 내려가 있기도 했어요."

두 사람은 꼬리에 꼬리를 무는 차량 행렬을 따라 천천히 앞으로 나아가고 있었다. 차량 행렬 저쪽에서는 여자아이들이 웃으며 걸어가고 있었다. 몇 명은 책가방을 땅에 질질 끌었고 몇 명은 머리에 얹었고 또 몇 명은 아이에게 젖을 먹이는 것처럼 가슴에 끌어안고 있었다. 서쪽으로 반 블록 떨어진 곳에 크롤리의 둔탁한 사암 성벽이 서 있었다.

"이 근처에 차를 세울 겁니다. 제 말 듣고 계신가요, 헬러 씨? 길거리는 그만 좀 보시고 제가 하는 말에 귀를 기울여주세요. 아드님의 과거사 중에서 이야기하지 않은 중요한 부분이 있으면 지금이라도 반드시 알려주셔야 합니다. 선택하고 말고 할 일이 아니에요. 아시겠습니까?"

"저기 있네요." 그녀가 라티프의 어깨 너머를 바라보며 담담하게 말했다.

라티프가 자리에서 홱 고개를 돌렸을 때, 월은 그녀가 처음 보는 자세로 걸으며 길모퉁이 너머로 사라지고 있었다. 그의 옅은 금발이 귀 뒤로 뻗쳐 있었다. 그녀는 아들의 얼굴을 보지 못했지만 그래도 상관없었다. 목덜미만 보아도 알 수 있었다. 그는 그녀가 크리스마스 때 보내준 감색 코듀로이 바지와 열 살 된 아이나 입을 법한 셔츠를 걸치고 있었다. 저런 걸 도대체 어디서 구했을까? 그녀는 생각했다. 그녀는 아들을 보며 생판 남인 양 딱하다는 생각을 했고 그와 동시에 남이 아들의 옷을 골라주었다는 데 날카로운 질투심을 느꼈다. 이런 날씨에 안 어울리는 옷이잖아. 그녀는 어쩔 수 없이 그런 생각을 했다. 7월에나 어울리는 옷을 입고 있잖아. 그녀는 이제 어떻게 하나 싶어 라티프 쪽을 흘끗 보았고 그가 글러브박스를 약탈하듯 뒤지는 것을 가만히 쳐다보았다. 착각한 모양인데? 그녀는 생각했다. 내 말을 못 들었나? 하지만 사실 그는 착각한 게 아니었다.

"형사님, 월은 권총 안 들고 다녀요. 형사님이 왜 권총을 찾는지 모르겠네요."

그는 상냥한 눈빛으로 그녀를 쳐다보았다. "배지를 꺼내려는 겁니다, 헬러 씨. 공무 집행 중인 걸 분명히 하기 위해서요." 그 순간, 이미 그의 외투 주머니 속에 있는 권총이 그녀의 눈에 띄었다.

잠시 후 그가 다시 입을 열었을 때 두 사람은 차에서 내려 드라마 속 경찰들처럼 여학생들을 밀치고 그들이 비명을 질러도 애써 냉정한 척 무시하며 달리고 있었다. 그녀가 월과 맞닥뜨린 상황은 상상했던 것과 똑같았다. 달리는 자동차의 차창 너머, 크롤리 계단에서 엎어지면 코 닿을 곳, 그녀의 존재를 잊은 채 옆에서 무식하게 달리는 라티프…… 그런데 상상과 현실이 너무 완벽하게 맞아떨어졌다. 모퉁이를 돌았는데 월의 흔적조차 없었다면 그녀는 마음을 가라앉히고 현재 벌어지고 있는 일들을 믿을 수 있었을 것이다. 세상은 무심한 곳이라는 그녀의 믿음을 다시금 굳힐 수 있었을 것이다. 그런데 그는 한 블록도 안 되는 곳에서 누군지 알 수 없는 여자아이의 손을 잡고 고개를 들어 하늘을 쳐다보고 있었다.

"저 아이입니까?" 라티프가 한 손으로 그녀를 막으며 물었다. "저 아이가 아드님 맞습니까?"

왜 나를 막는 걸까? 바이올렛은 영문을 알 수 없었다.

"그럼요. 제가 그럼……"

"저 여학생이 에밀리 윌리스고요?"

"그럴 거예요. 그런데 얼굴이 어딘가 달라 보이네요. 잘 모르겠지만……"

"알겠습니다, 헬러 씨." 그는 그녀의 팔뚝을 잡은 손에 더욱 힘을 주었다. "여기서 꼼짝 말고 계십시오. 나머지는 제가 처리하겠습니다. 아드님이 당신을 보면 달아날지 모릅니다. 아시겠습니까?"

"지금 이럴 시간이 없잖아요." 그녀가 중얼거렸다.

"이 현관 앞에 앉아서 기다리십시오. 그럴 수 있죠?"

"가세요, 형사님." 그녀가 한 걸음 물러서며 말했다. "얼른 가세요." 무슨 이유에서인지 그는 그녀의 손목을 잡은 손을 놓지 않았다. 두 사람은 그렇게 어정쩡한 자세로 한도 끝도 없는 시간 동안 연인처럼 서 있었고, 아이들은 천천히 길 저편으로 멀어져갔다. 말도 안 되는 일이었다. 그녀가 이것도 일종의 치벌일까 궁금해하고 있을 때 윌이 뒤로 살짝 몸을 젖히다 두 사람을 보았다.

유명한 심해 탐험가 자크 쿠스토는 1985년에 프랑스 해변에서 잠수복을 시험했다. 잠수복은 고압 처리된 보크사이트와 공업용 강철로 만들어졌고, 쿠스토는 그걸 입으면 당시 세계 최고 기록이던 수심 60미터를 넘을 수 있을 거라고 생각했다. 일 년 중에서 조류가 가장 약한 6월의 어느 청명한 날이 시험일로 선정되었다. 잠수 예정 시각은 오후 세시였다.

당시 쿠스토는 노년이었지만 잠수복을 직접 입겠다고 했다. 의사와 기술자가 칼립소호(號) 위에서 대기했고, 쿠스토의 아들 에밀이 산소 탱크를 맡았다. 그 밖의 다른 증인이라고는 칼립소호의 선원들, 마르세유에서 건너온 상선 선원 대여섯 명, 그 지역 일요신문 기자 한 명뿐이었다. 하늘은 맑고 파랬다. 요트 몇 척이 근처에 닻을 내리고 있었지만 관심을 보이는 사람은 아무도 없었다. 쿠스토는 수온을 측정하고 헬멧 부속품을 다시 확인한 뒤 물속으로 들어갔다.

그는 처음부터 너무 속도를 내지는 않았다. 3미터마다 멈춰서
계기를 모두 점검한 다음 분필로 석판에 적었다. 하지만 단독 잠수
세계 최고 기록인 9.5미터에 이르렀을 때 그는 엄청난 충격에 휩
싸였다. 어디에선가 물살을 가르며 느닷없이 등장한 면 속바지 차
림의 남자가 손을 흔들었던 것이다. 쿠스토는 남자를 무시하고 잠
수를 계속했다. 놀랍게도 남자는 그를 따라왔고, 5미터를 더 내려
갔을 때 두 사람은 다시 어깨를 나란히 하게 되었다. 쿠스토는 치
고 나가려고 무진장 애를 썼지만 무산소 잠수 세계 최고 기록을
16.5미터나 넘긴 30미터가 됐는데도 남자가 계속 옆에 따라오자
포기하고, 그 정도 깊이에서 생존할 수 있는 비법이 뭐냐고 석판에
써서 남자에게 보여주었다. 남자는 쿠스토에게 석판을 건네받아
답을 적고 돌려주었다.

"그런데?" 에밀리가 물었다. "뭐라고 썼는데?"

"이 나쁜 놈아! 나 지금 물에 빠진 거란 말이다!"

그녀는 손으로 입을 가렸다. "처음 듣는 이야기야. 그런데 별로
재미있지는 않아."

"나도 알아." 로우보이가 말했다. "내가 어제까지만 해도 재미
있는 이야기는 전혀 할 줄 몰랐거든."

"하지만 부분적으로는 괜찮았어." 그녀는 담배를 비벼서 끄고
눈을 덮고 있던 앞머리를 옆으로 쓸어 넘겼다. "보크사이트가 뭐
니?"

"잠수복 소재야." 로우보이가 말했다. 그는 코를 잡고 무릎을 구
부렸다.

"나도 생각난 게 있어." 그녀는 그에게 라이터와 담뱃갑을 건넸
다. "시작할까?"

"시작해."

두 사람은 크리스토퍼 가와 7번가가 만나는 모퉁이에 있었고,
사람과 자동차 들이 깜짝 놀란 새들처럼 날아서 지나갔다. 그녀는
꼼짝 않고 서 있어야 이야기를 할 수 있는 것처럼 그의 팔을 붙잡
고 세웠다. 그녀의 뒤로 보이는 광고판에는 "마약=죽음"이라고
적혀 있었다. 그녀는 숨을 들이쉬고 그가 관심을 보일 때까지 물끄
러미 보고 있다 내뱉었다. 경찰용 삼륜 오토바이가 어슬렁어슬렁
지나갔다.

"곰이랑 토끼가 숲에서 똥을 누고 있었어. 곰이 토끼한테 물었
어. '털에 똥이 묻어서 난감한 적 없었니?' 토끼는 잠깐 생각한
다음 대답했지. '글쎄? 없었어.' 그래서 곰은……" 그녀는 그를
흘겨보았다. "내 이야기 듣고 있니, 헬러?"

그는 고개를 끄덕였다. "글쎄? 없었어."

"그래서 곰은 토끼로 뒤를 닦았지."

로우보이는 그녀를 올려다보았다. 아직도 그녀의 키가 조금 더
컸다. 0.5인치쯤 차이가 나겠다. 그는 짐작했다. 그녀는 크리스토
퍼 가를 등지고 꼿꼿하게 서 있었는데 머리가 미친 여자처럼 이리
날리고 저리 날렸다. 소녀가 아니라 여자였다. 그가 태어난 날부터
보아왔던 사람 같은 저 미소.

"재미있네." 잠시 후 그가 말했다. "토끼가 불쌍하다."

"그럼 웃어야지, 헬러. 그게 예의잖아."

그녀는 그를 대신해 웃고 주차된 자동차들을 지나 강이 있는 서

쪽으로 그를 데리고 갔다. 그리스 음식점과 페티시용품점, 비디오 가게, 미용실, 방수옷 가게, 타로 가게, 타파 천 가게, 문신 시술소 앞을 지나갔다.

"어디 가는 거야?"

그녀는 미간을 찌푸리고 입을 삐죽 내밀었다. 그것도 그가 잊고 있던 모습이었다. "비밀이야." 그녀가 말했다. "내가 좋아하는 데."

"좋은 데야?" 그가 그렇게 물은 것은 오로지 침묵을 메우기 위해서였다. 말을 하지 않고 짖어도 될 일이었다. 그로브 가와 베드퍼드 가가 만나는 모퉁이에서 마지막으로 먹은 약을 소변과 함께 배출했지만, 기분이 좋고 여러 가지 것에 대한 애정이 샘솟고 전혀 혼란스럽지 않았다. 이게 아픈 거면 열두 번 더 아파도 되겠네, 그는 중얼거렸다. 이게 아픈 거면 약은 천벌을 받아야 할 물건이네. 원자폭탄보다 더 나쁜 거네.

뚱뚱이와 갈비, 그는 중얼거렸다. 스컬 & 본즈에게 어울리는 또 하나의 완벽한 이름이었다. 그는 이제 두 사람을 생각하면 일말의 애정 비슷한 게 느껴졌다. 이제는 포기하고 집으로 돌아갔을까? 어디에선가 점심을 먹고 있을지 몰라, 그는 생각했다. 그는 식당에서 팬케이크를 먹는 두 사람의 모습을 그려보았다.

"아주 좋은 데야." 에밀리가 말했다. "아까 어디든 상관없다고 하지 않았니?"

일 초가 지났구나, 그는 생각했다. 일 초도 안 됐구나. 그동안 내가 무슨 수로 그 많은 생각들을 했을까? 그는 성인(聖人)처럼 손바닥을 위로 한 채 양손을 앞으로 내밀고, 그 손이 정말 네모나고 묵직한 데 감탄했다. 물구나무서서 마라톤을 해도 될 것 같았다.

자동차 세 대를 가지고 야바위꾼 노름을 해도 될 것 같았다. 햇빛을 받아서 껍질이 벗겨진 양파처럼 반짝이는 도시는 새로워 보였다. 그는 도로에 떨어진 10센트 동전과 덩굴로 뒤덮인 대문과 낡고 쓸모없는 깃대와 나무에 매달린 흡혈 박쥐처럼 대롱대롱 매달린 쇼핑백 들을 보았다. 차양과 초인종 줄과 리무진과 파카를 입은 개 들을 보았다. 볼 게 너무 많아서 어지러웠다. 갓난아이들은 세상을 이런 식으로 보겠구나, 그는 생각했다. 그런 다음 잊어버리겠지.

"나를 쫓는 사람들이 있어." 잠시 후에 그가 말했다. "두 명."

에밀리는 아무 대답이 없었다. 그는 숨을 들이쉬고 다시 한번 시도했다.

"학교 사람들이야." 그가 말하고 그녀를 쳐다보았다. 그녀는 양손을 뒷주머니에 꽂은 채 걷고 있었다. "내가 끌려갔던 곳의 사람들. 스컬 & 본즈야."

"스컬 & 본즈라는 곳으로 끌려갔었니?"

"나는 지금 갓난아이처럼 세상을 바라보고 있어." 그는 얼굴을 가리고 손가락 사이로 내다보았다. "재미있어."

"예전에는 네가 아기 같다고 생각했는데." 그녀는 도로를 내려다보며 수줍게 웃었다. "지금은 안 그래."

그는 두 눈을 꼭 감고 그녀를 맹도견 삼아 이끌려 가고 싶었지만 어디로 가는지 지켜보고 있어야 했다. 그녀는 몇 걸음 앞에 서서 반쯤 몸을 돌린 채 적들이 오고 있지는 않은지 거리를 돌아보았다. 예전에 그의 아버지가 중국 돈을 몇 장 보여준 적이 있었는데, 입을 살짝 벌리고 턱을 치켜든 채 서 있는 에밀리의 모습을 보니

50위안짜리에 그려져 있던 여자아이가 생각났다.

"너, 군복 입어야겠다." 그가 말했다. "우지 기관총도 차고."

그녀는 한숨을 내쉬고 다시 그의 팔을 잡았다. "그래야 할까봐." 그녀가 자기 입으로 그렇게 말하자 농담이 농담 아닌 게 되어버렸다. 두 사람은 크리스토퍼 가와 허드슨 가가 만나는 모퉁이에 서 있었고, 도시가 기울어서 바퀴 달린 모든 것들이 차이나타운으로 쏠리기라도 하는 것처럼 차량들이 아무 소리 없이 두 사람 옆을 미끄러져 지나갔다. 그녀는 이제 둘이서 학교 앞에 앉아 있었을 때보다 나이를 열 살은 더 먹은 것처럼 보였다. 위대하고 거룩한 이상에 목숨을 건 사람처럼 보였다. 그는 갑자기 자신이 너무 어린 게 아닌가 싶어 덜컥 겁이 났다.

"에밀리." 그가 머뭇거리며 불렀다.

"걱정 마, 헬러. 넌 아기가 아니야."

그녀는 내가 뭘 원하는지 무슨 수로 알았을까? 그는 생각했다. 내가 뭐라고 말하려는지 무슨 수로 알았을까? "에밀리, 지금 기온이 얼마나 따뜻한지 알아?"

그녀는 그를 보고 미소를 지었다. 그는 자신의 소명이 어떤 건지 아직 이야기하지 않았다. "헬러, 지금은 11월 중순이야. 그러니까 따뜻하지 않아."

"따뜻해." 그가 말했다. "59도잖아."

"바보야, 59도면 따뜻한 게 아니야. 그리고 지금 기온이 아무리 높아도 45도가 안 될걸?" 그녀는 고개를 저었고 신호등이 바뀔 때까지 기다리지도 않고 그를 도로 한복판으로 끌고 갔다. 도시 출신들은 그럴 수 있었다. 그의 어머니는 길을 건널 때 차에서 시선을 떼지 않았고, 모든 운전자를 똑바로 쳐다보았다. 만에 하나 치이더라도 자기 얼굴을 상대방의 머릿속에 새겨두기 위해서였다. 가끔은 독일어로 욕을 하거나 기도문을 중얼거리기도 했다. 하지만 에밀리는 자유를 위해 싸우는 투사 같았고, 옷 안에 폭탄을 숨긴 사람 같았다. 차를 세우려고 굳이 쳐다볼 필요가 없었다. 어느 누구도 가까이 접근하질 않았다.

"다들 너를 건드리지 못할 거야." 로우보이가 말했다. "너무 가까이 다가가면 녹아버리니까."

그녀가 그의 팔꿈치를 잡아당겼다. "연석 조심해."

"다들 밀랍으로 만들어졌거든." 그가 그렇게 말한 건 정말로 사람들이 밀랍으로 만들어졌다고 믿어서가 아니라 그렇게 이야기하는 쪽이 더 간단했기 때문이다. "정말 그렇게 생각하는 건 아니야." 그가 말했다. 하지만 그때 문득 이런 생각이 들었다. 그래서 조용한 거 아닐까?

에밀리는 거리를 쳐다보며 어깨를 으쓱했다. 심드렁한 얼굴이었다.

"지금까지 몇 명한테 했어?"

그녀가 인상을 썼다. "헬러, 몇 명이랑 했냐고 물어야지. 몇 명한테 했냐고 할 게 아니라. 내가 편도선을 잘라내려는 것도 아니고."

그는 손가락으로 목을 만지며 천천히 고개를 끄덕였다. 수술은 필요 없어, 그는 생각했다. 지금 이건 병원생활과 정반대의 일이잖아. 하지만 좀 전의 질문이 죽은 피부처럼 그의 입술에 들러붙어 떠날 줄 몰랐다. 그는 모퉁이에서 갑자기 걸음을 멈추고 우두커니 섰다. 두 사람의 뒤에서는 차량들이 내동댕이쳐진 구슬처럼 방향을 틀고 길 위에 자국을 남기며 도심으로 굴러가고 있었다. 그가 질문을 해체하고 다시 조립해 새롭게 만들기까지 오랜 시간이 걸렸지만 에밀리는 상관하지 않는 눈치였다. 에밀리는 나를 남들과 똑같이 간주하고 있어, 그는 생각했다. 남들보다 좀 느릴지 모르지만 환자는 아니라고. 그는 왠지 마음이 불편해졌다. 잠깐이나마 의사들이 보고 싶어졌다.

"내가 묻고 싶었던 건 뭐냐면 전에도 해봤냐는 거야." 그는 숨을 크게 들이쉬었다. "다른 사람하고 해봤어?"

"이 멍청아, 분명히 말하지만 이번이 처음이야. 정신병원에서 탈출한 환자랑 수업을 빼먹는 것도. 쫓기는 사람을 숨겨주는 것도." 그녀는 그를 보고 미소를 지었다. "그리고 몸을 허락할 상대랑 손을 잡는 것도 이번이 정말 처음이야."

만족스러운 대답이었다. 환자이기 때문일지라도 그는 남들과 다르게 고귀하고 품격 있는 사람이었다.

"에밀리." 그는 오른손을 평평하게 펴서 그녀의 배에 올려놓았다. 이제는 그녀에게서 장난스러운 구석이라고는 전혀 찾을 수 없었다. 그는 나이를 먹을 만큼 먹었고 그녀도 알고 있었다. 둘 다 알고 있었다. 그가 그녀의 도움 아래 길을 건너다니 놀라운 일이었다.

"뭐 하는 거야." 그녀가 중얼거렸다. 묻는 게 아니었다. 그녀의 배가 옷 밑에서 부르르 떨고 있었다. 그녀는 빨간색 셔츠외 자주색 싸구려 스웨터를 입고 있었다. 그의 새끼손가락이 그녀의 제일 아래 갈비뼈를 더듬었다.

"헬러, 나를 밀 생각이 아니었다는 거 알아." 그녀는 그의 손에 몸을 기댔고 그녀의 머리카락이 그의 눈 속으로 들어왔고 그는 얼굴에 와 닿는 그녀의 깊은 숨결을 느낄 수 있었다. "네가 일부러 그런 게 아니라는 거 알아. 하지만 네 입으로 직접 듣고 싶어."

"미안하다고 했잖아."

"그건 관둬. 사과도 진심으로 해야 의미가 있는 거지."

그는 억지로 눈을 감았지만 그녀의 모습은 사라질 줄 몰랐고 잔상이 머릿속에서 환히 빛났다. 여자아이 모양의 초록색 기둥이 철조망을 휘감은 담쟁이덩굴처럼 망막 혈관을 뚫고 솟아올랐다. 눈을 감자마자 그녀의 아름다운 얼굴이 해체되기 시작했다. 정말 그렇게 되는 건 아닐까. 눈, 코, 입, 귀가 뜨개질로 만든 옷처럼 풀어졌다.

"너를 그렸어, 에밀리. 날마다 한 장씩 그렸어. 나중에는 집이 되더라. 지붕이 아슬아슬하게 얹힌 집. 그 안에 네가 계속 들어 있었던 걸 몰랐어."

"헬러, 그건 대답이 아니잖아. 대답해."

그녀의 배가 그의 손가락에서 멀어졌다. 그는 그녀의 질문이 사랑의 증거, 적어도 일시적인 관심의 증거라는 걸 알 만한 나이였고, 그녀를 만족시킬 수 있는 대답을 찾기 위해 고심했다. 그가 가장 바라는 것은 대답을 아예 하지 않고 그녀의 갈비뼈에 다시 손을 얹고 다음 단계로 넘어갈 때까지 그렇게 붙잡고 있는 것이었다. 밋밋한 시간이나 그 비슷한 것들에 대해 생각하지 않는 것이었다. 그 시간에 대해서라면 기억하고 싶은 게 아무것도 없었다.

"네가 내 몸에 손을 대지 않았다면 그런 짓은 하지 않았을 거야." 그가 말했다.

그녀는 고개를 끄덕이고 그에게로 어깨를 기울였다. 머리카락이 까맣게 얼굴을 덮었지만 눈만큼은 낡고 좀먹은 커튼을 뚫고 새어나오는 무대조명처럼 그를 환히 비추었다. 그녀의 배가 멀어졌던 이유가 그 때문이었다. 그와 눈을 맞추기 위해 몸을 숙이고 있었던 것이다. 갑자기 그녀의 얼굴이 그의 얼굴 밑으로 내려왔다. "너는 나를 무서워했어." 그녀는 나지막이 속삭였다. "내가 다른 사람이 된 것 같았다고 했지. 나한테 그렇게 말했잖아."

"뭣하러 손을 대는지 몰랐거든."

"나도 무섭긴 마찬가지였어. 그래서 그랬던 거야. 너를 진정시키려고."

"역 안이 더웠잖아. 온실처럼 덥고 끈적끈적한 게. 경찰관이 우리를 잡으려고 승강장으로 다가오고 있었고. 고기압이었지. 너는 정신이 나가서 장난을 치고 평소의 너답지 않았고. 나는 더위를 식히고 싶었어. 옷을 벗고 싶었어. 그런데 네가 오더니 이불처럼 나를 감쌌잖아."

"살짝 건드린 거였어." 그녀가 말했다. "나를 몰라보더라? 내가 다른 사람인 줄 알더라고. 에밀리가 아닌 다른 사람."

그녀의 조심스러운 숨결이 그의 목을 간질였다. 그녀의 숨결에서 감초와 담배, 고약한 온실 냄새가 났다. 그녀의 갈비뼈가 돌연 다시 그의 손마디에 와서 닿았다. 요사이는 모든 일이 갑작스럽게 벌어지네, 그는 생각했다. 에밀리는 아랫입술을 깨물고 긁기 시작했다. 이제는 그보다 키가 크지 않았다. 그녀는 짧게 세 걸음을 가서 멈추고 그를 기다렸다.

"지금은 에밀리야." 그렇게 말하고 그는 고분고분한 그녀의 손을 잡았다.

잠시 후 두 사람은 어느 빵집 쇼윈도를 지나가다 그 앞에서 걸음을 멈추고 안을 들여다보았다. 그녀는 단지처럼 불룩한 유리병들이 놓인 선반을 품평했고, 그는 몸을 좌우로 움직이고 눈을 깜빡이며 자신의 그림자를 피했다. 그의 머리가 그녀의 뒤에 있으니 머리가 두 개인 갓난아이 같았다. 머리가 두 개인 갓난아이라니 마음에 들었다. "저게 뭘까?" 그는 에밀리에게 물었지만 뭔지 이미 알고 있었다. 파스텔 색상의 여러 가지 동물 모양 틀이 카운터 뒷벽을 아름답게 장식하고 있었다. 초록색과 분홍색 덩어리들이 찻잔모양의 주름 잡힌 기름종이에 담겨 있었다. 초록색은 그녀의 잔상과 분홍색은 그의 피부와 맞아떨어졌다. 그녀는 표정으로 보건대 꼼꼼하게 뜯어보고 있는 게 분명했다.

"이 집은 컵케이크만 만들어." 그녀가 중얼거렸다. "가끔은 모퉁이 넘어서까지 사람들이 줄을 설 때도 있어."

그는 발뒤꿈치에 체중을 싣고 몸을 뒤로 기울였다. "컵케이크?"

"줄 서서 기다릴 만큼은 아니야." 그녀가 말했다. "설탕을 너무 많이 입히거든." 하지만 그녀의 이마가 쇼윈도에 눌려서 빨갰다.

"먹고 싶구나?" 그가 물었다.

그녀는 혀를 내밀었다. "헬러, 사실 나는……"

"여기서 기다려."

그녀가 뭐라고 대답하기도 전에 옅은 청회색 가게 문이 그의 뒤에서 닫혔다. 사람들이 홀로 혹은 삼삼오오 서서 한숨을 쉬고 속삭이며 유리 진열장을 손끝으로 훑고 있었다. 진열장 제일 위의 선반이 길에서 본 것이었다. 거기까지는 쉬웠다. 카운터 뒤에서 어떤 여자아이가 웃으며 뭘 드릴까요, 하고 물었다.

다른 사람들은 고민하고 있구나, 그는 중얼거렸다. 열심히 고민하고 있구나. 결정하느라 땀을 뻘뻘 흘리고 있구나.

"뭘 드릴까요?" 여자아이가 다시 물었다. 그녀는 그보다 아무리 못해도 키가 반 피트쯤 컸다. 그녀의 밑에 구조물 비슷한 게 있었다. 일종의 연단이었다. 키를 높이거나 착시를 일으키기 위한 장치였다. 그는 대화를 간단하게 끝내기로 마음먹었다.

"컵케이크요." 그가 진열된 상품을 가리키며 말했다.

여자아이는 한숨을 쉬고 팔꿈치로 카운터를 짚었다. "뭘 드릴까요?" 그녀는 그가 한 말을 듣지 못했는지 같은 말을 세 번째 반복했다. 그는 서부영화 첫 장면에 나오는 이방인이 된 듯한 기분이 들었다. 술집에서의 만남. 그가 같은 주문을 반복하자 그녀는 고개를 한쪽으로 툭 떨어뜨렸다.

"저희 집은 컵케이크밖에 안 파는데요."

"저거요." 로우보이가 말했다. 그는 손마디로 진열대를 툭툭 쳤다. "저 분홍색이랑 초록색이요."

그녀의 고개가 재깍 제자리로 돌아왔다. "에인절푸드 케이크하고 레드 벨벳이요?"

로우보이는 그녀를 보고 눈을 깜빡이며 고개를 끄덕였다.

"어떤 걸 드릴까요?" 여자아이가 물었다. "둘 중 어느 걸로 드릴까요?" 여자아이의 뒤에서 슬그머니 등장한 또다른 여자가 물었다. 얼굴이 쥐처럼 쭈글쭈글했다.

"컵케이크 주세요." 그는 개미만 한 목소리로 대답했다.

여자아이는 그를 뚫어져라 쳐다보았다. 분홍색 입을 떡 벌리고 있었다. "레드 벨벳이 가장 인기가 좋아요."

"그거 주세요. 레드 벨벳."

"몇 개 드릴까요, 손님?" 여자가 끼어들었다. 여자아이는 유리 진열대에서 가능한 한 떨어지지 않으려고 했다. 멍한 눈으로 그를 곁눈질했다.

"손님, 몇 개나요?" 여자가 물었다. "레드 벨벳은 2달러 75센트입니다."

로우보이는 그녀의 질문을 곰곰이 생각했다. 유리창을 통과한 햇빛이 두 사람에게 스포트라이트를 비추었다. "그건 잘 모르겠는데요." 잠시 후에 그가 말했다.

여자아이가 웃음을 터트렸다. 여자가 그쪽으로 고개를 돌리자 여자아이는 웃음을 멈추고 다른 손님들을 흘끔흘끔 쳐다보았다. 모두들 일순간 숨을 죽였다. 여자는 입술을 축이고 눈살을 찌푸렸다. "예산이 얼마인지 알려주겠어요?" 그녀가 말했다. 이제 '손님'이라는 단어는 쓰지 않았다.

로우보이는 주머니에 손을 넣었다. 그는 그녀를 흘끗 쳐다보고 가게 안을 둘러보았다. 어깨 너머로는 시선이 가지 않게 조심했다. "640달러 있어요." 그가 말했다.

이번에는 뒤에서 누군가가 웃음을 터트렸다. 여자 어른 아니면 아이였다. 입을 막고 웃는 것처럼 들렸고 불쾌하다기보다 경쾌한 웃음소리였다. 처음에는 에밀리인가 싶었지만 그녀의 웃음소리라면 그도 너무나 잘 알고 있었다. 그사이 웃음소리가 하나 더 늘었을지도 모르지, 그는 생각했다. 어쩌면 열 몇 개로 늘었을지도 모르지. 그는 겁이 나서 뒤를 돌아볼 수 없었다. 그녀가 지켜보고 있을까 싶어서, 가버렸을까 싶어서 겁이 났다. 하지만 가게 여자가 던질 질문이 그보다 더 무서웠다. 왼쪽에 있던 남자가 몇 발자국 뒷걸음쳤다. 여자와 아이 들이 나지막이 속삭였다. 그는 열 손가락을 유리 진열대에 갖다댔다.

"다섯 개 할게요."

"레드 벨벳 다섯 개요." 여자가 말했다. 그의 대답이 마음에 드는 눈치였다. 여자아이가 입 벌린 종이봉투를 들고 그녀의 팔꿈치 근처에서 얼쩡거렸다. 핏기가 없고 놀란 얼굴이었다. 내가 정답을 말했기 때문이겠지, 로우보이는 생각했다.

"13달러 75센트입니다." 여자가 말했다.

로우보이는 입술을 깨물고 돈을 셌다. 지폐는 축축했고 그의 손 안에서 구겨졌다. 여자아이가 이해할 수 없을 만큼 세심하고 조심스럽게 종이봉투 안에 컵케이크를 넣었다. 위험한 물건 대하듯 했다. 그와 시선이 마주치자 그녀는 얼른 고개를 돌렸다.

"저 봉투로 뭐 하는 거죠?" 로우보이가 물었다.

"그게 무슨 말씀이세요?" 여자가 물었다.

"저 안에 뭘 넣고 있느냐고요."

여자가 입을 열었지만 여자아이가 먼저 대답했다. "손님이 사신 컵케이크요." 그녀가 말했다. "레드 벨벳 다섯 개요."

로우보이는 여자아이를 좀더 자세히 뜯어보았다. 천천히 뜯어보았다. 그녀는 처음에 생각했던 것보다 나이가 많았다.

"몇 살이에요?" 로우보이가 물었다. "더위를 느낀 적 있어요?"

"잔돈 여기 있습니다." 여자가 툭 내뱉듯 말하고 여자아이가 들고 있던 종이봉투를 낚아챘다. 덕분에 마음이 조금 놓였지만 아직 충분하지 않았다. 기억 속의 언제인가 그랬던 것처럼 극장 같은 고요함이 매장을 채웠다. 좀 전의 수군거림과 냄새들이 오븐 속으로 빨려 들어갔다. 여자는 종이봉투를 보호하듯 조심스럽게 손으로 받쳤고 생쥐 같던 그녀의 얼굴은 무미건조하고 뻣뻣하게 변했다. 봉투 안에 뭐가 들어 있을까, 로우보이는 생각했다. 뭐가 있을까. 축축하고 핏줄이 울퉁불퉁 솟은 그녀의 손바닥이 밑을 받치고 있었다. 째깍째깍하는 소리가 희미하지만 분명하게 들렸다.

"봉투 내려놔." 로우보이가 그녀에게 말했다. "그리고 뒤로 물러서."

그들은 이제 그의 정체를 궁금해했다. 그럴 수밖에 없었다. 그도 자신의 정체가 궁금했다.

"그 빌어먹을 봉투 내려놓고 안에 넣은 장치 꺼내."

그는 허리를 꼿꼿하게 펴고 수사관 같은 표정을 지었다. 명민하고 겁이 없는 정의의 사도처럼 우뚝 서서 그들을 공포 분위기로 몰고 갔다.

"나가." 여자가 더듬더듬 말했다. "우리 가게에서 나가." 그녀는 한 손에 종이봉투를, 다른 손에 그의 돈을 들고 있었다. 칼과 저울, 거울과 왕홀을 든 격이었다. 그는 문득 나머지 세상 전체가 그의 뒤에 있다는 것이 생각났다. 그는 에밀리의 눈으로 매장을 바라보았다. 파스텔 색깔, 옹기종기 모여 있는 머리 모양 컵케이크, 완벽하게 좌우대칭으로 진열된 유리병. 이 세상과 나는 체계가 다르지. 그는 봉투를 그 자리에 둔 채 후퇴했다. 테이프를 오 분 전으로 되감아서 뒤로 빨려가도록 몸을 맡긴 채 분명하고 매끄럽게 움직였다. 두 눈은 소해정처럼 바닥에 고정하고. 두 귀는 조그만 째깍거림도 놓치지 않게 쫑긋 세우고. 문 밖으로 나서자 건조하고 공기가 희박한 거센 사막의 바람이 느껴졌다. 서부영화의 마지막 장면처럼 도로가 먼지로 덮여 있었다. 에밀리는 오래전에 석양이 삼켜버렸다.

그녀는 길 건너편 공중전화 부스에 있었다. 책가방 바닥에서 뭔가를 찾고 있었다. 그녀는 그가 걸어오는 걸 보더니 황급히 가방을 닫고 손을 흔들었다.

"내가 어디 있는지 알아냈네?" 그녀가 밝은 목소리로 말했다. "성공했어?"

"음……"

"무슨 일 있었어? 뭐가 잘못됐어?"

"다 팔렸대."

그녀는 책가방을 집어들고 걷기 시작했다. "어차피 먹고 싶지도 않았어. 줄줄 흐르거든."

그는 그녀가 한 말을 한참 곰곰이 생각하며 그 안에 혹시 다른 뜻이 있는지 모든 각도에서 검토했다. "그게 무슨 말이야?"

"설탕 입힌 거 말이야." 그녀는 한 걸음 앞장서서 빠르게 걸었고 그가 따라오거나 말거나 뒤를 돌아보지도 않았다. "얼른 먹어치워야 해. 날이 더우면 일 분 안으로." 그녀는 이제 수다쟁이로 변해 빈말을 읊어대고 엉뚱한 소리를 재잘거렸다. "히니로 나눠 먹어도 되는구나. 그럼 됐겠다."

"아까는 오늘 덥지 않다고 했잖아." 그가 중얼거렸다. "45도라고 했잖아."

"응?" 그녀가 되물었다. 그의 말은 듣는 둥 마는 둥 했다.

그는 깊이 숨을 들이쉬었다. "아까는……"

"다 왔다." 그녀가 속삭이며 그의 소맷부리를 잡아당겼다. "헬러, 멈춰! 여기야."

그는 비틀거리며 걸음을 멈추고 주위를 둘러보았다. 낮고 볼품없고 페인트가 벗겨진 적갈색 사암 건물이 보였고, 그 왼쪽으로 맹꽁이자물쇠가 달린 교회가 버티고 있었다. 앞은 허드슨 가이고 뒤는 찰스 가였다. 건물과 길모퉁이 사이에 라텍스 바지를 파는 밝은 자주색 상점이 있었다.

"저기 들어가자고?" 그가 물었다.

그녀는 눈을 부라렸다. "미안하다, 게이 보이. 이쪽으로 와."

그는 지하로 내려가는 좁은 계단으로 머뭇머뭇 몸을 돌렸다. 간판에는 손 글씨로 "세인트 젭 매매 & 물물교환"이라고 적혀 있었다. 창백한 형광등이 먼지 덮인 창유리를 비추었다.

"여긴 뭣하러 온 거야?"

"옷 사러 온 거야, 앙드레 벤저민*. 너 지금 장애인 올림픽 안내원 같잖아."

"아." 그는 맞다는 생각에 고개를 끄덕였다.

"알았으면 얼른 와."

"앙드레 벤저민이 누구야?"

그는 마네킹이 되어 그녀가 자세를 잡아주고 몸을 뒤틀어도 가

---

* 미국의 싱어송라이터.

만히 있었다. 그녀가 그의 머리를 마구 흐트러뜨렸다 다시 매만져도 가만히 있었다. 두피에 닿는 그녀의 손톱은 날카롭고 시원했다. 그녀는 푸푸 소리를 내며 이 사이로 숨을 쉬었다. 상점 한구석에 프라이버시를 위해 쳐놓은 커튼 안까지 따라 들어와서 욕을 하고 야단법석을 떨고 안달했다. 그녀는 허리가 고무줄로 된 그의 코듀로이 바지를 보더니 쿡쿡 웃으며 엄지손톱으로 그의 엉덩이를 훑어 내렸다. "고무줄 바지는 필요 없어." 그녀가 홱 바지를 밑으로 잡아당기며 말했다. "고무줄 바지는 방광에 문제가 있는 남자들이나 입는 거야."

"학교에서 입으라고 한 거야. 거기서는 다들 이런 바지를 입어."

"왜?"

"안전상의 이유로." 그는 그녀를 내려다보며 미소를 지었다. "허리띠 금지. 구두끈 금지. 다른 용도로 쓸 수 있는 건 뭐든 금지."

그녀는 하던 일을 멈추고 그를 보며 미간을 찌푸렸다. "알았어." 잠시 후 그녀가 말했다. "무슨 소린지 알아들었다고." 그녀는 전혀 아랑곳하지 않는 눈치였다.

그녀는 그의 가슴에 이런저런 옷들을 댔다 사라지기를 반복하며 사업가처럼 급하게 들어왔다 나갔다 했다. 키득거리는가 하면 어느 순간 재미없어했다. 카운터의 매끈한 얼굴의 멋쟁이 남자는 두 사람을 못 본 척했다. 그녀는 그의 멍한 눈이 따라잡을 수 없는 속도로 들락날락했고, 방긋 웃다가도 좀 가만히 있으라고 구박했다. 그는 마네킹의 눈과 입술을 칠하는 어머니를 떠올렸다. 휴가를 냈을까? 그는 궁금해졌다. 당연히 냈겠지. 계속 그를 찾고 있을까 아니면 포기했을까. 그는 스컬 & 본즈와 점심을 먹는 어머니의 모습을 그려보았다.

"다 됐다." 에밀리가 말했다. 그가 한 걸음 다가가자 그녀는 손을 들었다. "거기 가만히 있어." 그녀는 실눈을 뜨고 그를 쳐다보았다. "좋았어, 헬러. 지금이 십억 배 낫다." 그녀는 손끝으로 모자를 벗는 흉내를 냈다. "뉴욕 시에 온 걸 정식으로 환영합니다."

내가 뭐하고 비슷해? 그는 그녀에게 물었다. 어떤 사람, 어떤 장소, 어떤 물건하고 비슷해?

그녀가 그를 잡고 거울 쪽으로 돌리려고 했지만 그는 그녀의 손을 뿌리쳤다. "말해줘." 그는 뒷걸음쳐서 차렷 자세로 섰다. "네 생각을 듣고 싶어." 그녀의 머리카락 한 움큼이 여전히 두 사람을 잇고 있었다. 그녀는 얼굴을 찡그리며 특유의 표정을 지었다. 슈퍼마켓 주인 같은 표정이었다.

"알았어." 그녀가 엄숙하게 대답했다. "시작한다." 그녀가 그의 요구를 기꺼이 수락한 건 이것도 게임의 일부이기 때문이었다.

"너는 지금 뒷주머니에 주사위 두 개가 그려진 60년대 스타일 청바지를 입고 있어. 주사위는 손으로 수놓은 것 같아. 대학생들이 즐겨 입는, 밑으로 갈수록 통이 좁아지는 그런 바지가 아니라 일자 청바지야. 엉덩이에 살짝 걸쳐서 입는 스타일. 스케이트보드를 들고 있으면 더 근사해 보일 거야."

"예전에 하나 가지고 있었는데." 그는 콧잔등을 찡그렸다. "뭐에 쓰는 물건인지는 몰랐지만."

"조용히 해. 버튼다운 칼라가 달린 파란색 줄무늬 셔츠를 앞쪽은 바지 속으로 넣고 뒤쪽은 뺐어. 그리고 소매에 좀먹은 구멍이 있는 검은색 라운드 스웨터. 이건 마음에 안 들었는데 스웨터가 있어야 하니 어쩔 수 없었어. 밖이 춥잖아. 코코 말로는 48도래."

"코코?" 로우보이가 주변을 둘러보며 물었다. 멋쟁이 남자가 얼룩덜룩한 반점이 있는 손을 들어 보였다.

"신발은 그냥 뒀어. 너무 어처구니가 없어서 일부러 신은 것처럼 보이거든." 그녀는 혼자 고개를 끄덕였다. "그리고 편해 보이기도 하고."

"정말 편해. 난 이 신발 마음에 들어."

"이쪽으로 다시 와봐." 그녀가 말했다. "뭐 하나만 더 입어보자."

그녀는 그를 구석으로 끌고 들어가 커튼을 닫았다. 초록색 바탕에 검은색 에나멜 리벳이 박힌 허리띠를 한 손에 들고 있었지만 그에게 주지는 않았다. 허리띠의 존재 자체를 잊어버린 것 같았다. 발그스름해진 그녀의 작고 동그란 얼굴이 그에게로 바짝 다가왔다. 살짝 벌어진 그녀의 입술은 거칠었다. 말괄량이의 입술이었다. 입술 뒤로 보이는 치아는 뾰족하고 촘촘했다.

"그 허리띠 할까?"

그녀는 두 손가락으로 그의 아랫입술을 눌렀다. 그녀의 까만 머리카락이 뒷벽 위를 기어올라갔다. 오래된 형광등이 웅얼거렸다. 축축하고 칙칙한 벽지가 이제 되살아나 그들의 비밀을 공유하는 증인이 되었다. 그의 입안이 숨으로 가득 찼다. 그녀가 그림의 일부라도 되는 것처럼 그녀의 뒤쪽에 있는 모든 것들이 한꺼번에 그의 눈 속으로 선명하게 들어왔다. '커튼을 등진 까만 머리 소녀.' 다른 사람들과 마찬가지로 그녀도 눈에 보이는 세상의 일부분이었다. '입을 벌리고 있는 노란색 소녀.'

그의 머리 뒤쪽은 모든 게 하얀색이었다.

"나는 너 때문에 죽을 뻔했어." 그녀가 감미로운 목소리로 말했다. "그거 알아?"

그는 아무 말도 하지 않았다. 벽지가 바스락거리더니 똬리 모양으로 천장에서 늘어졌다.

"나는 몸이 두 동강 날 수도 있었어, 헬러. 너 때문에."

그는 미안하다는 말 외에는 할 말이 없었다. 그녀는 두 손으로 그의 손을 잡고 자기 배로 가져갔다. 그러고는 셔츠 밑으로 넣었다. 그의 손에 전류가 흘렀다. 그곳이 집결지였다. 그녀의 배가 정확하게 세 번 딸깍 딸깍 딸깍 소리를 내며 뱀의 등뼈처럼 위로 움직였다. 그의 손이 문손잡이 두께밖에 안 되는 둔부에 닿자 그녀는 보일락 말락 몸을 떨었다. 그는 중력에 실려 그녀 쪽으로 다가갔다. 그녀의 엄지손톱이 그의 목덜미 움푹한 곳을 눌렀다. 그의 입술이 열렸고, 무방비 상태였던 그 작은 녀석은 영영 길을 잃었다.

"입을 좀더 벌려." 그녀가 말했다. "혀를 내밀어."

그는 벽에 기대 그녀가 시키는 대로 했다. 그의 몸이 슬로모션으로 미끄러져 내려갔다. 그의 몸은 그걸 알아차리지 못했지만 분명 미끄러져 내려가고 있었다. 그녀는 의식적으로 발을 끌며 반걸음 앞으로 다가와 손마디로 그의 턱 밑을 받쳤다. 짓눌리는 것 같으면서도 관능적인 느낌. 또다른 혀가 있는 그것이 최고인지 최악인지 알 방법이 없었다.

"이제 알겠지." 끝나자마자 그녀가 말했다. 그녀의 목소리는 이상하고 나른하고 흔들렸다. "이제 알겠지. 그렇지, 헬러?"

그는 미소를 지으며 고개를 끄덕였고 입술을 계속 꾹 다물었다.

끝내고 보니 두말할 필요 없이 좋은 거였다. 여전히 치아에 남아 있는 간질간질한 느낌. 탄산음료 내지는 페리에 생수처럼 잇몸이 따끔따끔한 기분. 그걸 프렌치 키스라고 부르는 이유가 그 때문이었다.

눈을 떠보니 로우보이는 커튼 뒤에 혼자 있었다. 그는 자기 몸을 내려다보았다. 헐렁한 청바지, 까만 스웨터, 우로보로스처럼 그의 몸을 감고 있는 초록색 허리띠. 놀랍게도 세상은 달라진 게 없어 보였다. 그녀가 웃었다 욕을 했다 다시 웃는 소리가 들렸다. 그는 숨을 쉬었지만 허파를 채우기가 힘이 들었다. 그녀는 카운터에서 멋쟁이 남자와 진지하게 이야기하고 있었다. 줄줄이 걸린 주름바지와 러플 블라우스를 지나 그들의 나지막한 목소리가 들려왔고, 그에게 닿았을 즈음에는 거의 속삭임에 가까웠다. 그는 고리에 끼워 허리띠를 찼다. 딱 맞았다. 그가 막 버클을 채웠을 때 커튼을 넘어 들어온 그녀의 팔이 꼭두각시를 조종하듯 손가락을 놀려 더듬더듬 그를 찾았다.

"37달러 20센트야." 그녀가 말했다. "20센트는 네 결정에 맡길게." 우스갯소리를 덜 끝내고 터트리는 웃음.

가장 깨끗한 지폐를 얹어주자 그녀의 손가락은 물샐틈없이 접히며 사라졌다. 문득 생각해보니 그녀는 예전에 기분이 좋으면 중요한 사건들을 기념하기 위해 로봇 춤을 추었다. 그녀의 야리야리한 몸이 빙빙 돌고 옆으로 기우뚱하는 걸 보고 있으면 말로 할 수 없을 만큼 짜릿했다. 뭔가 심상치 않은 일이 임박한 느낌. 문제에 대한 해답. 그는 이제 해답을 말할 수 있을까 궁금해졌다.

옷을 겨드랑이에 끼우고 카운터로 가보니 그녀가 멋쟁이 남자와 함께 진지하게 로봇 춤을 추고 있었다. 그는 옷을 앞에 들고 계산기 옆에 섰지만 멋쟁이 남자와 눈을 맞출 수 없었다. 에밀리는 그 세계에 푹 빠져 비행접시들을 격추하고 있었고 남자는 그런 그녀를 바라보고 있었다. 로우보이는 그의 본명이 뭘까 궁금해졌다. 계산기 왼쪽을 보니 방치되어 갈라지고 누렇게 변한 줄무늬 크레이프 상자가 있었고, 잊혀진 살인사건의 증거품인 양 인조 보석과 플라스틱 쥠쇠 들이 그 안에 널려 있었다. 그는 최대한 조심스럽게 옷가지를 내려놓았다. 들떴던 마음이 가라앉았고 그는 작고 시시하고 자족적인 사람이 된 듯한 기분이었다.

"코코가 너더러 멋있게 생겼대." 에밀리가 말했다. "그리고 법적인 제재가 있어야 하는 거 아니냐고 했어. 그래서 내가 있다고 했지."

멋쟁이 남자는 에밀리의 말에 아무런 토를 달지 않고 그를 물끄러미 바라보았다. 에밀리는 아예 그를 쳐다보지도 않았다. 로우보이는 고개를 수그리고 거울에 비친 자기 모습을 열심히 살펴보았다. "본명이 뭐예요?" 그가 물었다. "코코는 아닐 테고."

에밀리는 회전을 하다 말고 멈추었지만 남자는 어깨만 으쓱하고 그만이었다.

"어니스트." 그가 말했다. "어니스트 코플리 존슨."

"만나서 반가워요, 존슨. 저는 윌리엄 헬러예요."

"하지만 로우보이라고 불리지." 남자가 말했다. "이유가 뭐니?"

로우보이는 입술을 깨물고 에밀리를 쳐다보았다. 그는 그녀에게 그런 이야기를 한 기억이 없었다.

"저는 멀리 있는 학교에서 지냈어요." 그가 말했다. "거기서 힘든 시간을 보냈죠."

남자가 한숨을 쉬었다. "누군들 안 그랬겠니."

"로우보이는 가구의 일종이에요." 로우보이가 말했다. 그는 망설이다 다시 입을 열었다. "개의 일종이기도 하고요."

"재미있구나, 헬러. 너는 어느 쪽이니?"

"얘는 소명을 부여받은 사람이에요." 에밀리가 그의 손을 잡으며 말했다. "얘가 입고 있던 쓰레기 여기 맡겨도 돼요, 코코?"

"그게 내 역할 아니겠니." 멋쟁이가 말했다. "가거라." 그들은 건들거리며 성큼성큼 건방지게 계단을 걸어 올라갔고 남자는 씁쓸한 미소를 입가에 머금은 채 콧노래를 불렀다. 가게 문이 닫히는 순간 그가 무슨 말을 했지만 자동차 소음 때문에 들리지 않았다. "뭐라 그런 거야?" 로우보이가 물었다.

에밀리는 그의 귀를 잡고 꼬집었다. "네 새로운 스타일이 마음에 든다, 뭐 그런 얘기였어."

그들은 남들처럼, 둘 사이에 아무 비밀이 없는 사람들처럼 길을 건넜고, 그녀는 왔던 길로 슬그머니 다시 그를 끌고 갔다. 그는 어디 가는 거냐고 두 번을 물어야 했다.

"헬러, 난 구제 불능이야. 깜빡하고 크롤리에 뭘 두고 왔어. 잠깐만 갔다 오면 안 될까?"

"뭘 깜빡했는데?" 그가 걸음을 늦추며 물었다. 크롤리는 이미 과거의 일이었다. "중요한 거야?"

"헬러, 날 믿어줘."

그는 그녀를 믿고 싶지 않았다. "뭔데?"

그녀가 뭐라고 중얼거렸지만 잘 들리지 않았다.

"에밀리?"

"콘돔. 콘돔이라고. 됐어?"

"됐어." 그가 말했다. "그럼 괜찮아."

두 사람은 아무 말 없이 반 블록을 걸었다. 그는 콘돔과 콘돔의 용도와 그가 묻는 말에 마지못해 대답했을 때 그녀의 표정에 대해 생각했다. 너무 노골적인 단어라는 데 짜증 난 표정, 거의 원망에 가까운 표정이었다. 그 단어는 사실 너무 노골적이었다. 그 단어가 눈앞으로 닥친 일에 차가운 파란색 조명을 비추었다.

"로커에 항상 콘돔을 넣어두는 건 아니야." 그녀가 반걸음 앞장서 걸으며 말했다. "날 헤픈 여자로 오해하지는 마." 그가 아무 대꾸가 없자 그녀는 웃음을 터트리며 살렘 라이트 담뱃갑을 꺼냈다. "어쩌면 그렇게 오해해주길 바라는지도 모르겠다. 나도 잘 모르겠어."

그녀는 담배를 한 개비 꺼내고 그가 무슨 말이라도 하길 기다리며 걸음을 늦춰 그와 보조를 맞추었다.

"담배 한 대 빌릴 수 있을까?"

그녀는 한숨을 쉬며 담뱃갑을 그의 손바닥에 떨어뜨렸다. 남은 담배가 세 개비뿐인 걸 보고 그는 불안해졌다. 얼마 안 있어 슈퍼마켓에 들러야 할 것이다.

"헬러, 예전에는 담배 안 피웠잖아. 담배를 무서워했잖아. 심지어 성냥도 무서워했잖아."

"학교에서는 다들 피워." 그는 좋아하는 담배를 발견하고 흔들어 꺼냈다. "그것 말고는 할 일이 없거든."

그녀가 성냥불을 붙여주었다. "보드게임이나 뭐 그런 거 없어? TV도 없고?"

"TV라고 해봐야 움직이는 그림이야."

그녀는 얼굴을 찡그렸다. "볼륨이 고장 났어?"

"그게 말이지⋯⋯" 그는 잠깐 가만히 서서 설명할 말을 생각했다. "스토리가 없어. 그림 뒤에 아무것도 없어."

"원래 TV가 그렇잖아."

"아니야." 그가 말했다. "가끔은 스토리가 있잖아. 오늘 같은 날은."

"그건 네 말이 맞다." 그녀는 그를 보고 웃으며 말했다. "〈데일리 뉴스〉에 실릴 만한 기삿거리가 있지."

"아니면 〈포스트〉." 그가 말했다. "그 신문에 우리 기사 실린 적 있잖아. 생각나?"

그녀가 고개를 저었다. "너만 나왔지. 나는 아니야."

"이번에는 너도 나올 거야." 그가 말했다. "우리 둘 다 유명해질 거야, 에밀리."

"난 유명한 거 필요 없어." 그녀가 말했다. "그냥 특별한 사람으로 만들어줘." 그녀는 그를 좀더 바짝 끌어당겼다. "다른 사람이 되고 싶어."

"내가 다른 사람으로 만들어줄게." 그가 부드럽게 말했다. "야속할게, 에밀리. 너를 헤픈 여자로 만들어줄게."

그녀가 기침을 하고 몸을 뒤로 뺐다. 처음에 그는 그녀가 웃는 줄 알았는데 발뒤꿈치에 체중을 싣고 뻣뻣하게 뒤쪽으로 몸을 흔

들었다. 그녀는 혀를 차고 담배를 버린 다음 걷기 시작했다. 로우
보이는 꼼짝하지 않았다.

"에밀리, 나는 돌아가고 싶지 않아."

"왜?"

그는 고개를 저었다. "그 부분은 이제 끝났어. 크롤리하고는 작
별이야."

그녀는 어깨를 으쓱하고 더욱 빠르게 걷기 시작했다.

그 순간 그는 그녀를 돌아보게 하는 데에는 두 가지 방법이 있
다는 것을 깨달았다. 넌더리 나는 방법과 근사한 방법. 그녀를 곁
에 붙잡아두는 방법과 영영 떠나게 하는 방법. 바이올렛은 뭐라고
할까, 하고 생각하다 그는 눈을 감고 생각을 떨쳐내기 위해 고개를
저었다. 바이올렛은 틀렸다. 코펙도 마찬가지였다. 이 세상도 마찬
가지였다. 가장 좋은 방법은 무릎을 꿇고 우는 것이었다. 가장 좋
은 방법은 고함을 지르며 길로 뛰어드는 것이었다.

"에밀리." 그가 큰 소리로 불렀다. "기다려, 에밀리. 내가 잘못
했어."

뒤를 돌아본 그녀의 얼굴은 젖어 있었다. "미안해하는 얼굴이
아닌데?" 그녀가 말했다. "전혀 미안해하는 얼굴이 아닌데?"

"재판정에서도 사람들이 나한테 그렇게 말했지." 그는 쓴웃음을
지었다. "학교로 끌려가기 전에 말이야. 너희 아버지도 그렇게 말
했고."

그 말에 그녀는 걸음을 멈추었다. "우리 아버지……" 그녀는 눈
을 동그랗게 뜨고 중얼거렸다.

그는 그녀가 웃음을 터트리거나 그에게 침을 뱉거나 그의 뺨을

때리기를 기다렸다.

"증언하지 않겠다고 했을 때 아버지가 나한테 어떻게 했는지 알아? 아버지가 나한테 어떻게 했는지 가르쳐줄까, 헬러?"

문득 거구의 몸을 이끌고 창백한 얼굴로 소파에 앉아 인상을 쓰며 일곱시 뉴스를 노려보는 에밀리 아버지의 모습이 떠올랐다. 겁에 질려 움츠러든 그녀의 어머니도 생각났다. "듣고 싶지 않아." 그가 말했다.

"그래도 나는 증언을 하지 않았어." 그녀는 팔짱을 꼈다. "그 뒤로 우리 둘의 관계가 달라졌지."

"어떻게?"

"더 나빠졌어."

"하지만 나는 너희 아버지가 아니잖아."

그녀가 웃음을 터트렸다. "맞아. 너는 전혀 다른 쪽으로 나사가 풀렸지."

"나는 너를 사랑해, 에밀리."

그녀는 멍하니 고개를 끄덕였다. "알아."

그는 가슴이 가득 찰 때까지 최대한 크게 숨을 들이쉬고 가슴이 아프도록 숨을 참았다. 어떻게 하면 거짓말이 아니라는 걸 보여줄 수 있을까 생각했다.

"에밀리, 기분이 어때?"

"좋아. 내 걱정은 마. 이제는 기분 나쁘지 않으니까."

"잘됐다." 그가 말했다. "그럼 크롤리로 가자."

바이올렛, 잘 지내죠?

새로운 방을 배정받았는데, '교장' 말로는 '진정한 희망의 조짐'이래요. 구석에 똥색 방수 시트를 쳐서 만든 것 같은 방이지만 침대도 있고, 나 혼자 쓸 수 있어요. 불을 켜고 싶을 때 마음대로 켤 수 있고, 이렇게 볼펜까지 줘서 편지를 쓰고 있어요. 당신은 잘 지내죠?

오늘 프레코프 박사가 말했어요. 윌리야, 네가 방뿐 아니라 볼펜 등을 달라고 하다니 이 '얼마나' 대단한 일이냐. 이런 걸 '차도'를 보인다고 하는 거다. 그런데 우리 둘만의 비밀은 아무한테도 말하지 않아줬으면 좋겠다. 그러고선 '포옹과 키스'. 나는 깔깔 웃었어요. 내가 어떻게 말할 수 있겠어요? 비밀이 비밀인 이유는 아무

204

도 말하지 않기 때문이잖아요. 아무도 말하지 않으면 나도 할 수 없어요. 바이올렛. 나는 이제 종일반 학생인데, 여기에서는 말하는 법을 가르쳐주지 않아요. 내가 그랬어요. 말 안 할게요, 걱정 마세요, 프레코프 박사님. 그리고 윌리라고 부르지 말라고도 했어요.

바이올렛, 당신도 알다시피 지금은 '밋밋한 시간'이지만 나 없이도 세상은 돌아가고, 어제는 '교장'이 윌리엄 네가 여기 온 지도 육 개월이 됐구나, 라고 말했어요. 내가 그럴 리 없다고 했지만 프레코프 박사가 맞다고, 자기가 보장한다고 그리고 나한테 차트를 보여주며 직접 계산해보라고 하기에 해봤죠. 교장 그 인간이 나가니까 박사가 말했어요. 네가 직접 확인해보거라, 윌리, 나는 전혀 상관없으니까. 프레코프 박사님! 내가 말했어요. 박사님은 나중에 왕가슴 아줌마를 배불뚝이 남편으로 둔갑시킬 사람이에요. 박사는 웃으면서 나더러 그게 무슨 노래 가사냐고 했어요. (배불뚝이 블루스) 박사한테 바이올렛 당신 이야기를 조금 했지만 금발이라는 이야기는 아직 안 했어요. 그런데 지금도 금발 맞아요? 아니면 가발을 쓰고 있나요?

끔찍한 광경을 봤어요, 바이올렛. 누군가는 봐야 할 광경이었어요. 미천한 누군가가. '페이리스 슈 소스'*나 '대피스 클로딩 바겐스 포 밀리어네어스'**에서 나를 안다는 사람을 만나면 내가 끔찍

* 미국의 신발 할인매장.
** 뉴욕에 있는 염가 의류매장.

한 광경을 봤다고 말해도 돼요. 하지만 '버그도프 굿맨'에서 만난 사람한테는 말하지 마세요.

'흡연실'에서 〈월 스트리트 저널〉을 읽고 있는데 '교장', 그러니까 플라이지그 박사가 복도를 옆으로 미끄러지듯 지나가는 게 보였어요. 플라이지그는 다정다감한 지중해 출신 남자인데 약간 자크 쿠스토와 닮았어요. 그런데 이번에는 내가 벌떡 일어나서 담배를 떨어뜨리고 문 쪽으로 달려갔어요. 플라이지그가 아니라는 걸 그때쯤 알았거든요. 예닐곱 걸음마다 그의 헤어스타일이 바뀌었고, 그의 몸속에서는 온도 게임이 벌어지고 있었어요. 그리고 밤에 그는 뭘 먹을 때 내 손과 입을 썼어요.

'솔직히 말할게요, 바이올렛!' 우리 예전에 '해저 영화'를 자주 봤잖아요. 아버지가 해산물 수프와 맥주를 준비하고 당신은 예쁜 젤리를 만들어주었죠. '왜 하필 해저였나요, 바이올렛.' '왜 하필 영화였나요.' 당신은 팸 앤더슨* 머리를 하고 있었는데 그때는 몰랐어요. 당신은 그의 어깨에 입을 맞추었죠. "그만해, 앨릭스"라고 했죠. 그때 당신은 지금의 나보다 어렸어요. 그리고 예순세 살이기도 했죠. 그리고 '게살 케이크'. 아버지는 자크 쿠스토를 놀려 댔어요. 아니면 나를 놀렸나. 어느 쪽이었죠? 수프에 뭘 넣었는지 월한테 말하지 마. 한번은 아버지가 당신한테 그렇게 말했죠. 알았다가는 똥을 지릴지 몰라.

---

* 패멀라 앤더슨. 미국의 섹스 심벌인 여배우.

저녁시간이 되면 방이 초록색과 파란색으로 바뀌었죠. 아버지가 바이올렛 당신한테 뭐라고 했는지는 생각나지 않아요. 하지만 당신은 웃으며 그의 어깨에 입을 맞추었고 이 세상은 그걸로 충분했어요.

바이올렛, 한 남자가 술집에 들어가서 아무 맥주나 달라고 말하며 슐리츠는 안 된대요. 슐리츠는 왜 안 되냐고 바텐더가 물어요. 슐리츠도 고급 맥주인데. 맞다고 남자는 말해요. 하지만 어젯밤에 슐리츠를 마시고 오럴 섹스를 했단 말이오. 다들 그래요, 하고 바텐더가 말하죠. 뭘 모르시는 말씀, 하고 남자가 말하죠. 상대가 우리 집 개였단 말이오!

스컬 & 본즈한테 들은 이야기예요, 바이올렛, 재미있죠.

플라이지그가 당신의 새아버지 머리를 쓰고 내 머리맡에 나타날 때가 있어요. 그럴 때 그가 제일 좋아하는 게임이 온도 게임이에요. 플라이지그 교장이 온 학교 건물을 후끈하게 달궈요. 원유와 전기를 가지고요. 화석연료 말이에요, 바이올렛. 가끔은 내 몸에 눈금을 새겨요. 그럴 때마다 나는 생각해요, 어떻게 하면 온도를 낮출 수 있을까? 어떻게 하면 뜨거워지는 걸 막을 수 있을까? 1992년 12월 12일 내가 태어난 날부터 MGT(평균 세계 기온)가 7.5도 높아졌어요.

바이올렛, 당신이 이해할지 모르겠지만 숫자의 언어라는 게 있어요. 2773664748 565758933 5758489 757. 47458959 3263647478548585858 2632. 374855959 967009858483783. 72726 7474. 7474. 7474. 7474.

아직은 시간이 있어요, 바이올렛. 극장에서처럼 모든 게 갑자기 환해져요. 사람들도 더 나아져요. '하늘의 구름'이나 내 입 같은 것들이 예전에는 나를 비웃었어요. 톰 브로코*가 말했죠. 과학자들은 온난화가 직선이 아니라 곡선 모양으로 진행될 거라고 주장한다고요. 바이올렛 당신도 알다시피 나도 그렇게 생각해요. 브로코는 어떻게 알았을까, 당신이 알려주었나요?

플라이지그는 부지런하다 혹은 성실하다는 뜻의 독일어 이름이에요. '플라이지그해라.' 그 나라 사람들은 아이들한테 그렇게 말해요. 물론 바이올렛 당신은 오스트리아 출신이니 알고 있겠죠. 오스트리아가 독일은 아니고 우리들 대부분은 한 번도 들어본 적 없는 나라이기는 하지만. 아니면 들어보기는 했지만 신경 안 쓰는 나라이거나. 바이올렛 당신은 플라이지그 알아요? 그 사람은 당신에 대해 모르는 게 없는데. 플라이지그는 이 '학교 교장'이에요. 항상 '플라이지그'하죠. 그는 조그만 각질만 한 전자 장치 내지는 분자를 대강 여섯 번쯤 내 몸속에 넣었어요. 나중에 알고 보니 이 분자는 '생체 공학적'으로 만들어진 거고, 오래된 젤리처럼 말랑말랑

---

* 미국의 방송기자 겸 작가.

해요. 가끔은 그걸 내 오른팔에 넣고 또 가끔은 목에 넣어요. 늘 프로답게 처리해서 불편하지는 않아요. 그 결과 학교에서는 나랑 가까워질 수 있고 '적합한 생각'을 전달할 수 있죠. 그런데 바이올렛, 나도 내 생각을 말해도 돼요, 안 돼요? 대부분은 한마디도 하지 못하는데.

극장에 온 것처럼 조명이 갑자기 밝아지고, 나는 객석에 앉아 있는데, 좋은 자리는 아니에요. 사람, 사물 그리고 색깔 들이 '돌출'된 것처럼 보여요. 바이올렛, 내가 어떻게 사물들을 믿을 수 있겠어요. 내가 어떻게 '사람들'을 믿을 수 있겠어요. 극장에서 윌리엄 헬러에 대한 이야기가 들려요. 그가 기적을 만들어낼 수 있을까? 그가 기온을 낮출 수 있을까? 진짜 사람들 목소리일까요, 아니면 내 목소리일까요, 아니면 플라이지그의 또다른 장난일까요. 무대 밑에는 조명을 켜놓는 데 쓰이는 커다란 터빈의 장치들과 전선이 있어요. 그래서 늘 후끈후끈한 거예요. 스타와 파파라치 들도 있어요. 바이올렛 당신도 거기서 웃으며 당신의 '영상'과 손을 잡고 있어요. 영화는 더빙되었는데 더빙이 형편없어요. '학교'가 그런 영화예요. 플라이지그가 자크 쿠스토를 닮았다니, 참 재밌죠.

어제 〈뉴욕 타임스〉에서 어떤 기사를 봤어요. 이런 제목이었어요.

'분만시에는 수많은 전장에서 전투가 벌어진다'

데이비드 헤이그 박사가 어머니와 태아에 관해 몇 가지 사실을 발견한 과학자 역할이에요. 사람들은 그가 발견한 사실들을 '불편하게' 여기죠. "어머니로부터 충분한 영양분을 공급받아 건강하게 자라는 자녀가 자연선택에 유리하다." 과학자는 그렇게 말하죠. 하지만 바이올렛. "충분한 영양분을 확보해 더 많은 가족을 낳을 수 있는 어머니가 자연선택에 유리하다." 과학자는 '이것이' 갈등을 낳는다고 말하죠. '어머니'와 태아가 어머니의 피 속에 들어 있는 영양분을 놓고 싸우는 거예요. 〈뉴욕 타임스〉에서는 이걸 '침묵의 경쟁'이라고 했어요. "헤이그 박사는 이러한 갈등이 우울증에서부터 자폐증에 이르는 정신병의 발병 가능성을 높일 수 있다고 본다." 이게 바이올렛 당신의 정신병의 원인일지 몰라요. 바이올렛 '당신도 알고 있겠지만' 나는 밋밋한 시간이 되면 기운이 없어져요. 당신이 보면 웃을 만큼 기운이 없어져요. 심지어 '기저귀'까지 등장하는데, 바이올렛, 이건 아무한테도 말하지 말아줘요. 눈이 감겨 있으니 사람들은 내가 잠자는 줄 알았지만 나는 '아주 사소한 것까지' 보고 있었어요. 누군가는 봐야 하니까. 모든 게 조용했어요, 바이올렛. 이게 무슨 말인지 알죠, '모든 게 더빙되어 있었어요'. 사실 더빙이 형편없고 '싱크'도 안 맞았어요. 가끔은 들을 만했고 가끔은 아니었고. 어떨 땐 섹시했고. 내 페니스에 관심을 보였어요, 바이올렛. 힘들었어요!

  내 페니스 문제는 계속 진행 중인 문제예요. 내 페니스가 일종의 '해답' 같아요. TV 보는 시간에 내가 그걸 꺼내놓으면 프레코프와 플라이지그 그리고 모든 사람이 뚫어져라 쳐다보고 웅성거리고 가만히 놔둬요. 상태가 호전되고 있다는 또다른 증거. 지퍼를 내린 내 바지는 '디렉트 케이블방송'. 난 죽지 않았어요, 바이올렛. 심지어 피곤하지도 않아요. 나를 냉방이 되는 몸으로 만들고 있어요.

나는 왜 태어났을까요, 바이올렛? 나한테 이유를 말해줄 수 있나요?

이 편지를 쓰는 건 당신이 누구인지 기억하고 있으니 걱정 말라고 전하기 위해서예요. 많이 나아졌기 때문이에요. 사람들이 당신을 찾아가서 이것저것 물을 거예요. 사람들이 여러 가지 '제안'을 할 거예요. 아무 대답 하지 말아요. 마지막으로 있었던 '그' 안 좋은 일에 대해 걱정하지 말아요. 할아버지의 집이나 지하실에서 있었던 일도. 이런 일들은 언급하면 안 되는데, 당신은 그 일들을 언급하지 않았으니 스스로 자랑스러워해야 해요. '나는 당신이 자랑스러워요, 바이올렛.' 나는 당신이 자랑스러워요, 바이올렛. 부디 잊지 말아요. 당신의 아들 윌리엄.

아들이 고개를 돌렸을 때 바이올렛은 제일 먼저, 날카로운 물건을 삼킨 것처럼 헛구역질을 했다. 라티프는 쓰러지는 그녀를, 번잡한 해변으로 돌진하는 집채만 한 파도를 바라보는 사람처럼, 그 사건을 증언할 수 있고 그 파장도 짐작할 수 있지만 막지는 못하는 사람처럼 침착하게 바라보았다. 아이들이 달리기 시작했지만 아직은 어떻게 할 방법이 없었다. 그녀의 팔을 잡은 다음 쓰러지지 않게 두 다리로 버티고 인도에 천천히 앉혀서 머리를 무릎 사이로 넣어줄 만한 여유는 있었다. 그가 실망이나 좌절을 느꼈더라도 정작 자신은 인식하지 못했다. 그녀로 인해 지체되기는 했지만 시간은 많았다. 그가 일어나 달리기 시작했을 때 아이들은 아직 한 블록도 가지 못했다.

그는 아이들의 움직임이 달라지자마자 곧바로 알아차렸다. 삼십 초 전만 해도 수줍게 살짝 손을 잡고 은퇴한 노부부처럼 느릿느릿 가게 앞을 지나가던 아이들이 지금은 눈짓이나 몸짓 한번 낭비하는 법 없이 한몸이 되어 평생 도망 다닌 탈주범처럼 전심전력으로 질주했다. 더욱 놀라운 건 여자아이가 앞장을 섰다는 점이었다. 그는 그 아이가 도대체 무슨 생각을 하고 있는지 궁금했다. 그녀는 차량들이 잠깐 멈춘 틈을 타서 7번가를 쏜살같이 건넜고 남자아이는 조금도 걱정하는 기미 없이 그녀의 뒤를 따라갔다. 순간 인질과 범인의 입장이 바뀌었던 스톡홀름 증후군과 같은 유명한 사례들이 떠올랐다. 스톡홀름 증후군에 비유하는 것 자체가 낭만적인 발상이었고 그는 그 생각을 머릿속에서 벅벅 지워버렸다. 지금 열일곱 살이잖아, 그는 생각했다. 그 자체가 증후군이지. 그는 팔을 앞뒤로 흔들며 호흡을 일정하게 유지했다. 지금은 달리는 속도를 유지하는 게 관건이었다.

아이들이 허드슨 강 쪽으로 한 블록 이상 앞서 가고 있었지만 라티프는 거리가 좁혀지고 있다고 믿기로 했다. 여자아이가 남자아이의 왼손 아니면 어깨를 잡았다. "하느님, 은혜를 베풀어주셔서 감사합니다." 라티프는 큰 소리로 외쳤다. 손을 잡고 있으면 속도가 조금 떨어질 것이다. 그는 두 팔을 좀더 바짝 당기고 인도를 내려다보며 보폭을 넓힐 준비를 했다. 사람들 옆을 지나치는데 누군가 고함을 질렀고, 그 순간 그가 7번가에서부터 달래고 있었던 쥐가 작렬했다. 통증은 그의 몸속이 아닌, 주차된 자동차나 인도 또는 햇빛으로부터 들어온 것처럼 느껴졌다. 좀더 가까워진 아이들은 오가는 차량 때문에 길모퉁이에 몰려 꼼짝없이 서 있었다. 여자아이가 엄지손가락을 남자아이 옷깃 뒷부분에 걸고 있었다. 아이들은 외곽으로 방향을 바꿀 마음이 없어 보였다.

얼마나 더 버틸 수 있을까, 라티프는 생각했다. 얼마나 더 갈 수 있을까. 그는 나이에 비해 부끄럽지 않은 체격을 유지해왔고 자기 관리가 엄격했지만, 발로 추격전을 벌이는 게 십 년 만이었다. 탈주범들은 잡혔을 때 도망치는 경우가 거의 없었다. 대부분 되돌려보내진다는 데 안도했다. 그가 생각 없이 웃음을 터트리자 쥐가 기다렸다는 듯 배까지 올라왔다. 아이들과의 간격은 이제 몇백 피트가량이었고 그는 최대한 연석에 바짝 붙어서 달렸다. 발을 내딛을 때마다 입에서 신음이 새어나왔다. 옅게 코팅한 렉서스 앞창 너머로 남자아이의 목덜미에서 떠날 줄 모르는 여자아이의 손이 보였다.

이미 일을 저지른 거야, 그는 중얼거렸다. 저 모습 좀 봐. 무슨 이유에서인지 모르지만 그런 생각을 하자 그는 현기증이 났다.

한순간이나마 그는 두 아이가 존경스러웠다. 서로가 서로를 보완하는 그림 같은 한 쌍이었다. 남자아이는 눈에 띄는 미남이었다. 라티프도 그 정도는 알 수 있었다. 하얗고 선이 가늘지만 계집애 같지는 않았다. 예상했던 것과 다르게 서투르지도 망설이지도 두려워하지도 않았다. 심지어 모친보다 더 미모가 출중해 보이는 건 자신만만해 보이기 때문인 것 같았다. 자신만만한 것을 넘어 고귀해 보였다. 여자아이는 그의 옷깃을 잡고 있다는 데 자부심을 느끼는 것 같았다. 그가 그녀를 죽이려고 했었다는 걸 아무도 짐작 못할 상황이었다.

바로 그때 여자아이가 뒤로 뱅그르르 돌더니 라티프의 눈을 똑바로 쳐다보았다. 남자아이는 아랑곳하지 않았다.

"거기서 꼼짝 마." 라티프가 외쳤다. 어리석고 헛된 몸부림이었다. 그가 렉서스를 돌아 나갔을 때 두 아이는 카페 밖 인파에 묻혀 보이지 않았고 그는 다시 똑바로 서서 눈을 깜빡이고 끙끙거리며, 사랑에 괴로워하는 취객처럼 비틀비틀 두 아이의 뒤를 쫓았다.

망할 놈들. 라티프는 비틀거리지 않으려고 안간힘을 쓰며 생각했다. 둘 다 운동을 잘할 것처럼 생기지도 않았건만.

카페를 지나자 인도는 금세 깨끗하게 비었고 두 아이는 생각보다 가까운 데 있었다. 스무 걸음쯤 될까, 마음만 먹으면 말을 걸 수 있을 만큼 가까웠다. 뭘 물어보면 되겠다, 그는 생각했다. 저 아이들한테 뭘 물어보자. 이름, 나이, 목적지, 좋아하는 항정신병약. 저 아이들의 리듬을 깨고 주의를 흩뜨려놓고 앞으로 어떻게 될 것 같은지 생각하게 만들자. 어떻게 될 것 같은지가 아니라 어떻게 되는지 생각하게 만들어야지. 그는 스스로 바로잡았다. 그는 파일럿 방송으로 끝난 쇼처럼, 시트콤에 등장하는 경찰관처럼 부자연스럽고 어색했다. 저 아이들은 안 그런데, 그는 생각했다. 저 아이들은 전혀 안 그런데. 누가 촬영이라도 하고 있는 것처럼 달리고 있잖아.

그럼에도 그가 우위를 점하는 듯했다. 아이들은 좀 전처럼 뚜렷한 목적의식을 가지고 기계적으로 움직이지 못했다. 여자아이는 좀더 자주 뒤를 흘끗거렸다. 그가 한 걸음 다가갈수록 그녀의 자신감이 약해졌다. 그녀는 남자아이가 알아차리지 못하게 그의 바로 뒤에 바짝 붙어 있었지만 불안해하고 지친 기색이 역력했다. 라티프는 서서히 그녀를 과소평가하고 규정하고 저절한 범주에 넣기 시작했다. 저 아이가 아직 깊이 빠진 건 아니야, 그는 중얼거렸다. 이제 생각하기 시작한 거지. 이 추격전이 끝나면 저 아이도 안심하겠지.

하지만 그는 이 새로운 사실에 환호하느라 남자아이를 잊고 있었다. 남자아이는 여자아이가 뒤돌아보는 것을 알아차리자 달리다 말고 몸을 틀어 그녀를 자기 쪽으로 끌어당겼다. 그뿐이었지만 그것으로 충분했다. 두 아이는 이제 다시 한몸이 되어 전보다 더 가뿐하게 잘 달렸고 여자아이는 그를 보며 고맙다는 듯 미소를 지었다. 두 아이는 단숨에 그리니치 가를 건넜다. 라티프의 발이 연석을 떠났을 때 여자아이가 그를 기억에 새기려는 듯 마지막으로 뒤를 돌아보았고, 그는 그녀의 이름을 불렀지만 그때는 이미 상황이 종료된 뒤였다.

서두를 필요 없다는 듯 정교하게, 질서 정연하고 부드럽게 의식이 돌아왔다. 그는 꼭 감겨 있던 눈을 천천히 떴다. 청록색 헬멧을 쓴 남자가 위에서 말을 하고 있었다.

"……검둥이가 말이지." 헬멧을 쓴 남자가 말했다. 그는 손을 내밀어 라티프의 블레이저를 움켜쥐었다. 상표를 읽으려고 하는 것 같았다.

"헬무트 랑." 라티프가 말하며 똑바로 앉았다. "컬렉션입니다."

"컬…… 뭐라고?" 남자는 헉 소리를 내며 게처럼 뒷걸음질을 쳤다. 산악용 자전거가 그의 뒤쪽 아스팔트에 서 있었다. 그는 쓸려서 닳은 스판덱스 반바지를 입고 있었고 두 팔은 팔꿈치까지 문신이 새겨져 있었다. 나이는 예순은 족히 넘어 보였다.

"아무것도 아닙니다." 라티프가 일어서며 말했다. 여전히 살짝 몽롱했다. 그는 배지를 보여주고 자신이 얼마나 길에 누워 있었느냐고 물었다.

"잘 모르겠는데." 남자가 칼칼한 목소리로 말했다.

"대강 짐작해보세요."

"한 일 분쯤?" 남자는 라티프가 멀쩡히 살아 있다는 데 기뻐했을지 몰라도 겉으로는 절대 티를 내지 않았다. "경찰 양반, 다음부터는 길을 건널 때 머리를……"

하지만 그때 이미 라티프는 일어서서 달리고 있었다. 통증이 다시 절정에 달했지만 어찌된 일인지 좀 전처럼 끈질기지는 않았다. 그는 두 블록 어쩌면 세 블록쯤 뒤처졌고 아이들은 10번가를 따라 서쪽으로 계속 달리고 있을 거라고 짐작했다. 그 추론이 맞다는 증거는 없었지만 지금 생각해봤자 소용없는 일이었다. 그러느니 차라리 길 위에 누워 있는 게 나았다.

얼마 안 있어 다시 머리가 어지럽기 시작했고 그와 더불어 무관심이 느릿느릿 고개를 들었다. 사고를 당하면서 어디 부딪힌 모양이군, 그는 중얼거렸다. 어딘가 삐딱해졌어. 그런 생각이 들자 그의 몸이 태엽을 감다 만 시계처럼 천천히 멈추려고 했고 햇빛에 지친 눈이 다시 감기려고 했다. 그 순간 가장 원하는 게 있다면 아이들을 그냥 보내는 것이었다. 피가 나는지 봐야겠다는 생각이 문득 들었고 거울을 보니 과연 피가 흐르고 있었다. 그는 JC페니에서 산 블레이저 주머니에서 보풀이 인 손수건을 꺼내 뒤통수에 댔다.

나는 루퍼스 화이트다. 문득 그 생각이 떠올랐다. 잠이 들 때 가끔 찾아오는 상념처럼, 정신분열증 환자들에게 계속 들린다는 환청처럼, 그 생각은 이상한 목소리로 아련하지만 끈질지게 그를 찾아왔다. 루퍼스 화이트. 그 목소리는 자못 다정하게 그 말을 반복했다. 루퍼스 화이트치고 그 정도면 훌륭하다고 말하는 듯했다.

그는 슈퍼마켓 앞에 앉아 그 목소리가 또 무슨 말을 할지 귀를 기울였다. 그날 아침까지도 그의 직업은 자신과 잘 맞는 느낌이었는데, 언제부터인가 그런 느낌이 사라지고 예전의 무력감이 그를 완전히 장악했다. 그 녀석 때문이야. 첫 번째 구역질이 파도처럼 강타했을 때 그는 생각했다. 남자아이와 바이올렛 때문이었다. 그는 사고가 원흉이라는 걸 알고 있었고 뇌진탕의 증상도 인식했지만, 사건 자체가 진짜 원인인 것 같았다. 익숙하게 느껴져야 하는데 그렇지가 않았다. 그 아이는 예전의 특수 실종자들과 달리 어딘가 모르게 균형이 맞지 않았고, 그 아이를 아는 사람들도 모두 삐딱했다. 여자친구, 담당 의사, 모친. 그중에서도 모친이 최고였다. 라티프는 지금 제대로 된 생각을 할 수 없다는 걸 알고 있었지만 그런 생각을 하는 동안 구역질이 잠잠해졌다. 가만히 있으면 그 녀석이 나도 바꿔놓을 거야, 그는 생각했다. 벌써 바꾸기 시작했는지도 모르지.

똑바로 앉아, 루퍼스. 그 목소리가 말했다. 졸지 말고. 이제 보니 자신의 목소리였다. 그의 또다른 이름이 완전히 떠난 게 아니라 일시적으로 가려져 있었던 것이다. 입천장에서 쇠 맛이 나자 어렸을 때 겪었던 여러 사고들이 생각났다. 그는 무릎을 가슴에 붙이고 얼마 전에 바이올렛이 그랬던 것처럼 머리를 축 늘어뜨렸다. 얼마 전에 그랬는지는 전혀 알 수가 없었다. 뭘 좀 마셔야겠는데, 그는 생각했다. 탄산수. 콜라. 물을 섞은 글렌피딕*. 루퍼스 라마크 화이트, 2계급 형사. 나이는 마흔여섯하고 육 개월. 슈퍼마켓 앞에 앉

---

* 영국의 고급 스카치위스키.

아 겸손하게 피를 흘리고 있다. 오른쪽 팔꿈치 밑에 하루 지난 〈포스트〉가 쌓여 있기에 한 부를 바닥에 펼쳐놓고 읽어보았다. 부대통령의 용종이 제거되었다. 온난전선이 접근 중이었다. 센트럴파크 저수지에서 끌어 올린 시체의 유방 보형물 일련번호를 추적한 결과 신원이 밝혀졌다.

시간이 지나자 기분이 나아졌다. 슈퍼마켓 주인은 여전히 보이지 않았다. 그는 한 손으로 얼굴을 쓸어내리고 고개를 천천히 뒤로 젖히고 날카롭고 얕게 호흡을 하며 지난 십오 분을 억지로 재생했다. 다중 노출을 한 사진처럼 모든 생각이 그 아이의 이미지로 얼룩졌다. 그는 여자아이의 말을 그대로 따를 만큼 고분고분해 보였다. 너무나 편안했고 너무나 차분했다. 그런 아이의 폭력적인 모습이라니 상상이 되지 않았다. 심지어 차량 속으로 뛰어들었을 때도 그 아이의 일부는 외따로 떨어져 가만히 서 있는 것 같았다. 그 아이의 모친도 그런 식이었지, 라티프는 생각했다. 그런 부동의 느낌이 있었지. 미인이기는 하지만 그게 이상해. 무슨 일을 하든 자기도 모르게 끝내잖아.

그는 그 아이가 어떤 모습으로 달렸는지 기억을 더듬었다. 뒤에서 봤을 때 모친과 완벽히 닮은꼴이었다. 물론 산만하고 팔다리가 제각각 놀아서 환자라는 사실이 부각되는 몸짓은 달랐지만 그로 인해 동질성이 더욱 강조되었다. 웬일인지 몰라도 구역질을 한 뒤로 그녀가 더 좋아졌다. 그녀에겐 리티프가 피고 들어갈 수 없는 신비로움이 있었다. 이다와 윌리엄 헬러. 바이올렛과 윌. 어떤 의미에서 두 사람은 서로 호환이 가능했다.

그녀는 아들을 가둬두고 싶어했지, 그는 생각했다. 자기 입으로 그렇게 얘기했잖아. 형기를 연장해달라는 진정서를 넣었다고.

왜 그랬을까?

바로 그때, 남자아이처럼 짧은 금발 하나가 맞은편 길모퉁이에서 햇빛을 받아 빛나며 상점들을 따라 보였다 사라졌다. 여자아이는 흔적도 없었지만 상관없었다. 그는 신문 더미와 문틀에 기대어 최대한 조심스럽게 몸을 일으켰다. 하지만 문이 끼익 소리를 내며 안으로 홱 열리는 바람에 벌떡 일어설 수밖에 없었다. 차량들 위로 금발이 확 눈에 띄었다. 흑백 벌판에 단 하나뿐인 금빛이었다. 그는 종교 행렬에 참가한 사람처럼 그 머리와 보조를 맞추며 걸었다. 또 우스운 비유를 들고 있군, 그는 중얼거렸다. 그는 이를 갈며 허리를 똑바로 펴고 병적으로 정확하게 한 발 그리고 또 한 발 옮겼다. 그 아이가 아니라 바이올렛이라는 걸 안 뒤에도 그녀의 이름을 부르거나 잡지 않았다. 길이 전보다 더 넓게 느껴졌고, 제정신인 사람이라면 겁이 날 만큼 수위가 최고에 달한 강물 같았다. 그는 10번가와 워싱턴 가가 만나는 모퉁이에서 드디어 용기를 그러모아 조심스럽게 차량 속으로 끼어들었다. 피가 덕지덕지 묻은 손수건이 뒤통수에 매달려 있다는 걸 깨달은 것은 길을 반쯤 건넜을 때였다.

그때쯤 그녀도 그를 보았는지 걸음을 멈추고 그가 비틀비틀 걸어올 때까지 기다렸다. 그는 처음 만난 순간부터 그때까지 그런 식으로 그녀의 처분을 바라기는 처음이었다. 그녀는 둘이 마지막으로 만난 곳이 어디였는지 기억을 더듬는 것처럼 소매로 햇빛을 가리고 그를 열심히 관찰하고 있었다. 조금 있으면 느긋한 그녀 때문에 당황하고 더 불안해지겠지만 그 순간만큼은 그녀의 인내심이 고마웠다. 머리가 잘못 맞춰진 듯 몸과 따로 놀았고 땅바닥은 흐릿하고 물컹물컹했다. 뭐든 액면 그대로 해석하는 수밖에 없었다. 그가 세상에 바라는 것이라고는 가만히 있어주는 것밖에 없었다.

원통해하는 기색을 보일 줄 알았는데, 적어도 낙담하는 기색이라도 보일 줄 알았는데 그녀는 걱정 없이 평온해 보였다. 그가 옆에 가서 서자 그녀는 미소를 지으며 다정하게 팔을 잡았다. "피가 나요." 그녀가 콧잔등을 찡그리며 말했다. 셔츠에 묻은 잉크 자국이라도 가리키는 듯한 말투였다.

"자전거에 치였습니다."

"네." 그녀가 차분하게 말했다. 그녀는 그를 붙잡아 세우고 뒤통수에 붙어 있던 손수건을 떼어주었다. "병원에 가봐야겠어요."

"몸은 좀 어떻습니까?"

"괜찮아요, 형사님. 안 괜찮을 이유가 없잖아요."

"그야……" 그는 말을 하려다 말았다. 이상하게 조심스러웠다. "아까 그렇게 쓰러졌잖습니까. 그래서 몸이 안 좋은가보다 했죠."

"형사님 걱정부터 먼저 해야겠어요. 걸을 수 있으세요?"

그는 신고인에게서 걱정하는 말을 듣는 게 낯설었고, 상대가 그녀라 더욱 견디기 힘들었다. 그는 잡힌 팔을 최대한 다정하게 뺐다. "헬러 씨, 천식이나 현기증 같은 증상이 있으면……"

그녀는 기분 좋게 고개를 저었다. "천식도 없고 현기증도 없고 성홍열도 없어요. 제 아들을 놓친 지 얼마나 됐어요?"

올 게 왔구나, 라티프는 생각했다. 그는 신발 속에서 발가락이 움츠러드는 느낌에 고등학생처럼 발을 내려다보며 어떻게 대답하면 좋을까 열심히 고민했다. "오 분이요." 이윽고 그가 말했다. "십

분일지도 모르고요."

"괜찮아요, 형사님." 그녀는 담배를 꺼내 불을 붙였다. "아이들이 어디 있는지 알아요."

그는 이번에도 한참 뒤에야 대답을 할 수 있었다. "어떻게 아십니까?"

그녀는 미소를 지으며 어깨를 으쓱했다. "강으로 갔어요."

"강으로요." 라티프가 말했다.

"네."

그는 설명을 기다렸지만 헛수고였다. "어느 강 말입니까, 헬러 씨? 이스트? 허드슨?" 그는 그녀를 곁눈질했다. "설마 할렘은 아니겠죠?"

"허드슨이 제일 가깝죠." 그녀가 진지한 목소리로 대답했다.

"왜 진작 알려주지 않으셨는지 여쭈어봐도 될까요? 그랬더라면……"

"진작 말씀드릴 수가 없었어요." 그녀는 다시 그의 팔을 잡았다. "그냥 퍼뜩 생각이 난 거예요."

그는 시무룩한 얼굴로 고개를 끄덕이면서 넥타이를 살짝 풀었다. 그의 실수를 아무렇지 않게 받아들이는 그녀를 보고 다행스러워해야 맞는 일이었다. 두 사람은 벌써 휴스턴 가 끝에 있는 주차장과 부두를 향해 서쪽으로 걷기 시작했다. 그녀의 움직임으로 보건대 서두를 필요가 없었다.

"이유를 물어도 될까요?" 한참 만에 그가 물었다.

"무슨 이유요?"

"두 아이가 왜 강으로 갔을까요?"

그 질문에 그녀는 즐거워하는 눈치였다. "윌의 할아버지가 아이를 재울 때 이야기를 들려줬어요. 그중에서 제일 자주 들려주던 게 지하 도시 이야기였는데, 크기는 정확히 맨해튼만 하고 거꾸로 되어 있고……"

"거꾸로요?"

그녀가 입을 오므렸다. "'거꾸로'라고 하면 안 되겠네요. 뒤집혀 있다는 게 맞겠네요. 맨해튼에서 제일 높은 곳이 거기서는 제일 깊은 곳이에요." 그녀는 그가 제대로 이해했다는 확신이 들 때까지 기다렸다 다시 말을 이었다. "그 도시에도 무사쿼타스라는 강이 있죠. 윌도 지어낸 이야기라는 걸 알고 있었지만 아버님은 늘 진짜라고 우기셨어요." 그녀는 앞으로 가자고 재촉하는 건지 넘어지지 않게 붙잡으려는 건지 모르겠지만 다시 라티프의 팔을 잡고, 그로서는 해석이 불가능한 표정을 지었다. "무사쿼타스는 웨스트 사이드 고속도로에서 밖으로 나와요."

라티프는 숨을 들이쉬었다. "하지만 그, 미사쿼럼에……"

"무사쿼타스요." 그녀는 참을성 있게 바로잡아주었다.

"아드님이 지금 왜 거기로 갈까요?"

"당연하지 않은가요? 에밀리를 다시 만났지만 불안하잖아요. 그 아이를 데리고 지하로 들어가고 싶을 거예요."

라티프는 은신처로 쏜살같이 뛰어 들어가는 쥐가 떠올랐고 표징을 감추기 위해 고개를 돌렸다. 그녀의 논리가 사당치도 않은 것 같았지만 그는 훌륭하다고 믿기로 했다. 이 여자가 그 아이의 어머니인 걸 잊지 말자고, 그는 생각했다. 어머니와 아들은 어느 시기까지는 똑같이 생각하게 되어 있잖아. 그는 더 아무 말 않고 그녀의 침착한 모습에 놀라워하며 그녀가 이끄는 대로 움직였다. 이 여자를 좀 봐, 그는 중얼거렸다. 다음 모퉁이만 돌면 아들을 찾을 수 있다고 철석같이 믿고 있잖아. 나는 의견이 다를 수도 있다는 걸 상상도 못 하는 얼굴이군.

그는 의견을 달리하지 않았다. 아주 잠깐 걸음을 멈춰 그녀를 상대할 마음의 준비를 하면서 머릿속을 정리한 다음 손수레처럼 그녀에게 끌려갔다. 아무리 확신하고 있다 해도 그녀의 망설임 없는 태도, 정확하고 느긋하고 너무나 찬찬한 걸음걸이에는 뭔가 앞뒤가 맞지 않는 구석이 있었다. 아들에 대한 애착이 강한 거야, 그는 생각했다. 자기 입으로도 그렇게 이야기했잖아. 그때는 내가 미처 이해를 못했던 거지.

웨스트사이드 고속도로에 도착했을 때 마치 큐 사인이 떨어진 것처럼 신호등이 파란불로 바뀌었고, 그녀는 사뿐사뿐 여섯 걸음만에 시 외곽으로 향하는 차로를 건넜다. 그녀는 이제 그를 끌고 가다시피 하며 한결 더 과감하게 움직였다. 그의 부상은 잊은 것 같았다. 그녀의 두 눈은 멀지도 않고 가깝지도 않은 곳에 초점을 맞춘 채 좌우로 재깍재깍 움직이며 관련 사항들을 하나도 놓치지 않았다. 그녀는 시내로 향하는 차로를 스스럼없이 건넌 다음 옷깃을 세우고 우아하고 침착하게 가까운 연석에 섰다. 강에서 바람이 불어오자 손을 들어 막았다. 그들 곁을 줄지어 지나가는 사람들을 훑고 있다기보다 미리 잡아놓은 약속 상대를 기다리는 것 같은 분위기였다. 아들이 자기를 찾아올 거라고 생각하는군, 라티프는 미심쩍어하며 생각했다. 통증과 구역질은 거의 사라졌고, 이유 없이 나른하고 몸이 무겁고 움직이기 싫은 증상이 그 자리를 대신했다. 사고를 당해서 이렇게 힘이 없다고, 머리에 상처가 생기고 피를 흘리고 어쩌면 뇌진탕을 일으켰기 때문이라고 변명하고 싶었지만 사실은 사고가 나기 전부터 그런 기분이었다. 그는 처음부터 아이들을 놓칠 걸 알고 있었다. 아이들을 잡겠다고 결심할 수가 없었다. 그는 지금도 결심을 하지 못한 상태였다.

"저기 보이네요." 바이올렛이 말했다.

그녀의 시선을 좇아가보니 소풍 나온 가톨릭학교 학생들 같은 아이들이 보였다. 생김새와 연령대가 다양한 여자아이들이 똑같은 체크무늬 옷을 입고 뉴저지에서 강 건너편을 구슬프게 바라보고 있었다. 날씨에 비해 너무 두툼한 누빔 외투를 입은 인솔 교사가 아이들에게 무언극처럼 손짓으로 의사를 전달했다. 저 여자는 도대체 뭐라고 이야기하는 걸까, 그는 생각했다. 그 여자의 뒤에는 터널 환풍구 말고 아무것도 없었다. 그는 어느 정도 시간이 지난 뒤에야 두 아이를 발견할 수 있었다. 보이는 것이라고는 머리뿐이었지만, 새까만 머리와 금발이 남쪽을 바라보고 있었다. 바이올렛은 충돌에 대비라도 하려는 것처럼 머리를 숙이고 얇은 외투를 펄럭이며 이미 전속력으로 질주하고 있었다. 두 아이는 학생들 끝에서 인솔 교사를 무시한 채 꿈을 꾸듯 서로에게 머리를 기대고 있었다. 맨해튼 남부의 건물들을 멍하니 응시하는 듯했다. 울워스 빌딩일까 아니면 그라운드제로* 건설 현장일까? 윌이 그 여자아이를 데리고 지하로 가고 싶어하는 줄 알았는데, 라티프는 바이올렛을

---

*2001년 9월 11일 테러로 붕괴된 세계무역센터를 말한다.

따라가느라 진땀을 흘리며 생각했다. 하지만 그 순간 그는 그 아이들이 그 아이들이 아닌 걸 알아차렸다.

아이들 근처에 다다랐을 때 그가 그녀의 이름을 불렀지만 소용없었다. 그는 그녀의 표정을 보지 못했지만 여학생들의 반응으로 미루어 알 수 있었다. 누빔 외투를 입은 여자가 코르크 마개가 열리는 듯한 소리를 내며 바이올렛의 소매를 잡으려고 손을 내밀었지만 이미 엎질러진 물이었다. 아이들은 비명을 지르거나 욕을 퍼붓거나 그 자리에 얼어붙은 채 멍하니 지켜보았다. 바이올렛은 둘 중에서 가까운 쪽에 있던 아이의 옷깃을 잡고 체크무늬 치마와 짧게 깎은 금발을 번갈아 쳐다보며 짐승처럼 믿을 수 없다는 표정을 짓고 있었다.

"경찰입니다." 라티프는 큰 소리로 외치며 배지를 찾았지만 허사였다. 바이올렛은 느릿느릿 뭐라고 중얼거렸다. 횡설수설하나 싶었더니 독일어였다. 그녀는 이제 멍하니 맥이 풀린 눈빛으로 머리를 까닥이고 있었고 그녀에게 붙잡힌 여자아이도 똑같이 따라 하는 듯했다. 드디어 배지를 찾은 라티프는 깃발처럼 머리 위로 높이 들고 최대한 신뢰가 갈 만한 목소리로 "경찰입니다"를 반복했다. 그에게 주목한 사람은 인솔 교사 한 명뿐이었다. 그녀는 그가 음탕한 수작이라도 건 것처럼 홱 몸을 돌리더니 뺨을 정통으로 때렸다.

"바이올렛." 라티프가 인솔 교사를 옆으로 밀치며 말했다. "바이올렛, 아이를 놓아줘요. 얼른요."

그녀가 뻣뻣하게 고개를 숙이자 남자아이처럼 짧은 그녀의 금발이 여자아이와 비슷한 높이에 놓였고, 그의 눈에 듬성듬성 흰머리가 보였다. 그녀가 그렇게 어려 보이는 게 이상하다는 생각이 처음으로 들었다. 그녀는 투항하는 사람처럼 고개를 숙인 채 여자아이를 놓아주었다. 그녀의 아랫입술에서 피가 나는 듯했다. 땅이 무너지기라도 한 것처럼 그녀가 주저앉자 여학생들이 뒤로 물러섰다. 라티프는 그녀의 팔을 잡고 어색하게 그들 옆을 지나갔다. 그 순간에는 그도 그녀가 무서웠다.

"형사님, 집에 가고 싶어요." 그녀가 나지막이 말했다. "형사님의 전기 자동차로 저 좀 태워다주시면 안 될까요?"

"어떤 일들이 있었는지 얘기해줘." 에밀리가 말했다. 라와 반올림 도가 그녀의 말허리를 잘랐고 열차 문이 그녀의 등 뒤에서 닫혔다. "그 시설에서 어떻게 지냈는지 얘기해줘."

로우보이는 그녀를 곁눈질했다. "그 학교에서 어떻게 지냈느냐고?"

"헬러, 사실 학교가 아니었잖아. 안 그래?" 그녀는 눈을 동그랗게 뜨고 그를 놀렸다.

"말하고 싶지 않아."

"지루하지는 않았을 것 같아." 그녀는 입을 벌린 채 잠깐 물끄러미 그를 바라보았다. "지루하지는 않았지, 그렇지?"

"이도저도 아니었어."

"헬러, 얘기해주는 게 좋을걸? 안 그러면 말할 때까지 괴롭힐 거야."

그들은 시내로 향하는 6호선에 타고 있었다. 그전에는 셔틀과 C선과 브루클린으로 가는 F선을 탔다. 로우보이는 그녀 뒤편의 금이 간 유리창 너머로, 아쉬워하며 지나가는 허공을 쳐다보았다. 열차와 터널 사이의 빈 공간은 지구상에서 가장 죽은 공간이었다. 그곳에서는 아무 일도 벌어질 수 없었다. 적어도 밋밋한 시간에는 학교도 그런 곳이었다. 무(無)를 에워싸고 불을 환히 밝힌 백 개의 방.

"요즘도 스키피 패드먼이랑 사귀어?"

그녀의 입이 찰칵하는 소리를 내며 닫혔고 두 눈은 머리 뒤로 돌아갔다. "개랑 사귄다고 누가 그래?"

그는 미소를 짓고 어깨를 으쓱했다.

그녀는 가운뎃손가락을 들어 보였다. "스키피 패드먼은 개망나니에 사기꾼이야."

"그 말을 영국식 억양으로 다시 말해봐."

"아까 그게 영국식 억양이었어, 바보야."

그는 손을 뻗어 그녀의 셔츠 뒷자락을 청바지 속에 넣어주었고, 그녀는 그런 그를 가만히 내버려두었다. 그녀의 이목구비가 분명하고 특별하고 실감 나게 느껴졌다. 그녀의 왼쪽 손톱은 물어뜯길 대로 뜯겨 자주색의 조그만 마름모꼴이 되어 있었다. 오른쪽 손톱은 핏빛으로 칠해져 있었다.

"스키피네 밴드 이름이 뭐였지?" 그는 열심히 기억을 더듬었다. "맨지나였나?"

그녀는 웃음을 터트렸고 관자놀이 주변이 파랗게 변했다. 사람들은 대부분 빨개지는데 그녀는 달랐다. "헬러, 그 자식을 무시할 생각은 하지 마. 스키피를 무시하면 안 돼. 스키피는 열댓 명을 상대해서 모두 기절시킨 인간이야."

그는 유리창에 비친 새 옷을 유심히 뜯어보았다. 다른 사람이 그것들을 입고 있는 것 같았다. "밴드 이름이 뭐지?"

"프리아푸시*."

이 말에 그가 아무 대꾸도 하지 않자 그녀는 한층 더 파래진 얼굴을 하고 열차 안을 계속 위아래로 흘깃거렸다. "펑크 밴드잖아. 그런 밴드들은 원래 이름이 그런 식이야." 그녀는 천천히 숨을 내쉬며 눈을 감았다. "장난 비슷한 거야. 장난이지. 스키피도 밴드 이름이 후지다는 거 알아."

그는 그녀의 넓적하고 왈가닥스러운 손을 잡았다. "이름 근사한데? 의미가 있잖아." 그는 유리창에 비친 자기 모습을 보며 진지하게 고개를 끄덕였다. "스키피한테 페니스 말고 다른 게 또 달려 있다는 뜻이잖아."

그녀의 눈초리가 다시 올라갔다. "뭐라고?"

"스키피는 혼자서 섹스할 수 있겠다. 해삼처럼 말이야."

"좋겠네."

"나한테 그런 능력이 있으면 세상을 구할 수 있는데."

그녀는 이유를 묻지 않고 대신 웃음을 터트렸다. 그는 유리창에서 등을 돌리고, 웃음이 그녀의 늑골과 추골을 흔들고 이에서 트랜지스터라디오처럼 윙윙 딸깍딸깍하는 소리가 나게 만들며 그녀를

---

* 그리스 신화에서 남성의 생식력을 상징하는 프리아포스 신의 이름 뒷부분을 여성 혹은 여성의 생식기를 뜻하는 '푸시'로 바꾼 것.

관통하는 것을 지켜보았다. 그녀는 그와 상관없는 대화 내용이나 객차 구석에 있는 뭔가 때문에 웃는 사람처럼, 심지어 다른 칸에 있는 사람처럼 느껴졌다. 그로서는 혼란스러울 따름이었다. 그는 웃음이 그녀의 몸 밖으로 쏟아져나오는 것을 지켜보고, 그녀가 숨을 쉴 때마다 두 사람 사이의 공기가 부르르 떨리는 것을 느끼며 끈기 있게 기다렸다. 그녀의 숨결에서는 아무런 냄새도 나지 않았다.

"왜 웃는 거야?"

그녀는 당장 웃음을 멈추었다. "미안. 웃어야 하는 거 아니었어?"

"에밀리, 모든 게 끝날 거야. 모든 게 멈출 거라고."

그녀는 입술을 깨물고 그를 물끄러미 쳐다보았다. 그러다 팔짱을 끼고 고개를 끄덕였다. "언제?"

그는 정확한 시간을 알려주고 싶었지만 무언가가 그를 가로막았다. "조만간." 그는 목소리를 좀더 부드럽게 바꾸고 다시 말했다. "얼마 안 남았어. 오늘이야."

"알았어." 그녀는 양손을 뒷주머니에 넣었다. "알았어. 오늘이라 이거지?"

그 뒤로 세 정거장을 지나는 동안 둘 다 아무 말도 하지 않았다. 로우보이는 딱딱하고 진지한 표정을 짓고 있었지만 속으로는 그녀가 그를 믿어주었다는 데 말로 표현할 수 없을 만큼 기뻐하고 있었다. 그녀는 예전부터 항상 그를 믿어주었고 단 한 번도 그를 환자 취급한 적이 없었지만 이번에는 그 덕분에 모든 게 달라졌다. 그는 그녀의 옆으로 바짝 다가갔고 열차의 브레이크 소리가 두 사람을 흔들리는 소음의 장막으로 감싸도록 내버려두었다. 장막 안은 밝고 고요했다. 깊이를 잃은 그녀의 눈은 더는 반짝이지 않았고 잠을 자는 것처럼 이마가 실룩거렸다. 그녀는 그가 있는 쪽으로 몸을 기울이지도 멀찌감치 빼지도 않았다. 마지막으로 이렇게 둘이 섰을 때는 에밀리가 나보다 키가 컸는데, 그는 생각했다.

"저것 좀 봐." 잠시 후 그녀가 말했다. "저 웃긴 태그*들 좀 봐."

그는 뭘 보고 하는 말인지 알아보려고 고개를 돌렸다. 청록색 글자들이 튜브에서 짜낸 치약처럼 흘러나오고 있었다.

"잘 안 보여." 그가 말했다. "무슨 뜻인지 모르겠어."

"그냥 사람 이름이야. 사인 같은 거지. 아무 뜻도 없어."

"무슨 뜻이 있겠지." 그는 글자들이 동그랗게 감기고 얽히고 주르르 미끄러지는 것을 지켜보았다. "무슨 뜻이 있을 거야."

두 사람은 마지막 글자가 사라질 때까지 바라보았다. "헬러, 나랑 자려는 게 그 때문이야?" 그녀가 나지막이 물었다. "내가 널 도와서 세상을 구해야 하는 거니?"

그녀의 말투가 경계심을 불러일으켰다. 그리고 다른 사람이 들을 수도 있었다. 그는 요란한 은빛 햇살 사이로 실눈을 뜨고, 반쯤 비어 있는 객차를 어깨 너머로 쳐다보며 천천히 인구조사를 했다. 여자 일곱, 남자 여섯, 성별을 알 수 없는 사람 하나. 아무 의미 없는, 판에 박힌 얼굴들의 행렬. 그들의 대화에 귀를 기울이는 사람은 아무도 없었다. 그는 에밀리를 내려다보며 미소를 지었고 만족스러워하며 그녀를 가까이 끌어당겼다. 우물 바닥에 있다 한들 그보다 더 안전할 수 없었다.

---

* 그래피티 아티스트의 서명.

열차가 덜커덩거리며 철로를 바꾸었다. 에밀리가 그의 어깨에 머리를 기댔다. 그는 눈을 크게 떴다. 통로 한가운데에서 살색의 번들거리는 무언가가 부들부들 떨며 반짝이고 있었다. 그는 그게 뭔지 정체를 파악하려 애썼다. 다른 승객들 눈에는 안 보이는 모양이었다. 그는 좀더 가까이서 보려고 몸을 숙였고 좀더 잘 볼 수 있게 눈을 가늘게 떴다. 녀석은 그가 지켜보는 가운데 보일락 말락하게 몸을 움츠렸다.

저게 뭘까, 로우보이는 생각했다. 저게 도대체 뭘까. 다시 보니 살색이 아니었다. 화려한 핑크색인데, 개코원숭이 궁둥이 주변의 피부처럼 겹겹이 때가 묻어 있었다. 그것은 열차의 진동에 따라 몸을 떨었다. 푸딩이나 가정용 페인트나 라텍스 그것도 아니면 고양이가 집 안으로 물어올 만한 어떤 것이었다. 사람 몸에서 나온 것일 수도 있었다. 볼펜 뚜껑과 종이 집게 들이 황소 잔등에 꽂힌 단검처럼 여기저기 박혀 있었다.

"헬러, 어쩔 생각이야?" 에밀리가 중얼거렸다. 그녀의 얼굴은 자신이 사준 그의 스웨터 속에 파묻혀 보이지 않았다. "잡히면 어떡할 거냐고."

"도망칠 거야."

"멀리 가지 못할 텐데."

"640달러가 있어."

그녀가 그를 떠밀었다. "어니서 난 거야?"

그는 씩 웃으며 한 손가락을 자기 입술에 댔다.

"미치겠네." 그녀는 주먹으로 이마를 세게 눌렀다. "이미 이상한 쪽으로 흘러가고 있구나? 벌써 개판이 되고 있어."

"나도 그렇게 생각했어." 그가 말했다. "그런데 지금은 잘 모르겠어."

그가 대답하는 사이 열차가 유니언 광장에 도착했다. 하고많은 곳들 중에 여기네, 그는 생각했다. 터널 속 469개 정거장 중에서 여기. 신호 중의 신호이자 전조이자 반쯤 잊고 있었던 소명을 일깨워주는 것이었다. 제일 앞 칸에 탄 그들 옆으로 정거장 전체가 지나갔고, 에밀리는 유리창을 등지고 서 있었다. 그녀는 두 눈을 꼭 감고 있어도 괜찮았다. 그가 눈을 크게 뜨고 에밀리 몫까지 모든 걸 바라보았다. 1층과 2층 사이 중2층, 검댕투성이 타일, 누군가를 부르는 두툼한 손가락처럼 생긴 승강장. 늘 그렇듯 갑자기 꺾이는 곳에 승강장을 만든 이유가 궁금해졌다. 시의원들이 신중하고 소심한 사람들답게 모든 부분을 더할나위없이 꼼꼼하게 설계했지만 그곳만큼은 예외였다. 그곳 승강장은 실수를 감추기 위해, 불가능한 일에 도전하는 것인 듯, 홈이 있고 로봇처럼 생긴 발을 슬그머니 내밀며 열차를 맞이했다.

"재미있는 얘기 하나 해줄까?" 에밀리가 말했다. "여기에서 있었던 사고를 너 때문이라고 생각한 적은 한 번도 없었어. 어떤 식으로든 벌어졌을 일이라고 생각했지." 그녀는 그를 쳐다보았다. "네가 나를 승강장에서 떠밀기는 했지만."

"내가 승강장에서 떠민 거 아니야." 그가 부드러운 목소리로 말했다.

"뭐?"

"내가 승강장에서 떠민 거 아니라고."

그녀의 얼굴이 뭐라 표현할 수 없는 색으로 변했다. "헬러, 그런 식으로 말하지 마." 그녀가 중얼거렸다. "나한테 그런 식으로 말하지 마."

그는 고개를 외로 꼬고, 굳게 다문 그녀의 까칠한 입술에 능수능란하고 느긋하게 입을 맞추었다. 그녀의 몸은 꼼짝하지 않았지만 입술은 그가 기억하는 그 입술이었다. 열차는 들어섰을 때처럼 매끄럽게 정거장을 출발했고 사고가 벌어졌던 그 지점을 말없이 미끄러져 지나갔다. 그녀가 그의 팔짱을 꼈던 곳에 이제는 한 여자가 서서 엄지와 중지로 코를 후비고 있었다. 에밀리도 알아차렸나 싶어 내려다보니 손으로 얼굴을 가리고 있었다.

"에밀리, 열차가 다시 출발하고 있어. 터널 안으로 다시 들어가고 있어. 이 열차는 최대 수용 인원이 180명인데, 지금은 승객이 그 절반도 안 돼. 그래서 자리가 넉넉해. 지금 여기는 라피엣 가랑 9번가 지하야. 인도에서 정확히 15피트 밑이야. 에밀리, 예전에 이 노선에 배치된 열차들 별명이 빨간 새였던 거 기억해? 서로 적당한 간격을 유지할 수 있게 빨간색으로 칠했기 때문이었지. 그 열차들이 예전 IRT 노선*을 담당했잖아. 2호선, 4호선, 5호선, 6호선 그리고 7호선을. 그런데 그 열차들이 지금은 어떻게 됐는지 알아? 바닷속으로 들어갔어. 바지선에 실려서 40피트 바닷속으로 버려져 모래톱이 됐어. 해저 모래톱이 된 거야, 에밀리. 자크 쿠스토처럼. 우리가 나란히 앉았던 자리에서 이제는 물고기들이 헤엄치지. 기관실에는 상어가 있고 운전석에는 오징어가 있고. 재미있지 않

---

* 뉴욕 시 대중교통국이 운영하기 전, 개통 초기에 IRT 사(社)가 운영하던 지하철 노선.

아? 농담 같지 않아?"

그는 그녀를 끌어안았고 그녀는 가만히 있었다. 그는 그녀의 정수리에 턱을 가볍게 얹고 유리창 밖에서 움직이는 것들을 물끄러미 쳐다보았다. 문설주와 그 너머로 콘크리트 벽이 보였고 콘크리트와 문 사이에 서 있는 그의 모습이 보였다. 그 사각지대에서 에밀리를 안고 있는 그의 모습이 보였다. 바닷빛 타일과 적갈색 비버가 있는 애스터 플레이스 역, 연두색 벽돌의 블리커 가 역, 납작한 모자이크 그림 문자가 있는 커낼 가 역이 지나갔다. 반올림 도와 라 음이 울렸을지 몰라도 그는 듣지 못했다. 정거장을 하나씩 지날 때마다 열차는 점점 비어서 마침내 바퀴가 레일 위를 떠다닐 만큼 가벼워졌다. 차량 내 기온은 72.7도였다.

얼마 지나지 않아 두 사람만 남았다. 열차 안에는 아무도 없었다. 스피커에서 소리가 들렸지만 무시했다. 듣지 않아도 종점에 도착했다는 걸 알 수 있었다.

"여기 어디야?" 에밀리가 자고 있던 것처럼 눈을 비비며 물었다.

"시청."

그녀는 텅 빈 열차를 보며 근시안처럼 눈을 깜빡였다. "그럼 내려야겠다. 여기가 마지막 역이잖아."

"내리지 않을 거야, 에밀리. 계속 있을 거야."

"왜? 그럼……"

"쉿." 그는 그녀의 팔을 잡고 구석으로 데리고 갔다. "내 옆에 앉아. 고개 숙이고."

"그러다 붙잡히려고? 차장이……"

반올림 도와 라 음이 그녀의 말허리를 잘랐다. 전보다 더 시끄럽고 단호했다. 또다른 징조였다. "다른 데 갈 거야." 그가 말했다.
"너도 가보면 마음에 들 거야."

그녀는 그를 물끄러미 쳐다보다 그의 의심이 피어오르기 전에
고개를 돌렸다. 그는 그녀가 애틋하게 느껴졌고 의심은 그의 머릿
속에서 설 자리를 잃었다. 그의 머릿속은 도자기처럼 차갑고 매끄
러웠다.

"나는 아직 붙잡힐 준비가 안 됐어." 그녀가 말했다. "헬러, 내
말 듣고 있는 거야?" 그녀는 그의 셔츠 소매를 잡았다. "응? 뭘?"

그의 이름을 부르는 그녀의 목소리가 감미로웠다. 열차가 텅 빈
채로 어설프게 다시 움직이기 시작했다. 그것의 존재 이유가 두 사
람에게 달려 있었다. 두 사람이 있기에 열차가 열차일 수 있었다.
그는 밤늦은 시각, 매미 허물처럼 텅 빈 몸으로 희미한 흔적을 쫓
아 구슬픈 순환선을 도는 열차를 그려보았다. 그런 생각을 하자 머
리가 어지러웠다. 그는 화염에 휩싸여 숯이 되고 창자가 다 드러나
고, 깨지기 쉬운 달걀처럼 변한 세상이 전자동 차처럼 궤도를 도는
모습을 상상해보았다. 아크등도 없고 안전선도 없고 정거장도 없
다. 승객도 없다. 그의 눈동자가 뒤로 돌아갔고 별들이 어지럽게
수놓은 죽은 미래가 보였다. 그는 미래의 일부이기는 했지만 한 줄
기 성간가스에 불과했다. 그 어디에도 생명체는 없었다. 더는 터널
도 없었고 서두를 이유도, 소명도, 어떤 희생도 필요 없었다. 끝없
는 우주와 지식뿐이었다.

"헬러, 이것 좀 봐! 창밖을 봐!"

그의 두 눈이 천천히, 하는 수 없이 세상으로 돌아왔다. 왼쪽 창
밖은 캄캄하고 고요한데, 오른쪽 창밖에서는 반짝이는 햇살이 비

추는 무덤이 펼쳐졌다. 빨간색, 초록색, 적갈색 타일이 붙은 둥근 천장이 인적 없는 계단 위로 엄숙하게 아치를 그리고 있었다. 환기 구는 아무도 모르는 도시를 향해 솟았다. 그 선사시대 같은 광경은 열차의 불빛에도 가려지지 않았다. 배의 허리처럼 벽에서 물이 흘 렀다.

"헬러, 이게 뭐야?"

"옛날 시청 역." 그의 귀에 대답하는 자신의 목소리가 들렸다. "너를 데리고 오고 싶었던 데가 바로 저기야. 1945년에 폐쇄된 역 이지."

"그래." 그녀가 쉰 목소리로 말했다. "그래. 저기로 데리고 가 줘." 그녀의 두 손이 유리창에 손바닥 자국을 남겼다.

그는 자리에서 일어섰고, 열차가 기나긴 반환점을 비스듬히 도 는 동안 이 칸에서 저 칸으로 그녀를 인도했다. 그녀는 다시 장난 기 어린 모습으로 돌아가 애교를 떨며 강철문들을 지나 달렸고 그 가 따라온 것을 보고 매번 놀란 척했다. 이걸 선물이라고 여기는구 나, 그는 생각했다. 애정의 표시라고 생각하는구나. 그녀에게 할 말이 많다는 생각이 문득 뇌리를 스쳤다. 이제 보니 그녀는 아는 게 거의 없었다. 그가 소명에 대해 넌지시 비쳤을 때 그녀가 터트 렸던 귀에 거슬리던 그 신경질적인 웃음소리가 생각났고, 그에 의 해 웃음이 잘렸을 때 지었던 표정도 생각났다. 못 믿겠다는 표정이 었다. 그는 갑자기 혼자 있고 싶어졌다.

하지만 그는 혼자가 아니었다. 열차는 빛과 열기와 소음으로 가 득했다. 그리고 그 소음의 뒤와 밑에서 여러 목소리가 들렸다.

그들은 처음에 바스락거림으로 시작했다. 스피커와 출입문을 우회하며 바닥에서, 리놀륨과 나뭇결 뒤에서 올라왔다. 그들은 큰 소리로 자신의 등장을 알리지 않았다. 처음에는 옆방에서 들리는 대화처럼, 영혼의 교감처럼 늘 조용했다. 그들은 처음에 바스락거림으로 시작했지만 얼마 후 세 가지 소리가 또렷하게 들렸다. 기관이 윙윙 돌아가는 소리, 그의 숨소리, 열차가 덜커덩덜커덩 요동하는 소리였다. 그의 이름은 등장하지 않았다. 라디오를 켤 때 그렇듯 들리는 소리가 매번 달라지기 마련이었지만, 예전의 익숙한 느낌은 흔적도 없이 사라져버렸다. 그 대신 슬픔과 일종의 조바심이 느껴졌다. 세상의 종말은 단 한 번도 거론되지 않았다. 하지만 다른 화젯거리가 있을 수 없었다.

그렇기 때문에 실행으로 옮겨야 할 시간이었다. 젤리 롤 모턴의 노래처럼 "일어나서 사랑을 고백"해야 할 시간이었다. 그는 가장 마지막 칸의 문을 열고 훅하니 밀려드는 터널의 열기 속으로 발을 내딛었다. 깜짝 놀란 공기가 그의 얼굴과 귀를 때렸다. 이제 얼마 안 남았어. 그렇게 생각하자 마음이 조금 차분해졌다. 이제 잠시 후에 시작될 거야. 일어나. 일어나. 일어나서 사랑을 고백해. 다음 문을 열어보니 에밀리가 차장과 함께 기다리고 있었다.

"거기 있었구나." 에밀리는 그를 만난 게 반가운 얼굴이었다. "우리, 여기에 타고 있으면 안 되나봐."

"그런 모양이네." 로우보이가 말했다.

차장은 오른쪽 눈 위에 조그만 밴드를 두 개 붙인, 적당한 몸집의 남자였다. 피부가 시체처럼 회색이 도는 분홍색이었고 밴드도 정확히 같은 색이었다. 일부러 저런 걸까? 로우보이는 궁금해졌다. 밴드를 주문 제작한 걸까?

목소리들은 가타부타 말이 없었다.

"내 열차에 왜 타고 있는 거니?" 차장이 물었다. 그는 왼쪽 눈 하나로 로우보이를 쳐다보았다. 오른쪽 눈으로는 에밀리를 쳐다보았다.

로우보이는 어깨를 으쓱하고 오스카 메이어* 주제가를 콧노래로 흥얼거렸다.

"그게 뭐냐?"

"이게 아저씨 열차라고 한 사람은 아무도 없었는데요."

차장이 씩 웃었다. "네 열차라고 생각한 모양이지?"

로우보이는 아무 대답도 하지 않았다.

"잠깐 앉아라. 여자친구 옆에 말고. 이쪽으로 와서." 그는 백 년 전에 시크교도가 그랬던 것처럼 자기 옆자리를 손으로 툭툭 쳤다. 그는 경찰도 아니고 교통순경도 아니었지만 짙은 감색의 근사한 제복을 입고 있었다. 다른 옷들처럼 그 제복도 접히고 구겨진 데가 있었지만 접히고 구겨진 곳에 그늘이 지지 않았다. 왜 그럴까.

로우보이는 고개를 끄덕이고 자리에 앉았다. 남은 시간이 거의 없었다. 차장이 의자에 대자로 앉아 있었기 때문에 두 사람의 팔꿈치와 무릎이 서로 닿을락 말락 했다.

"이 열차에 타고 있으면 안 돼." 차장이 말했다. "너도 이미 알고 있었겠지만."

로우보이는 미간을 찌푸리고 몸을 최대한 움츠렸다.

---

* 미국의 핫도그, 베이컨 판매 회사.

"시청이 종점이었잖아." 차장이 열린 입 사이로 축축한 숨을 내뱉었다. 그는 눈을 깜빡이고 씨근거리며 혀를 찼다.

"우리 지금 어디로 가는 거예요?" 에밀리가 물었다.

"아무 데도 안 간다." 차장이 말했다.

"그게 아니라 다음 정거장이 어디냐고요."

"시청."

"하지만 아까 시청이 종점이라 그러셨잖아요."

차장은 이제 양쪽 눈으로 그녀를 쳐다보았다. "그랬지."

에밀리는 뒤로 기대앉으며 한숨을 내쉬었다. "정말 아무 데도 안 가는 모양이네요."

로우보이가 웃음을 터트렸고, 차장은 신음 비슷한 소리를 내며 그의 멱살을 잡았다. 붓시 화이트가 부른 〈Mashed Tapatoes〉라는 노래가 있는데 웬일인지 그 노래가 그의 머릿속에 떠올랐다.

"널 박살낼 거야." 로우보이는 큰 소리로 외쳤다. "네 얼굴을 타파토처럼 뭉개버릴 거야."

"어디 한번 해보시지." 차장이 말했다. 좀 전까지는 에밀리도 웃고 있었는데 이제는 웃음을 멈추고 두 사람을 물끄러미 쳐다보았다. 그러다 다시 웃음을 터트렸다. 차장은 로우보이를 놓아주고 점잔을 빼며 짙은 감색 바지에 손을 닦은 다음 앉은 채로 앞을 멍하니 보았다. 열차가 왼쪽으로 휙 움직였다 다시 균형을 잡고, 개가 잠들 때 내는 소리를 내며 정거장 안으로 천천히 들이섰다. 좀 전의 그 역인데 방향만 반대로 바뀐 셈이었다. 에밀리가 차장 뒤에서 그를 보며 윙크했다. "거울로 보는 것 같다." 그녀가 나지막이 속삭였다.

차장이 자리에서 일어나 무릎을 붙였다. "이 망할 열차에서 내려라." 문들이 바르르 떨며 열렸고 두 사람은 자리에서 일어나 회개하는 표정을 지으며 승강장으로 나갔다. 차장은 손마디로 이마를 누른 채 그 자리에 가만히 있었다. 신호음과 함께 문들이 닫혀도 꿈쩍하지 않았다.

"우리 때문에 기분 나빴나봐." 에밀리가 말했다.

"저 사람, 유령이야." 로우보이가 속삭였다. "광섬유로 만들어졌지. 내가 그의 입속에 손을 넣어서 꺼버렸어."

그녀가 그의 어깨를 잡더니 마주 보도록 돌려세웠다. 그가 배턴이라도 되는 것처럼 손으로 잡고 빙그르르 돌렸다. "헬러, 내 말 잘 들어. 너는 잘생겼고, 날 웃길 줄 알고, 그리고 나는 좀 전에 본 그곳으로 네가 데려다줬으면 좋겠어. 하지만 그런 소리는 그만해. 섬뜩하단 말이야, 알겠니? 넌 섬뜩한 아이가 아니잖아." 그녀는 그가 따라서 고개를 끄덕일 때까지 계속 고개를 끄덕였다. "그렇다니까?" 그녀가 말했다. "너는 귀여워. 귀엽고 천재적이고 옷을 벗고 있을 때는 정말 보기 좋아. 그러니까 유령이니 광섬유니 하는 이야기는 집어치워." 그녀는 그를 보며 미소를 지었다. "정말이야, 헬러. 넌 바지를 입으면 안 돼."

"학교에서는 바지 안 입은 적도 있어." 그가 말했다. "학교에서 가끔 스목*을 입었거든."

"스목? 왜?"

---

* 주로 옷의 오염을 방지하려고 덧입는 옷. 입고 벗기 쉽게 앞이 트였고 품이 넉넉한 것이 특징.

"에밀리, 너는 알고 싶지 않을 거야."

그 말에 그녀가 웃음을 터트릴 줄 알았더니 의외로 잠잠했다. "나한테 이야기하고 나면 속이 시원할지 모르잖아." 그녀가 말했다. "그러면 네 머릿속이 조금 가벼워질지 모르잖아."

그는 감탄하며 한 손을 들어 자신의 머리로 가져갔다.

"그래, 헬러. 맞아. 거기가 가벼워질 거라고."

"내가 옷을 벗고 있으면 어떨지 어떻게 알아?"

"가자, 이 바보야. 얼른." 그녀는 성큼성큼 다섯 걸음을 갔다 결투라도 하려는 것처럼 몸을 틀었다. "얼른 가자! 시간이 없다고 그랬잖아."

나는 그런 말 한 적 없는데, 로우보이는 생각했다. 생각만 했는데. 하지만 그는 걸음을 재촉해 승강장 끝까지 그녀를 따라갔다. 넘쳐나는 휴지통 위로 모니터가 달려 있었고 에밀리가 모니터를 올려다보며 손을 흔들었다. 모니터 화면은 긁히고 먼지로 뒤덮여 있었고 양을 닮은 형상들이 말없이 그 위를 가로질러 움직였다.

"저게 뭐야?" 로우보이가 물었다.

"사람들." 그녀가 다시 손을 흔들었지만 아무 일도 없었다. "우리 뒤에 있는 사람들."

두 사람은 모니터 밑에 서서 기다렸다. 양을 닮은 두 형상이 점점 가까워졌다.

* * *

"네 말이 맞아." 에밀리가 말했다. "저 사람들 정말 그렇네?"

"뭐가?"

"얼굴이 똑같아 보여."

이번에도 그는 그런 말을 한 기억이 없었다. 터널과 승강장 사이에는 허리까지 오는 알루미늄 문이 있었다. 아이들이 다치지 않게 부모들이 집 계단 꼭대기에 설치해놓는 그런 종류의 문이었다. 터널 입구에서 지린내가 심하게 났다. "여기 들어오는 자." 그는 에밀리를 보고 고개를 끄덕이며 문을 열었다. "모두 희망을 버릴지어다."* 그가 중얼거렸다. 목소리들도 맞장구쳤다. 경첩이 기름 때문에 시커멨고 아무 소리도 나지 않았다.

두 사람이 문을 지나자 목소리들이 시끄러워졌다. 아직도 방 한 칸 너머에 있지만 좀더 가까워지자 전보다 더 애처롭게 사이에 있는 약한 벽을 두드렸다. 그가 휘파람을 불거나 콧노래를 부르면 벽 두드리는 소리가 희미해졌지만 그래 봤자 아주 살짝이었다. 차라리 대화하는 소리가 나았다. 할 이야기가 뭐가 있을까. 그는 궁금해졌다. 분명 뭔가 있을 텐데. 에밀리는 두 손으로 벽을 짚고 욕을 하느라 계속 생쥐 비슷한 소리를 내며 거의 꼼짝하지 않았다. 어떤 말을 하면 그녀가 질겁하지 않을까. 걷기에 충분할 만큼 넓은 홈은 너무 울퉁불퉁하거나 너무 미끄럽지도 않았고, 예닐곱 걸음마다 마디가 있었다. 그는 헤더 코빙턴이 비닐로 감싼 발을 질질 끌며 그 어둠 속을 태연하게 앞장서던 기억을 떠올릴 수밖에 없었다. 그녀는 손을 내밀어 뒤에서 비틀거리는 그를 끌어주었다. 그를 꼬맹이 대장이라고 불렀다. 돈다발이라고 불렀다. 에밀리가 걸음을 멈

---

* 단테의 『신곡』 지옥편에 나오는 구절. 지옥의 문 위에 새겨져 있다.

추었고 6호선 다음 열차가 다가오고 있었다. 그가 옆을 지나가려고 하자 그녀가 그의 셔츠를 붙잡았다. 이런 망할. 헬러, 날 닦달하지 마. 말 좀 해봐. 아무 이야기라도 해봐. 그는 그녀를 똑바로 쳐다보고 의아해하며 그녀의 얼굴을 만졌다. 알았어, 에밀리. 그가 결국 대답했다. 시작한다. 두 사람은 조립하다 만 물건처럼 비척거리며 앞으로 함께 나아갔고 그는 학교에서 있었던 일들을 들려주었다. 그녀에게 그 이야기를 털어놓다니 믿기지가 않았고 그건 그녀도 마찬가지였다. 심지어 목소리들마저 숨을 죽이고 귀를 기울였다.

그 사람들은 나를 방 비슷한 데 넣었어, 에밀리. 그 안에 나 말고 다른 사람도 있더라. 내 옷이랑 벤슨 & 헤지스 100 담뱃갑, 색연필 상자, 네 사진이 들어 있는 지갑도 빼앗고 나를 고무 침대가 있는 방에 넣었어. 둘둘 만 담요 속에 누가 들어가 있었어. 저게 뭐냐고 내가 물었지. 그랬더니 입 닥치라고 하더라. 구릿빛 피부의 덩치 좋고 예쁜 간호사들은 벌을 주면서 손 키스를 날렸지. 무슨 학교가 이러냐고 내가 그랬어. 무슨 공부가 이래요. 윌리엄, 여긴 여름학교야, 라고 그 사람들은 말했어. 창밖을 봐! 창가로 갔더니 높다랗고 폭신한 구름과 노란 잎사귀와 내 얼굴과 강 위에 떠 있는 요트들이 보였어. 보여야 할 게 모두 다 보였어. 전부 다 보인다고 내가 말했지. 그렇단다, 그 사람들이 말했지. 여기는 지대가 높아서 몇 마일 밖까지 보여. 이 시설 이름이 스페인어로 '경치 좋은 곳'이라는 뜻이거든. 넌 참 운이 좋기도 하지. 그 사람들은 손 키스를 날리고 문을 닫았어. 난 높은 데 있기 싫다고 중얼거렸지. 모든 걸 전부 다 보기 싫다고. 그럴 수 없다고. 하지만 그 사람들은 이미 복도 저편으로 사라진 뒤였어.

담요 속에 누워 있던 사람은 나를 보지 못했어. 담요 속에 누운 채로 씨근거리고 입술을 깨물고 간호사들한테 한번 따먹어줄 테니까 침대에서 꺼내달라고 고함을 질렀어. 간호사들이 하루에 한 번씩 삼삼오오 짝을 지어 들어와서 그 남자를 옆 침대로 옮기고 고무 시트를 스펀지로 닦았어. 남자는 간호사들의 손길이 닿으면 잠잠해졌고 가만히 앉아서 침을 흘리며 한숨만 쉬었지. 몸이 여자처럼 말랑말랑했고 알몸으로 담요만 덮고 잤는데 사람들은 그에게 스목을 입히고 베이비라고 불렀어. 새 담요를 주면 그는 웃으면서 좋아했고 오줌을 쌌어. 그러면 그 사람들은 웃으면서 스목을 벗긴 다음 돌돌 말아서 그걸로 그의 몸을 닦고 밖으로 나가서 문을 닫았지. 어떤 사람이 말하길 그 남자는 예전에 경찰이었다고 했어.

그 사람들이 연필을 줬을 때 너를 그리려고 했는데 그때쯤에는 네 얼굴을 잊어버렸더라. 웃지 마, 에밀리. 약 때문에 책을 읽기도 어려웠고 어떤 단어들은 보기하고 달랐어. 예를 들면 '빛'이 '여자아이'였고, '발로 차다'가 '집'인가 하면 '침대'이기도 했어. '위'가 '아래'고 '뜨겁다'가 '차갑다'고, 그런 식이었어. 시계에는 시간이 아니라 온도가 표시되어 있었고, 나는 이스트 강의 얼음 상태를 보고 시간을 짐작했지. 그 사람들이 종이를 줬을 때 너한테 편지를 썼어. 솔직히 일곱 통을 연달아 썼어. 생각나? 그런데 그 사람들이 말하길 네가 이사 갔다고 하더라. 게다가 네가 서른여덟 살이라고 했어.

그 무렵 온도 게임이 시작됐어. 내가 하계 올림픽을 보고 있을 때였지. 한 번도 본 적 없는 의사가 데이트랍시고 나를 밖으로 데리고 나갔는데 사람들이 말하길 그 의사 성이 플라이지그고 이름은 '종말의 날'이라는 거야. 그 의사가 나를 어느 방으로 데리고 가서 수업을 했어. TV 라운지처럼 생긴 방이었는데 TV는 없었어. 보드게임도 없고. 한가운데에 소파 비슷한 게 딸린 테이블이 있었는데, 의사가 정중하게 나더러 거기 앉거나 누우라고 하더니 내 몸 속에 온도를 집어넣기 시작했어. 정말이야, 에밀리, 느낄 수 있었고 시계에 표시된 걸 볼 수 있었어. 처음에는 몇 도 안 되었는데 점점 높아지더니 섭씨 60도까지 올라갔지. 왜 하필 섭씨였을까? 재미있더라.

기분이 어떠니, 윌리엄? 그가 물었어. 괜찮아요, 선생님, 그런데 지금은 좀 뜨거워요. 그럼 어떤 처방을 내주면 좋겠냐고 그가 말했어. 음. 먹으면 간질간질한 가루약 주세요, 선생님, 지오돈* 말이에요. 알았다고 그가 말했어. 그걸 먹으면 되겠단 말이지? 그럴 것 같아요, 선생님, 그런데 사실 지금 너무 뜨거워서 숨을 못 쉬겠어요. 알겠다, 윌, 앞으로 어떻게 할 생각인지 알려주마, 열감(熱感)은 지오돈의 널리 알려진 부작용인데 네가 원하면 리스페리돈**을 추가로 처방해주마. 리스페리돈을 먹으면 증상을 완화하는 데 도움이 되지만 살이 찔 가능성이 조금 있다는 게 문제지. 너 같은 꽃미남이 살이 찌면 안타깝지 않겠니. 안 그래, 친구?

---

* 정신분열증 치료제.
** 정신분열증 치료제.

꽃미남이라니 누구요? 내가 물었지. 너지 누구겠니, 플라이지그 가 말했어. 너 말이다, 친구. 윌리엄 헨리 헬러 님. 네 처방을 고쳐 줄까? 이렇게 고쳐줬으면 좋겠다 하는 거 있니? 나는 눈과 입을 닫고 아무 대답도 하지 않았어. 그것 말고는 내가 해줄 수 있는 일 이 없구나, 그가 말했어. 사람들 말로는 세상이 점점 뜨거워지고 있다던데. 나는 눈을 뜨고 그를 쳐다보았지. 세상이 점점 어떻게 되고 있다고요? 아니다, 그는 그렇게 말하고 헛기침을 하며 내 몸 속에서 온도를 빼고 크림색 표에 리스페리돈이라고 써서 줬어. 이 걸 먹으면 어떻게 되는지 보자꾸나. 그런 다음 간호사들을 호출해 나를 데리고 가라고 했지만 그때쯤에는 이미 엎질러진 물이라 기 적이 벌써 시작되고 있었어.

내 몸속에 세상이 들어 있고 내 몸은 세상 깊숙한 곳에 숨어 있 었어. 그 배 속에 말이야, 에밀리. 그게 가장 재미있던 부분이야. 나는 창에 서리가 낄 정도로 추운 날에도 세상이 점점 뜨거워지는 걸 느낄 수 있었어. 기적이 뭔가 하면 내가 조치를 취할 수 있다는 거야. 나한테 이런 소명이 주어졌다는 거야. 베이비는 똑바로 앉아 서 그 모든 걸 지켜보아도 위에서 지시를 내려주지 않으면 똥도 못 쌌는데, 나는 일어나서 TV 라운지로 걸어갔어. 나는 베이비하고 달랐어, 그러니까 아직까지는 베이비처럼 되지 않았던 거지. 잘 들 어, 에밀리, 이제 진짜 비밀을 알려줄 테니까. 화장실 위쪽 창문이 열려 있었어. 기어 나가기에는 너무 작았지만 밖에 서바이 있었고 겨울에는 가끔 눈이 쌓였지. '온도가 너무 높아졌다'는 느낌이 오 면 눈덩이를 손에 얹어서 온도를 떨어뜨렸어. 차이나타운에서 파 는 조그만 강철 공처럼 만들어서 말이야, 생각나? 그러면 정말 온도가 내려갔어, 에밀리. 지난 1월이 '최근 들어 가장 기온이 낮은 때'였다고 〈뉴욕 데일리 뉴스〉에서 그러더라.

10월이 되니까 어떤 사람이 나를 로우보이라고 부르기 시작했어. 정말 상태가 안 좋은데 안 아픈 척하려고 나긋나긋하게 이야기하는 남자였지. 로우보이가 뭔지 아니? 그가 물었어. 나를 쳐다보지도 않은 채 잔뜩 공을 들인 슬픈 목소리로 그렇게 물었지. 로우보이라고 못 들어봤니? 내가 못 들어봤다고 하니까 그는 고개를 끄덕이며 슬픈 표정을 지었어. 다리가 달린 낮은 옷장을 로우보이라고 하지. 꼭 다리가 곡선이어야 하는 건 아니야. 로우보이는 하이보이* 아랫단하고 비슷해. 그보다 더 납작하고 얕기는 하지만. 나는 아무 말도 하지 않았는데 조금 있으니까 그는 내가 옆에 있다는 걸 잊어버리고 간호사들한테 침을 뱉기 시작했어. 다음 날 만났을 때 나를 왜 로우보이라고 불렀느냐고 물었지. 그랬더니 그는 걸음을 멈추고 잠깐 생각하더라. 로우보이는 쓸모없는 물건이야, 그가 말했어. 하이보이는 안 그렇지만.

그러던 어느 날 간호사들이 한꺼번에 들어오고 환하게 불이 켜졌어. 나는 고무 시트에 얼굴을 묻었지. 베이비가 일어나 앉으면서 스목을 받으려고 손을 내밀었지만 간호사들은 그 옆을 그냥 지나갔어. 아무도 웃지 않았고 아무도 휘파람을 불지 않았어. 쯧, 간호사들은 내 침대로 와서 그렇게 말했어. 쯧쯧쯧.

어디 가는 거야! 베이비가 말했어. 나를 봐. 베이비를 봐. 고름이 그의 뺨을 타고 담요 위로 흘러내렸어. 하지만 아무도 그를 쳐

---

* 다리가 달린 키 큰 옷장.

다보지 않았지. 간호사들은 화장대 서랍을 열듯 나를 침대 밖으로 끄집어내서 버튼다운 셔츠와 코듀로이 바지를 입혔어. 머리도 빗겨주고 세수도 시켜주고. 신발 끈도 묶어주고 화색이 도는 것처럼 만들려고 내 뺨도 꼬집고. 셔츠 자락도 넣어주고. 안녕, 베이비, 내가 말했지. 나 대신 우리 아가씨들 잘 돌봐줘. 모두들 웃음을 터트리더라. 월, 아직 나가는 거 아니야. 널 만나러 온 사람이 있어. 누군데요? 그들은 일제히 고개를 저었어. 질문은 금지야, 로버트 P. 레드퍼드. 하지만이라는 말도 하지 마.

그녀는 TV를 등지고 면회실에 앉아 있었어. 누런 손가락 세 개로 뉴포트를 피우고 있었어. '좋아 죽겠다는 얼굴로.' 머리가 너무 길더라. 날 만나러 온 건지 아예 눌러앉으러 온 건지 궁금했어. 머리 좀 잘라야겠어요, 내가 말했지. 그녀는 웃었어. 그런 말 할 줄 알았다. 앉아라, 월. 나는 그녀를 뚫어져라 쳐다봤지. 내가 온 게 반갑지 않니? 그녀가 물었어. 내 얼굴을 봐서 기쁘지 않니?

나더러 학교라 그랬잖아요, 내가 말했지. 학교랬잖아요, 바이올렛.

그녀는 고개를 저었어. 넌 지금 아파, 월. 아주 많이 아파. 너도 알잖아. 그녀는 그렇게 말하고 미소를 지었어. 하지만 이제는 네가 원하면 나랑 만날 수 있어. 플라이지그 박사님이 말하길 많이 좋아졌다고 하더구나. 나는 카메라가 있나 주위를 둘러봤지. 플라이지그 박사님이 그랬다고요. 그래. 나는 최대한 환하게 웃어 보였어. 당신 생각은 어때요, 바이올렛. 당신이 보기에도 좋아진 것 같아요? 월, 나는 의사가 아니잖니. 한번 보세요. 어떤 것 같으냐면. 그녀는 말을 하다 멈추었어. 왜 그래요? 내가 물었지. 어떤 것 같은데요, 바이올렛? 그녀는 시선을 거두고 고개를 돌렸어. 테이블을 내려다보았지. 플라이지그 박사님이 나한테 온도를 넣었어요, 내가 말했어. 내 몸속에다가요. 그녀는 아무 말도 하지 않았어. 왜 온 거예요, 내가 물었어. 그녀는 재떨이 쪽으로 손을 뻗었어. 그 안에 반쯤 피우다 만 담배가 있었는데 그걸 집어서 잘 펴더니 성냥을 찾느라 사방을 두리번거렸어. 성냥은 아무 데도 없었어.

좀 앉아주겠니, 윌? 잠깐만이라도? 두 하스트 미어 조 게펠트. 내 앞에서 그 말 쓰지 말아요. 그건 세상에 없는 말이잖아요. 나를 여기서 꺼내줘요, 헬러 씨, 여기 생활이 어떤지 당신도 알잖아요, 서류에 제발 사인해줘요, 수표를 써서 여기 사람들한테 줘요. 당신 이야기는 하지 않았어요. 아직 하지 않았어요. 그녀는 눈을 감았어. 여기 아니면 감옥에 가야 해, 윌. 감옥 말이다. 그러고 싶니? 나는 고개를 끄덕였어. 네. 나는 감옥에 한 번 간 적 있단다, 그녀가 말했어. 알고 있었니? 알고 있었겠지. 내가 다 이야기했으니까. 내가 한 말 생각나니?

그녀의 등 뒤에서 TV 색깔이 바뀌었어. 내 말 듣고 있는 거 알아, 그녀가 말했지. 제발 대답해주겠니? 무슨 일로 감옥에 갔었는지 알아요, 내가 말했어. 기억해요, 엄마. 여기 사람들한테 말할까요? 그녀는 나를 가만히 쳐다봤어. 입술을 내민 채. 말하지 않는 게 좋을 거야. 그러면 여기서 퇴원 못 할 수도 있어.

바이올렛, 내가 고함을 질렀어. 나가서 뒈져버려. 당신이 날 여기 처넣었잖아. 온갖 서류에 당신이 사인했잖아. 스컬 & 본즈한테 들었고 라운지에서 본 영화에서도 그랬어. 뒈져버려, 바이올렛. 안돼, 울지 마. 지금 얼굴이 떨어져나가고 있는 거 몰라? 얼굴이 떨어져나가고 있다고, 헬러 씨. 못생긴 어떤 년이 아니라 우리 아버지가 내일 면회 오면 둘이서 같이 '해저 영화'를 볼 거야. 헬러 씨, 당신은 안 돼, 당신은 불청객이야. 당신은 지금 바싹 말라가고 있어. 나는 당신이 낳은 아들이 아니야, 당신 얼굴이 뼈에서 몸에서 떨어져나오고 있고 당신 영혼은 병에 걸렸어. 당신을 보고 있으면 정떨어져, 헬러 씨. 당신은 말라비틀어진 쪼가리고 박물관 전시품이고 이집트의 죽은 고양이 미라야. 당신 내장은 항아리에 담겨서 어딘가에 묻혀 있어. 당신이 여기 있는 거 못 견디겠고 다정하게 쳐다보지 못하겠으니까 이 방에서 나가. 나한테 그런 소리 하지 마, 월, 그녀가 말했지. 그런 소리 하지 마. 와줘서 고마워, 바이올렛, 나는 고함을 질렀지. 나도 생각이 있으니까 내 걱정은 하지 마. 당신한테도 행운이 따르길 빌게, 헬러 씨. 얼른 나으라고 날마다 하느님한테 기도하고 있어.

얼마 후 밋밋한 시간이 시작됐어. 점점 뜨거워져서 나는 일어나 앉을 수도 침대 밖으로 나갈 수도 없었어. 날마다 세상이 팬케이크나, 자동차 계기반에 얹힌 양초처럼 점점 납작해졌어. 세상 모든 게 종이로 변했어. 어느 날 밤 눈을 떠보니 입안에 종이가 들어 있고, 그 종이가 방 저쪽까지 펼쳐져 있고, 하늘색 종이가 원피스처럼 날 감싸고 있었어. 간호사들이 들어오기에 그들을 쳐다보며 손가락으로 내 입을 가리켰어. 종이가 아니라고 간호사들이 말하는 거야, 약이라고. 얼른 삼켜. 이번에는 베이비의 침대를 가리켰더니 간호사들이 말하길 그것도 종이가 아니야, 월, 프라이버시 때문에 쳐놓은 칸막이야. 너도 프라이버시를 지키고 싶지 않니? 베이비가 죽어가고 있었는데 나한테 알려주질 않았어. 내가 원피스를 가리켰더니 그 사람들이 이러는 거야, 바보야 그건 종이 맞아, 파란색 일회용 종이 스목이지.

그렇게 해서 나는 앞으로 어떤 일이 벌어질지 알게 되었지. 내가 새로운 베이비가 되는 거였어. 예전 베이비도 나쁘지 않았는데 현역이 죽어버렸으니 그날 아침 내가 선택되어 그의 침대에 편안하게 누워 있게 되었지. 거의 일 년 동안 연습을 했으니 베이비가 되는 방법은 알고 있었어. 내 이야기 듣고 있니, 에밀리?

듣고 있는 거야?

아무 말이라도 해봐, 에밀리. 지금 내가 하는 말을 따라 해봐. 윌, 새로운 베이비가 되어야 했다니 정말 끔찍하다. 끔찍한 일이야, 윌, 나는 너를 정말 사랑해.

그후로 학교는 점점 더 납작하고 넓게 펼쳐졌는데 아마 이 세상에서 가장 넓은 게 그 학교였을 거야. 지붕이 내려와서 내 얼굴에 닿는데 아프지는 않았지만 보고 있기가 힘들었어. 사방에서 계속 움직였어. 예를 들면 간호사들이 말이야. 그런데 에밀리, 간호사들은 무슨 수로 미끄러져 서로 충돌하는 걸 피했을까, 무슨 수로 몸이 찢어지는 걸 피했을까. 내 몸에는 주름이 있었고 나는 물을 건드리기가 겁이 났고 내 배 속은 색종이 조각들로 가득했지. 사람, TV, 간이침대 들이 접시에 담긴 미생물처럼 사방에서 주르륵 미끄러졌어. 커다란 파란색 눈이 뒤로 달린 커다란 하얀색 현미경. 내 이야기 계속 듣고 있니, 에밀리, 한번은 이름이 딕워스*라는 어느 의사를 만났는데 그 이름이 농담인지 뭔지 모르겠지만 엽서처럼 몸이 반으로 찢어져 있더라. 콕스넛** 박사님, 내가 불렀지, 하반신을 찾고 싶으시면 침대 밑을 보세요. 아뇨, 이번에는 약 안 먹을래요. 목이 꽉 찼고 배 속에는 색종이 조각들이 가득 들었어요. 그러니까 제 말은 좋다는 거예요, 이렇게 맛있는 알약을 주셔서 감사합니다. 프랭크스 & 빈스*** 박사님 덕분이에요, 하나 더 먹어도 될까요. 종이 알약, 종이 진단서, 종이 서류. 내 침대는 편지가 든 봉투, 향수가 살짝 뿌려진 러브 레터. 누구 말로는 향수 이름이 오 드 요강이래. 에밀리 너한테 나를 부칠 수도 있었지만 그러면 네가 반송했겠지. 아니라고? 아니라면 다른 질문, 내 편지 꼼꼼하게 읽었니, 정말 집중해서 읽었니, 에밀리, 이해했니. 터널에 대해 눈치챘어? 이 세상에 하나밖에 없는 신기한 건데. '사랑의 터널.' 내 편지 이해했어, 에밀리, 내 말 듣고 있는 거야? 네가 듣는 소리가 들려, 네가 숨쉬는 소리가 들려, 너더러 밋밋해졌냐고 말라비틀어졌냐고 살아 있냐고 물어볼 필요가 없지. 나는 사랑에 빠졌어, 에밀리! 나 좀 도와줄래. 옷을 벗고 너의 두 다리를 벌리고 날 도와줄래.

---

* '딕'은 남자의 성기를 가리키는 은어.

** '콕' 역시 남자의 성기를 가리키는 은어.

*** 영화 〈메리에겐 뭔가 특별한 것이 있다〉에서 등장인물이 자위할 때마다 중얼거리는 대사.

"조금 전 일은 죄송해요." 바이올렛이 말했다. 그들은 차를 타고 반 블록을 가는 동안 아무 말도 하지 않았고 그녀는 그런 상황을 더는 참을 수 없었다. 만약 그가 화를 냈다면 신경이 덜 쓰였을 것이다. 그는 전에도 화를 낸 적이 있었다. 그런데 지금은 마지못해 그녀를 보거나 말을 하면서도 원망하거나 못마땅한 기색이 없었다. 나를 무서워하는구나. 그녀는 놀라는 한편 속이 메슥거렸다. 내가 다음에는 무슨 짓을 할지 궁금해하는구나. 그녀는 그의 어깨에 손을 얹고 다시 한번 사과했다.

　"죄송해요, 형사님. 저는 정말 그 아이들이……"

　"그런 말씀 하실 필요 없습니다, 헬러 씨." 그의 다정한 말투가 그녀를 놀라게 했다. "그 아이들을 발견했을 때 뒤로 물러서서 저한테 맡기셨으면 좋았겠지만 흥분하신 상태였으니까요. 저도 이해합니다."

그녀는 그를 잠깐 쳐다보다 입을 열었다. "형사님이 그 아이들을 따라잡을 수 있을까 싶었어요. 다치신 것 같아서요."

"맞습니다. 제가 비틀거렸죠." 그는 차 한 대가 앞으로 끼어들자 브레이크를 밟았다. "게다가 이미 한 번 놓친 뒤였고요."

그녀는 그 말에 뭐라고 대꾸하면 좋을지 알 수 없었기 때문에 잠자코 있었다. 불편했던 속이 점점 가라앉았다. 그는 아직 그녀를 쳐다보지 않았지만 언젠가는 볼 것이다.

"지금은 몸이 좀 어떠세요, 형사님? 괜찮아지셨어요?"

"많이 좋아졌습니다, 헬러 씨. 신경 써주셔서 감사합니다."

"믿어도 되나요? 형사님이 정신을 잃는 바람에 차가 방파제 밑으로 추락하거나 그러는 건 아니겠죠?"

그가 미소를 지었다. "절대 그럴 일은 없습니다. 제가 이 차를 너무 사랑하거든요."

"저한테 화 안 나셨어요?"

"이렇게 댁으로 모셔다드리고 있지 않습니까?"

그 말에 그녀는 얼굴을 붉혔지만 그는 그녀가 아닌 다른 곳을 보고 있었다. "이러면 안 되는 것일지도 모르겠어요. 형사님은 계속……"

"지하철역에 사람들도 심어놨고 교통경찰들한테도 통보해놨고 두 아이의 인상착의를 적은 전단지도 배포했습니다. 솔직히 말씀드려 다음 기회가 오기 전에는 딱히 할 일이 없습니다." 그는 다시 미소를 지었다. 이번에는 자기 혼자 짓는 미소였다. "믿으실지 모르겠지만 차를 타고 이리저리 왔다 갔다 하는 게 제 일과의 대부분을 차지합니다."

"히스테릭한 엄마들을 태우고 이리저리 왔다 갔다 하는 거라고 해야겠죠."

"당신은 히스테릭하지 않습니다, 헬러 씨." 그는 눈을 가늘게 뜨고 앞차를 침착하게 바라보았다. "적어도 지금은 그렇지 않습니다. 그리고 우리가 지금 이리저리 왔다 갔다 하는 게 아니지 않습니까? 댁까지 모셔다드리는 길이죠."

그녀는 너무 고마워서 운전대를 잡고 있는 그의 손을 떼어내 입을 맞추고 싶은 유혹을 느꼈다. 뭐라도 해야 하는데. 그녀는 그렇게 생각하며 열두 살 소녀처럼 가쁜 숨을 몰아쉬었다. 이런 기분을 느낄 때 뭐라도 해야 하는데.

"말씀 안 드린 게 있어요." 그녀는 자기도 모르게 불쑥 내뱉고 말았다. "윌에 대해서요."

그는 그제야 그녀를 쳐다보았다. "뭡니까?"

그녀는 안전띠를 만지작거리며 시간을 벌었다. "좀더 일찍 말씀 안 드린 건……" 그녀는 말을 멈추고 머뭇거렸다. "저를 이해하려고 하지 않으실 것 같아서였어요."

그가 그녀를 쳐다보는 동안 차의 속도가 느려지는 게 느껴졌다. "지금은 당신을 이해하려고 노력하고 있습니다, 헬러 씨."

그녀는 다음 한 블록을 지나는 내내 어떤 식으로 말을 꺼내면 좋을지 고민했다. "이제 윌이 에밀리와 함께 있으니, 에밀리가 윌과 함께 달아났으니 윌이 그 문제를 어떻게 생각하는지 말씀드릴게요."

차가 달리는 속도가 한층 더 느려졌다. "그 문제라니요?"

대답을 하려니 그녀는 벌써부터 막막해졌다. "여자 문제 말이에요."

"섹스 말씀이로군요."

"그런 식으로 표현해도 될지 어떨지 모르겠어요." 그녀는 헛기침을 했다. "윌은 여자한테 관심이 없었어요. 보통 남자아이들과 달랐죠. 제가 알기로는 그랬어요. 여자를 자기와 다르다고 인식하지 않는 눈치였어요." 내가 왜 이렇게 말을 잘 못할까, 그녀는 생각했다. 왜 이렇게 얌전 빼고 있을까.

"다르다는 건?"

"윌도 다른 아이들처럼 이 사람과 저 사람이 다르다는 건 인식할 수 있었죠. 예를 들어서 형사님과 제가 다르다는 거는 말이에요." 그녀는 혹시 그가 기분 나빠하지 않을까 싶어 다시 말을 멈추고 머뭇거렸지만 라티프는 그저 고개만 끄덕였다. "그 정도는 가능했지만 사람들을 그룹으로 나누지는 못하는 것 같았어요. 사람들을 그냥 그 자체로 보았어요. 개별적인 인간으로요. 무슨 뜻인지 아시겠어요?"

"알 것 같습니다." 라티프가 말했다. 하지만 자신 없어하는 말투였다.

"앨릭스도 그렇고 저도 그렇고 윌이 어렸을 때는 별로 신경 쓰지 않았는데, 열한 살인가 열두 살 때부터 걱정이 되기 시작하더라고요. 저는 예전부터 윌을 너무 품 안에만 두려 하고 윌한테 너무 집착한다는 걸 알고 있었고 그러면 남자아이들한테 안 좋다는 이야기도 들었어요." 그녀는 날카롭게 웃음을 터트렸다. "아버님도 그런 소리를 하셨어요. '이다, 네가 그 아이를 호모로 만들고 있어.' 그 소리를 어찌나 자주 하셨던지…… 그래서 윌이 에밀리를 집으로 데리고 왔을 때, 좀 말괄량이 같아도 예쁘장한 진짜 여자아이를 데리고 왔으니 저는 그저 안도했을 뿐이었죠."

"조금 놀라셨겠습니다." 라티프가 말했다. "그 여학생이 아드님한테 관심을 보였다는 데 말입니다."

"전혀요. 여자아이들은 예전부터 월을 좋아했어요." 그 말이 어떤 식으로 들릴지 문득 깨달은 그녀는 하던 이야기를 멈추고, 방어를 해야 할 것 같은 생각이 수그러들 때까지 기다렸다. "월의 심드렁한 태도 때문이었죠." 마침내 그녀는 다시 입을 열었다. "월은 여자아이들 옆에 있어도 불안해하지 않았어요. 아직은 여자한테 바라는 게 아무것도 없었으니까요. 여자아이들은 그걸 자신감으로 오해했고요." 그녀는 어깨를 으쓱했다. "어쩌면 정말 자신감이었을지도 모르죠. 월은 언제나 하고 싶은 대로 했으니까요."

"어떤 식으로 말입니까?"

너도 말하고 싶잖아, 바이올렛은 생각했다. 말해버려. 하지만 정작 그녀가 습관적으로 선택한 것은 여과와 위장을 거친 완곡한 표현과 절반의 진실이었다.

"앨릭스가 죽고 너무 힘들어서 월을 몇 개월 동안 다른 집에 맡겨야 했어요. 아버님께 맡기는 게 당연하긴 했는데 마침 두 사람이 얼마 전에 다툰 참이었어요. 이미 말씀드렸던 것처럼 아버님이 까다롭게 구실 때가 있었거든요. 월한테 할아버지 집에 가 있어도 괜찮겠냐고, 할아버지랑 잘 지낼 수 있겠냐고 물었더니 지겹다는 듯이 고개를 끄덕이며 잘 지낼 수 있다고 대답하더라고요. 고양이인 척할 거라면서요."

라티프가 그녀를 보며 미간을 찌푸렸다. "그게 무슨 말인가요?"

"저도 똑같이 물었어요. 그랬더니 절 보고 눈을 굴리면서 '야옹' 하는 거예요." 그녀는 어깨를 으쓱했다. "몇 달 뒤에 아버님을 만났는데 윌이 삼 주 내내 그런 식으로 지냈다고 하더군요."

라티프는 숨을 들이쉬었지만 아무 말도 하지 않았다. 웃음을 터트리는 게 아닐까 하는 생각이 잠깐 그녀의 머릿속을 스치고 지나갔다. "하고 싶으셨던 말씀이 이거였나요?"

아니라는 거 알잖아, 바이올렛은 생각했다. 하지만 이제는 그의 가식적인 반응이 신경 쓰이지 않았다. 그것은 그가 흥미를 느끼고 있다는 표시이자 확실한 징조였고, 그의 관심을 끌고 있는 한 그녀는 안전했다.

"윌이 에밀리를 집으로 데리고 오기 몇 달 전에 제가 충격을 받은 적이 있어요. 그 아이의 침대 옆 바닥에 도색 잡지가 펼쳐진 채 놓여 있는 걸 목격했거든요. 그때가 처음이자 마지막이었어요. 그나마 좀 덜 야한 〈플레이보이〉가 아니었을까 싶은데 그걸 본 순간 저는 웃음을 터트렸죠. 그걸로 아버님의 잔소리를 막을 수 있겠다 싶어서요. 저는 그 잡지를 집어서 아무렇게나 뒤적였죠. 제 기억으론 좀 미안해했던 것도 같아요. 그런데 그때 두 번째로 충격을 받았어요. 여자들 신체 일부분이 오려져 있지 뭐예요. 그것도 아주 공들여 깔끔하게 말이에요. 흔히 예상하는 그런 부위가 아니었어요. 대부분 팔과 다리였고 가끔 머리도 있었어요. 알고 보니 윌이 자기가 그리는 만화 주인공 몸에 그걸 붙이고 있었더라고요. 증상이 악화돼서 그림을 그릴 수가 없었거든요."

그녀는 표정을 읽으려고 라티프를 흘끗 훔쳐보았지만 그는 도로만 뚫어져라 쳐다보고 있었다. 이 사람이 무슨 생각을 하든 상관

없어, 그녀는 생각했다. 이제 와서 뒷부분을 감출 수는 없어.

"월이 집으로 왔을 때 사진에 대해서 물었어요. 우리 둘 다 그 아이 침대에 앉아 있었고 잡지가 우리 둘 사이에 펼쳐진 채로 놓여 있었죠. 월은 당황스러워하는 기색이 눈곱만큼도 없었어요. 〈내셔널 지오그래픽〉이라도 되는 것처럼 잡지를 넘기면서 학교에서 뭘 했는지 이야기를 하더군요. 점심으로 뭘 먹었고 전철을 타고 어떻게 집에 왔는지, 그런 이야기를요. 저는 그냥 침대에 앉아서 가만히 듣기만 했어요. 아버님 댁 거실에서 밤에 그 일을 겪은 뒤로 날이 갈수록 제가 점점 무능하게 느껴졌어요. 어떨 때 월은 예전처럼 아무 문제 없었고, 그렇지 않을 때는 통제가 불가능했죠. 제가 뭘 어떻게 해도 소용없는 것 같았어요. 월의 병이 저를 쓸모없는 인간으로 만들었죠." 라티프가 그녀를 보며 고개를 저었지만 그녀는 못 본 척했다. "어느 순간부터인가 남편이 살아 있으면 얼마나 좋을까, 그런 생각을 하고 있더군요. 이미 포기한 소원이었는데. 앨릭스라면 뭘 물어봐야 되는지 알 텐데, 하고 생각했죠. 저는 그렇게 앉아서 너무나 가냘프고 여전히 아기 같은 월의 옆얼굴을 보며 어떻게든 이해해보려고 애를 썼어요. 어떻게든 해석하려고 했던 거예요." 그녀는 창문을 내리고 바람을 맞았다. "그런데 사실은 해석할 게 아무것도 없었어요. 사진이 잘린 〈플레이보이〉를 아무렇지 않게 넘기며 하루 동안 있었던 일을 종알거리는 열세 살짜리 아들 말고는. 그런데 제가 월한테는 아무 의미 없는 잡지라고, 다른 잡지와 똑같은 잡지일 뿐이라고 결론을 내리고 있었을 때 월이 특이한 페이지를 펼쳤어요. 그리고 그 페이지를 찢어서 무언가를 하는 것 같더니 다시 정확히 제자리에 꽂는 거예요. 더는 그날 있었

던 일들을 종알거리지 않고 그 페이지를 내려다보는데……" 그녀
는 잠깐 생각을 더듬었다. "중고등학생들이 야한 사진을 볼 때 흔
히 그러는 것처럼 음흉한 미소를 짓고 있었어요. '그게 무슨 사진
이니, 윌?' 묻는 저 자신이 한심하더군요. 윌은 웃으면서 잡지를
들어 보여줬어요."

그녀가 한참 침묵을 지키자 라티프는 자세를 바꾸고 백미러를
조심스럽게 만졌다. 참을성이 많아졌네, 그녀는 생각했다. 나도
윌 앞에서 그랬지. 저 사람도 나를 어떻게 대하면 좋을지 모르는
거야.

"그 페이지 전체가 사진이었는데, 두 페이지에 걸쳐 있었나, 뭐
그랬지만, 윌이 해놓은 짓 때문에 알아보기가 힘들었어요. 어떤 여
자가 물에서 나오는 사진이었던 것 같아요. 배경은 해변이었던 것
같고요. 그런데 윌이 매직으로 물을 시커멓게 칠하고 하늘에 조그
만 동그라미 내지는 비눗방울을 잔뜩 그려넣었더군요. 나중에 알고
보니 동그라미가 아니라 온도 표시였지만."

"온도 표시라고요?" 라티프가 물었다.

"온도를 적을 때 쓰는 기호 있잖아요. 그 기호 말이에요."

그는 입을 삐죽 내밀었지만 아무 말도 하지 않았다.

"잡지에서 윌이 어딘가를 잘라내지 않은 사진, 그러니까 만화
에 갖다 쓰지 않은 사진이 그거 하나였는데, 사방을 베어놓았더라
고요. 제가 집 안에 두지 않으려고 조심했는데두 어디에서 면도칼
을 찾았나봐요. 심지어 빵 칼도 어디 넣고 잠가버렸는데 말이에
요. 깊고 심하게 베여서 칼자국밖에 안 남은 얼굴이 별표처럼 한
가운데에서 펼쳐지더군요." 그녀는 눈을 감았다. "그건 일종의 구

멍이었어요. 제가 보기에는 그랬어요. 얼굴은 하나도 남아 있지 않았고요."

이번에도 라티프는 뭘 물어볼 것 같더니 잠자코 있었다.

"좀더 자세히 볼 수 있게 윌이 사진을 건네주었죠. 그 구멍에서 구불구불한 선들이 뻗어나온 게 바퀴살 같기도 하고, 성인의 후광 같기도 했어요. 어렸을 때 봤던 교황의 초상화가 생각나더군요." 그녀는 다시 말을 멈추고 정확한 기억을 더듬었다. "사진 속 여자 의 가슴과 배는 까만 그물로 덮여 있었어요."

라티프가 손에 대고 헛기침을 했다. "여자의 성기는요, 헬러 씨? 그 부분도 잘라냈습니까?"

"잘라낸 곳은 없었어요. 다른 페이지에서 하늘색 매니큐어를 칠 한 손을 잘라내 그 여자의 그 부분에 붙였더군요. 그게 그 사진에 서 가장 끔찍하게 느껴졌어요. 손이 그 부분을 덮은 게 아니라 거 기서 나온 것처럼 보였거든요. 이게 뭐냐고 물었더니 윌은 무표정 한 얼굴로 말했어요. '그게 문제예요, 바이올렛.' 그게 무슨 소리 냐고 물었지만 윌은 그저 고개만 저었죠. 저는 눈앞이 핑핑 돌기 시작했어요. 혐오감을 들키지 않게 무슨 말이라도 하려고 미친 듯 이 애를 썼던 기억이 나요. '그럼 이건 뭐니?' 제가 사방으로 베여 서 벌어진 얼굴을 가리키며 물었죠. 윌은 웃음을 터트렸어요. 그러 더니 아버님 댁에서 끔찍한 일이 벌어졌던 그날 밤에 그랬던 것처 럼 침대 위에서 몸을 앞뒤로 흔들고 콧노래를 부르면서 혼자 고개 를 끄덕이더군요. '아, 그거요?' 그 아이는 그렇게 말하고 또 웃음 을 터트렸죠. '그건 가르쳐줄 수 있어요. 그건 해결책이에요.'"

그녀가 마음을 가라앉히느라 말을 잠시 멈추었는데 그는 이야기가 끝난 것으로 착각한 것 같았다. 물론 할 말이 아직 남아 있었지만 나중에 해도 되었다.

"왜 그 이야기를 지금까지 안 하신 겁니까, 헬러 씨?"

"지금 이유를 말씀드리려던 참이었어요." 그녀가 말했다. "에밀리 때문이었죠."

이야기가 계속되는 동안 두 사람은 그녀의 집 앞에 도착해 시동을 켜놓은 채 앉아 있었다. 싸늘한 불빛이 비치는 현관이 보이자 그녀는 우울해졌다. 마침내 라티프가 입을 열었을 때 그녀에게는 그것이 집행유예처럼 느껴졌다.

"이해가 안 되는 부분이 있습니다." 그가 오랜 침묵을 깨고 말했다. "왜 에밀리는 아드님과 또다시 도망쳤을까요? 아드님한테 뭘 바라는 걸까요?"

그녀는 현관을 계속 쳐다보며 고민하다 솔직하게 대답하지 않기로 마음먹었다. "그 아이를 사랑하잖아요, 형사님. 그거면 충분하지 않은가요?"

그의 미소가 어찌나 쓸쓸해 보이던지 그녀는 쥐구멍에라도 숨고 싶어졌다. "그게 아니라는 거 아시지 않습니까, 헬러 씨."

그녀는 고개를 끄덕이고 눈을 감은 뒤 몸을 떨었다. 차에서 내리라고 할까봐 두려웠다. 컴컴한 아파트 계단을 걸어 올라가서 새로운 소식이 들릴 때까지 하릴없이 기다릴 생각을 하니 흐느낌이 터져나와 막을 방법이 없었다. 흐느끼는 소리가 비좁은 차 안에서 총성처럼 울려 퍼졌다. 라티프는 당장 자세를 바로잡고 그녀의 팔을 잡았다.

"왜 그러십니까, 헬러 씨? 댁까지 바래다드릴까요?"

"말씀드릴 게 하나 더 있어요." 그녀는 간신이 대답했다. "월에 대해서요."

그는 아무 말 없이 등받이에 몸을 기대고 기다렸다. 이 사람이 원하는 대로 해주자, 그녀는 생각했다. 인내심을 시험하지 말고.

"유니언 광장 역에서 그런 일이 벌어지기 일주일쯤 전에 저는 퇴근하고 식탁에 앉아서 저녁을 만들어보려고 고민하고 있었어요. 다른 방에서 월과 에밀리의 목소리가 들렸지만 그러려니 했죠. 그 무렵 에밀리는 거의 날마다 저녁을 우리 집에서 해결했거든요. 그런데 한참 잠잠한 거예요. 제가 알아차릴 수 있을 정도였죠. 그러더니 에밀리 혼자 밖으로 나오더군요. '아주머니, 뭐 하나만 여쭈어볼게요.' 그 아이가 말했어요. 왠지 모르게 평소와 다르고 딱딱한 분위기였어요. 저는 웃으면서 앉으라고 했어요. 월 이야기겠거니 싶었죠. 그것 말고는 우리 둘 사이에 할 이야기가 뭐가 있겠어요. 그렇지만 정확히 뭘 물어보려는 건지는 알 수 없었죠. 제가 막 다른 이야기를 하려고 하는데, 그러니까 저녁으로 뭘 먹고 싶으냐 그런 걸 물어보려고 하는데 그 아이가 얼굴을 찡그리더니 이렇게 묻는 거예요. '월은 왜 저한테 손을 대지 않을까요?' 생각보다 자기 목소리가 컸다고 생각했는지 묻고 나서 입을 꾹 다물더군요. 제가 대답을 하지 않았더니 부엌 한가운데 선 채로 이번에는 좀더 조용히 다시 한번 물었어요. 저는 늘 그랬던 것처럼 뭐라고 말하면 좋을지 알 수가 없었죠. 그래서 빤한 소리를 중얼거렸을 거예요. '월은 제가 예쁘다고 생각해요.' 그 아이가 말했어요. 감히 의심할 생각은 하지 말라는 투였죠. '자기 입으로 그렇게 말했다고요.'"

라티프는 손가락으로 운전대를 계속 두드렸다. "계속하십시오."

그는 그녀를 보지 않은 채 말했다. 저 사람은 다음 이야기를 안다고 생각하는 거야, 바이올렛은 생각했다.

"저는 에밀리를 한참 쳐다봤어요. 윌의 눈으로 보려고 했더니 그때만큼은 정말로 그렇게 되더군요. 그러자 그 아이가 가여워졌어요. 윌이 그 아이를 집으로 데려온 뒤 처음으로 그 아이가 가엽고 좋아졌어요. '에밀리.' 제가 말했죠. '윌이 특별한 아이라는 건 알고 있지?' 제가 그 멍청하고 혐오스럽고 생색내는 듯한 단어를 쓴 거예요. '윌이 아프다는 건 알고 있어요.' 그 아이가 차분한 목소리로 대답하더군요. '내 말이 그 말이란다.' 제가 말했죠. '내 말이 바로 그 말이야.' 우리 둘은 아무 말 없이 한참 서로를 쳐다보며 앉아 있었어요. 범상치 않은 아이라는 생각이 들더군요. 정말 똑똑하고 생각이 깊은 아이였어요. 자기보다 나이가 두 배 많은 사람과 비교해도 손색이 없을 만큼."

그녀는 갑자기 말을 멈추고 덜컹거리며 지나가는 택시를 쳐다보았다. 하지만 라티프가 재촉하기 전에 다시 이야기를 시작했다.

"물론 그건 제 착각이었죠. 이러니저러니 해도 에밀리는 그 또래의 다른 아이들처럼 자기중심적인 열다섯 살짜리 고등학생이었어요. '윌이 얼마나 힘들어하는지 알아요.' 그 아이가 말했죠. '심지어 말하는 것조차 얼마나 힘든지 알아요.' 저는 그 아이를 보고 있는 것만으로도 흐뭇해서 고개를 끄덕이고 귀를 기울여주었어요. 그런데 에밀리가 그다음에 한 말을 듣는 순간 모든 게 무너졌죠."

"뭐라고 했는데요?"

"윌이 자기더러 사랑한다고 했다는 거예요. 윌의 상태를 놓고 보았을 때 정말일 수밖에 없다는 거였죠. '정신분열증을 다룬 책을 읽었거든요.' 그 아이는 무슨 비밀을 털어놓듯 이야기하더군요. '정신분열증 환자들은 거짓말을 하지 않는대요. 거짓말을 할 수가 없대요.'"

그녀는 고개를 돌려 라티프의 반응을 살폈다. 그가 아무 반응도 보이지 않거나 이해를 하지 못했거나 그녀의 고독이 확고하게 굳어질까 두려웠다. 그러면 어떻게 될까 궁금해졌다.

"제가 경험한 바로는 그렇지 않던데요." 잠시 후 그가 말했다. "사람이라면 누구나 거짓말을 하죠."

그녀는 마음이 놓여서 하마터면 웃음을 터트릴 뻔했다. "저는 열외로 쳐주셨으면 좋겠네요, 형사님."

"댁까지 바래다드리겠습니다." 그가 중얼거리며 차문을 열었다. 그의 얼굴이 작고 공허해 보였다.

그녀는 자리에 가만히 앉아 있었다. "그날 에밀리가 한 말이 또 하나 있는데 제가 그 말은 무시해버렸어요. 너무 화가 나서 제대로 생각할 여유가 없었거든요."

"어떤 말이었습니까?" 라티프가 물었다. 그의 왼발은 이미 연석을 딛고 있었다.

그녀는 숨을 크게 들이쉬었다. 이제는 남은 게 없었다. "윌이 자기더러 가장 아끼는 골칫거리라고 했다더군요."

268

그가 모든 걸 털어놓았을 때 에밀리는 그를 보고 웃었다. "왜 그런 얼굴로 나를 보는 거니?" 그녀가 물었다. "그거 내가 아는 노래야?"

"노래?" 그는 가까스로 되물었다. 목소리가 젖어 있었다.

그녀는 고개를 끄덕이고 다시 웃으며 그의 손을 꼭 잡았다. 모든 걸 털어놓았는데 그녀는 한마디도 듣지 않았던 것이다. 그는 숨을 들이쉬고 처음부터 다시 시작하려고 했지만 처음이 어디였는지 알 수가 없었다. 생각이 나지 않았다. 처음에 바이올렛이 있었지만 지금 그에게 바이올렛은 중요한 문제가 아니었다. 플라이지그 박사도 마찬가지였다. 학교도 마찬가지였다. 그는 한 가지 생각만 하려고 애썼다. 입을 다물고 이를 꽉 물었다. 사실 시작은 그날 아침이었다. 그 밖에는 그 무엇에도 의미나 무게가 실리지 않았다. 11월 11일, 그는 달려가서 열차를 탔다.

그가 막 생각하기 시작했을 때 두 사람은 터널 밖으로 나왔다. 그는 흩어진 생각들을 모으기 시작했지만 당장 생각을 멈출 수밖에 없었다. 그녀도 마찬가지였다. 그럴 수밖에 없었다. 둘은 애원하는 사람처럼 승강장에 나란히 서서 입을 떡 벌리고 반짝이는 천장을 올려다보았다. 지상의 그 어떤 소리도 그들 귀에는 들리지 않았다. 그들의 목구멍을 채우고 있는 공기는 잊혀진 시대의 것이었다. 그들이 있는 곳은 숨을 쉬기도 어려울 만큼 깊숙한 지하였는데, 우연인지 운명의 장난인지 창백한 한 줄기 빛이 그곳까지 스며들고 있었다. 그녀의 오른쪽 어깨가 그의 왼쪽 어깨를 파고들었다.

"헬러, 여기 와본 적 있어?"

"아니."

그녀는 나지막이 욕설을 내뱉었다. "왜 여기를 폐쇄했을까? 이유 알아?"

"너무 예뻐서 그랬겠지." 그의 목소리가 다시 평정을 찾았다. "너무 비밀스러운 곳이라 그랬겠지."

그는 자신이 내뱉은 말들이 어둠 속에서 구불거리는 것을 지켜보았다.

그녀는 앞으로 몇 발자국 걸어가 테라코타로 팔을 뻗었다. "아무것도 만져지지 않아." 그녀가 말했다. "여기는 내가 있을 곳이 아닌가봐."

"네가 있을 곳 맞아, 에밀리. 내가 데리고 왔잖아."

그래도 그녀는 불안한 눈치였다. 그녀는 어깨를 으쓱하더니 손가락으로 벽을 건드리지 않고 선로와 최대한 멀찌감치 떨어져서 벽을 따라 몇 발자국 걸었다. 로우보이는 그 자리에 가만히 있었다. 조만간 그녀에게 가겠지만 아직은 그럴 때가 아니었다. 서로의 생각이 같은지 확인해야 했다. 앞으로 벌어질 일에 대한 이유를 그녀가 알고 있어야 했다.

"에밀리, 터널에서 너한테 말했어. 알려주려고 했어."

"뭘 알려주려고?" 그녀는 왼손으로 타일을 훑고 있었다.

"잠깐만 천천히 가봐. 내 말 듣고 있는 거야? 내가……"

"지금은 아무 말도 하고 싶지 않아. 주위를 둘러봐, 헬러! 여길 보라고!"

그녀는 넘어지지 않게 최대한 뒤로 몸을 기울여 천장을 보고 웃었고, 거리낌 없이 기뻐하며 고개를 저었다. 이제는 좀 전만큼 그에게 고마워하지 않았고 진지하지도 않았다. 그가 거의 알지 못하는 사람이 되었다. 터널 안에서 뭔가 잘못되었다. 없어서는 안 될 작은 것이 사라져버렸다.

"우리 죽을 때까지 여기 있자, 헬러. 집을 짓자." 그녀는 숨을 멈췄다. "나 지금 일곱 살이 된 것 같은 기분이야."

"넌 열일곱 살이야, 에밀리." 그는 그녀를 유심히 뜯어보았다. "나보다 육 개월 먼저 태어났잖아."

"나도 알아." 그녀가 눈을 부라렸다. "하지만 너랑 같이 있을 때는 마음만 먹으면 일곱 살이 될 수 있어."

"왜?"

그녀는 뱅그르르 몸을 돌려 그의 뺨에 입을 맞추었다. "왜냐하면 네가 윌리엄 헬러니까." 그녀가 말했다. "이유는 너도 알잖아."

"왜?" 그가 물었다. 하지만 그도 알고 있었다. "내가 환자라서?"

그녀가 그의 손을 꼭 잡고 다시 반대편으로 몸을 돌렸다. 조그만 의심이 잠깐 피어올랐다 사라졌다. 그 무덤 같은 공기 속에서는 어떤 의심도 오래 버티지 못했다. 의심이 사라진 곳을 딱 그만큼의, 단 하나의 진실이 채웠다. 하지만 그보다 못한 진실들도 사람의 목숨을 구하곤 했다.

"낡은 이 벤치들로 불을 피울 수 있겠다, 안 그래? 계속 불을 피워놓는 거야." 그녀가 키득거렸다. "지하철에 사는 쥐들을 뭐라고 부른다고 했더라?"

"선로 위의 토끼."

그녀가 엄지손가락을 씹었다. "맛이 돼지고기나 닭고기와 비슷할지 궁금하다."

그녀를 쳐다보는데 노래가 하나 떠올랐다. 어렴풋이 기억나는 저녁, 그의 아버지가 불렀던 발라드였다. 아름답고 처연한 아버지의 환영. 그 노래를 조용히 흥얼거리자 아버지가 세상 저편의 침실에서 직접 부르는 것처럼 멜로디가 되살아났다. 사랑하는 사람에게 걷자고 했지. 나와 같이 조금만 걷자고 했지.

"그 노래는 나도 알아." 에밀리가 말했다. "제목이 뭐더라?"

일곱 개의 아치가 이슬람 식 계단으로 이어졌고 다시 일곱 개의 아치가 계단에서 뻗어나왔다. 광택제를 입힌 작은 꽃들이 손금처럼 희미했다. 달처럼 좌우대칭을 이룬 승강장. 보라색 유리를 끼운, 한 줄에 세 개씩 모두 아홉 개의 천창. 조수처럼 푸르고 치아처럼 누런 타일들. 신비주의자들이 엄숙하게 계산한 계단과 아치의 숫자. 예수그리스도를 상징하는 7, 삼위일체를 상징하는 3. 가장 최근의 어린 순교자를 상징하는 16. 로우보이는 눈을 크게 뜨고 찬양하며 천장으로 팔을 뻗었다. 승강장은 1904년 10월*부터 그를 기다리고 있었다.

"뭐 때문에 웃는 거야?" 에밀리가 물었다. "무슨 생각 해?"

"나중에 알게 될 거야." 로우보이가 말했다.

그러자 그녀는 입을 다물었다. 하던 걸 멈추고 숨을 들이마셨다.

"그냥 여기 있으니까 웃겨서 그래." 그는 팔을 내리고 한숨을 쉬었다. "너무 오랜만이라서."

"여기 온 적 없다 그랬잖아." 그녀는 이제 계단에서 옷깃을 만지작거리며 아주 높은 곳에 서 있는 것처럼 그를 내려다보고 있었다. "거짓말이었니?" 그녀의 그 표정을 그는 예전에도 본 적이 있었다.

"이리 와, 에밀리. 가지 마."

"너 때문에 무서워지고 있어, 헬러. 그렇게 웃지 마."

"그게 잘 안 돼." 그는 더욱 활짝 웃었다. "내려와서 키스해줘."

계단 난간을 움켜쥐는 그녀의 입에서 어떤 소리가 흘러나왔다. 고양이가 가냘프게 우는 소리 같았다. "이러는 거 싫어." 그녀가 말했다.

"상관없어." 로우보이가 말했다. 그는 다시 움직이고 있었다. "나를 위한 게 아니야, 에밀리. 다른 모두를 위한 거야."

"헬러……" 그녀가 손으로 눈을 가렸다. 그리고 손가락 사이로 그를 쳐다보았다. "그 자리에 잠깐만 있어줘. 제발 그렇게 해줄래, 헬러? 아무리 생각해도 나는……"

"에밀리." 그가 말했다. 그는 이제 계단에 서 있었다. "점점 뜨거

---

* 옛 시청 역의 개통일.

워지고 있어, 에밀리. 그건 너도 아니라고 할 수 없을 거야." 그의 왼손이 장난치듯 난간을 잡았다. "그걸 아니라고 하면 안 좋은 일이 벌어질 거야."

고양이 우는 소리가 또 들렸지만 그것으로 끝이었다. 그는 대답을 하는지 보려고 그녀의 이름을 나지막이 불렀지만 그녀는 꼼짝도 하지 않았다. 또다시 그 현상이 나타난 걸까, 그의 목소리가 안 들리게 된 걸까. 그녀가 왜 저러는 걸까. 그는 생각했다. 에밀리가 어떻게 된 걸까. 그녀가 저지른 짓일 수도 있을까.

그는 고개를 들고 윌 헬러의 표정을 지어 보였다.

"이런 짓 해서 미안해." 누군가가 말을 하고 있었다. 그가 하는 말이 아니었다. "나 때문에 네가 기분 나빠지는 건 싫은데. 나 때문에 당황했지, 에밀리. 나도 알고 있어. 이런 짓 해서 미안해." 그는 숨을 크게 들이쉬었다. "사실은 나, 몸이 좀 안 좋아."

여전히 아무런 반응이 없었다. 무사퀸타스가 밑에서 속삭였다. 마침내 그녀가 고개를 끄덕였고 손에 대고 기침을 했다. "나도 알아, 헬러. 내가 흥분을 했어. 그뿐이야. 부탁인데 그냥……"

"너한테 해주고 싶은 말이 있어, 에밀리. 어떤 사람 이야기야. 어디에서 읽었거나 뉴스에서 본 거."

그가 이야기를 마쳤을 때 그녀는 세 번째 계단에 서 있었다. 벌써 세 번째 계단이었다. 그가 눈을 한 번 감았다 뜨자 그녀는 네 번째 계단에 있었다. "그런 식으로 쳐다보지 마, 헬러. 꼭 다른 사람 같아. 뭘 하고 싶어하는 것 같냐면……"

"오대호라고 알아, 에밀리? 오대호에서 물고기 문제가 생겼대." 그는 그녀를 보았다. "물고기들이 사라지고 있대, 알겠어? 새끼들이 태어나지 않는다는 거야."

"헬러." 그녀가 애처롭게 말했다. "계속 그러면……"

"입 다물어, 에밀리. 과학자들이 거기서 어떤 물고기를 발견했는데, 퍼치*인 것 같다고 했어. 퍼치가 뭔지 알아?" 그는 그녀를 보며 눈을 깜빡였다. "작고 푸르스름한 물고기야. 예쁘지는 않아."

그녀는 다섯 번째 계단에서 그를 향해 고개를 끄덕였다. 계단은 전부 열한 개였다. 지금 그녀는 떨고 있을까. 울고 있을까. 까만 머리가 색유리처럼 그녀의 얼굴을 평평하게 덮고 있었다.

"퍼치한테 문제가 생겼어, 에밀리. 새로 태어나는 퍼치의 수가 날이 갈수록 줄어들고 있어." 그는 한숨 돌리고 좀더 천천히 이야기하려고 노력했다. "멸종되는 과정일까? 과학자들이 말하길 그건 아니래." 그는 한꺼번에 두 계단을 올랐다. "교미를 하지 않는 거야, 에밀리. 그게 문제였어. 물에 뭔가 문제가 있었던 거야." 그는 손깍지를 끼고 변호사 같은 표정을 지었다. "무슨 문제였는지 한번 생각해볼래? 내 말 듣고 있는 거야? 무슨 문제였을까?"

그녀가 왼손을 들어 오른손 옆으로 옮겼다. 그는 죽은 퍼치처럼 가만히 서서 기다렸다. 가만히 있기 힘들었지만 버텼다.

"너무 따뜻했던 거?" 마침내 그녀가 말했다. "물속이 너무 따뜻했던 거?" 그녀의 말투가 어색했다. 오스트리아 사람 같았다.

"과학자들은 그렇게 생각했지!" 그는 손을 내밀어 그녀의 손을 잡았다. "하지만 또다른 이유가 있었어. 재미있는 이유."

그녀가 신음 소리를 내며 손을 잡아 뺐다.

---

* 농어목 페르키다이과에 속하는 민물고기.

"약물이야, 에밀리. 물속에 약물이 있었어. 사람들이 변기에 그 걸 오줌으로 배출한 거야. 변기 물은 호수로 흘러들어가, 에밀리. 먹으면 기분 좋아지는 트라미넥스라는 약물이 있어. 그런데 그 약물에는 부작용이 있어. 에밀리, 내 말 듣고 있는 거야?"

그녀가 고개를 끄덕이고 벽돌에 몸을 기댔다.

"자이프렉사랑 같아, 에밀리. 데파코트랑도 같고." 그는 그녀를 보며 음흉하게 윙크를 했다. "교미가 안 되는 거."

그가 그녀의 셔츠를 올리고 배에 입을 맞추려고 허리를 숙이자 그녀는 발로 그를 걷어차고 계단을 올라갔다. 그녀 등 뒤의 계단에 놓여 있던 그의 손이 그녀의 구두 굽에 밟혀 두루마리 화장지처럼 찢어졌다. 내가 다시 밋밋해진 건가, 그는 궁금했다. 지금이 밋밋한 시간인가. 그녀는 세 계단 위에서 멈추어 섰고, 그는 달려들어 그녀의 발목을 잡고 고개를 들려고 했지만 그럴 수가 없었다.

"너 때문에 손가락이 찢어졌어, 에밀리. 너 때문에 망가졌다고."

나를 다시 데려다줘, 헬러, 제발 부탁이야, 데려다줘, 나가고 싶어.

"나가고 싶다고." 그는 멍하니 말했다. "그게 무슨 말이지." 그는 편지를 접듯 손을 접고 일어서려고 했다. 머리가 빙빙 돌며 가라앉았고, 팔이 팔꿈치까지 사라졌다. 에밀리를 봐, 그가 중얼거렸다. 그는 에밀리를 보았다. 그녀가 내려와 그의 바로 위 계단에 앉았다. 그가 무슨 말인가 했고 그녀가 대답했지만 아무 의미가 없었다. 아무 의미가 없잖아, 에밀리, 그가 말했다. 그녀는 고개를 젓고 또다른 말을 했다.

"너는 끌려간 거기에 있어야 했어, 헬러. 계속 거기 있어야 했어. 너를 내보내면 안 되는 거였어."

그는 그 말에 고개를 끄덕이고 기침을 하고 조심스럽게 일어났다. 그녀가 그에게서 비켜나며 몸을 일으켰고 난간에 기대어 헛되이 몸을 떨었다. 어둠이 그녀의 뒤에서 서치라이트처럼 고동쳤다. 그녀는 계속 위로 올라가고 싶어하는 것 같았다.

"머리카락을 위로 올려, 에밀리." 그가 말했다. "여기로 내려와서 앉아. 셔츠 벗고."

그녀의 몸이 움찔했지만 그뿐이었다. 그녀는 자기 자신에게 혹은 그에게 혹은 숨어 있는 누군가에게 말을 하고 있었다. "그만 울어, 에밀리." 아버지의 노래가 어디에선가 달콤하게 들려오고 있었다. 〈Banks of the Ohio〉였다. 그녀는 마지막 계단을 기어오르거나 혹은 비틀거리며 올라가고 있었다. 그녀 뒤에는 젖은 회색 타일과 불빛뿐이었다. 그는 소총이나 다른 치명적인 무기라도 되는 것처럼 성한 한쪽 팔로 그녀를 겨누었다.

"머리를 뒤로 넘겨, 에밀리. 너를 볼 수가 없잖아."

그녀는 몸을 돌려 종 모양의 정적 속으로 달려 들어갔다. 1987년부터 불이 들어오지 않는 작업용 조명과 삼각대를 지나갔다. 각 모서리에 전등이 있고 한가운데에 스위치가 있어 서투르게 그린 로봇 같았다. 에밀리가 로봇 춤을 추었지. 그는 옛 기억을 떠올렸다. 로봇 춤을 추면서 내 입에 키스했지. 어떻게 그렇게 할 수가 있지. 로봇을 지나 예배당처럼 생긴 방에 이르렀다. 어둠이 울부짖으며 솟아오르는 둥근 천장. 빅토리아 시대의 서랍장처럼 한쪽에 서 있는 나무 칸막이. 그녀는 두 팔로 무릎을 감싼 채 구석에 웅크리고 앉아 있었다.

"겁먹었구나, 에밀리." 그는 소매에서 두 팔을 스르르 꺼냈다.

"가까이 오지 마. 제발 부탁이야, 헬러, 가까지 오지 마."

"이 위에 앉아." 그가 말했다. "이걸 다리 밑에 깔아."

그가 셔츠를 던져주었지만 그녀는 그것이 자신을 해치기라도 하는 것처럼 움찔하며 뒤로 물러났다. 이제는 무언가 전과 달랐고 그는 그게 뭔지 궁금해졌다. 그가 선을 넘었을까. 그 아니면 그녀가 사소한 실수를 저질렀을까. 그는 눈을 감으면 혼자 역을 지키고 있었지만, 눈을 뜨면 그 어느 때보다 혼자가 아니었다. 그녀가 뒤축을 딛고 앞뒤로 몸을 흔들며 그를 향해 공허한 말들을 내뱉고 흐느끼고 있었다. 노란 커튼 뒤에서 입맞춤을 했던 적이 있던가? 그녀가 내게 옷과 음식과 담배를 주긴 한 걸까? 그는 그녀를 쳐다보았다. 어중간한 불빛 때문에 그녀의 이목구비가 뒤틀려 보였다. 그는 한 걸음 앞으로 살짝 다가가 청바지 제일 윗단추를 풀었다.

"누워, 에밀리." 그가 말했다. "다리 벌려."

그녀는 그 너머의 어딘가를 물끄러미 보며 시키는 대로 했다. 셔츠는 그녀의 오른쪽 뒤꿈치 근처에 손도 대지 않은 채 그대로 놓여 있었다. 그녀의 눈빛이 부드러워졌다. 그는 그녀를 내려다보며 서류 가방에 들어 있던 잡지를 떠올렸고 그의 기억에 남아 있는 사진과 눈앞의 광경을 비교했다. 그녀는 피부를 검게 태우고 화장을 한 그 여자들과 전혀 달랐지만 얼굴 어딘가가 똑같았다.

"왜 그래?" 그가 물었다. "의사가 필요해?" 그는 미간을 찌푸리고 청바지를 무릎까지 내렸다.

그녀가 한마디 말도 없이 벌떡 일어나 앉으며 구리 열쇠로 그의 가슴을 긁었다. 열쇠를 옆으로 꽉 쥔 채 겁에 질린 고양이처럼 위에서 아래로 할퀴었다. 그는 그녀의 발상에 웃음을 터트리며 뒤로 쓰러지기 시작했지만 그와 동시에 자신이 가슴 한복판에 상처를 입었다는 것과 그녀가 일어나 승강장 쪽으로 달리고 있다는 것을 생각하고 있었다. 그는 에밀리 하고 불렀지만 자기 귀에조차 그 소리가 들리지 않았다. 그의 옷들이 콘크리트 위에 쌓여 있었고 그의 바지가 똥 싼 아기의 바지처럼 뭉쳐 있었다. 수도꼭지에서 나온 물방울처럼 그 위로 피가 뚝뚝 떨어졌다. 그는 일어나 그녀의 이름을 다시 한번 부르고 무릎을 꿇었다. 공기와 타일과 금이 간 장미꽃들이 그의 고통 속에서 기뻐 날뛰었다. 그녀는 계단 아래에서 미친 듯이 원을 그리며 달리고 있었다. 그녀의 발소리가 샹들리에와 둥근 천장과 화려하고 무정한 신전의, 활처럼 휜 벽에 반사되었다. 그녀는 그의 눈을 찌를 유리 조각을 찾고 있었다.

아파트는 라티프가 예상했던 것과 전혀 달랐다. 길고 경사가 있고 어두컴컴하고 다락방처럼 고요하고 답답했고, 벽은 크리스마스 분위기의 칙칙한 빨간색으로 칠해져 있었다. 길이나 다른 아파트에서 나는 소리는 전혀 들리지 않았다. 그녀는 집 안에 자는 사람이 있기라도 한 것처럼 조심스러운 목소리로 신발을 벗어달라고 했고 그는 당장 지시에 따랐다. 그 공간의 개별성이 압도적이었다. 아편굴이나 매음굴이 떠올랐지만 이렇게 아담하고 이렇게 조용한 매음굴은 없었다. 붉은 기운과 답답한 분위기, 검은색 래커로 칠한 가구의 광택이 한데 어우러져 그의 마지막 목적의식마저 앗아가버렸다. 벽에는 잡지와 책에서 뜯은 사진들이 붙어 있었다. 온실, 오벨리스크, 맨살을 드러낸 팔, 열대지방 어딘가의 철도 터널. 네모반듯한 싸구려 액자에 담긴 누렇게 바랜 신문 사진. 그는 짝이 맞지 않은 양말을 신은 채, 미술품 수집가나 구혼자 혹은 어리둥절해하며 뭘 해야 하는지 설명을 기다리는 사람처럼 두 손을 뒤로 깍지 끼고 이 방에서 저 방으로 어슬렁어슬렁 돌아다녔다. 모든 방에 고여 있는 슬픔에는 착각의 여지가 없었고, 그것은 베개나 바닥에 흩어져 있는 휴지 조각처럼 손으로 만져질 듯했다. 그 속에 아이가 있었다는 게 상상이 되지 않았다.

"이 집에서 산 지 얼마나 되셨습니까?" 결국 라티프가 물었다. 그녀는 부엌에서 터키 커피를 끓이고 있었다. "여기서 윌과 같이 살았습니까?"

"믿으실지 모르겠지만 여기서 십칠 년을 살았어요." 그녀는 그를 놀리는 것처럼 조금 경쾌한 목소리로 말했다. "지금 같으면 돈이 없어서 이런 곳에서 살지 못했을 거예요. 우유 넣어드릴까요?"

"네. 설탕도요."

그의 귀에 웃음소리인 듯한 소리가 들렸다. "콧대 높은 뉴욕 사람들은 항상 블랙으로 마시는 줄 알았는데요."

"입맛 고급스러운 뉴욕 사람들이겠죠, 헬러 씨. 우리가 그렇게 콧대가 높지는 않습니다."

그녀가 다시 웃음을 터트렸다. "그 말 못 믿겠는데요."

그는 거실에 혼자 서서 받침 접시와 찻잔 들이 달그락거리는 일상적인 집 안의 소음을 들었다. 그렇게 어두운 곳에 있으니 그 소리들이 새소리처럼 이국적으로 들렸다. 그녀는 상대를 쥐락펴락할 수 있게 된 여자들이 그렇듯 그를 무시한 채 흐뭇해하며 혼자 콧노래를 흥얼거렸다. 그렇게 됐다는 걸 그녀는 어떻게 알았을까, 라티프는 궁금해졌다. 체크무늬 교복을 입은 여학생들 속에서 어깨가 축 처져 피를 흘리며 집으로 데려다달라고 속삭이던 바이올렛이 떠올랐다. 잠시 후 그는 깨달았다. 그녀가 흐뭇해할 수 있는 건 내가 실패했기 때문이지. 반신반의하는 동안 겪어야 하는 부담감이 사라졌으니까. 그녀는 이제 내게서 아무것도 기대하지 않는 거야.

부엌에서 나는 소리를 들어보니 그녀는 지난 삼십 분을 머릿속에서 지워버린 게 분명했다. 아파트라는 그녀의 동굴에서 마시고 싶지도 않은 커피를 기다리고 있는 지금 이 순간만큼 그녀의 이질감이 불리하게 느껴진 적이 없었다. 그 이질감만 없었더라면 그는 대화를 유도했을 테고 커피나 그녀의 자제심, 가구를 고른 안목을 칭찬하면서 그녀의 비밀 주변을 맴돌고 있다고 확신했을 것이다. 그런데 지난 세 시간 동안 깨달은 거라곤 그녀의 성격이 분노나 고집이 아니라 그가 아직은 알 수 없는 다른 이유로 한곳에 정착하거나 하나의 틀에 박히는 걸 거부한다는 것이었다. 그녀는 겉과 속이 다르거나 계산적인 구석이 전혀 없었고, 그런 면 자체가 당혹스러웠다. 어쩌면 그가 본 모습이 그녀의 전부일지도 몰랐다.

"여기 있어요, 형사님. 진하고 달아요. 터키 커피에 익숙하지 않으면 케이유당할 수도 있어요."

"케이오당할 수도 있다는 말씀이죠?" 그는 간신히 대답했다. 그녀는 조그만 찻잔이 놓인 에나멜 쟁반을 들고 문가에 서서 전혀 예상치 못했던 표정으로 그를 보며 웃고 있었다. 그는 허둥지둥 찻잔을 받아들고 커피를 마셨다.

"조심하세요." 그녀가 웨이트리스처럼 손가락 끝으로 쟁반을 받쳐 들고 말했다. "뜨거워요."

"맛있네요." 그는 또 한 모금 마시고 다시 한 모금 더 마셨다.

"세상에 이럴 수가!"

"맛있죠? 터키가 빈을 일 년 가까이 포위한 적이 있잖아요. 그때 우리가 터키 사람들에게 커피 만드는 법을 배웠죠." 그녀는 쟁반을 내려놓고 한 손가락으로 멍하니 머리카락을 쓸어내렸다. "터키 사람들은 어디서 배웠는지 모르겠네요."

"눈 좀 붙이셔야죠." 잠시 후 라티프가 말했다. 두 사람은 볼품없는 등나무 의자에 앉아서 생일 파티에 참석한 아이들처럼 두 손으로 찻잔을 감싸 쥐고 있었다. "긴긴 밤이 될지도 모릅니다."

"잠은 필요 없어요. 터키 커피를 마셨잖아요. 우리, 대신 이야기나 해요. 저한테 궁금한 거 물어보세요."

"좋습니다." 그는 잠시 그녀를 물끄러미 쳐다보았다. "빈은 왜 떠나셨습니까?"

그녀의 미소에 살짝 힘이 들어갔다. "왜 떠났겠어요, 형사님? 사랑에 빠져서죠."

"윌의 부친과 말입니까?"

그때껏 시녀처럼 꼿꼿하게 앉아 있던 그녀가 쿠션 속으로 몸을 묻었다. 중국식 램프 빛에 비친 모습이 열일곱 살이라고 해도 믿을 정도였다. "윌의 아버지는 음악가였어요. 비브라폰 연주자였죠. 제가 그 말씀을 드렸는지 모르겠네요."

"하시 잃으셨습니다." 그는 오른쪽 무릎에 찻잔을 얹고 어깨 너머로 그녀를 쳐다보았다. 왠지 모르겠지만 뒤로 기댈 수가 없었다.

"아무튼 그랬어요. 미국에서는 재즈가 폴카 다음으로 죽은 음악일지 몰라도……"

"재즈는 죽은 음악이 아닙니다."

그녀가 입으로 손을 가져갔다. "그렇게 말씀하시니 나이를 짐작할 수 있겠는데요."

"하던 말씀 계속하십시오."

그녀는 한숨을 내쉬었다. "살았든 죽었든, 빈에서 80년대에 재즈는 짜릿한 것이었어요." 그녀가 자세를 바꾸자 그의 밑에서 의자가 움직이는 게 느껴졌다. "적어도 몇몇 사람들한테는요. 요한 슈트라우스에 비하면 마일스 데이비스가 비교적 젊게 느껴졌으니까요."

그는 그 말에 웃음을 터트렸다. "월의 부친은 어떻게 만났습니까?"

"대학생 때 만났어요. 포기 앤드 베스라는 재즈클럽에서 일주일에 삼 일 일하고 있을 때였죠. 저는 영어를 제법 했고 재즈에 대해서 아는 게 좀 있었기 때문에 대개 돈을 많이 받았어요. 그리고 미국 연주자라고 하면 맥을 못 쑤는 버릇이 있었죠."

그는 점잔을 빼며 헛기침을 했다. "못 추는, 이겠죠. 맥을 못 추는."

"형사님은 제가 틀리면 고쳐주는 걸 좋아하시네요."

그는 그녀의 시선을 피했다. "헬러는 남편분의 성이었습니까?"

"우리는 결혼하지 않았어요. 그건 알고 계신 줄 알았는데요."

"제가 모르는 게 얼마나 많은지 알면 놀라실 겁니다. 특히 오늘 같은 경우에는 말입니다. 혹시라도 언짢으셨다면 사과……"

"그러실 것 없어요. 우리는 결혼을 하지 않기로 선택한 거였으니까요." 그녀는 어깨를 으쓱했다. "남편의 이름은 알렉산더 휘섬이었어요."

라티프는 움찔하지 않을 수 없었다. "알렉산더 휘섬이라면 제가 아는 사람인데요." 그가 말했다.

그녀는 놀라워하지 않았다. "그래요?"

"그럼요. 한동안 오넷 콜먼과 함께 활동했잖습니까."

"이제 정말로 형사님 나이가 보이네요."

그는 손잡이가 자기 쪽을 향하게 돌려서 찻잔을 조심스럽게 내려놓고 그녀에 대해서 가졌던 이미지 속에 그 새로운 사실이 자리 잡을 시간을 주었다. 앨릭스 휘섬을 모르는 사람은 없었다. 의심할 여지가 없는 거장 중 한 명이었다. 그녀의 미모와 그 이야기를 할 때의 작고 무심한 목소리가 아니었다면 진위를 의심했을지 모른다.

"일하던 클럽에서 휘섬 씨를 만났다고요?"

그녀는 천천히 숨을 들이쉬며 고개를 끄덕였다. "앨릭스를 처음 본 순간은 죽을 때까지 잊지 못할 거예요. 오넷, 앤서니 브랙스턴, 에드 블랙웰, 돈 체리 등 전설들로 가득한 포스터에서 백인은 그 사람 하나였고 그걸 만회하려는 듯 멋지게 차려입고 있었죠. 동료들은 그를 '포주 바닐라'라고 불렀어요." 그녀는 혼자 빙그레 웃었다. "그는 마드라스 면으로 만든 스리피스에 은색 운동화를 신고 클럽 안으로 들어왔어요. 제가 본 사람 중에서 가장 옷을 잘 입는 남자라는 생각이 들었어요." 그녀는 쿠션 사이로 손을 넣어 납작해진 남뱃갑을 꺼냈다. "일 년하고 유 개월 뒤에 제가 이 아파트로 이사왔죠."

그는 머뭇거렸다. "혼자 온 겁니까?"

"가끔은 앨릭스하고 같이 살았어요." 그녀는 라이터를 찾아서 시험해보고 담배에 불을 붙인 다음 옆에 내려놓았다. "또 어떨 때는 아니었고요."

"뭐하러 기다린 겁니까? 학교를 졸업하느라고요?"

담배에서 치익 하는 소리가 났다.

"학교는 졸업 못 했어요, 형사님."

"안타까운 일이군요."

그녀는 고개를 끄덕였다. "신경화학을 공부하고 있었는데 말이죠."

누가 들어도 알 수 있는 아이러니였다. "여기에서 학교를 다니면 안 됩니까?" 결국 그가 물었다. "학점을 인정받고 시험을 보고 그러면 안 되나요?"

"사실 그렇게 했어요. 부모님이 모아두신 돈이 좀 있었거든요. 퇴직금이고 많지는 않았는데 제게 가책을 느끼게 하려고 여기로 보내셨어요. 록펠러대학을 거의 칠 개월 동안 다녔죠."

"그런데요?"

"보시는 대로예요, 형사님. 저는 감히 쇼핑할 엄두도 내지 못하던 백화점의 마네킹 눈과 입술을 칠해요. 그 방면에 소질이 있었나봐요."

"제가 이런 말씀드린다고 불쾌하실지……"

"커피 드세요. 식으면 맛없어요."

그는 고분고분 한 모금 마셨다. "계속 캐물어서 죄송합니다, 헬러 씨. 일할 때 습관입니다." 그는 이가 나가고 짝도 안 맞는 받침에 찻잔을 내려놓았다. "솔직히 말씀드리면 일을 하지 않을 때도 그러죠. 저는 일상적인 대화를 잘 못하는 사람입니다."

"왜 그렇게 격식을 차리세요, 형사님? 몇 분 전까지만 해도 저를 그냥 바이올렛이라고 부르셨잖아요. 우리, 처음부터 다시 시작해야 되는 건가요?"

그는 커피를 다 마신 다음 찻잔을 그녀에게 주었고 엄청난 의지를 동원해 그녀의 눈을 똑바로 쳐다보았다. 그녀는 쿠션을 안고 손깍지를 낀 채 장난기가 조금도 없는 눈빛으로 차분하게 그를 바라보았다. 그는 그녀의 의중을 파악하려고 했지만 실패했다. 그 노골적인 눈빛은 그를 공격하던 남자나 키스를 기다리던 여자 들한테서나 볼 수 있었던 것이었다. 정말 어처구니없는 발상이로군, 그는 생각했다. 게다가 한심해. 다른 이유는 생각이 나지 않다니.

"제가 너무 주제넘었던 모양입니다." 그는 마침내 그렇게 말하고 너무 탁하게 들리는 자기 목소리에 굴욕감을 느꼈다.

"형사님을 보면 엘빈 존스*가 생각나요." 그녀가 잔을 다시 채워주었다.

"둘 다 자기 직업에 비해 너무 점잖아요. 형사님은 교수나 뭐 그런 게 되었어야 하는데." 그녀는 빙긋 웃고 왼팔로 그의 옆구리를 스쳤다. "철학과나 민족음악학과. 뭔가 점잖은 과요."

그는 희미하게 따라 웃었다. "재즈 거장과 비교되다니 날마다 있는 일이 아닌데요." 그 말에 그녀는 아무 대꾸가 없었다. "저를 이곳으로 초대하신 이유가 뭡니까, 헬러 씨?"

"초대한 게 아니에요, 형사님. 콩기름으로 움직이는 그 조그만 차로 집까지 데려다달라고 한 거죠." 그녀는 갑자기 그에 대한 애

---

* 1927~2004. 재즈 드러머.

정이 식은 것 같았다. "물어보셨으니 말씀드리면 약을 먹고 좀 진정하려고 했어요. 그리고 술도 한잔하고요."

갑자기 변한 이유가 있군, 그는 생각했다. 모든 게 이해되는군. "약을 드신 줄 몰랐습니다." 그가 최대한 감정을 배제한 목소리로 말했다. "저한테 커피 끓여주는 틈을 타서 드신 겁니까?"

"그 틈을 타서 그냥 커피만 끓였어요, 형사님." 그녀는 눈을 감았다. "약은 안 먹었어요. 아직은요."

"뭘 드실 생각이었습니까?"

그녀는 한숨을 쉬며 뒤로 기댔고 X자로 포갠 양 손목을 앞으로 뻗었다. "진정제요, 형사님. 좋아좋아 약이요. 나를 가두고 열쇠는 던져버려."

그는 그만 웃음을 터트리고 말았다. "재즈클럽을 너무 자주 드나드신 모양입니다. 좋아좋아 약은 또 뭡니까?"

"저랑 나눠먹고 직접 확인해보실래요?"

그는 잠깐 그녀를 물끄러미 쳐다보았다. "병을 한번 봐도 되겠습니까?"

"영장부터 보여주시죠, 형사님."

"체포하지는 않을 겁니다. 차라리……"

"차라리 이걸 보여드릴게요." 그녀는 의자에서 일어나더니 한 걸음도 허비하지 않고 완벽하게 좁은 방을 지나 시야에서 사라졌다. 잠시 후 돌아온 그녀는 어린아이처럼 손을 몸속에 숨긴 채 그가 너덜너덜한 앨범을 넘기는 것을 바라보았다. 그의 오른쪽 귀를 스치고 지나가는 그녀의 숨결이 이상하리만치 서늘하고 차분해서 마치 방충망에 머리를 대고 있는 듯한 착각이 들었다. 그녀에게서 담배와 감지 않은 머리 냄새가 났다.

"형사님 서류철에는 윌의 어떤 사진이 들어 있는지 모르겠지만 만약 〈포스트〉에 실렸던 거라면……"

"이게 아드님입니까?"

"그럼요."

노출이 과하게 된 정원 사진. 머리는 거의 무색에 가깝고 손잡이를 잡지 않고 열차에 타고 있는 사람처럼 두 팔을 뻗은 남자아이 하나가 사진 한가운데에 똑바로 서 있었다. 기껏해야 네 살 아니면 다섯 살이었다. 무언가 범상치 않은 사진이었는데, 그것이 너무나 뜻밖의 부분이었기 때문에 라티프는 어느 정도 시간이 지난 뒤에야 알아차릴 수 있었다. 남자아이의 표정에는 영리함, 심지어 자신만만함 그 이상의 것이 있었다. 모든 걸 알고 있다는 표정이었다.

"형사님도 느끼셨군요." 그녀가 조용히 말했다. "느껴지시죠?"

라티프는 고개를 끄덕였다.

"우리는 그때도 두려움을 느꼈던 것 같아요. 그 아이의 표정만 그랬던 게 아니에요. 움직이는 법도, 말하는 법도 여느 아이들과 달랐거든요. 일종의 천재성으로 받아들여야 한다고 결론을 내린 사람이 앨릭스였어요." 그녀는 의자에 살짝 기대어 앉았다. "이제 와서 생각해보면 우리 둘 다 어떤 일이 벌어질지 알고 있었던 것 같아요."

"지나고 나서 생각해보면 항상 그렇죠."

"그런가요?"

"두 분 다 달리 방법이 있었을까 싶습니다."

"제 말이 맞다니까요. 형사님은 이런 일을 하기에 너무 마음이 너그러워요."

　그는 계속 사진을 물끄러미 내려다보며 단순한 스냅사진일 뿐이라고 생각하려 하는 한편, 좀더 선명하게 초점을 맞추려고 애를 썼다. 그는 얼마 뒤에야 뒤쪽에 어떤 여자아이가 있는 걸 알아차렸다. 그녀는 남자아이보다 나이가 많아서 이미 십 대였지만 그것만 빼고는 쌍둥이라고 해도 믿어질 정도였다. 남자아이는 잘생겼다는 표현을 쓰기에 너무 어린 나이였지만 여자아이는 미녀라는 표현이 아깝지 않았다. 사진의 왼쪽 상단 구석에 맴돌고 있는 그녀는 사각 틀 안에서 빠져나가려는 것처럼 몸 왼쪽이 희미하게 뭉개져 있었다. 그는 목소리가 달라질까 두려워 그녀에 대해 묻기가 망설여졌다.

　"이 구석에 있는 아이는 누굽니까?"

　"누구겠어요?"

　물어보나 마나 그녀였다. 물어보나 마나 한 것이었다. 드디어 그녀가 완벽하게 그의 허를 찔렀다. 그는 고개를 돌리고 그녀를 쳐다보았지만 너무 가까이 있어서 초점이 맞지 않는 바람에 사진 속의 모습처럼 가장자리가 뭉개져 보였다. "이곳으로 건너왔을 때 몇 살이었습니까?"

　그는 미소를 기대했지만 그녀는 웃지 않았다. "뭘 알기에 너무 어린 나이였죠. 스물하나였어요."

　"이 사진 속의 여자아이는 열네 살쯤 되어 보이는데요."

　그녀는 고개를 끄덕였다. "너무 어려 보이는 게 얼마나 싫었는지 몰라요. 어이없는 일이었거든요. 내가 다른 사람의 몸속에 들어가 있는 듯한 기분이었어요."

"그나마 이 정도이길 다행이었겠습니다."

그녀가 미간을 찌푸렸다. "거울을 보면서 인상을 쓰다 앨릭스한테 종종 들키곤 했어요. 그게 제가 생각할 수 있는 제일 못난 얼굴이었거든요. 윌이 그 버릇을 물려받아서 항상 인상을 쓰고 다녀요."

그는 자기도 모르게 다시 앨범으로 고개를 돌렸다. "윌의 부친은 언제 돌아가셨습니까?"

"올해 3월로 이 년 됐어요."

"그렇군요." 그리고 보니 〈타임스〉에 수박 겉 핥기 식 부고가 실렸던 게 생각났다. 공항 근처의 어느 이름 모를 모텔에서 혼자 잠을 자던 중 심장마비를 일으켰다고 했다. 그렇게 빤한 상황에서 맞이한 누추한 죽음이었다. "아드님의 상태가 악화됐던 바로 그 시점이었군요."

"그 무렵 앨릭스는 발길을 끊었어요. 자기 문제로도 충분히 골치 아픈 상황이었으니까요." 그녀의 말투는 마치 열차에서 한 번 만난 어떤 남자의 슬픈 운명에 대해 이야기하는 듯했다.

"서로에 대한 애정이 날아가버린 모양이로군요."

"마지막에는요." 그녀는 무슨 말을 하려다 멈추었다. "참 재미있는 표현 아닌가요? '애정이 날아가버리다'니. 앨릭스가 살아 있었을 때 같으면 제가 그 말을 액면 그대로 받아들였을 거예요." 그녀는 똑바로 앉으며 앨범을 받아 들었다. "물론 그보다 더 중요한 게 날아가버리려는 상황이었죠. 우리 이들이 말이에요."

그녀를 바라보는 동안 처음에는 어렴풋하던 깨달음이 점점 더 분명해졌다. 그는 지금 이성과 신중함에서 점점 멀어져 헤매고 있었다. 이제는 그 사실을 외면할 수 없는 지경에 이르렀다. 하지만 그가 그곳에 앉아 그녀에 의해 마지막 방어선이 무너지도록 내버려두는 사이, 그의 깨달음은 소강 상태에 접어들었다. 그리고 얼마 안 있어 완전히 사라진 듯했다.

"보여드리고 싶은 사진이 한 장 더 있는데. 보실래요?"

"보여주십시오."

그녀는 양 무릎에 앨범을 얹고 아들을 끔찍이 사랑하는 어머니를 연기하며 수줍은 듯 조심스럽게 페이지를 넘겼다. 아니야, 그녀는 연기를 하는 게 아니야, 그는 생각했다. 그녀를 원한다고 해서 함부로 헐뜯는 건 안 되지. 네가 지금 제정신이 아니로군.

"이거예요." 그녀가 셀로판지를 반듯하게 펴며 말했다. "도서관에서 찍은 사진이에요. 열네 번째 생일이 지나고 몇 개월 뒤에."

그는 그녀 쪽으로 몸을 기울이고 쳐다보았다. 좀 전에 보았던 그 고운 아이, 이제는 남자치고 너무 예쁘장하다 싶은 아이가 화강암 계단 앞에서 역광을 받고 서 있었다. 다리를 넓게 벌리고 있는 자세도, 단정하게 빗은 머리도, 구부정한 어깨도 똑같았다. 얼굴도 똑같았지만 이제는 단순히 어쩔 줄 몰라하는 표정이었다. 수술대에 쳐놓은 칸막이처럼 미소가 얼굴 앞에 들러붙어 있었다.

그녀는 멀찌감치 몸을 떨어뜨린 뒤 주먹에 대고 기침을 했다. "윌한테 몸이 아프다고 설명을 해주고 며칠 뒤 코펙을 만나러 갔는데 그사이에 그 아이는 정신분열증을 다룬 책을 모조리 읽었어요. 그러더니 앞으로 남은 시간이 많지 않다는 걸 깨닫고, 아니, 어쩌면 감으로 느낀 걸지도 모르겠어요, 학교를 안 다녀도 되느냐고 묻더군요. 제가 코펙에게서 진단서를 받아주었더니 거의 자랑스러워하는 눈치였어요." 그녀는 다시 기침을 했다. "물론 의사의 진

292

단서는 필요 없었어요. 두 번 다시 학교에 다니지 못할 수도 있었으니까요. 그 아이는 이미 환청을 듣고 혼잣말을 하고 아무 이유 없이 키득거리는 등 정신분열증의 일반적인 증상을 보이고 있었어요. 하지만 적어도 처음에는 도서관에서만큼은 자제를 했고, 그 달 말 무렵에는 실제로 그 방면의 전문가가 되었죠. 하루는 특별히 상태가 좋았기에 제가 어떻게 했으면 좋겠느냐고 물었어요. 그 아이는 응석을 받아주듯 빙긋 웃으면서 제 손을 잡더군요. '세상이 끝날 때까지 기다려야 해요, 바이올렛.' 그 아이는 그렇게 말했어요. 제가 환자이고 제가 간호를 받아야 할 사람인 것처럼 대하는데, 어떤 의미에서는 그게 맞다는 생각이 들더군요. '그게 무슨 말이니, 윌?' 제가 물었어요. '무슨 세상이 끝난다는 거야?' 그 아이는 손을 내밀어 제 어깨를 토닥였어요. '당연히 우리가 사는 세상이죠.' 그러더니 제 뺨에 입을 맞추고는 2층으로 올라갔어요."

라티프는 의자 끝에 앉아 기다렸다. 바이올렛의 눈이 다시 감겼지만 자세는 여전히 꼿꼿했다. 뭐라고 말 좀 해, 그는 자기 자신에게 명령을 내렸다. 하지만 당연히 아무 말도 하지 않았다. 낡은 영사기에서 나오는 빛처럼 램프가 깜빡이기 시작했지만 그녀를 너무 뚫어지게 쳐다보느라 그렇게 느낀 것일지도 몰랐다. 그는 그녀에게 들은 모든 이야기에 비추어보았을 때 그의 욕망이 얼마나 외설스러운지 알고 있었지만 그걸 안다 해도 아무 효과가 없었다.

"당신은 더 나은 대접을 받아야 합니다." 그가 멍하니 말했다. 공기가 방 밖으로 빨려나간 것 같은 기분이 들었다. "지금보다 더 잘 살아야 해요."

그녀가 눈을 떴다. "지금 저한테 청혼하시는 건가요?"

"헬러 씨." 그는 머뭇거리며 그녀의 어깨를 잡았다. 그의 손가락 밑에서 그녀의 몸이 움찔하는가 싶더니 곧 진정되었다. "바이올렛……"

그녀의 눈이 표정을 잃었다. "윌 말고는 아무도 나를 그렇게 부르지 않아요."

그가 그녀의 어깨에서 손을 떼는 순간 전화벨이 울렸다. 발랄하고 유치하며 그 집의 모든 물건처럼 고풍스러운 진짜 벨소리였다. 그녀는 자기 탓에 전화가 오기라도 한 것처럼 벨이 세 번 울릴 때까지 하릴없이 자기 손을 내려다보며 가만히 앉아 있었다. 그러다 쏜살같이 그를 지나 부엌으로 달려갔다.

벨소리가 끊겼을 때 그는 그녀가 전화를 받은 줄 알았다. 그는 그녀의 목소리가 들리길 기다렸지만 그녀는 아무 말도 하지 않았다. 그제야 그녀가 제때 전화를 받지 못했을지 모른다는 생각이 들었다. 그가 부엌으로 걸어가는 사이 벨이 다시 울렸고 이번에는 그녀가 당장 받았다.

"괜찮아." 그녀가 조용히 말했다. "이제 다 괜찮아."

애초부터 그녀는 그 전화를 기다리고 있었던 게 분명했다.

바이올렛? 여보세요? 아무 말이라도 해줘요, 바이올렛. 전화 받고 다 괜찮다고 말해줘요.

괜찮아. 이제 다 괜찮아.

내가 다 망쳐버렸어요, 바이올렛. 옷에서 피가 나와요.

다쳤니, 뭘? 아파?

뭘?

그건 잘 모르겠어요. 아프냐고요? 아프진 않아요.

다행이다. 정말 다행이야. 이제 할 수 있으면 심호흡을 하고 어떻게 된 건지……

우습게도 그녀가 나를 뒤로 밀었어요. 갑자기 벌떡 일어나는 바람에 깜짝 놀랐고 그녀한테 베였을 때 나는 쓰러지면서 큰 소리로 웃었어요. 열쇠를 쥐고 기다리고 있었던 게 분명해요. 정말 그랬던 거예요. 그녀는 빌어먹을 선로 위의 토끼처럼 계단을 다시 달려 내려갔어요. 나는 더는 하고 싶지 않았어요. 그녀가 가는 걸 그냥 쳐다보았어요, 바이올렛. 그녀는 그렇게 뛰어가버렸어요. 당신은 내가 지금 무슨 말을 하는지 모를 거예요. 선로 위의 토끼가 뭔지도 모를 거예요.

그래, 월. 모르겠어. 설명해줄래?

내가 그걸 했어야 맞는 걸까요, 바이올렛? 나는 그런 줄 알았는데. 안 그랬다면 바지를 내리지 않았을 거예요.

먼저 거기가 어딘지 알려주겠니? 그걸 말해주면 내가 가서 너를 찾을게. 그러고 나서 네 이야기를 들을게. 듣고 싶은 이야기가 너무 많아서……

무슨 이야기요, 바이올렛? 나는 아무것도 듣고 싶지 않아요. 아무것도 들리지 않았으면 좋겠어요. 다들 입을 다물었으면 좋겠어요. 음……

옆에 누구 있니, 월? 다들이라니? 그게 무슨 소리야?

음. 누군지 알잖아요.

모르겠다, 월. 네가 알려주면 좋겠는데.

누군지 알잖아요. 누군지 알잖아요. 내가 약을 끊었단 말이에요.

하지만 그 사람들 입을 다물게 하려면 약을 먹는 수밖에 없잖아? 내가 말했잖니. 너도 약속했고. 나한테 약속했던 거 생각나지, 월? 플라이지그 박사님이……

약을 먹으면 입을 너무 다문단 말이에요. 조용해진다고요. 너무 밋밋해진다고요.

네 목소리도 너무 작구나. 수화기에서 이상하게 윙윙하는 소리가 나네? 공중전화로 걸고 있는 거니?

터널 안에 있는 전철역의 공중전화로 거는 거예요. 괜찮아요. 공중전화는 동전을 넣으면 되는 기계예요.

왜 이렇게 조용히 말하니? 왜 이렇게 속삭여? 옆에 다른 사람들이 있니?

아주 가까이 있어요, 바이올렛. 문간에. 다 해서 세 명이에요. 오랫동안 다른 방에 있었던 사람들인데.

역 이름을 말해줄래? 무슨 역이니?

정말 좋은 역이에요. 최고로 좋은 역. 우비를 입은 여자들이 우리 이야기를 하고 있어요. 열차들이 지나가요. 이 노선에서 제일 좋은 역이에요.

여자들이 우비를 입고 있다고? 거기 비가 오고 있니?

음……

몇 호선이니, 윌? 글씨나 숫자가 적혀 있어?

아뇨, 바이올렛. 음. 아뇨, 아뇨, 아뇨, 아뇨.

괜찮아. 상관없어. 무슨 색인지 말해줄래? 그건 말해줄 수 있지?

베였어요. 에밀리가 그랬어요. 갑자기 벌떡 일어나서 나를 두 동강 냈어요. 젖꼭지 사이를 그었어요.

지금 에밀리는 어디 있니, 윌? 에밀리는 괜찮고?

* * *

윌? 여보세요? 지금 에밀리가 옆에 있니? 같이 있어?

음.

월, 대답 좀 해라. 제발.

그렇기도 하고 아니기도 해요, 바이올렛. 그렇기도 하고 아니기도 해요.

그러지 마, 월. 그러지 마. 그런 식으로 말하지 마.

에밀리한테 모든 걸 이야기했어요, 바이올렛. 괜찮을 거라고 생각했어요. 날씨와 나한테 주어진 소명과 무사퀸타스 이야기를 했어요. 재미있는 이야기도 들려주었고 그녀를 따라가서 남의 옷도 입었어요. 아주 새롭고 섹시한 옷이에요. 돈은 내가 냈어요. 뒷주머니에 주사위가 그려진 짙은 색 청바지예요. 그리고 옥스퍼드 셔츠. 스웨터. 커튼 뒤에서 그녀가 초록색 허리띠도 줬어요. 그녀는 로봇 춤을 추었어요, 바이올렛. 나한테 키스도 했어요.

에밀리는 너를 해칠 생각이 없었을 거야, 월. 에밀리는 너하고 제일 친한 친구잖니. 내 말 듣고 있니? 에밀리는……

아니에요, 그럴 생각이 있었어요, 바이올렛. 이제 입 다물어요. 당신이 뭘 안다고 그래요? 그 자리에 있지도 않았잖아요? 그 망할 년. 내가 학교에서 어떻게 지냈는지 이야기해줬지만 들으려고 하지 않았어요. 그녀는 바보 같았고 터널 안에서 잔뜩 겁을 먹었어요. 말을 너무 많이 했어요. 승강장에 도착했을 땐 날 보며 키득거렸고 학교 사람처럼 눈을 부라렸어요. 내가 하는 말을 단 한마디도 듣지 못했어요. 나더러 모든 게 근사하다고 했어요. 아치를 제일 좋아했어요. 거기에는 샹들리에도 천창도 있었어요. 준비됐어? 내가 물었어요. 그녀는 그 말도 좋아했어요. 그녀는 계단을 올라갔어요. 나는 그때 해야 되겠다고 생각했어요. 나한텐 주어진 소명이 있잖아요, 바이올렛. 그게 나한테 명령을 내렸어요. 나를 부르더니 그걸 하라고 했어요.

그게 어떤 걸……

내 소명이 뭔지 내가 아직 말 안 했어요?

아직 못 들었어. 어쩌면……

옆에 누구예요? 이게 누구 목소리예요?

아무도 없어. 나 혼자야. 너한테 주어진 소명이 뭐라고 했는데?

자 모두들 똑똑히 들어! 내 말 주목해! 시간이 얼마 없으니까.

그게 무슨 소리니, 윌? 시간은 많아. 숨을 크게 들이쉬고 눈을 감고……

서둘러야 해요, 바이올렛. 사실 시간이 정말 빠듯하거든요. 뭣보다 나한테는 삼십 분밖에 안 남았어요.

돈이 다 떨어질지도 모르니까 그 공중전화 번호를 좀 알려줄래? 나한테는 얘기해도 괜찮아. 얘기하는 게 더 좋지.

사랑해요, 바이올렛.

나도 사랑한다, 윌. 내가 사랑하는 거 너도 알잖아. 나는 절대……

나는 왜 태어났을까요, 바이올렛? 이유를 말해줘요.

젠장, 윌, 얼른 대답해. 천천히 숨 돌리고 말해……

7186738197. 다른 사람 번호일 수도 있어요.

잠깐만. 718. 673. 819……

번호를 왜 그렇게 큰 소리로 읽어요? 여보세요, 바이올렛? 누구한테 읽어주는 거예요?

지금 브루클린에 있구나, 맞지? F선이니?

공중전화는 영화에서나 울려요. 공중전화로 전화 받는 사람은 아무도 없어요. 나도 그런 적 한 번도 없고.

아니야. 내가 병원으로 전화 걸고 그랬잖아. 생각 안 나?

월? 여보세요?

무슨 병원이요, 바이올렛? 무슨 병원 말이에요?

미안하다, 월. 미안. 일부러 그렇게 말한 거 아니야. 그러니까 내가……

내가 바본 줄 아는군요, 바이올렛. 내가 겉옷 위에 팬티를 입는 아인 줄 아는 모양이네요.

잠깐만, 잠깐만…… 잠깐만 기다려봐…… 끊지 말고……

뭐예요? 바이올렛? 바이올렛!

아무것도 아니야, 월. 미안. 내가……

옆에 누구예요, 바이올렛? 어떤 망할 인간이냐고요.

아니야, 월. 아무도 없어. 내가 말했잖니……

월, 내 말 들리니?

월?

해가 기울고 장작불이 이글거리고 석유색 밤새들이 나무에서
지저귀고 있었다. 새와 불꽃과 목소리 들이 합창을 했다. 그의 목
소리도 그 안에 있었다. 죽은 공기가 연립주택 사이를 가로지르며
휘파람 소리를 냈고 유리병들이 잡초 속에서 반짝이며 부드럽게
속삭였다. 햇빛이 축복처럼 그의 몸속으로 파고들었다.

그는 햇빛이 들어오지 않게 왼쪽 눈을 감고 손가락으로 목을 감
싼 채 길을 걸었다. 땅바닥에서 은색 연기가 똑바로 올라왔다. 손
에 양말을 낀 남자아이 둘이 둘둘 만 종이봉투에 든 무언가를 차고
있었다. 그는 한 발만 연석에 얹으며 걸었다. 자동차들이 보였지만
대부분 납작하게 주저앉아 있었다. 카본 시트가 그들을 감싸고 있
었다. 그는 마음에 드는 차를 한 대 발견하고 안에 올라탔다.

창문이 깨졌지만 앞자리는 따뜻했다. 햇볕에 바짝 마른 인조가
죽과 똥 냄새가 났다. 계기반에 붙은 스티커에는 "오직 나의 닌자

스를 위해"*라고 적혀 있었다. 그는 똑바로 앉아서 손바닥의 볼록
한 부분으로 운전대를 눌렀다. 기어를 바꿔가며 공회전을 시키자
엔진이 쿨럭거리고 털털거렸다. 그가 숨을 쉬자 셔츠 앞섶이 쩍하
고 갈라지며 우지직 찢어지는 소리가 났다. 그는 손가락으로 앞섶
을 톡톡 두드리고 피딱지가 무릎으로 떨어지는 것을 바라보았다.
쩍 우지직 평. 그가 중얼거렸다. 그는 의자에 기대고 앉아 눈을 감
았다. 이제는 견디는 수밖에 없었다. 쩍 우지직 평. 불이 날 때까지
기다리는 수밖에 없었다.

바로 그 순간 땅 밑에서 열차 한 대가 멈추지 않고 역을 쏜살같
이 지나갔다. 레일이 한숨을 쉬며 반항했다. 에밀리가 그 사이에
대자로 누워 있었다. 열차가 교차점에 도착했을 때 그녀는 고개를
들어 로우보이를 쳐다보며 기독교도 특유의 희미한 미소를 지어
보였다.

갑작스러운 소음이 그를 깨웠고 그는 두 손으로 운전대를 꽉 움
켜쥔 채 벌떡 일어나 앉았다. 좀 전에 보았던 두 남자아이가 발가
락을 구부려 계기반에 댄 채 보닛에 쭈그리고 앉아 있었다. 앞창
유리 조각들이 두 아이의 뒤꿈치 밑에서 찌그럭거렸다. 그들은 피
부색이 밝고 우울해 보였고 그를 잘 아는 것 같았다. 그중 작은 아
이가 그의 뒷자리에 있는 무언가를 가리켰다.

---

* Strictly For My Ninjaz. 전설적인 래퍼 투팍 샤커 앨범 〈Strictly 4 My N.I.G.G.A.Z〉
를 패러디한 말장난.

"해피 버스데이." 그 아이가 말했다.

"여자친구 이름이야." 다른 아이가 말했다. 고음의 점잖은 목소리였다.

로우보이가 조심스럽게 어깨 너머를 쳐다보니 두 아이가 길거리에서 차고 놀던 봉투가 있었다. 타르나 기름 때문에 바닥이 시커멨다. 자메이카 식 쇠고기 파이 아니면 닭고기 커틀릿 샌드위치 아니면 맥주를 담는 봉투였다. 그는 뒤로 손을 뻗어 봉투를 집고 아이들에게 내밀었지만 둘 다 받지 않았다. 그가 직접 봉투를 열어 안을 들여다보았더니 사산된 강아지 시체가 들어 있었다.

"일어나." 작은 아이가 말했다. "자지 마." 그는 입을 다문 채 그 사이로 웅얼거렸다. 다른 아이는 하품을 했다. 등 뒤에서 비치는 햇빛 때문에 그들은 어디에선가 오려낸 그림처럼 보였다. 그들이 그를 향해 얼굴을 찌푸렸지만 그는 걱정하거나 상관하지 않았다. 그는 졸렸고 천하무적이 된 듯했고 평온했다.

* * *

그가 잠자코 있자 큰 아이가 숨을 마셨다 내뱉으면서 도로 위로 내려섰다. 그는 눈을 가늘게 떠서 자기 발치를 쳐다보고 손가락 마디로 보닛을 쓸며 천천히 시계 방향으로 발을 끌며 걸었다. 그는 조수석 앞에서 걸음을 멈추고 문을 열었다. 작은 아이는 절대 눈을 깜빡이지 않았다. 그는 혀로 이를 핥으며 슬픈 얼굴로 고개를 끄덕였다. 로우보이는 그 아이를 물끄러미 쳐다보고 유리가 찌그럭거리는 소리를 들으며 무슨 수로 저기 올라갔을까 생각했다.

큰 아이의 손이 그의 입을 덮는 순간 기억이 떠오르기 시작했다. 그 손에서는 녹과 오래된 나무껍질과 가루가 된 벽돌 냄새가 났다. 그 손이 보닛을 훑었을 때 그랬던 것처럼 그의 얼굴을 나른하고 묵직하게 만졌다. 살펴보고 탐색하는 나이 든 손가락. 그가 똑바로 앉자 손이 그의 눈을 덮었다.

씨근거리는 소리. 바스락거리는 소리. 종이가 와삭거리는 소리.

잠시 후 손이 거두어졌지만 그의 눈은 뜨일 줄 몰랐다. 누가 차에 올라타면서 좌석이 내려앉고 벨트가 채워지는 느낌이 들었다. 누가 욕을 중얼거렸다. 작은 아이나 다른 아이의 목소리가 아니라 그가 들어본 적 없는 목소리였다. 그는 그 목소리를 들어본 적 없었지만 정체를 알 수 있었다. 그가 태어난 날부터 들어온 목소리였다. 이제 조심하라고 그 목소리가 말하자 당장 모든 것이 비명을 질렀다.

"알았어요, 앨릭스." 로우보이는 귀를 막으며 말했다. "알았어요, 아빠."

그는 아버지가 그 외진 곳까지 뭣하러 찾아왔는지 알 수 없었지만, 그가 상관할 바 아니라는 건 알고 있었다. 손 하나가 그의 셔츠 주머니 속으로 미끄러져 들어오자 그는 겁에 질려 숨을 내뱉었고, 벨트가 자신을 붙들어 당길 때까지 앞으로 몸을 기울였다. 언제 벨트를 채웠는지 기억이 없었다. 그가 막 소리를 지르려고 했을 때 아이들이 헛기침을 했고 목소리들이 살아나 고함을 지르기 시작했다.

눈을 떠보니 차 안에 혼자 있었다. 햇빛은 여전했지만 하늘 색이 바뀌었고 등에 닿은 좌석이 거무스름하고 서늘했다. 갈색 봉투 안에는 아무것도 없었다. 작게 뭉친 유리 조각들이 계기반을 따라 반짝이며 가지런히 놓여 있는데 무슨 모양인지 알 수 없었다. 그는 똑바로 앉아서 거리를 쳐다보았다. 한 무리의 여자들이 블록 저편 끝에 옹기종기 모여 서 있는 것 말고는 아무도 보이지 않았다. 가만히 귀를 기울이면 지금도 그 목소리가 들렸고 가끔은 심지어 무슨 말을 하는지 알아들을 수도 있었지만 자동차를 뚫고 지나가는 바람이 그보다 천 배 더 시끄러웠고 그의 몸이 내는 소리도 마찬가지였다.

그는 길모퉁이의 여자들을 바라보며 한참을 앉아서 얼굴과 이마에 닿는 햇빛을 느끼고 희미해진 목소리에 적응했다. 우스울 정도로 희미해진 목소리. 도대체 어떻게 그렇게 될 수 있었을까 싶었다. 어쩌면 유리 조각들이나 죽은 강아지의 시체나 그가 모르는 어떤 속임수 때문일지 모른다. 그는 두 아이가 벌인 짓이라고 결론을 내렸다. 그들은 스컬 & 본즈와 정반대였다. 인간의 몸을 빌린 천사였다. 너무나 진지하고 조용했다. 그는 말을 하는 작은 아이와 움직이는 큰 아이를 머릿속에 그려보았다. 그러면 두 아이가 돌아오기라도 할 것처럼. 그는 두 아이의 이름을 퀵 & 페인리스*로 결정했다.

이제 다시 조용해졌으니 바이올렛 생각을 할 수 있었다. 그녀와 함께 차를 타고 있으면 좋을 텐데. 그녀는 핏자국을 보고 난리법석을 떨겠지만 그것도 괜찮을 것이다. 이제는 모든 게 끝났고 이제는

---

* '빠르고 고통 없는'이라는 뜻으로, 편안한 죽음을 이야기할 때 자주 쓰는 표현.

그가 최선을 다했으니 둘이 같이 있으면 안 될 이유가 없었다. 그는 고개를 돌리고 그녀가 조수석에 앉아서 청바지 주름을 펴고 머리카락에 붙은 유리 조각을 떼어내고 있다고 상상했다. 소용없어요, 바이올렛. 그는 그렇게 말할 것이다. 나는 어떻게든 해보려고 했어요. 두 번이나 시도했다고요. 이제는 어쩔 도리가 없어요, 바이올렛, 미안해요. 그녀는 그의 손을 잡을 테고 그는 가만히 있을 것이다. 그는 심지어 그녀의 무릎을 베고 누울지도 모른다. 그는 그녀가 항상 입고 다니는 그 근사한 남성용 청바지가 그의 뺨에 닿는 것을, 캔버스 천으로 만든 돛처럼 따뜻하고 거칠게 이마에 닿는 것을 상상했다. 예전에 한번 그녀에게 요트를 태워달라고 했던 생각이 났다. 제발요, 바이올렛. 그는 그렇게 말했다. 남자친구들 중에 한 명은 요트가 있을 거 아니에요. 그녀는 그 말에 웃음을 터트렸고 그를 '꼬마 자크 쿠스토'라고 불렀다.

그는 이제 셔츠 소매로 눈을 덮고 그녀를 떠올렸다. 바이올렛. 그는 나지막이 속삭였다. 내 말 들어요. 거기 있나요. 여기 남자아이 둘이 있어요, 바이올렛, 당신이 보낸 건가요. 두 명의 꼬마 천사. 바이올렛, 당신이 보낸 거라면 다시 보내줄래요.

* * *

그가 가만히 앉아 대답을 기다리고 있을 때 한 여자가 길모퉁이에 서 있던 무리에서 빠져나왔다. 나이를 알 수 없는 검은 머리의 여자는 누가 불러주길 기다리는 것처럼 머뭇거리면서 격자무늬의 연두색 구두에 달린 고리를 만지작거렸다. 그녀를 부르는 사람은

아무도 없었다. 그녀는 두툼하고 올빼미 눈 같은 렌즈를 넣은 거북
딱지 테 안경을 벗어 미니스커트 자락으로 닦았다. 다른 사람들은
그녀를 못 본 척했다. 다 닦은 그녀는 안경을 다시 쓰고 결심한 듯
길을 걷기 시작했다. 구두가 높았지만 일단 걷기 시작하자 걸음걸
이가 매끄럽고 자연스러웠다. 점점 가까이 다가오는 동안 그녀의
무릎 색깔이 파란색과 회색과 녹색으로 바뀌었다. 추운 모양이라
고 로우보이는 생각했다. 그렇지 않고서는 불가능한 일이었다.

　그녀는 허리를 숙여 눈높이를 보닛에 맞춘 다음 그를 보았다.
그녀는 고개를 빼고 등을 활처럼 구부린 채 부르르 떨었다. 그녀는
유리창을 건드릴 수 있을 정도로 가까이에 있었고, 걸을 준비가 되
어 있음에도 가만히 있었다. 그녀의 두 눈이 그를 지나 거리를 보
았다.

　"그 차는 너를 태우고 가지 않아." 그녀가 혀 짧은 소리로 말했
다. "이유를 아니?"

　그는 좌석에 기대어 앉아서 고개를 저었다.

　"기름이 없거든."

　연료계를 보았더니 과연 그랬다. "이거 당신 차예요?"

　"사우스사이드에 사는 아이가 아니로구나?" 그녀가 실눈을 뜨
고 그를 보았다. "너, 그 영화배우 닮았다. 브래드 피트 말이야."

　"시내에 살아요." 로우보이가 말했다. "브롱크스는 아니고요."

　그녀는 가운뎃손가락으로 머리카락 한 움큼을 배배 꼬았다.

　"포인트에는 어쩐 일이니, 브래드? 데이트하러 온 거야?"

　"남자아이들을 찾고 있어요." 그가 말했다. "어린아이 둘이요.
이름은 퀵 & 페인리스예요."

그녀가 웃다 기침을 터트리고 또다시 웃었다. 그녀는 아랫입술로 계속 이를 덮고 있었다.

"그럼 잘못 찾아왔구나. 에지워터로 가봐."

"잘못 찾아온 거 아니에요." 그가 말했다. "두 아이가 정말 있었어요. 차 안으로 종이봉투를 던졌어요. 죽은 개의 시체가 들어 있는 종이봉투를. 그리고 차 옆으로 와서 내 얼굴을 만졌어요." 그는 혼자 중얼거리다 한숨을 쉬고 운전대를 툭툭 쳤다.

그녀는 잠깐 그를 물끄러미 쳐다보았다. "여기 이렇게 앉아 있으면 안 돼, 브래드. 다른 데로 가서 엄마한테 전화해라."

"엄마 싫어요." 그가 말했다. 그는 고개를 저었다. "전화 안 해요."

"그럼 아빠한테 하든지." 그녀가 입술을 삐죽 내밀었다. "이 차에 계속 앉아 있다가는 따먹히기 십상이야."

"따먹히고 싶어요."

"뭐라고?"

그는 미간을 찌푸리며 그녀에게서 멀찌감치 몸을 떼고 두 손을 무릎에 대고 눌렀다. "돈은 있어요." 그가 말했다. "600달러 있어요."

그녀는 교수처럼 안경을 내려 코 위에 걸쳤다. "600달러?" 그녀가 물었다. "지금?"

그는 고개를 까딱이고 그녀를 향해 손 키스를 날렸다.

문이 덜컹거리며 열렸고 차에 시동이 걸렸고 두 사람은 차로 달렸다. 그게 아니라면 그녀가 팔꿈치로 그를 거리로 떠밀었다. 연립주택, 장작불, 석유색 새들. 거꾸로 흘러나오는 퀵 & 페인리스의 노래. 두 아이가 현관 계단 밑에서 쳐다보는 것을 보고 손을 흔들자 그들은 공허 속으로 빨려 들어갔다. 그가 가는 곳으로 따라오지 못했다.

그녀는 길이 구부러지고 좁아지고 우로보로스처럼 꼬리에 꼬리를 무는 곳으로 그를 데리고 갔다. 그들은 나란히 서서 어떤 건물을 올려다보았다. 계단이 연두색이었다. 플라스틱 고깔모자를 쓴 푸들 한 마리가 비상계단에서 내려다보고 있었다. 저런 모자를 쓰면 더 큰 소리로 짖게 되는 걸까? 로우보이는 생각했다. 아니면 비를 맞지 말라고 씌운 걸까? 그는 아버지의 오래된 음반 〈HIS MAS-TER'S VOICE〉*에 있던 개를 떠올렸다. 무슨 주인일까? 무슨 목소리일까? 그들은 회색 벽에 물결무늬가 새겨진 현관을 지나 금이 가고 물 자국이 남은 계단을 올라갔다. 그리고 나지막한 복도를 걸어갔다. 그런 다음 오각형 방으로 들어섰다.

"이름이 뭐니?" 여자가 물었다. 그녀는 침대를 정리하고 있었다.

"로우보이요."

"그건 이름이 아니잖아. 무슨 이름이 그래?"

"개 비슷한 거예요." 로우보이가 말했다. 그는 허리 숙인 그녀를 쳐다보았다. "가구 비슷한 것이기도 하고."

"개라고?" 그녀가 그를 보고 웃음을 터트렸다. "털이 북슬북슬한 레트리버? 너는 그보다 조그만 다람쥐를 닮았는데." 그녀는 스웨트셔츠를 벗었다. "나한테 본명을 가르쳐주는 사람은 없었단다, 멍멍아. 그러니까 괜찮아."

---

* '그의 주인의 음성'이라는 뜻.

로우보이는 아무 말도 하지 않았다.

"나도 그런 이름이 하나 있어." 그녀가 말했다. "안경 때문에 다들 비서라고 부르거든." 그녀는 스웨트셔츠를 바닥에 떨어뜨렸다. "나는 그 헛소리 질색이지만."

"누가 그렇게 불러요?"

그녀는 침대에 앉아 어깨를 으쓱했다. "약을 끊은 년들 죄다."

"비서." 그는 조심스럽게 중얼거렸다. 그 소리에 익숙해지기 위해서였다. 그는 손을 내밀어 그녀의 머리카락을 그러쥐었다.

"아직은 덮치지 마라, 멍멍아." 그녀가 다시 기침을 하고 그의 손을 치웠다. "여기 내 옆에 앉아." 그녀는 오른발을 올려 구두끈을 풀었다. 다리가 갓난아이처럼 윤기 있고 부드러워 보였다. 발목위로 짧은 털이 한 줄 나 있고 그 아래 속살은 매끄러웠다. 그녀는 오른발을 내려놓고 다른 발을 들었다. 왜 신발을 벗는 걸까, 로우보이는 생각했다. 신발이 그 일과 무슨 상관일까. 문득 자신이 그일의 절차를 착각하고 있을지 모른다는 생각이 들었다. 하지만 속옷 차림으로 웅크리고 앉은 그녀를 쳐다보는데 한 가지 사실만큼은 의심할 여지 없이 분명했다. 이제는 어떤 일이 있더라도 그 일이 벌어질 것이다.

그는 그녀를 기다리는 동안 방 안을 둘러보았다. 그림자들이 커튼 뒤에서 까딱거리고 휙 지나갔다. 의심이 생겼지만 떨쳐버렸다. 그의 관심사는 오로지 방 하나였다. 맞은편 벽에 화장대 뒤로 문이하나 숨어 있었다. 눈물 모양의 백열전구가 촛불처럼 불안하게 흔들렸다. 제복 차림의 남자 사진. 그는 그녀의 아버지일 거라고 단정 지었다. 매트리스 위쪽 벽에는 둘둘 말린 노란 종이들이 붙어 있었다. 그가 숨을 내쉴 때마다 스테이플러로 박은 종이들이 자유롭게 팔랑거리고 서걱거리며 상자 안에 갇힌 바퀴벌레 같은 소리를 냈다. 얼마 후 정체를 파악하고 보니 전표들이었다.

"영수증이네요." 그가 말했다. 그는 종이들을 손가락으로 가리켰다. 비서는 옷을 걸고 있었다.

"그게 내 일기장이란다, 멍멍아. 증거지."

"증거?"

"그렇다니까."

그는 뭐라고 말을 하면 좋을지 알 수 없었다. 그녀는 스웨트셔츠를 개고 있었다. 손놀림이 아주 빠르고 정확했다.

"본명이 뭐예요?" 그가 물었다.

그녀는 하던 일을 멈추고 그를 쳐다보았다. 방이 전보다 작아진 듯했다. 그는 고개를 돌리고 스테이플 개수를 세려고 했다.

"마리아 빌랄레가스." 그녀가 말했다. 비밀이라도 되는 투였다. "영수증을 읽어보면 쓰여 있잖아."

"마리아 빌랄레가스." 그는 따라서 중얼거렸다. 소리가 입안에서 툭툭 부러지는 것처럼 느껴졌다. "빌랄레가스." 그는 조심스럽게 말했다. "맞아요?"

그녀는 그가 깔고 앉은 시트를 반듯하게 펴고 그를 똑바로 앉힌 다음 그의 지퍼를 내렸다. "그냥 비서라고 부르는 게 어때?"

"비서." 그는 큰 소리로 말했다. "비서." 그녀는 이제 그의 다리 사이에 있었다. 그녀의 입술이 우아하게 벌어졌다. 그녀는 머리를 그의 무릎에 올려놓아 그가 더는 아무 말 못 하게 했다.

"준비됐니, 멍멍아?" 그녀가 물었다. "똑바로 봐."

어떻게 그런 걸 요구할 수 있지? 로우보이는 생각했다. 그는 혀를 깨물었다. 어떻게 이 여자가 말을 할 수 있지?

"멈추지 마요." 그가 말했다. 그녀는 멈추지 않았다. "나는……"

무언가가 창문을 두드리는 소리가 나자 그녀는 동작을 멈추었다. 병 아니면 구경꾼, 아니면 지팡이였다. 뭔지 몰라도 집요했다. 그녀는 하던 일을 멈추고 나지막이 욕설을 중얼거리며 바닥에서 일어섰다. 창가에 어떤 남자가 서 있었기 때문이었다.

"저리 꺼져, 타이. 나 지금 데이트하는 중이란 말이야." 그녀는 헛기침을 했다. "어떤 남자. 꼬마하고."

꼬마. 로우보이는 중얼거렸다. 그는 한 손으로 얼굴을 가리고 손가락 뒤로 숨었다. 어떤 남자.

창가의 남자는 욕을 하지 않았고 말투가 조심스러웠다. 비서는 커튼을 쳐서 움켜쥐고 있었다. 저 남자가 날 못 보게 하려는 거겠지, 로우보이는 생각했다. 아니면 내가 저 남자를 못 보게 하려는 거든지. 비서는 욕을 하고 침을 뱉고 눈을 부라렸지만 남자의 말이 끝날 때까지 아무 말도 하지 않았다. 두 사람의 목소리는 절대 섞이지 않았다. 로우보이는 두 목소리가 섞이면 어떻게 될지 궁금했다.

잠시 후 대화가 끝났고 비서가 다시 침대로 돌아왔다. 뜻 모를 표정을 하고 있었다. 로우보이가 입을 열자 그녀가 손가락 두 개를 들었다. "타이야." 그녀가 말했다. "타이는 내 마음을 아프게 하는 걸 좋아하지." 그녀는 침대에 몸을 묻었다. "우리더러 길에서 하지 그러냐고 하더라."

"나도 들었어요." 로우보이가 말했다.

그녀가 그를 쳐다보았다. "다 들은 거니?"

"그 남자 이야기가 끝날 때까지 당신이 아무 말도 하지 않았잖아요."

그녀는 날카로운 소리를 내며 혀를 찼다. 그런 다음 웃음소리비슷한 걸 냈다.

"왜 그래요, 비서?"

"옷 벗어, 브래드. 바지는 왜 입고 있는 거야?"

"추워서요."

그녀는 바지를 내리고 그를 향해 고개를 저었다. "빌어먹을. 준비 안 되면 끝장인데." 그녀가 말했다. "타이 때문에 겁먹은 건 아니지?"

"타이가 누구예요?"

그녀는 수건을 밑에 깔고 다시 무릎을 꿇었고, 그의 바지 앞섶을 낡은 종이 뭉치처럼 손으로 쥐었다. 그녀가 끔찍한 일을 저지르려 하고 있었지만 그는 아직 두렵지 않았다. "우리 이쁜 브래드. 이 잘생긴 고추 좀 봐." 그녀의 목소리는 높고 단조롭고 조급했다. 아역 배우로군. 그는 그렇게 생각했지만 그게 아니었다. 어린아이 연기를 하는 성인 배우였다. 그의 배에 대고 이야기하면서 어린아이처럼 눈을 동그랗게 뜨고 있는 성인 배우. 배배 꼬인 그녀의 윗머리는 가발 같았고 그녀의 머리카락이 쓸고 지나가자 배가 간지러웠다.

"준비됐구나." 그녀가 느닷없이 말했다. "착하지." 그녀는 침대

위 선반에서 커피 깡통을 내리더니 은박지로 싼 무언가를 꺼냈다. 그는 그것이 뭐에 쓰는 물건인지 알고 있었고 미소를 지으며 고개를 끄덕였다. 그녀는 포장지를 입으로 뜯으며 그가 눈을 감을 때까지 그를 뚫어져라 쳐다보았다. 그녀는 한 손으로 그를 잡고 다른 손으로 그걸 씌운 다음 그의 엉덩이 양옆에 무릎을 꿇었다. 그는 이제 그녀가 무서워졌다. 그녀가 무릎 꿇고 앉아서 하던 동작을 멈추고 자세를 바꾸고 숨을 들이쉬는 소리가 들렸다. 그녀는 최소한 도보다 더 작아졌고, 그녀의 몸에서 냄새도 무게도 사라졌다. "이제 다 됐어." 그녀가 단조롭게 읊조렸다. "다 됐어." 그녀의 손이 유리 상자 속 나비처럼 그를 꼼짝 못하게 누르고 있었다. 그는 '자연사박물관'과 보석처럼 타일에 박혀 있던 해골들을 생각했다. 그가 눈을 뜨자 그녀가 미소를 지으며 그를 쳐다보고 있었다.

"너 참 귀엽다." 그녀가 말했다.

그는 입을 열었다 다물었다.

"네 또래에서는 데이트할 상대가 없었니?"

"나한테 600달러가 있어요." 그가 말했다. "나한테……"

그녀가 손으로 그의 입을 막았다. "이제 아무 말도 하지 마."

나는 왜 태어났을까, 로우보이는 생각했다. 이게 내가 태어난 이유일까.

그녀는 깊은 한숨을 내뱉으며 그를 자기 몸안에 넣었다. 그는 아무 말도 하지 않으려고 애썼다. 그는 지금 물속이었고 그녀도 마찬가지였다. 그녀는 TV 화면 속의 사람처럼 그의 머리 위에서 움직이며 이웃사람들을 깨우지 않게 작은 소리를 내고 있었다. 그는 그녀를 잊었다 다시 생각해냈다. 그녀는 그가 상상했던 식으로 움직이고 있었고, 그 모습이 그의 몸과 머리를 안도감으로 채웠다. 이제 일이 벌어졌으니 멈출 방법이 없었다. 그는 분명 웃고 있었다. 방 안이 조용해졌고 불빛이 희미해졌고 그가 입을 열었고 온 세상이 침묵했다. 어디에선가 놀라움과 승리를 외치는 목소리가 들렸지만, 너무 멀어서 잘 들리지 않았다. 그녀가 그의 위에서 움직이고 있었다. 그는 그녀의 눈구멍을 통해 볼 수 있었고 그녀의 입으로 맛을 볼 수 있었고 그녀가 느끼는 것을 하나도 남김없이 느낄 수 있었다. 그를 둘러싼 살갗이 찢어지고 침묵이 그와 함께 찢어지는 것을 느낄 수 있었다. 그는 알에서 빠져나온 노른자처럼 그의 몸에서 새어 나왔다. 이제 세상이 그의 몸 밖에 있었고, 그 말은 곧 그가 혼자라는 의미였다. 그의 몸이 세상 바깥에 있었다.

* * *

"바로 그거야, 멍멍아." 그녀가 말했다. 그녀의 눈꺼풀이 벽에 붙은 영수증처럼 팔랑거렸고 그녀의 입이 벌어졌고 이가 있어야 할 곳에 생긴 시커먼 공간들이 보였다. "바로 그거야, 멍멍아." 그녀가 말했다. "그만."

그후에 그녀는 앞으로 몸을 숙였고 두 사람은 부드럽게 몸을 뗐고 그걸로 끝이었다. 하지만 세상이 전혀 달랐다. 그는 다시 자신의 눈으로 세상을 보고 있었다. 인적 없는 화창한 바닷가 포스터가 화장대 뒤에 붙어 있고 목에 구멍이 두 개 뚫린, 가수 리키 마틴 포스터가 그 위에 붙어 있는 게 처음으로 눈에 들어왔다. 뱀파이어의 표시로군, 로우보이는 잠결에 생각했다. 멀쩡했고 기분이 가벼웠다. 그는 침대시트 한 귀퉁이를 들어 배에 대고 앞뒤로 천천히 문질렀다. 이제 일을 치렀군, 그는 생각했다. 이제 세상이 멸망하는 걸 멈출 수 있겠군. 그는 고개를 뒤로 떨어뜨리고 비서를 쳐다보았다. 그녀는 그의 청바지 주머니를 뒤집고 있었다.

"돈은 어디 있지?" 그녀가 말했다. 그녀는 청바지를 바닥에 떨어뜨렸다. "빌어먹을 내 600달러 어디 있지?"

그것은 거의 혼잣말에 가까웠다.

두 사람은 관할서에 도착했고 마침 방을 잘 찾은 덕분에 제때 에밀리의 증언을 들을 수 있었다. 자정을 한참 넘긴 시각이었지만 건물은 만원인 것 같았다. 특수 실종계하고 전혀 다르네, 바이올렛은 생각했다. 그곳은 모든 게 긴밀했다. 그들에게 누구냐고, 어떻게 왔느냐고 묻는 사람은 아무도 없었다. 에밀리는 책상들로 가득한 방에 당당하고 고독하게 똑바로 앉아서 자기 컴퓨터를 향해 욕을 하는 경사를 쳐다보고 있었다. 두 사람의 존재를 알아차렸는지 어땠는지 모르겠지만 그녀는 전혀 티를 내지 않았다. 같은 아이가 아니라 에밀리의 대리인이라고 할 수 있을 만큼 웬일인지 너무 나이 들어 보였다. 대역이겠지, 바이올렛은 생각했다. 그녀는 경사가 더 할 이야기가 있느냐고 물었을 때 고개를 저으면서 그제야 어깨 너머로 두 사람을 쳐다보았다. 이마와 목에 검댕이 묻어 있고 재킷이 옷깃을 따라 찢어져 있었지만 얼굴에는 자신감이 넘치는 무표정한 가면을 쓰고 있었다. 오히려 아주 살짝 지루해하는 것처럼 보였다.

월한테 배웠구나, 바이올렛은 생각했다. 그녀의 얼굴에 월의 표정이 있었다. 그녀는 자기 표정도 별반 나을 게 없다는 것을 깨닫고 억지로 미소를 지었다. 경사는 라티프를 향해 고개를 끄덕이고 복사기 뒤로 조심스럽게 물러났다. 둘 사이에 오간 말은 한마디도 없었다. 그는 실눈을 뜨고 자기 파일을 쳐다보며 그녀가 우연히 앞을 막고 있는 사람인 것처럼 무표정하게 그녀를 돌아서 걸어갔다.

잠시 아무도 말을 하지 않았다. 에밀리는 바이올렛을 쳐다보고 있는 듯했지만 사실은 아무것도 보고 있지 않았다. 나 때문에 엉망이 되게 생겼군. 바이올렛은 그런 생각이 들었다. 그녀에 대한 에밀리의 혐오감이 점점 부풀어 둘 사이의 빈 공간을 채웠다. 바이올렛은 입을 열고 말을 할 수 있을 만큼 숨을 들이쉬었지만 그저 엄지손가락 마디를 깨물었다. 그녀의 몸이 뒤로 기우는 게 느껴졌다. 마침내 라티프가 헛기침을 하고 책상 뒤에 묵직하게 앉았다. 그는 그 자리가 불편한 듯했다. 인체 공학적인 의자가 그의 무게에 눌려 천천히 모멸스러운 소리를 냈다.

"안녕하세요, 월리스 양. 나는 월의 사건을 담당하고 있는 알리 라티프 형사입니다. 헬러 씨는 알고 있을……"

"알아요." 에밀리가 말했다. 경사를 상대했을 때처럼 또렷하고 침착한 목소리였다.

"안녕하세요, 이다."

"안녕, 에밀리. 무사해서 정말 다행이다." 매무새가 살짝 흐트러지기는 했지만 에밀리가 아무 탈 없이 그녀 앞에 차분하게 앉아 있다는 사실이 느닷없이 감당할 수 없을 만큼 사치스러운 선물로 느껴졌다. 어떻게 그럴 수 있었을까, 그녀는 생각했다. 어떻게 두 번이나 그럴 수 있었을까. 하지만 두 번째 기적은 첫 번째와 달랐다. 에밀리의 무표정이 그 증거였다. 그 속에서 윌에 대한 사랑은 찾아볼 수 없었다.

"이다, 일이 터졌어요. 윌한테요." 그녀가 삐딱하게 웃었다. "이게 얼마나 바보 같은 소리인지는 나도 알아요."

"바보 같은 소리 아니야, 에밀리." 바이올렛은 이를 갈며 한 걸음 살짝 앞으로 다가갔다. "윌이 약을 끊었단다. 거의 이 주 동안……"

"약을 끊어서 그런 게 아니에요. 다른 이유가 있어요." 에밀리는 라티프 쪽으로 고개를 돌렸다. "윌이 지금은 다른 병을 앓고 있어요."

"어떤 다른 병?" 라티프가 물었다.

"거기 가 있는 동안 무슨 일이 생겼어요. 무슨 일이었는지 윌이 이야기해주려고 했지만 나는 겁이 났어요. 더는 그걸 하고 싶지 않았어요." 그녀는 얼굴을 찡그렸다. "전에는 윌이 나를 함부로 대한 적이 없었어요. 내게 폭행인지 뭔지를 한 것 때문에 시설로 보내졌지만 나는 한 번도 폭행을 당했다고 생각한 적이 없어요. 예전에는 나한테 키스를 받는 것조차 겁을 냈던 아이예요. 처음에 나를 떠밀었던 것도 일부분은 그 때문이었다고요." 그녀는 말을 멈추고 머뭇거렸다. "나를 왜 터널로 데리고 갔는지 아시죠? 나랑 그걸 하고 싶어했거든요."

바이올렛은 책상 가장자리에 주저앉았다. "그러게 말이다. 윌이 당황해서……"

"나하고 섹스를 하려고 했어요."

그녀는 동그랗게 뜬 눈을 깜빡이지도 않고 반박해보라는 듯이 두 사람을 번갈아 쳐다보았다. 이제는 무표정하지 않았다. 그녀는 후회할 짓을 자제하려는 사람처럼 손을 깔고 앉아 있었다. 자기가 울고 있다는 사실도 모르는 것 같았다.

"윌이 나한테 뭘 바랐는지 알아요?"

바이올렛은 아무 말 없이 고개를 끄덕였다. 나는 이 아이가 두려워. 그녀는 그 사실을 아주 또렷하게 새기며 중얼거렸다. 이 아이가 윌과 함께 있었기 때문에 두려워. 윌한테 무슨 말을 들었고 그걸 가지고 어떤 추측을 했을지 두려워. 이 일은 빨리 끝낼수록 좋은데.

라티프는 고개를 저었다. "헬러 씨와 나는 이해한다, 에밀리. 부끄러워할 것 없는 일이야." 그는 당황한 아버지처럼 헛기침을 했다. "부끄러워할 것 없는 일이라는 건 너도 알고 있겠지?"

에밀리는 라티프가 얼마나 순진한 건지 우리 둘 다 알고 있지 않으냐는 듯 바이올렛을 보며 눈을 깜빡였다. "걔가 예전하고 똑같았으면 했을 거예요." 그녀가 말했다. "나는 첫 경험도 아니었거든요. 윌은 처음이었지만." 그녀는 어깨를 으쓱했다. "그러거나 말거나 했을 거예요."

라티프는 아무 말도 하지 않았다. 바이올렛은 기회를 포착하고 놓치지 않았다.

"에밀리, 네가 윌에 대해서 한 말은 맞아. 그 아이는 전부터 이런저런 것들을 무서워했고 지금도 마찬가지잖니. 너도 동의하지? 그러니까 별로 달라진 게 없는 건지도 몰라." 그녀는 웃으며 에밀리를 향해 고개를 끄덕였지만 사실은 라티프에게 하는 말이었다. "잠깐 나를 봐줄래? 그래줄래, 에밀리? 우리, 진지하게 생각해보자. 내가 전부터 윌에게서 나쁜 물이 들지 않게 너를 보호하려고 윌을 항상 집 안에 가두어두었기 때문에 너는 그 아이가 최악이었을 때를 보지 못했을 거야. 어떤 날에는 윌이 문 밖으로 나가지도 못하게 했던 걸 너도 기억할 거야⋯⋯" 거기까지 말했을 때 그녀는 아차 싶었다.

"헛소리 말아요, 이다. 거짓말이잖아요." 에밀리는 더 참지 않고 일어나 추리소설의 말미에 다다른 형사처럼 바이올렛을 향해 손가락질을 했다. "윌을 문 밖으로 못 나가게 한 건 전혀 그런 의도가 아니었잖아요. 당신이 도대체 누굴 보호한다는 거예요?"

"윌리스 양⋯⋯" 의자에서 반쯤 일어난 라티프가 두 사람을 번갈아 쳐다보며 그보다 나이가 두 배는 많은 할아버지처럼 숨을 헐떡이고 휘청거렸다. "윌리스 양, 내가 한 가지 부탁하고 싶은 게 있는데⋯⋯"

"맞아, 에밀리." 바이올렛은 나지막이 말하고 손을 내밀어 그녀의 팔을 잡았다. "뭐든 다 네 말이 맞아." 하지만 에밀리는 이미 고함을 지르기 시작했다.

"윌이 지금 이렇게 된 건 다 당신 때문이에요. 달리 어떤 아이가 될 수 있었겠어요? 당신 같은 사람이 엄마인걸." 그녀는 겁 없이 튀어나온 자신의 말에 놀란 나머지 벌을 기다리는 사람처럼 자기 몸을 끌어안은 채 다리를 넓게 벌리고 한동안 서 있었다. 그러다 잠시 후 바이올렛이 두려워하던 그 말을 내뱉었다.

"나한테 그렇게 한 걸 보면 윌은 당신 아들이 맞아요. 당신도 그렇게 생각하죠?"

바이올렛은 아무 말도 하지 않고 아무것도 하지 않았다. 어떤 대답도, 어떤 소리도 없었다. 그녀 옆에 있는 라티프 역시 아무것도 하지 않았다. 이제 이 사람이 나한테 물어보겠구나. 그 생각만으로도 그녀는 벙어리처럼 가만히 서 있기에 충분했다. 그녀는 더 참을 수 없을 때까지, 실제로 아픔이 느껴질 때까지 기다렸다. 그런 다음 고개를 돌리고 그를 마주보았다. 그런데도 그는 묻지 않았다.

"월리스 양." 라티프가 여느 때처럼 예의바르게 말했다. "내가 한 가지 부탁하고 싶은 게 있는데, 앉아주겠나?" 바이올렛은 망원경으로 보듯 그를 쳐다보았다. 이제는 조금도 두렵지 않았다. 장난치는 건 아니겠지, 그녀는 생각했다. 설마 그럴 리가 있겠어?

"거짓말이에요." 에밀리가 이를 악문 채 말했다. "저 여자가 거짓말을 하고 있다고요, 라티프 형사님. 저 얼굴을 보세요."

라티프는 에밀리에게서 눈을 떼지 않았다. "월리스 양." 그가 다시 한번 그녀를 불렀다. 이번에는 말투가 달랐다. 에밀리는 주먹에 대고 기침을 하고 다시 자리에 앉았다.

"월리스 양, 오늘 하루 많은 일을 겪었고 그 점에 대해서는 안타깝게 생각해. 하지만 너도 좀 전에 말했던 것처럼 월은 헬러 씨의 아들이고, 그러니 헬러 씨도 괴로울 거라고 봐도 무방하겠지." 그는 달래듯 숨을 한 번 들이마셨다. "너도 동의하지?"

에밀리는 아무 말도 하지 않았다.

"다 같이 앉으면 어떨까요, 헬러 씨?"

바이올렛은 그 어느 때보다 초연하게 그의 지시에 따랐다. 그녀는 자기가 서 있는 것도 모르고 있었다. 그녀는 월의 재판이 끝났을 때 그리고 벨라비스타 병원으로 면회를 갔을 때와 똑같은 심정이었다. 엄청난 불행이 그녀를 살짝 비껴간 듯한 기분이었다. 그런데 그런 사실로도 안심이 되지 않았다.

"좋아, 월리스 양. 몇 가지 질문에 대답을 할 수 있겠나?" 라티프가 서랍을 열고 자기 사무실에서 그랬던 것처럼 그 속을 휘저었다. "사실 우리는 네 도움이 절실한 상황이다."

"그럼 나를 얕보지 마세요. '우리'라고 하지도 말고요."

라티프는 참을성 있게 그녀를 향해 미소를 지었다. "최대한 노력하지."

그녀는 눈을 가늘게 뜨고 바이올렛을 쳐다보았다. "저 여자가 옆에 있으면 아무 말도 하지 않을 거예요."

라티프의 얼굴에서 미소가 사라졌다. 바이올렛은 그가 자기를 쳐다보지 않을까 생각했지만, 그는 그러지 않았다. 너그러운 표정이 가시는 것을 두 사람이 지켜보도록 내버려두었을 뿐이다.

"너는 오늘 범법 행위를 저질렀고 이제 와서 후회를 하든 후회를 하지 않든 달라질 게 없어. 나는 너를 반듯한 학생이라고 생각했는데 내 눈이 항상 정확한 건 아니지. 내가 잘못 본 건가?"

에밀리는 어깨를 으쓱하고 천장을 쳐다보았다.

"아니, 내가 잘못 봤다고 생각하지는 않아." 라티프는 이제 바이올렛 쪽으로 고개를 돌렸다. 에밀리를 위한 배려였을 것이다. 그는 한숨을 쉰 다음 진지하게 몸을 앞으로 기울였다. "부모님이 오고 계시다고 들었다, 에밀리. 두 분이 도착했을 때 좋은 소식을 알려드리고 싶은데." 이제 그의 얼굴에는 애원하는 기미가, 연약함이 보였다. 바이올렛은 그의 수법에 감탄하지 않을 수 없었다.

"어떻게 할래, 에밀리?" 그는 시계를 흘끗 쳐다보았다. "우리 둘이 협상을 할 수 있을까?"

에밀리는 축 늘어진 몸을 의자에 더 깊숙이 묻었다. "어떤 협상이요?"

"어떻게 할 계획인지 윌한테 들은 게 있니?"

에밀리가 그를 보며 미간을 찌푸렸다. "계획이라고요?"

"윌이 그다음에 어떻게 할 생각인지 말한 적 있니?" 바이올렛이 자기도 모르게 불쑥 말을 내뱉었다. "혹시……"

"당신하고는 말 안 할 거야, 이 거짓말쟁이야." 그녀는 계속 라티프만 쳐다보았다. "저 여자 나가라고 하세요."

라티프는 손목에 차고 있던 시계를 풀어 조심스럽게 책상 위에 내려놓았다. "부모님이 여기 도착하실 때까지 십오 분이 남았고, 밤새도록 지키고 있으라고 크루스 경사에게 너를 맡길 때까지 칠 초 남았다." 그는 시계 표면을 물끄러미 쳐다보았다. "경사를 지금 부를까?"

"그러든지 말든지요."

"윌이 같이 어디 가자고 했니? 지하철역 다음에 어딘가로?"

그녀는 뻣뻣하게 고개를 저었다.

"윌이 왜 너하고 섹스를 하고 싶어했을까, 에밀리?"

"세상을 구하려고요." 그녀는 바이올렛을 곁눈질했다. "그건 형사님도 이미 알고 계실 거 아니에요."

라티프는 시계에서 눈을 떼고 고개를 들었다. 하지만 아직 아무것도 묻지 않는군, 바이올렛은 생각했다. 그가 자신에게 완전히 넘어왔다는 사실에 넌더리가 날 지경이었다. 윌을 위한 일이야, 그녀는 다짐했다. 내가 아니라 그 아이를 위한 일이야. 그래도 그 사태를 두 눈으로 직접 목격하는 것은 괴로운 일이었다.

라티프가 손마디로 책상을 두드렸다. "헬러 씨 말고 나를 봐라, 에밀리. 윌이 어디로 가고 싶어했지?"

그녀는 다시 어깨를 으쓱했다. "내가 가고 싶은 곳은 어디든지 가자고 했어요. 돈이 있다면서."

"무슨 돈?"

"600달러쯤 있었어요. 서류 가방에서 훔친 거예요."

"둘이서 얘기한 장소 없었니? 있었을 텐데."

그녀는 전처럼 웃음을 터트렸다. "이야기하고 싶어한 곳이 딱 한 군데 있었어요. 그런데 내가 아무 말도 못 하게 했죠."

"어째서?"

그녀는 답이 빤하지 않으냐는 듯 두 사람 뒤의 어딘가를 보았다. "유니언 광장 역이었으니까 그랬죠. 윌은 거기가 세상에서 제일 좋은 곳이라고 했어요."

그녀가 그의 이름을 부르자 소명을 완수한 그가 영광스럽게 창문을 통해 들어왔다. 로우보이나 다른 사람이 아니라 자기 자신에게 주어진 소명을 완수한 그였다. 자동차 문이 쾅 소리를 내며 닫혔고 커튼이 휘날렸고 그가 신처럼 당당하고 조용하게 창문을 통해 들어왔다. 그가 팔을 벌리자 금색 새틴 재킷이 사락거리며 그의 갈비뼈 위에서 우아하고 환하게 주름이 졌다. 찬송가처럼 "닌자스 3:10"이 재킷 뒷면에 적혀 있었다. 그는 새나 사슴처럼 아라베스크와 공중제비로 움직여 뒤꿈치가 바닥에 닿기 전에 비서의 얼굴을 때렸다. 그는 로우보이의 머리채를 잡고 화장대로 던졌다. 그는 눈부신 장관이었고 로우보이는 그를 보는 것만으로 전율했다. 그는 심지어 아직 주먹을 쥐지도 않았다.

　　그가 로우보이의 등을 온몸으로 누르고 간단한 질문을 하나 했다. 로우보이는 대답을 하려고 고개를 돌렸지만, 허공에 인 잔물결 말고는 아무것도 보이지 않았다. 똑같은 질문이 광고 문구처럼 반복됐다. 어떨 때는 이 목소리가 묻고 또 어떨 때는 다른 목소리가 물었다. 예쁘고 슬프고 감미롭고 무한히 끈기 있는 그의 목소리. 겁에 질린 그녀의 얇고 날카로운 비명 소리. 간단한 질문이지만 어디에서 해답을 찾을 수 있을까. 로우보이는 아무 생각 없이 호의가 담긴 소리를 냈다. 그는 울고 중얼거리고 그가 아는 온갖 표정을 지었다. 답이 어디 있을까. 화장대 서랍이 닫혔고, 그의 손이 그 안에 들어 있었다. 그가 머리 뒤로 눈동자를 넘기자 냉기가 느껴졌다.

"나를 봐, 이 개자식아." 그의 눈이 거울로 향했지만 볼 게 아무것도 없었다. "나를 봐." 그 목소리는 낮고 침착했고 그 뒤에 뭔가 다른 것들이 있었다. 소용돌이치는 격렬하고 히스테릭한 쇳소리와 예배당에 갇힌 비둘기처럼 그 안에서 길을 잃은 그의 목소리. 나는 지금 나만의 찬송가를 만드는 중이야, 로우보이는 중얼거렸다. 그의 손가락이 든 서랍이 다시 닫혔다. 이제는 거울 속에 얼굴이 있었고 그가 그 얼굴을 향해 소리치며 질문했다. 뼈도 없고 못생기고 새하얀 얼굴. 구역질하고 울며 누군가의 용서를 구하는 얼굴.
어떻게 이런 얼굴이 나의 세상에 존재할 수 있지.

눈 깜짝할 사이 몇 시간이 흘렀고 그는 정강이를 붙들린 채 복도를 따라 끌려가고 있었다. 두 팔은 가슴 위에서 팔짱을 끼고 있었고 오른손에는 파란색 축구복이 둘둘 말려 있었다. 그 복도는 그가 아는 곳이었다. 그는 시간을 거슬러 여행하고 있었다. 곧이어

로비와 통로, 움푹 팬 초록색 계단이 나왔다. 계단을 내려가는데 누군가 손바닥으로 그의 머리를 받쳐 들고 있었고 고개를 들어보니 뚱뚱하고 의기소침한 비서의 얼굴이 보였다. 지금은 밤 아니면 그 언저리였고 그녀의 머리카락이 백라이트에 비쳐 파란색과 은색으로 빛났다. 그의 숨결과 그 위로 높이 떠 있는 그녀의 숨결이 보였다. 난간 사이에 고깔이 낀 푸들이 비상계단에 납작 엎드려 있었다.

그들은 그를 연석 위에 대자로 내던지고 가버렸다. 어떻게 가능한 일인지 모르겠지만 이제는 목소리들이 한층 더 커졌다. 서로 싸우고 살살 구슬리고 서로를 향해 그리고 그를 향해 뭔지 모를 말을 지껄였다. 셀 수 없이 많은 명령을 내렸다. 그는 눈을 감고 바람이 부는 쪽으로 고개를 돌렸다. 춥지 않았다. 지금 몇 시일까, 그는 궁금해졌다.

"지금 몇 시예요?" 그가 허공에 대고 물었다.

그는 대답을 기대할 만큼 어리석지는 않았다. 눈구멍과 귀에서 물이 흘러나오고 있었다. 목소리들은 그가 기억하는 그 어느 때보다 다급했고 그는 미간을 찌푸리고 숨을 참으며 열심히 귀를 기울였다. 분명 할 일이 남아 있었다.

* * *

잠시 후 그는 일어섰다. 몇 시일까, 그는 다시 한번 중얼거렸다. 왜 이렇게 어두운 걸까. 그는 셔츠 안에 손을 넣고 걷기 시작했다. 거리가 달만큼 건조하고 삭막했다. 여기저기에서 유리창이 푸르스름하게 깜빡였다. 그들은 밤이 될 때까지 기다렸던 걸까, 그가 죽은 줄 알았던 걸까. 그는 고개를 숙이고 포장도로의 꼬리를 따라 걸었다. 뒤이어 TV가 켜진 유리창을 지났고 기상캐스터가 그를 향해 손을 흔들며 행운을 빌었다. 거실에 걸린 시계를 보니 네시 십오분이었다.

새벽 네시 십오분, 로우보이는 중얼거렸다. 사십오 분 뒤면 다섯시.

그때 어떤 생각이 그의 뇌리를 때렸고 한 덩어리로 모여 있던 목소리들이 흩어졌다. 그 생각은 번개처럼 그를 강타했다. 새벽 네시 십오분. 예정된 시간이 이미 오래전에 찾아왔다 지나간 것이다. 거리가 어두컴컴하고 춥고 삭막하기는 했지만 불이 났던 흔적은 어디에서도 보이지 않았다.

"아무 일도 없었어." 로우보이가 말했다. 스스로 믿을 수 있게 큰 소리로 말했다. "불이 안 났어."

그는 아니라고 하거나 생각을 바꾸라는 목소리들이 들리길 기다렸지만, 그들은 침묵을 지켰다. 어떻게 아니라고 할 수 있겠어, 그는 생각했다. 그럴 수 없겠지. 승리했다는 생각에 그의 입안이 말랐다. 누구라도 무슨 소리를 할 수 있겠어. 아무 말도 할 수 없지. 새벽 네시 십칠분인걸.

충격이 지니가자 그는 온갖 사람들을 떠올렸지만 가장 많이 생각난 사람은 바이올렛이었다. 그녀에 대해 생각하는데 노래 하나가 떠올랐다. 클래런스 윌리엄스의 〈I'm a Little Blackbird〉였다. 그리고 빅스 바이더벡의 〈Goose Pimples〉도 생각났다. 〈Do

Nothin' Till You Hear from Me〉도 생각났다.

　내가 가요, 바이올렛, 그가 말했다. 내가 가고 있어요. 내 소식을
듣기 전에는 아무것도 하지 말아요. 빨간 벽을 등지고 피곤한 얼굴
로 검은 래커 칠이 된 의자에 앉아 있다 그가 걸어 들어오는 것을
보고 벌떡 일어서고, 어떤 일이 있었는지 그에게 이야기를 듣고 까
무러치는 그녀의 모습이 떠올랐다. 요즘은 까무러치는 사람이 없
지만 그가 그렇게 해달라고 하면 그녀는 부탁을 들어줄 것이다. 흘
러간 옛 노래의 주인공들은 늘 그랬다. 그는 의자에 앉아 있는 그
녀의 모습을 다시 한번 생각했다. 그러면 기분이 좋아지기 때문이
었다. 내가 해냈어요, 바이올렛. 그는 그렇게 중얼거리고 있었다.
내가 세상의 종말을 막았어요. 그녀는 그를 꼬마 교수님이라고 불
렀는데 그게 정말이었다. 경찰관이 그녀 곁에 있었지만 상관없었
다. 경찰관이 일어나 총을 꺼내려고 손을 뻗었지만 바이올렛이 그
가 밟고 있는 깔개를 잡아당겼다. 그는 일어나려고 애를 썼지만 그
녀가 프라이팬으로 때렸다. 그는 〈You'll Wish You'd Never Been
Born〉을 부르기 시작했고, 바이올렛은 〈Black & Blue〉를 부르기
시작했다. 경찰관이 〈Leavenworth Strut〉으로 노래를 바꿨지만
로우보이가 〈Sunny Disposish〉로 중간에 잘라버렸고 바이올렛이
의자 위에서 춤을 추고 있었다.
　그는 전철역 옆 골목길에서 만난 퀵 & 페인리스에게 이 소식을
전했다. 증거로 부러진 오른손을 들어 보이자 두 아이는 가만히 서
서 눈 한 번 깜빡이지 않고 그를 쳐다보았다. 집들의 그림자에 가
려 두 아이가 손에 낀 하얀 양말과 번뜩이는 눈만 가끔 보일 따름

이었다. 골목길에서 몇 걸음 걸어 나왔을 때 그는 발을 멈추고 대통령 같은 표정을 지었다. 얘들아 내가 해냈어, 그가 그들에게 말했다. 내가 해냈어. 아무 일도 벌어지지 않았어.

전철역에서 그는 만나는 모든 사람에게 이야기했다. 그들은 그저 못 믿겠다는 듯 그를 멍하니 쳐다봤다. 그가 줄줄이 늘어선 개찰구로 걸어가 바닥에 떨어진 승차권을 주워서 구멍에 넣는데 아무도 저지하지 않았다. 역은 그의 기억보다 더 밝고 훌륭했다. 아르곤 전등이 싸늘하게 떨렸다. 옷에 닿은 살갗이 뜨거웠고 눈에 손을 대자 손가락뼈가 눈구멍에 부딪쳐 덜거덕거렸다. 그는 그 무엇에도 놀라지 않았고 그 무엇도 걱정하지 않았다. 희생을 통해 구원을 받은 달라진 세상 속을 움직이고 있었으니 그의 눈에 보이는 광경들이 낯설게 느껴지는 게 당연했다. 그는 머리가 잘린 성자처럼 세상을 바라보고 있었다.

열네 번째 승차권이 쓸 만했다. 그는 오른손을 늑골에 댄 채 천천히 숨을 쉬며 개찰구를 비스듬히 빠져나왔다. 아프지는 않았다. 6번 열차가 도착했고 그는 안으로 들어가 앉았다. 역이 멀어졌고 열차에는 아무도 없었지만 허공에서 아몬드 굽는 냄새가 났다. 열차 밖은 밤이거나 아니면 터널이었다. 별들이 트랙용 조명처럼 지나갔다. 객차 안은 깨끗하고 어둑하고 그림자가 하나도 없었다. 그의 누 손은 기둥을 잡고 있었고 두 발은 꼭 붙어 있었고 그의 목소리는 허공의 메뚜기 같았다. 내 이름은 오렌지 공 윌리엄이야, 그는 고함을 질렀다. 담배 한 대만 빌릴 수 있을까. 가끔 그가 아주 또박또박 말을 할 때도 있었다. 객차에는 L자 모양이 아닌 잿빛 벤치가 양쪽 벽을 따라 길게 놓여 있었다. 치과 진료실이나 감방 또는 법정과 비슷했다. 벨라비스타 병원의 원장실과 비슷했다. 무늬 있는 플라스틱 의자가 놓인 흡연실과 비슷했다.

모든 일이 살며시 벌어졌다. 음흉하고 하얀 그의 얼굴이 유리창에 비쳤다. 그는 그 모습을 쳐다보며 인상을 찡그렸다. 별과 기둥과 홈이 파인 바닥이 지나갔다. 흐트러짐 없이 수렁을 헤치는 레일과 바퀴. 주머니 속에 손을 넣듯 터널 안으로 진입한 열차가 로우보이의 몸을 덮쳐 움직이지 못하게 꼭 붙잡았다.

지금 몇 시예요? 누군가가 물었다. 네시 이십칠분이야. 차체를 기울이며 커브를 돈 열차가 똑바로 몸을 펴며 기침 비슷한 소리를 내고 힘을 잃었다. 조명이 너울거리다 깜빡이다 꺼졌다. 로우보이는 눈을 최대한 크게 뜨고 귀신 같은 얼굴을 유리창에 대고 눌렀다. 거대한 형상들, 상형문자들, 서명들이 보였다. 축축한 콘크리트가 암호 모양으로 덕지덕지 발려 있었다. 청록색과 주황색, 은색, 백금색. 피를 흘리며 가슴을 후벼 파는 글자들. 아이들이 태그라고 부르는 그것. 찬란하고 강렬하고 축축하고 소름 끼치는 그것. 그만 볼 수 있는 정의로운 글귀.

그는 벤치에 앉아서 위대한 말들이 지나가는 것을 지켜보았다. 말들이 흘러나오고 몸부림치고 쩍쩍거리고 무너져내렸다. 해독하려고 해도 소용이 없었다. 문신처럼 유리창에 부딪쳐 뚝뚝 떨어졌다. 그가 비명을 지르고 눈을 감자 태그들이 눈꺼풀 뒤에서 말들과 기호들을 만들었다. 법령을 공포했다. 아몬드 냄새가 한층 코를 찔렀고 눈을 뜨면 그가 생각했던, 상상할 수 없는 일이 벌어질 게 분명했다. 그 일이 이미 벌어지고 있었다. 그는 두 손으로 얼굴을 누르고 열심히 귀를 기울였다. 객차 안에서 무언가 움직이고 있었다. 태그들이 분명해지고 있거나 암호가 풀린 것이다. 그렇다, 그가 암호를 푼 것이었다. 그것들은 말이 아니라 그림이었다. 각 글자가 저마다 헐떡이는 생명체였다. 그들은 벌집 안의 벌처럼 몸을 떨며 춤으로 메시지를 전하고 서로 잡아먹고 역사를 만들고 교미했다. 눈을 떴을 때 그는 그들을 완벽하게 이해할 수 있었다.

바이올렛과 라티프는 예의상 빈자리를 사이에 두고 이른 아침 4
번 열차에 앉아서 불이 들어온 맞은편의 광고를 뚫어져라 쳐다보
았다. "컴퓨터업계에서 새로운 출발을" "캡틴 모건 스파이스드
럼" "실천 철학 강좌" "조너선 지즈모르의 과일로 만든 안면 필링
제". 경찰 모집 포스터에서는 나이와 인종을 알 수 없고 흑백으로
처리된 여자가 TV에 나오는 전도사처럼 그들을 향해 환하게 웃고
있었다. "잃어버린 아들을 찾아줘서 고맙다고 인사하는 어머니를
상상해보세요." 라티프는 바이올렛을 훔쳐보았다. 두 사람은 거의
아무것도 하지 않고 지난 세 시간을 보냈는데 그렇게 기다린 것이
그녀에게 어떤 영향을 미친 듯했다. 그녀는 무릎에 두 손을 얹고
얼마 전에 글을 깨친 사람처럼 입술을 달싹이며 꼿꼿하게 앉아 있
었다. 그녀를 처음 만난 이래 그렇게 낯설게 느껴진 적이 없었다.
그녀는 2번 관할서를 나선 이래 그에게 한마디도 하지 않았다.

"두 정거장만 더 가면 됩니다." 라티프는 관광객이나 어린아이를 대하듯 자기도 모르게 중얼거리고 있었다. 그녀는 보일락 말락 고개를 끄덕였다.

"거기에 월이 없을지 모릅니다. 이미 사라졌을 수 있어요."

그녀는 아무 말이 없었다.

"유니언 광장에 아예 안 갔을 수도 있고요."

"저도 알아요, 형사님." 그녀는 고개를 저었다. "오리발치면 안 되겠죠."

그는 미소를 지으며 고개를 끄덕였다. "맞습니다. 설레발쳐도 안 되고요."

그녀는 아무 대답이 없었다.

"헬러 씨, 이건 아주 중요한 문제입니다만 아드님이 보이거든 저한테 당장 가리켜주십시오." 그는 헛기침을 했다. "직접 추격하지 마시고요. 그래주시겠습니까?"

그녀가 들리지 않을 만큼 작은 목소리로 중얼거렸다.

"뭐라고 하셨습니까?"

"전철 싫다고요." 그녀는 숨을 들이마시고 참았다. "전철이 싫어요."

"두 정거장만 더 가면 됩니다." 그는 시계를 흘끗 보며 똑같은 말을 서투르게 반복했다. "이 정도면 양호합니다, 헬러 씨. 목격된 지 십오 분도 안 됐으니까요."

"목격이라니요?"

그는 그녀가 무슨 말인지 알아차려주길 기다리며 아무 대답 없이 그녀를 쳐다보았지만 그럴 기미가 보이지 않았다. 전화를 받고 신원을 확인하고 4번 열차를 잡아타러 미친 듯이 달렸던 지난 십 오 분을 그녀가 잊어버렸을 리 없는데, 잊어버린 것 말고는 다른 이유를 찾을 수가 없었다. 그녀는 그의 사무실에 처음 찾아왔을 때 와 같은 표정이었다. 그때처럼 기운 없이 멍하고 그때처럼 절망한 얼굴이었다. 뭐가 달라진 걸까, 그는 궁금해졌다. 무슨 약을 먹은 걸까. 내가 못 보고 놓친 게 무엇일까.

질문은 그만하자, 그는 지친 목소리로 자기 자신에게 말했다. 형사 역할은 그만하자. 너는 하루 종일 질문을 했는데 엉뚱한 것만 물었고 너무 바보 같아서 심지어 그 질문들에 대답하지도 못했잖 아. 너무 바보 같았든지, 너무 자만했든지, 너무 좌절했든지. 이제 여기 가만히 앉아 있다 유니언 광장에서 내려 그 아이가 6번 열차 에서 내릴 때까지 기다리는 거야. 그 아이가 안 나타나면 처음부터 다시 시작해야 하는데 그것도 나쁘지는 않지. 그녀를 본 적도 없는 것처럼 처음부터 시작하는 거야. 안녕하십니까, 헬러 씨. 저는 라 티프 형사입니다. 아들을 찾아줘서 고맙다고 제게 인사하는 광경 을 상상해보십시오.

잠시 후 그녀가 그를 기억한 듯한 기미를 보였다. 두 눈이 서서 히 초점을 되찾았고 그의 반대편으로 몸을 움직여 입술을 축였다. "형사님." 그녀가 고개를 돌리지 않은 채 말했다. "부탁이 하나 있 는데요."

"놀라운 일은 아니로군요." 그는 억지로 미소를 지었다. "늘 저 한테 뭔가를 부탁하시지 않습니까."

"제 아들 아시잖아요, 그렇죠? 보면 그 아이인 줄 아실 거예요." 그녀는 다시 천천히 숨을 들이마셨다. "그러니까 알아보실 수 있을 거예요."

"못 알아보더라도……"

"그 아이를 찾으면 어떻게 하실지 알고 싶어요. 가르쳐주실 수 있으신가요?"

그는 그녀가 자신을 쳐다볼 때까지 기다렸다 입을 열었다. "절 버리고 떠날 생각은 아니었으면 좋겠습니다, 헬러 씨."

그녀는 그가 남우세스러운 부탁이라도 한 것처럼 얼굴을 붉혔다. "같이 있을 거예요." 그녀가 중얼거렸다.

"그럼 왜 그런 질문을 하십니까?"

한참 만에 입을 연 그녀는 그가 뭐라고 물었는지 잊어버리기라도 한 것처럼 머뭇거리며 조심스럽게 대답했다. "그 아이를 찾으면 어떻게 되는지 알려주세요."

그는 똑같은 질문을 반복하려다 그녀가 포스터를 쳐다보고 있는 것을 보았다. 그는 양 손바닥의 불룩한 부분으로 눈을 눌렀다. "해치려는 뜻이 없다는 걸 아드님이 알 수 있게 두 손을 멀찌감치 떨어뜨린 채 아주 천천히 다가갈 겁니다. 대화를 시도할 겁니다. 반경 십오 피트 안에 아무도 없다는 걸 확인시켜줄 겁니다. 무기는 하나도 꺼내지 않을 겁니다. 그리고 당신을 바로 옆에 둘 겁니다." 그는 두 손을 무릎에 얹고 토크쇼 사회자처럼 그녀 쪽으로 몸을 기울였다. "먼저 그 아이의 심리 상태를 판단해야 하는데 당신이 아드님을 가장 잘 알지 않습니까. 그래서 제 옆에 있어달라고 말씀드리는 겁니다, 헬러 씨."

그녀는 눈을 감고 똑바로 앉아서 고개를 끄덕였다. 몇 시간 전 같았으면 그의 그런 태도에 웃음을 터트렸을 텐데 지금은 그의 말을 듣지도 않는 것 같았다.

"다른 부분에서는 제가 필요 없죠? 사실 필요 없을 거예요."

그는 그녀의 팔을 잡고 손에 힘을 주었다. "왜 그러십니까, 헬러 씨? 진정제를 얼마나 드신 겁니까?"

그녀는 그 아니면 그의 뒤에 있는 무언가를 향해 미소를 지었다. "진정제 안 먹었어요, 형사님."

"이제 내 말 들으세요, 헬러 씨. 나를 보세요. 난 당신이 왜 이러는지 아는 척하지 않지 않을 테고 알고 싶지도 않습니다. 뭣 때문에 이러는지 몰라도 얼른 수습해주십시오. 무슨 일이 있어도 아드님을 다시 놓치고 싶지 않으니까요. 알아들으시겠습니까?"

"네, 형사님. 네, 그러시겠죠. 죄송합니다." 하지만 그녀의 미소와 그 미소 뒤로 보이는 머뭇거림이 그 어느 때보다 선명했다.

열차가 왼쪽으로 심하게 기우뚱했고, 일렬로 늘어선 I자 모양의 기둥 뒤로 흑백 만화의 용처럼 꿈틀거리며 지선 선로가 등장했다. 라티프는 마음이 차분해질지 모른다는 희미한 희망을 품고 선로를 바라보았다. 그는 바이올렛이 전철에 대해 했던 말을 떠올리고 객차와 승객들을 유심히 관찰하며 무엇 때문에 싫다고 하는지 생각해보았다. 창밖을 내다보는데 터널의 영향력과 그 빠져나갈 수 없는 권위와 절대적인 명령이 느껴지기 시작했다. 그는 그것이 이유일까 싶었다. 우리는 결정권이 없지, 그는 생각했다. 절대 없지. 우리가 열차의 속도나 방향이나 순서를 결정할 수 없다. 유일하게 선택할 수 있는 게 내리느냐 마느냐이다. 그런 생각이 들자 당황스러웠고, 이 얼마나 단순한 발상인가 싶었지만 그 생각들을 버릴 수가 없었다. 덕분에 그녀와 가까워졌고 그 아이와는 더 가까워질 수 있었다. 그 단순함 속에 일종의 가망성이 숨겨져 있었다.

"알리." 그녀가 그의 손 위에 자기 손을 포개며 느닷없이 불렀다. 그녀는 좀 전의 라티프처럼 지선 선로의 I자 모양 기둥 사이를 보고 있었다. 6번 열차가 두 개의 불빛으로 객차 사이의 허공을 물들이며 최대한 느릿느릿 기어서 지나가고 있었다. 6이라는 숫자가 넘쳐흐를 것처럼 보였다. 순연된 도심행 열차로군, 라티프는 뭘 봐야 하는 건지 알지 못한 채 생각했다. 그때 그녀가 그의 손을 잡자 그는 문득 그녀가 자신의 이름을 불렀고 아파트에 함께 있은 뒤 처음으로 그의 몸에 자진해서 손을 댔다는 생각이 들었다.

"왜 그러십니까, 헬러 씨?"

"객차 중간이요." 그녀의 손이 움찔했다. "보이세요?"

"그게 잘…… 잠시만요……"

"털모자 쓰고 있는 남자 보이세요?"

그는 손으로 불빛을 가렸다. "하시드* 유대인 말입니까?"

"그 사람 왼쪽 어깨 너머를 보세요. 지금은 어떤 여자가 가리고 있어요." 그녀는 자리에서 일어나 열차가 정차해 있기라도 한 것처럼 통로를 가로질렀다. 라티프는 좀더 조심스럽게 일어나 뒤를 따라갔다. 그는 하시드를 다시 찾아내 그 옆의 여자를 자세히 살펴보았다. 평범한 갈색 외투 차림의 사십대 직장인이었다. 그 뒤에는 아무도 없었다. 그는 여자가 하시드의 부인일까, 그 여자도 일부 하시드처럼 가발을 썼을까, 이 시각에 객차가 왜 저렇게 만원일까 하는 식의 쓸데없는 생각들을 했다. 바이올렛을 이상하게 생각하

---

* 유대교의 한 분파.

지 않으려고 애썼다. 여자가 하시드가 아니라는 결론을 내렸을 때 그 뒤의 어떤 남자아이가 선명하게 그의 눈에 들어왔다.

"이제 보이죠." 바이올렛이 말했다. 다정한 목소리였다. "조만간 이쪽으로 고개를 돌릴 거예요. 늘 양쪽을 쳐다보거든요."

선글라스를 낀 남자가 하시드를 지나가며 남자아이를 다시 가렸다. 라티프는 속으로 남자에게 욕을 했다. "아드님인 게 분명합니까? 확실히 보셨나요?"

그는 그녀가 그의 말을 무시할 거라고 생각했고 생각한 대로였다. 그녀는 닳은 유리창에 이마를 대고 깜빡이는 경계선 너머를 물끄러미 바라보았다. 그녀의 입이 살짝 벌어졌다. 그가 어깨에 손을 얹자 그녀는 신음 소리를 내며 몸을 뺐다.

"앉아야 합니다, 헬러 씨. 아드님한테 들키면 안 되니까요."

그녀는 당장 고개를 돌리고 선반 가로대를 움켜쥐었다. 나 때문에 겁먹은 모양이로군, 라티프는 생각했다. 그게 차라리 잘된 일일지도 모르지. 그가 팔을 내밀자 그녀가 우아하게 팔을 잡았다.

"형사님은 보셔도 되잖아요." 그녀가 말했다. "그 아이는 형사님을 모르니까요."

"제가 그 아이를 쫓느라 웨스트 빌리지 절반을 누빈 사실을 잊으셨군요." 그는 미소를 지었다. "저도 그걸 잊어버릴 수 있으면 좋겠습니다만."

"그러게요." 그녀가 얼른 말했다. "그러셨죠. 제가 깜빡했네요."

"여기서도 볼 수 있습니다." 그는 그녀가 자리에 앉도록 거들었다. 그리고 조금 전처럼 두 사람 사이에 빈자리를 하나 남겼다. 비슷한 청록색 파카를 입은 두 여자아이가 웃어야 할지 말아야 할지 모르겠다는 얼굴로 그녀를 빤히 쳐다보았지만, 그녀는 두 아이가 밀랍으로 만들어지기라도 한 것처럼 그 너머만 바라보았다. 그들의 존재 자체를 모르겠지, 그는 생각했다. 여기가 어디인지 간신히 아는 수준이겠지. 아이는 고개를 한쪽으로 기울이고 덜컹거리는 열차에 맞춰 몸을 살짝 흔들며 여전히 두 사람의 반대쪽을 쳐다보고 있었다. 라티프는 그의 모습을 하나하나 뜯어보았다. 착 가라앉은 금발, 남자아이답게 구부정한 자세, 중고품 할인점에서 산 듯한 후줄근한 스웨터. 그 아이일 수밖에 없었다. 여유로워 보이는군, 라티프는 생각했다. 조그만 자비를 베풀어주신 하느님께 감사를.

그가 그런 생각을 하고 있을 때 지선 열차가 제동을 걸기 시작했다. 저 아이를 계속 지켜보고 있을 필요는 없지, 라티프는 중얼거렸다. 그냥 보내고 마음의 준비를 하자. 유니언 광장에서 내려서 기다리자. 목표물이 덫에 걸려들었다는 느낌이 다시 엄습했고 손바닥과 겨드랑이가 축축해지는 게 느껴졌다. 지선 열차가 조용하고 부드럽게 멈추어 섰고 아이는 벌써 시야에서 사라졌다. 그는 바이올렛이 반응하길 기다렸지만 그녀는 아무 반응도 보이지 않았다. 그는 계속 6번 열차를 지켜보다 아이가 마침내 완전히 사라졌을 때 고개를 돌리고 그녀를 쳐다보았다. 이제는 땀이 비 오듯 쏟아지고 있었다. 그녀는 벽에 머리를 기댄 채 눈을 반쯤 감고 있었다. 잠이 들었군, 라티프는 생각했다. 어떻게 잠이 들 수가 있지? 하지만 그녀는 잠이 들었다기보다 죽은 것처럼 보였다.

"헬러 씨." 그가 불렀다. 이름이 목구멍에서 걸렸다.

"네?"

"앞으로의 계획을 알려드리겠습니다, 헬러 씨. 다음 정거장에서 내려 지선 열차를 기다립시다. 제가 선로 주변에 인력을 배치하고 경계경보를 발령할 겁니다." 그녀는 아무 말도 하지 않았고 그가 그녀의 어깨를 살짝 흔들었다. "정신 차리세요, 헬러 씨. 정신 차리셔야 합니다. 우리 부서원 몇 명이 벌써 유니언 광장에 출동해 있을 겁니다. 우리가 놓칠 경우에 대비해서 그곳을 지키고 있게 할 겁니다."

"알았어요, 알리." 그녀가 말했다. 그의 이름을 부른 데에는 애원 내지는 경고 비슷한 의미가 깔려 있었지만 무엇이 되었든 그를 흥분하게 했다. 그녀는 이 세상 그 무엇보다 자연스러운 일인 양 그에게 몸을 맡겼다. 이런 것도 앞으로 한 시간 뒤면 끝이다, 그는 스스로에게 일깨웠다. 기껏해야 몇 시간이면 끝이다. 그는 유리창에 비친, 하나가 된 두 사람의 모습을 바라보았다. 그곳에는 중년의 흑인과 반쯤 의식이 없는 외국인이 있었다. 그는 앞으로 어떻게 될지 열심히 그림을 그려보았다. 하지만 아무것도 그려지지 않았다.

역에 거의 도착했을 때 지원군이 승강장에서 기다리고 있을 거라는 생각이 들자 그는 몸을 떼고 똑바로 앉았다. 그녀는 눈을 감은 채 스르르 떨어졌다. 그는 유리창에 비친 그의 모습을 하릴없이 쳐다보았다.

드디어 정거장이 나타났다. "바이올렛." 그가 불렀다. 의도했던 것보다 날카로운 목소리였다. 그녀가 투덜거리며 일어나 앉아 머리를 만졌다. 파카를 입은 여자아이들이 이제는 대놓고 키득거렸다. 그는 자리에서 일어난 다음 뒤로 손을 내밀어 그녀를 일으켜 세웠다.

"이제 끝인가요?" 그녀가 한 손으로 얼굴을 가리며 물었다. 낯익은 동작인데 라티프는 어디에서 본 것인지 잠깐 생각이 나지 않았다. 그러다 마침내 자기 습관이라는 걸 알아차렸다.

"이제 끝인가요?" 그녀가 다시 한번 물었다. 대답을 바라는 것 같지는 않았다. 내가 왜 이러는 걸까, 그는 궁금해졌다. 왜 우리 두 사람의 내일이 그려지지 않는 걸까. 열차가 멈추고 문이 스르르 열리자 그는 몸이 떨리는 것을 참아가며 그녀를 데리고 천천히 가장 가까운 벤치로 갔다. 이 여자가 무섭다, 그는 중얼거렸다. 이 여자가 무섭고 이 여자 때문에 무섭다. 그는 그 생각이 놀랍지 않았다.

벤치에 다다르기 전에 그녀의 눈이 다시 감겼다. 그는 열차 안에서 여자아이들이 그랬던 것처럼 그녀를 빤히 쳐다보았고 그러는 동안 그녀가 마지막으로 아들을 보았을 때 어떤 일이 있었는지 생각났다. 내가 그 일을 겪고도 왜 방심하고 있었을까, 그는 생각했다. 그 정도면 경계 태세를 갖추기에 충분했는데. 하지만 그는 물론 이유를 알고 있었다. 그는 그녀의 옆에 앉아 손을 잡았다.

"바이올렛." 그가 말했다. "내 말 잘 들어요, 바이올렛. 눈 떠요."

그녀가 곧바로 눈을 뜨고 그가 앉은 쪽을 쳐다보았다. 그가 아니라 그가 앉은 쪽을 쳐다보았다. "가세요." 그녀가 침착한 목소리로 말했다. "이건 늘 있는 일이니까 신경 쓰지 마시고요."

"가긴 어딜 간다고 그러십니까. 여기에서 지선 열차를 기다려야 하잖아요."

그녀는 고개를 끄덕였다. "열차가 도착하거든 가세요."

"아드님이 여기에서 내릴 예정인데 기억 안 나요? 준비하고 있어야죠. 깨어 있어야죠."

"출동해 있을 거라던 사람들은 어디 있나요? 형사님 부서의 직원들이요."

"모르겠습니다." 그는 그 순간까지 미처 그 생각을 하지 못했다. "위에서 기다리고 있을 겁니다."

그녀는 걱정이 되는 듯한 표정으로 그의 등 너머를 바라보았다. 그녀의 반걸음 뒤에 지선 선로가 있었다. 레일을 타고 진동이 전해지기 시작했다.

"오는군요." 라티프가 말했다.

그녀는 그제야 그와 눈을 맞추었다. "어떻게 하죠? 일어서야 하나요?"

"열차가 완전히 정지할 때까지 여기서 기다리죠. 돌아보지 말고요. 열차가 정지하자마자 일어서서 걸어가는 겁니다."

그녀는 청바지의 주름을 펴며 아무 말도 하지 않았다.

"어떤 이유로든 아드님이 내리지 않으면 우리가 올라타는 겁니다. 그런 다음 문이 닫힐 때까지 기다렸다 움직이고요. 나를 따라서 할 수 있겠어요?"

그녀는 질문 자체를 감당할 수 없는 듯 눈을 꼭 감았다 뜨고는 그의 소매를 붙잡았다. 지선 열차의 에어브레이크가 작동하기 시작하자 진동이 날카로운 소음으로 바뀌었다. 그는 열차가 도착한 것을 다른 사람들의 표정을 통해 파악했다. 투명한 우비를 입은 한 남자가 눈동자를 기괴하게 앞뒤로 굴리며 비디오카메라처럼 고개를 왼쪽에서 오른쪽으로 돌렸다.

"아직 돌아보면 안 되나요?" 바이올렛이 이를 악문 채 물었다. "이제 일어서야 하지 않을까요?"

"기다리십시오." 그가 말했다. "몇 초만 더요."

그는 몸을 돌리지 않은 채 자리에서 일어섰고 그녀가 일어설 수 있도록 도운 다음 문이 열릴 때까지 계속 붙잡고 있었다. 이 여자는 괜찮을 거야, 그는 생각했다. 계속 움직이게 하자. 그는 그녀의 어깨를 잡고 살짝 거칠게 돌려세운 다음 앞으로 걸어가 승강장을 위아래로 살폈다. 커브 덕분에 그는 모든 객차를 볼 수 있었다. 그는 우비를 입은 남자가 그랬던 것처럼 고개를 좌우로 돌리며 나지막이 1부터 9까지 숫자를 셌다. 그 아이를 닮은 사람은 한 명도 내리지 않았다.

"여기 없어요." 바이올렛이 뒤에서 말했다. "다른 데 있어요." 마치 다른 사람한테 하는 말 같았다.

"이 열차에 타고 있었는데요." 라티프가 나지막이 말했다. "당신도 봤잖……" 그런데 문이 닫히는 것을 알리는 신호음이 그의 말허리를 잘랐다. 그 아이가 우리를 본 모양이군, 그는 생각했다. 만약 그 아이가 우리를 보았다면 시간이 얼마나 남았을까. 일 분쯤? 그는 오른쪽 발꿈치로 열차 문이 닫히지 않도록 막고, 넘어지지 않도록 기둥 쪽으로 손을 뻗었다. "타요, 바이올렛." 그가 말했다. "그 아이에게 생각을 바꿀 시간을 주면 안 됩니다." 하지만 승강장으로 고개를 돌리니 그녀가 사라지고 없었다.

이후로 세 정거장을 지나는 동안 라티프는 열차를 앞에서 뒤로 살피고 정차할 때마다 승강장을 확인했다. 열차는 그 시각의 다른 아침보다 유난히 붐비는 것 같았지만 그는 이미 자신의 판단을 믿지 못하게 된 지 오래였다. 그랜드 센트럴 역에서 뷔른스트란드 경

위에게 전화하고 도심행 급행으로 갈아탈 때까지 바이올렛 생각
은 전혀 나지 않았다. 그 아이가 제대로 주의를 환기한 셈이었다.
다른 데서 내린 게 분명해, 라티프는 중얼거렸다. 분명 그랬을 거
야. 블리커 가나 애스터 플레이스에서. 급행열차가 움직이기 시작
하자 그는 자리에 몸을 파묻고 앉아 양쪽 엄지손가락 마디로 관자
놀이를 세게 눌렀다. 다른 승객들에게 물어볼 생각조차 하지 못했
다. 그럴 만한 시간도 없었지만, 지선 열차에서 내리자마자 후회가
됐다. 아직도 후회스러웠다. 아스팔트에 부딪쳤던 뒤통수가 욱신
거렸고 가슴속에서 심장이 경련을 일으켰다. 에밀리의 증언과 찢
어지고 더러웠던 재킷을 생각하다 정신을 차리고 보니 바이올렛
생각을 하고 있었다. 그녀에게 할 말이 없군, 그는 생각했다. 아이
는 흔적도 없고. 그녀는 또 헛것을 봤다고 생각하겠지. 그는 두 손
으로 얼굴을 덮고 손을 이리저리 놀렸다. 정말로 헛것을 보는지도
모르지, 그는 중얼거렸다. 어쩌면 우리 둘 다 그럴지도. 그는 자신
의 두 눈으로 무엇을 보았는지 열심히 기억을 더듬었지만 그 기억
이 어디로 갔는지 찾을 수가 없었다. 나는 그녀한테 들은 대로 보
았지, 그는 얼굴을 덮었던 손을 내리며 생각했다. 그녀가 가르쳐준
대로 보았지. 그녀가 그를 속이고 교묘하게 오해하게 만들고 뭔지
모를 방식으로 이용했을지 모른다는 생각이 들었다. 그런데 그녀
가 그를 버린 이유에 대해 열심히 고민하기 시작하자 그의 판단력
은 흐려졌거나 아예 기능을 완전히 상실한 듯했다.

그는 유니언 광장에서 내려 벤치로 돌아가 그녀가 앉았던 자리
에 앉았다. 그녀가 방금 전까지 앉아 있었던 것처럼 나무가 따뜻하
게 느껴졌지만 그는 그 느낌을 믿지 않았다. 그는 아무 말 없이 뺏

뻣하게 거기 앉아 있었다. 그가 유능한 형사인 것처럼 느껴졌던 순간도 있었다. 거기까지는 기억이 났다. 그는 자신만만했고 심지어 거만했다. 바로 그날 그랬을지도 모른다.

이제 기억이 나는군, 그는 문득 생각했다. 그런 느낌이 언제 사라졌는지 기억이 났어. 나는 책상에 앉아서 암호로 된 그 아이의 쪽지를 보고 있었고 키워드가 '바이올렛'이 아닐까 싶었는데 내 짐작이 맞았지. 나는 암호를 풀어서 대문자로 큼지막하게 옮겨 적고 감상했지. 그러고 자리에서 일어나 문을 열어보니 그녀가 복도에서 나를 기다리고 있었고.

라티프는 주머니에 손을 넣고 구두코를 툭툭 맞부딪치며 열차가 들어오고 나가는 광경을 한동안 바라보았다. 열차들은 이제 거의 만원인데 승강장은 텅 비어 있는 이유를 그는 알 수가 없었다. 승객들은 승차하고 하차할 뿐 아무도 머뭇거리지 않았다. 아무도 벤치에 앉지 않았다. 삼십 분쯤 지난 것 같았을 때 그는 느릿느릿 자리에서 일어나 출구로 향하는 계단으로 걸어갔고, 바로 그때 바이올렛이 그의 눈에 들어왔다.

그녀는 계단 밑 그늘진 구석에서 몸을 구부리고 서 있었는데 그녀와 마주친 것이 그의 마지막 질문에 대한 답이었다. 그녀는 얼굴을 살짝 옆으로 기울이고 핏기 없는 입을 벌린 채 열차가 지나가기라도 하는 것처럼 눈을 움직였다. 그가 다가가자 그녀가 몸을 움찔했고 그건 그가 다가오는 걸 보았다는 증거였다. 그마저 없었더라면 그녀가 앞을 못 보게 된 줄 알았을 것이다.

"헬러 씨." 그가 갓난아이 대하듯 손을 내밀며 말했다. 그런데 그녀가 알아볼 수 없을 만큼 조로해 보였다. 그는 원래 "바이올렛"이라고 부르려고 했지만 이제 그 이름은 그녀의 이름이 아니었다. "헬러 씨." 그가 다시 한번 불렀다. 그가 부르는 소리를 들은 기미가 없었다. 그는 세 번째로 입을 벌렸지만 개미만 한 소리조차 낼 수가 없었다.

"눈이 부셔요." 그녀가 말했다. "꺼주세요." 그녀는 꼭두각시처럼 한 단어를 내뱉을 때마다 입을 탁 다물었다.

"안심하세요, 헬러 씨." 그는 그녀에게로 한 걸음 다가갔다. "라티프 형사입니다. 알리예요." 그는 그런 상태이거나 그 비슷한 증상의 사람들을 본 적이 있었기 때문에 빨리 움직이면 안 된다는 걸 알고 있었다. 그녀는 몸을 뚫고 지나가는 전류가 너무 거대해서 숨쉬기조차 힘들어 보였다. 그는 자살이나 온갖 중독 등 그런 광경을 수도 없이 목격했지만 그녀가 그중 어느 것에 해당되는지 알 수 없었다. 물론 그건 사실이 아니었다. 그는 어느 것에 해당되는지 너무나도 잘 알고 있었다. 그런 현실이 두 사람 사이의 허공을 맴돌고 들릴락 말락 하게 윙윙거리며 인정받을 순간을 기다리고 있었다. 그 녀석은 그날 오후 언제부턴가 그렇게 기다리고 있었다. 라티프는 바이올렛을 쳐다보며 헛기침을 했다. 소리를 듣기 위해서였다. 헛기침 소리가 분명하게 들리자 그는 그 소리를 들을 수 있다는 데 감사했다. 그는 몸집이 작아 보이게 허리를 숙였다.

"그 약에 뭐가 들어 있었던 겁니까, 헬러 씨?"

그녀는 그가 뭘 던지기라도 한 것처럼 고개를 움츠렸다. "어떤 일이 벌어질 거예요." 그녀가 혀로 입술을 축이며 말했다.

"그렇습니까?" 그가 말했다. 그는 한 걸음 더 앞으로 다가갔다.

"조만간요. 이미 시작됐어요."

"내 말 들립니까, 헬러 씨? 내가 누군지 알겠습니까?"

그는 그녀가 대답할 때까지 한참을 기다렸다. 그러다 그녀가 마침내 입을 다물고 손으로 얼굴을 가리자 그는 어깨 너머를 돌아보았다. 몇 발 뒤에 노란색 수화기가 달린 공중전화가 있었다. 그는 시선을 고정한 채 조심스럽게 뒷걸음을 쳐서 그녀에게서 한시도 눈을 떼지 않은 채 공중전화 앞에 다다랐다. 승강장에 아무도 없는 것에 하느님에게 감사드릴 따름이었다. 수화기를 귀에 대자 희미하지만 또렷한 신호음이 들렸고 그는 숨을 들이마시며 그것에 대해서도 하느님에게 감사드렸다. 뵈른스트란드 경위에게 전화를 걸자 지원 병력이 34번가에서 기다리고 있다고 했다. 그는 설명을 요구하지 않았고, 뵈른스트란드도 설명하지 않았다. 그는 수화기를 제자리에 내려놓고 눈을 잠깐 감았다가 율리시스 S. 코펙 박사에게 전화를 걸었다. 그는 번호를 누르는 순간에도 코펙이 무슨 말을 할지 알고 있었지만, 그 말을 직접 들어야 했다. 전화를 안 받을 수도 있겠군, 그는 생각했다. 그럼 어떻게 한다. 하지만 코펙은 벨이 두 번 울렸을 때 전화를 받았다.

"이런 시각에 전화드려서 죄송합니다, 코펙 박사님. 저는……"

"목소리를 들으니 알리로군요. 언제 전화를 하실지 궁금해하고 있었습니다."

라티프는 잠깐 아무 말도 하지 않았다. "그녀의 문제가 뭔지 알고 계셨죠?" 그가 말했다. "정확히 뭐가 문제인지 알고 계셨죠?"

연극처럼 극적인 효과를 노린 침묵이 흘렀다. 결정타를 날리기 위한 숨 고르기였다. "그럼요, 형사님. 형사님은 모르셨습니까?"

"그러니까 박사님……" 그는 말을 멈추고 다시 한번 숨을 들이쉬었다. "그녀를 밖에 두고 박사님과 제가 삼십 분 동안 이야길 나눴는데 제게 알려야겠단 생각이 단 한 번도 들지 않던가요?"

"알리, 저는 환자들의 비밀을 지켜야 할 의무가 있습니다. 저는 그 약속을 존중합니다." 코펙은 살짝 헛기침을 했다. "그리고 아무튼 그녀의 상태는 누가 봐도 명백했고요."

"제가 보기에는 안 그랬습니다. 제가 보기에는요."

"그것 참 놀랍군요, 형사님. 형사님은 이런 사건들을 정기적으로 다루었다고 들었는데요. 아무튼 헬러 씨와 상당 시간 함께 지내셨으니……"

"그녀의 문제가 뭔지 말해, 이 망할 인간아. 병명을 말해."

"그렇게 물으시니 말씀드리죠, 형사님. 헬러 씨는 망상형 정신분열증 환자입니다." 단어가 하나씩 내뱉어질 때마다 코펙의 입술이 맞부딪치는 소리가 들렸다. "제가 더 도와드릴 일이 있습니까?"

뒤에서 4번 열차가 들어섰고 냅킨 한 장이 그의 발치에서 뱅그르르 돌았다. 그는 이제 바이올렛을 쳐다보지 않았다. 열차도 쳐다보지 않았다.

"박사님이 말한 것처럼 저는 오늘 아침부터 그녀와 함께 있었습니다. 저는 지금까지 정신분열증 환자들을 볼 만큼 보았지만 단 한번도……"

"헬러 씨는 아들과 달리, 정신과 의사들이 쓰는 용어로 말하자면 자기 증상에 대한 식견이 상당합니다. 제게 진찰을 받았을 때 그녀는 하루에 알약 형태의 클로자핀 200밀리그램과 셀렉사 40밀리그램을 먹고 있었어요."

"그런 이야기는 하지 않았습니다. 전혀요. 제가 물어봤을 때에
도……"

"직접적으로 물어봤습니까?"

라티프는 대답하지 않았다. 4번 열차가 들어섰고 문이 열렸다.
그는 직장인들을 가득 태우고 정차한 객차를 뚫어져라 쳐다보았
다. 그들은 열차가 계속 움직이고 있다고 생각하는 것 같았다. 어
느 누구도 바이올렛을 쳐다보지 않았다.

"그녀는 제게 알리고 싶어하지 않았습니다." 라티프가 말했다.
"알리지 않길 잘했죠. 알았다면 제가 그녀를 데리고 다니지 않았
을 테니까요."

"그건 맞는 말입니다, 알리."

라티프는 손바닥으로 전해지는 무게를 느끼며 수화기를 잠깐
내려다보다 제자리로 가볍게 떨어뜨렸다. 4번 열차는 그가 알아차
리지도 못한 사이 저만치 사라져버렸다. 그는 계단 쪽으로 마지못
해 고개를 돌리며 그녀가 자취를 감추었을 거라고 생각했고 그랬
길 진심으로 바랐다. 하지만 그녀는 그늘 속으로 좀더 들어앉아 바
닥으로 살짝 더 몸을 숙였다면 모를까, 좀 전과 별반 다를 게 없었
다. 그런 채로 중얼거렸고 이 사이에 뭐가 있기라도 한 것처럼 턱
을 움직였다. 그는 다가가며 그녀가 통화 내용을 들었을지 궁금해
했다. 어쨌거나 이젠 상관없었다. 그녀는 왼쪽 어깨에 턱을 파묻은
채 보이는 모든 것을 욕하고 있었지만 그가 그녀의 이름을 부르며
부드럽게 끌어당기자 잠잠해졌다.

116번가에서 열차가 아쉬워하며 멈추어 섰고 한 남자가 옆걸음으로 문을 통과하며 들어와 로우보이의 맞은편에 앉았다. 보이는 곳에 승객은 둘밖에 없었다. 장애인석을 제하고도 서른일곱 개의 자리가 있는데 남자는 일말의 망설임도 없이 그 자리에 앉았다. 주황색 머리가 곱슬곱슬하고 눈빛은 정직하고 선지자적인 분위기를 풍기는 황새 같은 남자였다. 그는 비난하는 수많은 사람들을 잠재우려는 듯 통로를 위아래로 훑었고 그것을 끝마친 뒤에는 고개를 돌리고 로우보이를 보며 뻐딱한 미소를 지었다. 보험손해사정인이나 치과 의사가 대기실에서 짓는 미소였다. 치과 의사가 선지자가 될 수 있을까, 로우보이는 궁금해졌다. 보험손해사정인이 선지자가 될 수 있을까. 그가 막 물으려는데 남자가 손가락을 하나 들었다.

"끈이 없네." 남자가 로우보이의 신발을 가리키며 말했다.

로우보이는 발을 내밀었다. "벨크로예요." 그가 나지막이 말했다. 그걸 부르는 명칭이었다. 그는 남자의 이야기가 계속되길 기다렸다.

남자는 대답 대신 다시 손가락을 들었다. 붉게 물든 살이 늘어진 그의 목 위에서 후골이 진동했다. 잠시 후 그는 수맥을 찾는 막대처럼 손가락을 내려 자기 신발을 가리켰다. 끈에서 정강이까지 은색 테이프가 감겨 있었다. 테이프는 새것이었고 묵직하고 비싸보였다. 그것이 로우보이에게 의심을 불러일으켰다.

"양말은 어디 갔나요?" 로우보이가 속삭였다.

"네 양말은 어디 갔니?" 남자가 물었다.

로우보이가 밑을 내려다보니 남자 말이 맞았다. 누가 양말을 가지고 갔을까, 그는 중얼거렸다. 아마 비서일 것이다. 그러고 보니 생각나는 것이 있었다.

"내가 세상을 구했어요." 그가 말했다.

남자는 어깨를 으쓱했다. 열차가 굽이굽이 도는 동안 두 사람은 말없이 앉아 있었고 남자는 이를 훑으며 로우보이의 행동을 일일이 따라 했다. 그가 비트적거리면 남자도 비트적거렸다. 그가 움찔하면 남자도 움찔했다. 뭔가 의도가 있었다. 정거장이 나타날 때마다 누구든 타길 바랐지만 문이 열리면 항상 생각이 바뀌었다. 이제 96번가. 이번에는 86번가. 남자는 좌우로 몸을 움직이며 동물원의 원숭이처럼 그를 따라 했다. 이를 훑고 고개를 까딱이고 발뒤꿈치를 서로 부딪쳐 음악을 만들었다. 영역 표시일까 아니면 애정의 표현일까. 로우보이의 얼굴이 간질거리기 시작했다.

"테이프 밑에 뭐가 있어요?" 그가 물었다. "그 뒤에 뭐가 있어요?"

남자는 씩 웃고 콧방귀를 뀌더니 자리에서 일어섰다. "나이키에서 나온 다용도 운동화야." 그가 말하며 선반 가로대에 기댔다. "브로드웨이 가와 18번가 교차로에 있는 풋 로커 매장에 쓰레기통이 있는데……"

"가까이 오지 말아요." 로우보이가 말했다.

놀랍게도 남자는 당장 자리에 앉았다. "너는 우리 과야." 그가 말했다. "너는 우리 동지야."

로우보이는 남자 너머를 쳐다보며 아무 말도 하지 않았다.

남자는 다리를 쭉 펴고 무용수처럼 두 발을 활 모양으로 구부렸다. "난 가끔 신발을 벗지." 그가 말했다. "어떤 경우에 말이야. 예를 들면 무사퀸타스를 건너거나 할 때."

"무사퀸타스." 로우보이가 말했다. 목에 힘이 들어갔다. "침묵의 강."

"맞아."

"더치맨이로군요."

더치맨은 주머니에서 빗을 꺼내 우아하게 머리를 빗었다.

"나는 윌이에요." 로우보이가 인사를 건넸다. "윌리엄 헬러. 헤더 코빙턴 말로는……"

"알았다, 윌. 아주 좋아. 네가 집을 살 계획이라고 치자." 그는 빗으로 로우보이를 가리켰다. "그러면 우선 거기서 자볼 거니?"

"집이라고요?" 로우보이가 물었다. 그 말에 에밀리를 그린 그림들이 생각났다.

더치맨은 고개를 끄덕였다. "거기서 잘래 아니면 당장 사버릴래?"

로우보이는 멍하니 고개를 저었다. 이 사람이 정말 더치맨일까. 그는 답을 찾으러 밖을 내다보았지만 물기가 서린 벽과 터널의 배수구들 말고는 보이는 게 아무것도 없었다. 암호나 바코드나 그래피티는 없었다. 메시지가 사라졌는데도 변함없이 그는 그걸 기억할 수 있을까.

"거기서 자겠느냐고요?" 로우보이가 물었다. 그는 질문을 곰곰이 생각해보았다. 에밀리의 얼굴이 집으로 바뀌었다. "네." 그가 대답했다. "거기서 자겠어요."

"착한 아이로구나." 더치맨이 그를 향해 머리를 스르르 움직였다. "하룻밤을 그 집에서 꼴딱 보내야지. 심령체의 활동도 점검하면서."

"우리 엄마가 집이었어요. 에밀리도 그랬고요. 나는 종잇조각이나 담배 아니면 침대였어요."

더치맨은 생각에 잠긴 듯 혀를 찼다. "라파는 잘 지내니?"

"헤녀 코빙턴요?" 로우보이가 물었다. "그녀는 나를 '보물'이라고 불렀어요. 나를 누비이불과 파란색의 조그만 트렁크가 있는 터널 밑, 세상의 바닥으로 데리고 갔죠. 나는 하지 못했어요, 더치맨. 그녀의 여권에 백인 여자아이가 있었어요. 그 아이 이름이 헤더 코빙턴이었어요. 지즈모르 박사가 그녀를 흑인으로 만들었어요."

"코빙턴." 더치맨이 말했다. "아주 좋아."

"그게 자기 이름이라고 했어요." 로우보이가 말했다. "나도 그 이름으로 불렀고요. 그녀한테 스컬 & 본즈 이야기를 했더니……"

더치맨이 똑바로 앉았다. "스컬 & 본즈에 대해서 어떤 것들을 알고 있니?"

"내가 헤더 코빙턴한테 이야기했어요." 로우보이는 말을 더듬었다. "내가 라파한테……"

"입 다물어." 더치맨이 말했다. "나는 그 끔찍한 단체의 회원이었어."

"본즈는 얼굴이 우유색인 남자예요." 로우보이가 말했다. "보잘것없고요. 스컬은 키가……"

"그들이 지구를 관리하지." 더치맨이 고개를 끄덕이며 말했다. "그들이 세상을 비옥하게 만들지. 그들이 모든 걸 뜨겁게 만들지."

더치맨이 말하는 동안 커튼이 열렸고 로우보이는 세상을 완벽하게 이해했다. 그는 승강장과 열차 뒤쪽과 커브에서 서늘한 공기가 점점 따뜻해지던 것이 생각났다. 스컬 & 본즈가 없었다면 그는 절대 소명을 부여받지 못했을 것이다. 그는 그들이 적인 것을 알아차렸고 승장장의 노란 가장자리로 달려가 발로 걸어차자 열차 문이 열렸다. 그는 그걸 일종의 징조로 받아들일 수밖에 없었다. 그는 열차에 들어선 순간부터 떠받들어지고 찬양과 사랑의 대상이 되었다. 그는 콘센트에 끼워진 플러그처럼 터널 속으로 사라졌고 터널은 그에게 모든 것을 주었다.

"점점 뜨거워지고 있지 않아요." 로우보이가 말했다. "이제는 안 그래요." 그는 두 손을 배에 대고 눌렀다. "그렇다는 거 알겠어요, 더치맨? 거기에는 아무것도 없었어요. 나는 섹스를 했어요."

더치맨은 그를 보며 눈을 깜빡였다. "섹스를 했다고?"

로우보이는 고개를 끄덕였다. "내게 주어진 소명이 말하길 내 속을 모두 꺼내라고 했어요. 그걸 희생물인가 제물인가 그렇게 부르면서. 바로 오늘 아침에 했어요. 세상이 내 안에 있었고 나는……"

"하느님 맙소사." 더치맨이 말했다. 그는 유리창에 머리를 기댔다. "네가 뭐 안에 있었는지 어느 누가 관심이나 있겠니, 꼬맹아."

레일이 날카로운 소리를 냈거나 어떤 목소리가 분노의 비명을 지른 것 같았다. 그는 주먹을 쥐었고 열차는 86번가를 지났다. 그가 양 주먹을 쥐었을 때 열차는 77번가를 지났다. "솔직히 말해요." 그가 말했다. "사실은 그렇지가 않잖아요." 그의 목소리는 레일 소리보다 크지 않았지만 목청을 뚫고 올라오는 게 느껴졌다. "솔직히 말해요, 더치맨. 나는 못 쓰는 차 안에 있었고 어떤 여자가 내 옆을 지나갔어요. 그녀가 차에는 기름이 없다고 했는데 정말 그랬어요. 그녀는 나를 멍멍이라고 불렀어요. 나를 오각형인 방으로 데리고 갔어요."

"그걸로는 부족해." 더치맨이 말했다. 그는 입술을 거의 움직이지 않았다. "그걸로는 부족해." 그 소리가 탁한 허공에서 종소리처럼 울려 퍼졌다.

"그 정도면 충분해요." 로우보이가 조심스럽게 말했다. "충분하다고요." 열차는 68번가를 지나고 있었다. "나는 그녀와 잤어요.

나중에 눈을 떠보니 서늘했어요."

"이제 여섯시다." 더치맨이 말했다. 입을 벌리지도 않고 말했다. "너로 인해 멈춘 건 아무것도 없어, 윌리엄."

"나는 뭘 멈추려고 했던 게 아니에요." 로우보이는 고함을 질렀다. "단순한 온도 게임이었다고요. 나는 세상이 뜨거워지는 걸 막고 싶었어요. 세상의 끝을 멀리 밀어내고 싶었어요."

"세상은 이어지고 또 이어지지." 더치맨이 말했다. 그는 고개를 기울였고, 표정이 슬프고 부드럽게 바뀌었다. "너무 고통스러워."

"고통스럽죠." 로우보이가 고개를 끄덕였다. 그는 숨을 참았다. "정말 아프죠. 하지만 가능한 한……"

"그건 불가능해." 더치맨이 말했다. "언젠가 네 몸이 이해할 거야. 그러면 죽는 거지."

로우보이는 더치맨이 점점 작아지는 것을 지켜보았다. 그는 이제 옆으로 누워서 조용히 콧노래를 흥얼거리고 있었다. 죽어가고 있는 걸까, 로우보이는 궁금해졌다. 잠이 든 걸까. 열차가 42번가로 접어들었고 반올림 도와 라 음이 들렸고 아무도 타지 않았다.

"당신이 틀렸어요." 로우보이가 말했다. "내 생각은 달라요."

열차가 갑자기 덜커덩 전진하자 터널이 뒤로 물러났고, 급행 선로가 등장해 두 사람의 발밑에 있는 선로와 입을 맞추었다. 날카로운 소리가 안개처럼 혹은 빛깔처럼, 한편으로는 오페라의 첫 음처럼 객차를 가득 채웠다. 로우보이가 문가로 가서 내다보자 선로들 사이로 반짝이는 물길이 보였다. 오랫동안 이름을 잊고 지낸 강이었다. 창문마다 한 사람씩 앉아 있는 급행열차가 지나가는데 어느 누구도 죽어가고 있는 것처럼 보이지 않았다. 내 생각은 달라, 로우보이는 생각했다. 그건 불가능한 일이 아니야. 그는 세상이 끝나지 않은 이래 처음으로 바이올렛과, 그를 그녀에게 데려다주려고 기다리는 열차들을 열심히 떠올렸다. 그건 불가능한 일이 아니야, 그는 조용히 중얼거렸다. 블리커 가에서 외곽행 F선으로 갈아탈 수 있어. 그는 더치맨에게 말을 하려고 허리를 숙였지만 더치맨은 영수증 크기로 작아져 있었다. 열차가 23번가를 그대로 통과했다. 사람들이 눈을 굴리고 몸을 부르르 떨고 인상을 썼다. 사람들이 비명을 지르고 웃음을 터트리고 옷 밖으로 걸어나왔다.

유니언 광장 역에서 더치맨이 내렸다. 그는 바닥으로 내려 어깨너머를 흘끗거리며 쥐처럼 통로를 잽싸게 달렸다. 저 사람은 죽은 게 아니야, 로우보이는 생각했다. 저 사람은 죽은 게 아니고 그건 불가능한 일이 아니야. 그는 자리에 앉아서 창문으로 얼굴을 돌렸고 더치맨이 군중 속으로 사라지는 것을 지켜보았다. 날카로운 소리가 멈췄고, 그는 거의 희망을 느꼈다. 승강장의 인파가 조금 놀랍기는 했지만 그는 지금 시각이 오전 여섯시라는 것을 떠올렸다. 그가 실수를 저질렀거나 그녀가 저세상으로 떠나지 않은 이상 조만간 바이올렛이 일어날 것이다. 어쩌면 그녀는 아예 잠을 자지 않았을지 모른다. 그는 남학생처럼 삐쭉삐쭉 뻗친 머리를 하고 작은 부엌에서 버터에 양파와 마늘을 볶는 그녀의 모습을 떠올려보았다. 그녀의 얼굴은 비누색이지만 전혀 걱정할 것 없었다. 이른 아침에는 늘 그랬다. "풀턴 가에서 갈아타자." 그는 큰 소리로 말했다. "외곽행 승강장으로 건너가서 C선을 타고 다섯 정거장 가면 돼." 그러면 끝이었다.

　　　　　* * *

　지금쯤 그녀는 일어나고 있을까, 약을 먹고 있을까, 녹빛 시트 밑으로 다리를 내밀고 있을까. 혼잣말을 중얼거리고 있을까, 침대 옆으로 스르륵 내려왔을까, 커튼을 열고 아버지의 음반 가운데 하나를 집어들었을까, 그걸 조심스럽게 올려놓고 잠깐 미소를 지으며 파란색 에나멜 주전자로 터키 커피를 끓일까. 스크램블드에그와 베이컨과 호밀 토스트를 만들까. 음악을 따라 음정도 안 맞는 콧노래를 흥얼거릴까, 복도나 부엌 아니면 화장실에서 옷을 갈아입을까, 지나가며 거울에 비친 자기 얼굴을 향해 인상을 쓸까. 두 손가락으로 그의 방문을 가볍게 두드릴까, 잠시 후 방 안으로 들어올까, 그가 입을 팬티와 양말과 티셔츠와 버튼다운 코듀로이 스웨터를 골라서 침대 위에 펼쳐놓을까, 눈을 가늘게 뜨고 그 옷들을 쳐다보다 생각을 바꿀까. 그의 이마에 손바닥을 올려놓아 잠을 깨울까. 잠깐 시간을 준 다음 그의 귀를 가볍게 잡아당길까. 그런 다음 그를 보며 웃을까. 그를 교수님이라고 부를까. 그를 깨워서 미안해할까.

　눈을 떠보니 열차가 여전히 서 있었다. 이제는 객차에 사람들이 있었고, 그중 몇 명은 손에 닿을 만큼 가까이 있었다. 그건 문제가 될 게 전혀 없었다. 그가 시간을 빨리 가게 만들려고 막 눈을 감으려는 찰나, 잃어버린 애완동물을 찾는 사람처럼 발을 질질 끌며 외곽행 승강장을 걷는 헤더 코빙턴이 보였다.

잠시 후 문이 스르르 닫혔지만, 그즈음 그는 이미 계단을 반쯤 올라간 뒤였다. 그는 헤더 코빙턴이 들으면 반가워할 소식을 알고 있었다. 유니언 광장 역. 그는 낮은 목소리로 중얼거렸다. 그는 예전부터 그 노선에서 그 역을 가장 좋아했다. 계단에는 사람들이 너무 많았고 승강장을 돌아보니 헤더 코빙턴은 사라지고 없었다. 예전 같으면 누구와도 닿지 않게 조심했겠지만 지금은 할퀴고 비틀거리며 열차를 타려고 달려가는 사람들이 너무 많아서 어쩔 수가 없었다. 그는 콜럼버스 광장 역에서 사람들이 그를 시계 방향으로 천천히 돌렸던 것을 떠올렸다. 결단을 내리는 것보다 훨씬 단순하고 훨씬 즐거운 일이었다. 다시 찾아가야지, 그는 생각했다. 내일 바이올렛을 데리고 가야지. 잠시 후 마지막 남자가 그를 지나쳐 갔고 그는 계단 꼭대기에 다다랐다.

외곽행 승강장에 도착하고 보니 헤더 코빙턴이 있었다. 굽은 선로가 회전식 컨베이어처럼 두 사람을 연결했다. 레일들이 철컥거리고 쉿쉿하는 소리를 냈다. 증기 오르간에서 나는 것처럼 밋밋하고 유치한 음악이었다. 그녀는 멀리 승강장 끝에서 외곽행 터널로 걸어가고 있었다. 맨발이었고 셔츠는 쭈글쭈글하고 너덜너덜했다. 코빙턴 씨. 그가 큰 소리로 외쳤다. 그는 요철이 있는 승강장 가장자리로 달려갔다. 라파, 그는 그녀의 이름을 불렀다. 내 말 좀 들어봐요. 내가 섹스를 했어요.

그녀가 가까이 다가가자 터널이 입처럼 오므라들었고 로우보이는 걱정이 되기 시작했다. 사람들이 그의 앞을 가로막았지만 무시했다. 내가 해냈어요, 라파. 그는 큰 소리로 외쳤다. 태그들이 내게 그렇다고 했어요. 천천히 가요, 코빙턴 씨. 세상이 끝나는 걸 막을 수 있어요. 하지만 바로 그때 그는 스컬 & 본즈와 맞닥뜨렸다.

그는 그들의 등 뒤에서 달려가다 그들과 부딪쳤고 자기가 무슨 짓을 저질렀는지 모르는 채 그들을 지나쳤다. 그들은 전혀 놀라지 않은 표정으로 지나가는 그를 멍하니 쳐다보며 졸린 듯 눈을 끔뻑였고 천천히 세 발을 걸어와 그를 붙잡았다. 내가 올 줄 알고 있었을까, 그는 궁금했다. 내내 나를 기다리고 있었던 걸까. 그들은 나치 당원들처럼 몸에 꼭 맞는 검은색 제복 차림이었고 무성영화용 소프트슈* 신발은 깨끗하게 자취를 감추고 없었다. 이제는 이름들이 잘 어울렸다. 그들은 이름을 모자처럼 쓰고 있었다. 그들은 새를 포위한 두 마리의 고양이처럼 무심한 얼굴로 육중하게 느릿느릿 그의 주변을 맴돌기만 할 뿐 손에 닿을 만큼 가까이 접근하지는 않았다. 그는 이유를 알 수 없었다. 오랫동안 발바닥에 저장되어 있던 묵은 공포가 체액처럼 그의 몸을 관통하는 게 느껴졌고 그는 입을 벌리고 조그맣게 기침을 했다. 그는 기침을 멈추고 구역질을 했고 스컬 & 본즈는 계속 주변을 빙글빙글 돌았다. 공포 때문에 세상이 느리게 돌아갔다. 그의 뒤에서 인파가 침대시트처럼 서걱 거렸다. 승강장을 쳐다보자 누군가 그의 이름을 나지막이 속삭이는 소리가 들렸다. 윌리엄 헬러야? 윌리엄이야? 윌이야?

---

* 밑창에 징을 박지 않은 신발을 신고 추는 탭댄스.

나야, 그가 대답했다. 맞아. 에밀리야? 그는 원을 그리며 몸을 돌려 군중 속에서 그녀의 얼굴을 찾아냈다. 그녀를 찾는 건 쉬웠다. 그녀는 새로운 에밀리나 예전의 에밀리가 아니라 그가 학교에서 그렸던 그림 속 에밀리였다. 꼭대기에 선이 두 개 그려진 동그라미. 아슬아슬하게 지붕을 얹은 집. 내가 있는 이쪽으로 와. 그가 말했다. 우리, 이야기가 아직 안 끝났잖아. 그녀는 세 발자국 걷다 사람들이 모인 끝에서 걸음을 멈추었다. 그는 미소를 지으며 그녀를 좀더 자세히 들여다보려고 애썼다. 미안해, 에밀리, 그가 말했다. 다음번에는 최선을 다해서 좀더 잘 그려줄게.

나는 소명을 받은 줄 알았어, 에밀리. 소명을 받을 수밖에 없다고 생각했어. 그렇지 않으면 내가 태어난 이유가 없잖아. 더치맨은 인생은 불가능한 것이라고 했지만 이유가 있으면 불가능하지 않아. 이유가 있지 않을까, 에밀리. 안 그러면 왜 이렇게 속이 메슥거리겠어. 이유가 없으면 달아나고 너한테 입을 맞추고 너를 계단 밑으로 떠미는 일밖에 없잖아. 불쌍하고 아픈 윌이 하늘나라로 가는 일밖에 없잖아. 소명이 있었다는 데 하느님께 감사해, 에밀리. 공기를 주신 것도 하느님께 감사해. 이유가 있었고, 내가 내 몸을 어떻게 해달라고 부탁했을 때 너는 노력해주었지. 나도 너와 함께 노력했지. 너는 내 입술에 입을 맞춰 차갑게 만들어주었지. 고마워, 에밀리. 제발 밋밋해지지 마. 소명이 없었더라도 적어도 네 이름은 있었잖아.

그녀가 사라지자 그는 스컬 & 본즈를 찾아볼 생각조차 하지 않은 채 군중 속으로 들어갔다. 공포가 그의 귓속에서 속사포처럼 지껄이고 비명을 질렀지만, 그는 더 상관하지 않기로 마음먹었다. 사람들은 대부분 낯선 얼굴이었고 조잡하게 그려졌지만 익히 아는 얼굴들이 더 많았다. 플라이지그 박사와 그 옆의 프레코프 박사, 학교에 같이 있었던 베이비, 웃어대던 갈색 얼굴의 간호사들. 마르티네스 경관과, 슬픈 눈의 세인트 젭 매매 & 물물교환의 그 멋쟁이 남자, 조너선 지즈모르, 자메이카 쇠고기 파이를 들고 있었던 남자, 야한 잡지의 여자들. 퀵 & 페인리스와 비서, 금색 새틴 재킷을 입고 있었던 남자. 밋밋함이 검은 빛처럼 모든 것을 덮었다. 아무도 그의 인사를 받아주지 않았다. 공중전화 옆 벤치에 그의 할아버지가 앉아서 〈뉴욕 데일리 뉴스〉를 읽고 있었다. 승강장 위로 공기가 모였고, 종이가 퍽하는 소리와 함께 구겨졌다. 로우보이의 왼쪽에 있는 선로가 한숨을 쉬기 시작했다. 그는 걸어온 길과 낯익은 사람들의 얼굴을 일일이 돌아보았다. 하나같이 유령 열차가 도착하길 기다리고 있었다. 모두 있는데 바이올렛만 없었다.

바이올렛은 어디 있어, 로우보이는 고함을 질렀다. 움직이거나 숨을 쉬거나 말을 하는 사람이 아무도 없었다. 바이올렛은 어디 있어, 그는 중얼거렸다. 대답은 기대하지 않았다. 그런데 뒤에서 누군가의 목소리가 울렸고 군중들이 파도를 만난 게처럼 쓸려갔다. 그 목소리 하나만은 급조된 게 아니었다.

"바이올렛은 여기 있다." 그 목소리가 말했다. "위층에." 로우보이가 그 소리를 따라가보니 나이 든 흑인 남자가 있었다. 헤링본 재킷을 입은 교사 같은 남자였다. 스컬 & 본즈가 그의 뒤에서 이를 갈고 있었다.

"그녀에게 말 좀 전해줘요." 로우보이가 말했다. "내가 한 말을 전해줘요." 그는 죄수처럼 양손을 내밀었다. "내가 태어난 이유를 알아냈어요."

"네가 직접 말하려무나." 남자가 말했다. 그가 앞으로 걸어 나오자 공기가 뒤로 걷혔다. "나와 같이 위층으로 가자, 윌. 어머니가 편찮으시다."

"엄마의 병이 뭔지 알아요."

그는 고개를 길게 빼고 유령 열차가 들어서는 걸 쳐다보았다. 그는 바이올렛과 그녀의 병과 그녀의 억양과 평발용 구두를 생각했다. 벽은 밝은 빨간색이고 차이나타운에서 산 램프와 〈인터뷰〉 〈내셔널 지오그래픽〉 〈보그〉에서 오린 사진들이 있는 그녀의 아파트를 생각했다. 그녀의 불같은 성격과 험한 입과 잘못 알고 있는 관용어들을 떠올렸다. 네월아 세월아를 떠올렸다.

"내가 말할게요." 그는 손을 내리며 중얼거렸다. "내가 뭔가 말할게요." 그러자 남자가 허리를 숙여 그를 안았다.

그들 뒤로 유령 열차가 들어섰다. "마음 편하게 생각해라." 남자가 따뜻한 흑인의 목소리로 말했다. "편하고 침착하게." 그는 따뜻하고 흑인답게 말했다. 로우보이에게 하는 말이었을까 아니면 혼잣말이었을까. 로우보이는 축 늘어진 팔이 펄럭이고 발이 뒤에서 구슬프게 끌려오도록 내버려두었다. 에밀리가 그를 꼭 붙잡고 입을 맞추었다. 바이올렛은 어디 있는 거야, 그는 고함을 질렀다. 아무 대답이 없었다. 그는 용서할 수 없는 그 마지막 오후에 에밀리가 그에게 속삭인 말이 생각났다.

언젠가는 겪게 되어 있어, 윌. 이 세상 누구든 겪게 되어 있어.

급행열차의 굉음이 터널 밖으로 울려 나왔을 때 로우보이는 남자의 뺨으로 입을 가져가 깨물었다. 그것 말고는 아무 소리도 들리지 않았다. 그는 이에 묻은 피를 핥았고 팔이 그를 놓았고 그의 신발 뒤축이 승강장 가장자리의 요철에 부딪쳤다. 남자의 두 손이 그의 소매를 붙잡았지만 그는 물고기처럼 스웨터 밖으로 빠져나왔다. 남자는 감탄하는 눈빛으로 그를 내려다보았다. 그의 붉고 얇은 입술이 벌어졌다 닫혔다. 곧 스컬 & 본즈가 그를 지나갔지만 급행열차가 그보다 더 빨리 그를 지나갔다. 그전에 도착했던 유령 열차만큼 빠르게 달려와 살아 있는 모든 것이 숨을 멈추게 했다. 나는 왜 태어났을까, 로우보이는 생각했다. 나는 이유를 알고 있어. 그는 인상을 찡그리고 천천히 뒷걸음쳤다. 11월 12일, 세상이 화재로 멸망했다.

진 어, 에릭 친스키, 브룩 코스텔로, E. W. 카운트의 『경찰 이야기』, 프레더릭 L. 코번 박사의 『정신병동 24시』, 앤 데브슨의 『내가 지금 여기 있다고 말해줘』, 맷 도니, 더그 디번, 엘리 그린버그 박사, 『정신장애의 진단 및 통계 편람 IV』, 짐 드와이어의 『지하철 생활』, 레너드 페더의 『60년대 재즈』, 짐 플린의 『시스템 부적응자』 그리고 넬슨 홀, 앨릭스 할버슈타트, 윌리엄 홀, 셜리 해저드, 에드워드 헨더슨 박사, 코린 휴잇, 클로이 후퍼, 셰릴 휴버, 케네스 T. 잭슨의 『뉴욕 시 백과사전』, 커스틴 커스, 피터 넥트, 제이 코 박사, 스티븐 코치, 윌리엄 러바트 박사, 로저 매키넌의 『임상 실습을 통해 본 정신 상담』, 무라카미 하루키, 미라 로든버그의 『에메랄드빛 눈의 아이들』, 대니얼 폴 슈리버의 『내가 겪은 신경 질환』, 마르그리트 세셰이예의 『르네의 일기』, 애킬 샤마, 사이먼 싱의 『코드북』, 로버트 W. 스나이더의 『대중교통 이야기』, 에이드리언 도미네, E. 풀러 토리 박사의 『정신분열증 극복기』와 『갈 곳 없는 사람들』, 재러드 휘섬, 루이즈 월슨의 『나의 낯선 아들』, 바버러 뷘슈만 헨더슨 박사, 페터 뷔슈만, 앤드루 와일리.

옮긴이 **이은선**

연세대학교 중어중문학과와 같은 학교 국제학대학원 동아시아학과를 졸업했다. 출판사 편집자, 저작권 담당자를 거쳐 현재 전문 번역가로 활동하고 있다. 옮긴 책으로 『딸에게 보내는 편지』 『누들메이커』 『아버지에게 가는 길』 『기적』 『몬스터』 『그대로 두기』 등이 있다.

문학동네 세계문학

로우보이

초판 인쇄 2010년 10월 11일 | 초판 발행 2010년 10월 25일

지은이 존 레이 | 옮긴이 이은선 | 펴낸이 강병선
책임편집 김경미 | 편집 오영나 | 독자 모니터 심재헌
디자인 이경란 이원경 | 저작권 김미정 한문숙
마케팅 정민호 김도윤 장선아 박보람 | 온라인 마케팅 이상혁 한민아 정진아
제작 안정숙 서동관 정구현 김애진 | 제작처 한영문화사

펴낸곳 (주)문학동네
출판등록 1993년 10월 22일 제406-2003-000045호
주소 413-756 경기도 파주시 교하읍 문발리 파주출판도시 513-8
전자우편 editor@munhak.com | 대표전화 031) 955-8888 | 팩스 031) 955-8855
문의전화 031) 955-3576(마케팅) 031) 955-2652(편집)
문학동네카페 http://cafe.naver.com/mhdn

ISBN 978-89-546-1290-6 03840

www.munhak.com